汴京春深

卷·壹 曾青春

小麥 著

好評推薦

《汴京春深》是極少見的寫實又引人入勝的史話感世情小說，在這個繁雜時代難得能讓人沉下心去讀的作品，小麥以細膩真實筆觸描寫大宋汴京千年畫卷，讀來猶如生活其間，跟著書中人物經歷他們人生的喜怒哀樂，隨著他們的情緒而共鳴，起承轉合無不有著雋永氣息，令人感受大宋文化千年來經久不衰的魅力，手不釋卷，脈脈留香。

——晉江S級作者　聞檀

著有《良陳美錦》、《首輔養成手冊》、《嫡長孫》等多部古代言情小說現象級作品

這是我看小麥的第一本小說。我還記得當時欲罷不能，不眠不休看這本小說的感覺。小麥以老辣細緻的文筆娓娓道來，營造出一種濃厚的真實感，大到時代背景、文化民俗，小到普通百姓的生活百態，一群熱血少年的故事彷彿真的讓你置身在歷史洪流之中，隨著小九娘他們一起成長，一起進入小麥打造的那個波瀾壯闊的時代……。

——網路讀者　五月

《汴京春深》讀了三次，第一次讀言情，喜歡小兒女的萌動與成長，義氣與愛情。第二次讀歷史，重新理解北宋的文官體制與庶民社會的文明高度，忍不住拿出《蘇東坡新傳》與之對照，小說出入歷史虛實之間，十分巧妙。第三次讀人性與政治，如何在汙濁的朝堂爭鬥廝殺間，不忘利民報國初心？作者從小庶女的視角出發，編織出集合情愛、陰謀、黨爭、家國情懷的精彩小說。

——網路讀者 春始

《汴京春深》像一幅優美的畫卷，借作者如椽巨筆展現宋朝的生活、社會和文明，一讀再讀之下不由佩服小麥做功課之深，每個細節都經得起推敲。小說又像一首動聽的樂曲，九娘、六郎、太初等一眾出色的孩子，哪怕賣餛飩的凌娘子甚或只出場幾次的小丫頭，都各有各的精彩，最終編織成這恢宏篇章。最讓我感慨的是小說雖以古代為背景，表達的核心卻有難能可貴的現代性，九娘對自己的接納和她在城破時保護一方百姓的擔當，這二者所呈現的智慧不相上下，同樣令人欽佩。

——網路讀者 辛夷

《汴京春深》讓我喜歡的，不僅僅是裡面描寫的主角們跌宕起伏的愛情和親情，還有更多的友情。在小麥妙筆下，徐徐展開的汴京畫卷中，九娘和身邊少年少女們的共同成長，種瓜得瓜，更讓我掩卷長歎。

如果人類確實需要某種情感關係作為安全港，在我看來，友情是不可缺少的一種，有時甚至超過愛情和親情。愛情裡面有排他，有動物性，有本能，而友情它完全取決於一個人的自由意志和本質。沒錯，我說的是太初。

生命中能存在至少一個無條件希望你好、你也無條件希望對方好的朋友，你的自我肯定與自我價值感都會爆棚吧！說實話，我的第一反應是立刻把這本書推薦給正在青春期情緒激盪中的女兒。

——網路讀者 Wendy Lee

這是看小麥的第一本書，就是從這本書開始成為作者的粉絲！《汴京春深》不但文字優美，情節清新，更是妙句橫生，讓人忍俊不禁。裡面的每一個角色都塑造得栩栩如生，有血有肉：重新面對自己的王玞，堅韌的六哥，清風明月一樣的太初……一一如同親見。

在歷史脈絡上的改編，巧妙避開了正史的局限，帶給讀者爽快的故事，讓我們輕鬆地在作者開展的闊美北宋歷史背景裡，偷窺那些或許存在過的人、事、物、情！推薦大家一定要看。

——網路讀者 下午茶

已經想不起是怎麼入了麥大的坑，從《汴京春深》追到《大城小春》再到如今的《萬春街》。猶記得久不追書的我那會兒經常半夜餵奶拍嗝時看更新了沒有，彼時初為人母，讀到九娘對蘇昉的舐犢之情感同身受，常忍不住濕了眼眶……。而後隨著九娘和六郎一對小兒女的成長，隨之展開的一整幅大宋江山圖，汴京兒女英雄夢，真的把大家帶入了那個波瀾壯闊的歷史畫卷與之同呼吸共命運。

——網路讀者 黎一凡

《汴京春深》是我唯一一本一刷再刷的古言重生文，每重刷一次都有新的感悟，文中每個人物都栩栩如生，常常讓我覺得自己就站在他們身邊，有時一臉姨母笑地看著他們成長，有時又為他們的遭遇熱淚盈眶，酸楚不已。

——網路讀者 清景無限

這麼多年看過不少歷史古言。私以為一個小說作者，發表多少作品和發表形式其實不是關鍵，最重要的是當梳理宋朝背景作品的時候，這位原作者的作品是不是必須被提及，無法被繞過或者被一筆帶過。自看過《汴京春深》以來，我越來越認同這個觀點。

——網路讀者 凱羅

自序

七年前，作為一個賦閒在家的家庭主婦，我終於決定實現學童時期閃閃發亮的夢想：寫一本小說。

之所以選擇以北宋為小說背景時代，是希望吸引更多大陸的年輕人去瞭解那個時代。曾經受歷史課影響，我也認為宋朝乃積弱之朝。所謂的大宋與西夏、遼、金等諸強並存，完全不大也不強，不復大唐萬國來朝的磅礡氣象，更有歲貢之辱靖康之恥，莫須有罪名殺岳飛，奸臣一籮筐昏君無數，想想就來氣。隨著年歲漸長，我卻越來越喜歡宋朝。

起因十分好笑，論壇上有一個穿越帖，詢問大家如果穿越你選擇穿越去哪個朝代？我想來想去選擇了宋仁宗時期。為何？毫無疑問，那是歷史長河裡中國最接近民主憲政和工業革命的時代。戶籍遷移自由、女性財產繼承權、取消宵禁、商業和個體經營的極度發達、銀行業的雛形、科舉考試資格取消出身限制、出版與新聞自由、國民私有財產受到保護、老幼福利慈善制度、王在法下⋯⋯以上種種都讓我心生感歎：原來中國人類文明曾經抵達過那樣的高點。

這個高點，並不是指國家或軍事力量強大，而是一種自視與包容。宋朝清醒地認識到自己這個帝國不是世界的中心，只是世界的一員，於周邊諸國的外交政策無法高高在上頤指氣使，於國內的治理上倚重士大夫集團，向三權分立靠攏，限制皇權。例如北宋的皇宮是歷朝歷代裡占地面積最小建築成本最低的，屢次擴張計畫都因為拆遷會擾民而擱置。

文明的構建基礎離不開文化，毫無疑問，宋朝的高度文明也催生出了無數自由的靈魂，在詩詞文學、書法繪畫、瓷器刺繡、飲食建築、科技醫療等全方位抵達了中國歷史的巔峰。

文化沒有高下之分，只有差異之別，但文明卻有落後與先進的鴻溝。宋朝滅亡於鐵騎之下，不只是農耕文明敗與遊牧文明，也是文明被野蠻摧毀的過程。在此之後，元、明、清，都是極為鮮明的中央集權時代。元、清是殖民時代，無論從國民的個人權益還是女性的權益來看，無論從法制還是風俗的角度去考量，都在全方位地退步。這是人類文明的落後。

這就是《汴京春深》誕生的重要緣由之一，希望讀者能喜歡我展現的北宋生活畫卷，從而對宋朝產生興趣。

其次我很想呈現一群少年的成長歷程，以及重生的女主角如何重新認知自我，如何敢於接受一段實力相當彼此滋養的愛情。出於已婚已育婦女的小心眼，我從蘇軾髮妻王弗和元祐太后孟氏身上得到了塑造女主角的靈感，但當故事開始後，角色獲得了獨立的生命，開啟了他們自己的故事，我不再是創造者而是敘述者。簡中連載兩年，經歷了國際搬家，不免有創作上的小遺憾，好在最後順利完結，也獲得了許多讀者的認可和喜歡，更多人因此購買了《東京夢華錄》等我推薦的書籍，可謂意外之喜。

寫作《汴京春深》的過程對我而言也是一場難得的學習體驗，因為追求背景的立體和真實，經常需要參考各種參考書籍，有時糾結於某個細節六七個小時，終於釋疑，在文中卻只不過用了短短十幾個字甚至一個字也沒用上，而整個探索的過程如同蜘蛛結網，從點到線到面，不得不閱讀更多的書籍，最後自己也沉迷其中，獲得了書寫以外更大的快樂和滿足。

《汴京春深》連載到第四個月時，突然登上了晉江金榜第一，二〇二一年底交由上海讀客文化在各大電子閱讀平臺上出版，二〇二二年在沒有人宣傳推廣的情況下，陸續登上了各大榜單，在番茄小說的總榜、古言榜、出版榜蟬聯冠軍超過半年之久，在微信讀書、掌閱、咪咕、七貓等平臺上均取得了不俗的成績，並於年底授權了影視版權。二〇二三年喜馬拉雅上架了《汴京春深》的有聲小說，上架兩週，前五十集便登上了小說榜第十一名。

非常高興能與時報出版合作，希望臺灣的讀者能喜歡《汴京春深》。

小麥

二〇二三年一月三十日

● 服飾參考書籍：《中國古代服飾史》周錫保 著。

● 地理參考書籍：《中國歷史地圖集》譚其驤 主編；《汴京遺蹟志》等等。

● 文民俗禮儀生活參考書籍：《東京夢華錄》、《夢粱錄》、《武林舊事》、《江南野史：南唐書》、《老學庵筆記》、《蘇東坡集》、《東坡志林》、《蘇東坡傳》（林語堂 著）、《蘇東坡新傳》（李一冰 著）、《宋遼西夏金社會生活史》、《宋朝人的吃喝》（汪曾祺 著）、《唐宋茶業經濟》（孫洪升 著）等等。

● 官職參考書籍：《宋代科舉與文學》（祝尚書 著）、《資治通鑑》、《宋史》、《宋會要》、《宋會要輯稿》、《宋代蔭補制度研究》（游彪 著）、《宋樞密院制度》（梁天錫 著）等等。

● 戰爭參考書籍：《武經總要》（曾公亮、丁度 等撰）、《中國城池史》（張馭寰 著）、《中國兵器史》（周緯 著）、《北宋武將群體與相關問題研究》（陳峰 著）等等。

● 朝政參考書籍：《北宋中央日常政務運行研究》（周佳 著）、《宋代女性法律地位研究》（王揚 著）、《宋代的政治空間：皇帝與臣僚交流方式的變化》（日本平田茂樹 著）、《祖宗之法——北宋前期政治述略》（鄧小南 著）、《宋代司法制度》（王雲海 主編）。

第一章

王玞上輩子很倒楣，死得太不是時候。

她病死後一個月，熙寧二年的四月頭，人間芳菲待盡時，她二十八歲的丈夫中書舍人蘇瞻升為右僕射兼中書侍郎，成為了大趙最年輕的宰相。即便家有王玞遺下的八歲嫡子蘇昉蘇大郎，芝蘭玉樹的蘇瞻依然成了全東京❶城最打眼的鰥夫。官媒們的門檻隨即都被踏爛了，誰讓這東京城裡有一句話人盡皆知呢，「江南看蘇杭，汴梁看蘇郎」。

王玞沒想到自己重生了，這輩子竟比前世更加倒楣。堂堂眉州青神王氏一族的驕傲、長房嫡女、距離宰相夫人一步之遙的王九娘王玞，如今變成了汴梁翰林巷孟府庶出三房的庶女孟九娘，庶上加庶，七歲了連個名字都還沒取，過著天差地別的日子，這日子還有點看不到頭。

眼看著熙寧五年的寒食節快到了，得有三天不能起火生灶，孟府上下忙著蒸棗糕，煮寒食粥，存熟食。靠著東角門的聽香閣裡，廡廊下偶爾拂過的柳條兒早已碧玉妝成綠絲條。七歲的孟九娘坐在暖閣裡的一張黃花梨小矮凳上，小腳夠不著地，正拿著一把剪刀，兩隻胖嘟嘟的小手交叉握著，使出了吃奶的力氣咬牙切齒地剪柳枝條。

「啪」的一聲響，她小腦袋上吃了一巴掌。清脆的笑聲響起：「傻九娘！」跟著一個人影就閃出了門。

孟九娘手一抖，剪刀差點戳在自己腿上。她氣得大喝一聲：「孟羽！你又發瘋！」「啪」的一聲響，孟九娘小腦袋上又捱了一記，頭上兩個包包頭登時散了，油光水滑的頭髮劈頭蓋臉地散下來。一個梳著墮馬髻，身穿半舊桃紅白邊海棠花紋長褙子，容色絕美的婦人橫眉豎目地瞪著她：「你才發什麼瘋，這麼說自己的親弟弟！還連名帶姓的？就不會喊一聲十一郎？」卻是剛剛來給十一郎送衣物的林氏，孟三郎的妾侍，九娘和十一郎的生母。

孟九娘深深吸口氣，捏了捏剪刀，將眼前的頭髮撥開來，繼續悶頭剪柳枝。十多天來，她已經可以做到對這個金玉其外的孟府著名女草包熟視無睹了。

林氏見她這副悶聲葫蘆的樣子，又恨又氣，忍不住上前拍了她一把：「你啊，讓你去討好討好娘子，說你你不聽，教你你不會！看看，這許多柳條，偏要你來剪！倒楣不倒楣？」越說越氣，甩手出了門。

九娘的二等女使連翹趕緊上前替林氏打起簾子，心裡暗道罵得好，要不是這掃把星娘子上個月突發水痘，她又怎麼會被安上個照顧不周的罪名。從一等女使降下來，每個月的月錢少了足足三百文啊。她得跟耳朵軟的林姨娘好好說說去。

❶東京：北宋時的國都，也稱汴京、汴梁，即今日的河南開封。北宋王朝共設有四京，除東京外，還有西京河南府（今河南洛陽）、北京大名府（今河北大名東北）和南京應天府（今河南商丘）。

孟九娘白了她們的背影一眼，心道，就因為有你這個生母在，嫡母跟前我才不用去討好，因為肯定討不著好。

門簾又被掀開。孟九娘抬頭，笑了：「慈姑！」她重生來一睜開眼，踏床上守著的就是乳母慈姑。

慈姑快步走近，將剪刀奪下來：「哎呀！這小手上都起泡了！」她看著這雪玉可愛的小娘子捧著肉嘟嘟的手指頭也不喊疼，還對自己笑眯眯的，忍不住說她：「小娘子，老奴不是說過？她一個姨娘，膽敢動手，你就哭，邊跑邊哭，去前頭找娘子。你怎麼出了個痘，倒不肯哭了？」說著從懷裡拿出把黃楊小木梳來：「來，老奴先給你梳頭。」

九娘吧嗒吧嗒著大眼睛不作聲，心裡卻想她好歹是堂堂三品誥命，太后面前的紅人兒，豈能使出這般小兒無賴之法。更何況，林氏只是雷聲大雨點小，拍在身上跟打蚊子似的。

慈姑快手快腳地給她綁好頭髮，歎氣：「好女不吃眼前虧，你裝也要裝著哭鬧幾聲啊！」又從袖中掏出一方帕子，裡頭整整齊齊地疊著六塊小棗糕：「真是！小娘子你哪裡胖了？你姨娘偏要請娘子少給你吃一些！明日寒食節，這些新蒸的棗糕，快吃，還溫著呢。」

九娘笑著開口，聲音還帶著絲奶聲奶氣：「慈姑別擔心，我胖，肉多，不怕。」她醒來後十幾天，為了被迫向苗條的兩位姊姊靠攏，沒少忍饑挨餓，虧得慈姑總偷偷給她帶些點心吃。

九娘蹭下矮凳，移動兩條小短腿走到圓桌邊，自己踮起腳爬上繡墩，規規矩矩坐正了。

慈姑把棗糕放在白瓷碟子裡，給她倒了杯熱茶，拿起剪刀剪柳枝，眼看著小人兒一隻手拿著小帕子等著下面，另一隻手輕輕拈起一塊棗糕，小口小口地吃著，人坐得筆直，說不出的優雅好看，不由得歎了口氣：「小娘子出了痘，這規矩真是一等一的好，老夫人跟前長大的六娘也就是這樣了，可惜你命不好啊。不知道哪個黑心眼的，偏說府上七歲的娘子剪的柳條插在門上才能光耀門楣。遲早有報應！」說完朝著西邊呸了一聲。

孟九娘這命，可還真不怎麼好啊。

過了兩日是清明，四更鼓才響，林氏就來了聽香閣，把九娘揪起來，讓慈姑給她換了身淡粉綠底白花的寬袖褙子，紮了兩個丫髻，鄭重其事地囑咐她：「今日你跟著娘子去廟裡，千萬別闖禍，不然我可護不著你！慈姑你要看得緊些。」又叮囑連翹：「你也多上點心，我昨晚和郎君說了，下個月就把你提回一等女使。」九娘心裡暗道你這種蠢事少做做就好了，每次也是說你你不聽，教你你不會。唉！

東角門外，細雨霏霏，三輛牛車已經候著。三房的娘子程氏正踩著腳踏上車，嬌美柔弱的阮姨娘殷勤地替她提著裙襬。程氏所出的七娘還沒睡醒，打著哈欠。阮姨娘所出的四娘孟嫻正柔聲細語地同她說著話。幾個撐著油紙傘提著燈籠的侍女小廝肅立著。

見她們到了，程氏停下腳，冷眼瞥了林氏一眼，再看看行禮的九娘，淡淡地道：「上來罷。」阮氏笑著提醒：「天還黑著呢，娘子千萬小心腳下。」林氏看見程氏，就像鋸了嘴的葫蘆，只推了推九娘，朝程氏行了個禮。

慈姑彎下腰輕聲叮嚀：「七娘要是欺負你，你在娘子跟前可得忍著點別哭，老奴就在後頭車上。」

九娘拉拉她的手，笑著眨眨眼點點頭讓她放心。

牛車緩緩遠去，林氏忐忑地問阮氏：「我沒去伺候娘子起身，娘子沒生氣吧？」阮氏笑眯眯地拍了拍她的手：「放心，有我呢，同娘子說過了，你要去服侍九娘。」

看著林氏撐著傘遠去，四娘孟嫻禁不住埋怨道：「年年都這樣，娘子也都不帶我去！」阮氏心疼地替她整了整鬢角：「急什麼，累了吧，回去再睡一會兒。」

車廂裡寬大舒適，琉璃燈照得透亮。女使梅姑倒出三盞熱茶，又從食盒裡盛出三碗寒食粥並各色點心放到矮几上：「娘子們且用一些點心茶湯，這裡到開寶寺得好兩個時辰。」九娘接過茶盞低聲道了謝，只當沒看見七娘挑釁的眼神。

程氏看看窗外，蔫蔫地靠在引枕上歎了口氣。

梅姑笑道：「娘子要見宰相表哥，該高興才是。」

程氏面露不虞之色：「你跟著我從眉州嫁進孟家的，還不知道蘇家人的脾氣？這漢子不爭氣，倒要我婦道人家拋頭露面去替他謀劃，爹爹當年真是看走了眼。」

「十七娘現在貴為宰相夫人，她最和善不過，年紀又小，娘子好好說道，大家親戚一場，總能好好相處。何況咱們也是去祭奠九娘的。」梅姑圓圓臉上總是笑眯眯。

程氏從鼻孔裡哼了一聲：「若是王九娘還活著，我倒心甘情願喚一聲嫂嫂。十七娘？自家阿姊還沒死，就謀算起姊夫來。要不是為了那個死鬼，我會去對她這種人低聲下氣？」

梅姑急道：「娘子！小娘子們都在呢。」

九娘靠在角落裡假寐，一聲不吭。心裡頭卻隱隱有根刺在扎著，眼睛有些澀。有時候，女子還是笨一點傻一點才好，起碼可以被騙到死。可她偏生太聰慧，連自欺欺人都做不到。

那日午後，病得那麼厲害的她靠在榻上，遠遠地看見堂妹在正房院子的合歡樹下，仰著臉對蘇瞻說話，十六歲姣若春花的年輕臉龐，閃著光。堂妹離去後，蘇瞻身姿如松，目送著她遠去。春風拂過，柳絮輕揚，宛如一幅好畫。

他在樹下，看那個她的背影。而她，在窗內，看他的背影。十年夫妻，不過如此。

蘇瞻，自然是會娶了她的，果然，娶了她。

牛車停下時，天方微光，五更天還不到。開寶寺韉馬歇息處已經停了一些牛車騾車。

梅姑在車下守了好一會兒，掀開簾子說：「娘子，蘇家的馬車到了。」

九娘睜開眼，程氏已經起身：「你們兩個且跟著來。」七娘一骨碌爬起來，踩在九娘腿上邁過去，一扭頭得意地笑著：「啊呀，九妹真是對不起，我沒看著你。」

這樣的小打小鬧，九娘怎會放在心上，她想著她前世的兒子，她想見見他，那個從小夜夜要賴在她懷裡滾幾滾才肯跟乳娘去睡的肉團子，咬著手指頭突然冒出模糊的第一聲「娘」的小人兒，在她手裡一日日長大，開蒙，進學，最後含著淚將一顆小小頭顱埋在她手裡，哽咽著重複著同一句話「娘，娘，求你別丟下阿昉」的大郎，是她重生以來心心念的盼頭。

掀開簾子，慈姑伸手將九娘抱下車來，見她只是眼眶微紅，忍住了沒哭，嘴裡輕念了聲：「阿彌陀佛！」

外面雨已停了。程氏正笑容滿面地和馬車上一個年輕婦人說話。那婦人梳著朝天髻，插了幾根銀釵，身穿月白梅花紋長褙子，圓臉上一雙杏眼顧盼神飛，正是宰相夫人王十七娘王瓔。

幾步外，踱過來兩匹駿馬，嘶了一聲打了個轉，側停在馬車邊上。黑馬懸著白色頸纓，配著畫花銀鞍，繡羅鞍罩。馬上那人高大偉岸，儀表不凡，輕輕一躍，下了馬，將韁繩交給馬夫，扭頭道：「大郎下馬小心一些。」

慈姑捏著九娘的小手，覺得她手裡濕津津的，還微微發著抖，便彎了腰輕聲說：「小娘子莫怕，記得還跟去年一樣，娘子讓你做什麼你就做什麼。那個最高的很好看的人是你家宰相舅老爺。車上那個去年沒見著，是你新舅母。下馬的那個是蘇家表哥。你小時候他還抱過你呢。」

一旁的七娘聽見了，哼了一聲：「她算哪門子的表妹——」卻被她的乳母捂住了嘴。

九娘握住慈姑的溫暖大手，點點頭。阿昉這三年竟這麼高了，怕是已近七尺。站在身高八尺的蘇瞻身邊，已到他肩頭。他眉目間雖然青澀，卻好似和蘇瞻一個模子裡刻出來的，豐神俊秀，溫潤如玉，既熟悉，又陌生。九娘百感交集地看著幾步外的兒子，實在忍不住淚眼朦朧。

蘇昉朝王瓔和程氏淡淡施禮後對蘇瞻說：「孩兒先進去看望母親了。」不待蘇瞻答話，便帶了小廝們和一應祭奠之物往寺廟裡去。路過孟府的這群婦孺，因知道是親戚，便微微拱手垂目隨了個禮，卻見一個矮矮胖胖的小娘子，正目不轉睛地盯著自己，大眼裡噙著淚，翹鼻頭紅通通，小嘴翕翕著，好似要說什麼。

蘇昉知道自己肖似爹爹，長得好看。但好看到會讓人哭鼻子，卻還是頭一回見到，不由得多看了她一眼。

寺廟門口的知客已迎了上來行禮：「東閣❷這廂請了。」

九娘看著蘇昉身後捧著一手的生麻斬衰孝服的小廝，趕緊抬起小手，揉了揉眼睛。這傻孩子，大祥❸過去該有六七個月了，還穿這個作甚。

❷東閣：對宰相之子的稱謂。

❸大祥：父母喪後兩週年舉行的祭祀。

第二章

一眾人等簇擁著蘇瞻王璎浩浩蕩蕩進了寺廟。

開寶寺因供有佛祖舍利，歷來是佛家聖地。寺中的八角鐵色琉璃磚塔，高十三層，二十二丈，通體遍砌鐵色琉璃釉面磚，磚面圖案有佛像、飛天、樂伎、降龍、麒麟、花卉等。塔身挺拔，風姿峻然。懸鈴在空中叮噹作響，若是晴天，站在塔下仰望塔頂，可見塔頂青天，腰纏白雲，景致壯觀。這「鐵塔行雲」正是地方誌收錄的汴京八景之一。

蘇瞻跟著知客僧走在最前頭，忽地又停下腳來，微微側了身子。待王璎跟上了才又前行，步履卻明顯慢了下來。一行女眷終於不用緊趕慢趕，暗暗地鬆了口氣。

想起以往，她總要壓著嗓子羞惱著喊：蘇瞻！你腿長我腿短！你走慢一點！蘇瞻總是手背在後頭朝她招招，卻會走得更快。九娘不由得心裡暗歎，她前世，運氣也著實不好。

行到上方禪院，蘇瞻入了院門，轉身伸出手，低語了幾句，似在叮嚀王璎小心門檻。王璎猶豫了一刹，扶住那手，提了裙襬，跨了過去。眾人都停了腳，低了頭。

因上方禪院的門檻較其他禪院略高三分，前世九娘曾在這裡不慎絆過一跤，一條全新的銀白挑線十六幅褶裙蹭成了半邊泥黃色，蘇瞻笑得不行，稱她是泥地裡打滾的小狗。

人比人，氣死人。她要不是病死，估計也會被氣死。

禪院裡法會所需之物一應都備好，大殿裡面香煙繚繞，蘇昉一身斬衰孝服，背對殿門，跪在靈前，背挺得筆直。

眾人入殿，依次行禮，跪坐蒲團上，五更時分，二十四位高僧念起《阿彌陀經》，檀香漸濃。七娘才年方九歲，便有些打起瞌睡來。程氏輕輕拍了拍她。她睜開眼，見身側的九娘一瞬不瞬地盯著靈前，撇撇嘴，又自垂頭犯睏。

待法會結束，知客僧上前行禮：「蘇相公❶，蘇東閣，方丈已在禪房等候多時，不妨隨小僧前去歇息片刻。」蘇昉卻搖頭不肯去。

兩個七八歲的小沙彌來引女眷們去另一邊的禪房。九娘三步一回頭，那少年依然背挺得直直的，繚繞不去的煙霧中，宛如泥塑木雕的背影，卻似乎有一種說不盡的哀思。

七娘狠狠地擰了她一把：「看什麼看！那是我表哥！」

九娘心中輕歎一聲，傻兒。

禪房內十分簡樸，兩張羅漢榻，幾把交椅，一張八仙桌。小沙彌們端上茶水，女使們賞了他們幾個果子一把銅錢。

❶相公：對宰相的尊稱。

程氏讓小娘子們給王瓔正經見禮。

九娘跟在七娘身後，行了福禮，嘴裡一聲：「舅母安好。」卻忍不住把那舅母二字囫圇掉了。

王瓔早有準備，笑眯眯地讓女使送了兩份見面禮。到了九娘這兒，王瓔招手笑道：「這個小娘子就是那個和我九姊排行一樣，生辰也一樣的小娘子？」

程氏笑道：「可不正是，當年九娘和大郎還都抱過她，也是有緣。只是這些年表哥貴人事忙，親戚間少了走動，我們也不便貿然上門打擾。去年大祥除服的時候去過一次，沒見著你。這次適逢清明，帶她也來拜上一拜。」

九娘只能低了頭過去，又福了一福，卻不吭聲，任由王瓔牽了她的手上下打量：「是個有福氣的小娘子，九姊喜歡的，我自然也喜歡。」便褪下手上一隻赤金鐲子給九娘戴上，歎了口：「看見小娘子，我就想起九姊來了，可惜我九姊青春韶華，情深不壽……」說著幾欲落淚。

程氏心想：你當然也喜歡，若你九姊活著，宰相府有你什麼事兒，可面上卻戚戚然，抬手用帕子印了印眼角說：「可不是，這人的命啊，都是老天爺註定了的。」

九娘輕輕掙脫了手，道了謝，退回到程氏身後，將鐲子交給慈姑收了。程氏拭著淚道：「十七妹你是個有大福氣的，一嫁過去就是郡夫人的誥命。便是你九姊，身後哀榮，官家❷賜了榮國夫人的謚號，也算是有福氣了。哪裡像我這樣，家裡那個沒腳蟹的郎君，好歹也是個進士，卻只能在家裡管著庶務，連個進項都沒有，這麼大家子上百號人，靠他這個書生，真是入不敷出，這些女孩兒們的春衫都還沒個著落，我那點嫁妝，這些年早就折騰得差不多了。要是落到賣房典田的地步，又怕給表哥丟臉。這日子啊！」

王瓔年方十九，長於宅內，初嫁給蘇瞻還不到三個月，哪料到程氏會在女孩兒們和女使們的跟前就如此不顧臉面地哭訴起來，一個措手不及，竟不知接什麼話好。

她的乳母立刻陪笑上前一步道：「表姑奶奶這話，給小娘子們聽著多不合適——」

程氏一聲冷笑：「呦，倒要你這做乳母的來指摘我，多合適啊？」乳母臉上青一陣紅一陣，只能行了禮退到王瓔身後，垂頭不語。

王瓔剛堆起笑容。程氏又道：「十七妹，雖然你九姊識人之明、幕後聽言這些大能耐，咱們大趙無人不知，都說我表哥能有今天多虧有她那樣的賢內助。」程氏看著王瓔笑道：「可難道十七妹你就看不清人，就不能給表哥出謀劃策了？我可不信，這王氏女難道只配出一個才女？」

程氏復又抹淚：「我家官人，雖不出挑，人卻也兢兢業業，老實本分。不過因為他兩個嫡兄，一個從武，一個從文，都是四品高官。他是家中唯一的庶子，難不成還能擋著嫡兄們的路？若不是家中實在難，我又何至於在孩子們面前丟這種臉！」

九娘微微抬起眼，看到上首的王瓔一張俏臉漲得通紅，動了動嘴皮子卻說不出話，心底暗笑。她哪裡遇到過程氏這種睜著眼睛說瞎話，哭念作打樣樣拿手的潑辣戶？

程家乃眉州豪富，這程氏的嫡親姑母，正是蘇瞻的母親，她和蘇瞻是嫡親的姑舅表兄妹。偏這

❷ 官家：宋代對皇帝的官方稱謂。

程氏昔日在眉州，就是個著名的潑辣破落戶，十六歲都無人求娶。待蘇瞻殿試，三百八十八人中名列第二，授了京官後，接全家到京城定居。蘇瞻的母親便帶了自家哥哥程大官人和外甥女入京，要給她尋一門好親事。因孟家的二郎孟存和蘇瞻是同科進士，自然入了蘇家的眼。結果孟家卻只肯為庶子孟三郎求娶，程大官人衡量再三，給了十萬貫錢嫁妝，將女兒嫁給了孟三郎。至於後來蘇程二家生隙，就此不再往來，王瓔又哪裡知道其中的原由。這當子，又如何能應答？

禪房門吱呀一聲被推了開來。九娘低垂下眼看著足尖。

蘇瞻一身玄色鶴氅，墨玉髮冠，面容沉靜，越發顯得不似俗世中人。王瓔見了救星，站起身來：「郎君來了正好。」

程氏這輩子見誰都不怵，偏偏只怕蘇瞻和王玞夫妻倆，立時就消停下來，道了萬福後讓小娘子們見禮。

九娘自然縮在七娘後面，將那舅父二字也囫圇糊過去了。

蘇瞻受了禮，端起茶盞，溫聲說：「來時我看著放生池那邊還有好幾個寒食鞦韆掛著，燕娘，你們幾個帶著小娘子們去玩玩罷，小孩子家的，拘在這裡做什麼。」

女使們鬆了口氣，趕緊行禮，帶著兩個小娘子退了出來。掩上門。

走出去十來步遠，九娘便聽見程氏的號啕之聲，在心裡默默數著：一、二、三。果然又靜默下來。

這世上，一物降一物，倒也不假。王瓔堂堂郡夫人，在程氏手裡竟連話也插不上。可，那又如何？蘇瞻依舊娶了她，捧在手裡，寵成那樣。

上方禪院占地甚廣。放生池在大殿的前方，四周綠草茵茵，種著海棠、木槿、紫藤等樹木，十分雅致。兩邊自有抄手遊廊美人靠。遙遙望去，池內的荷花睡蓮，零星點綴在水面上，隨著微風輕輕蕩漾。

七娘牽著她乳母的手，指著水中大叫：「烏龜，烏龜！」又抬頭叫：「鞦韆，鞦韆！」寒食節，時人喝寒食粥，吃各種點心，娘子們借著踏青，處處都有鞦韆可耍，蹴鞠可看，最是開懷。今年三房的木樨院裡卻不曾掛鞦韆，眼下無人管束，怎會不心動？

七娘轉過頭來：「九娘，鞦韆只有一個，我要玩，你去別處耍吧。」

九娘求之不得，卻眨了眨大眼睛，有些發愁：「不如我陪著七姊吧，我們換著玩可好？萬一我走開了，若是娘喚我不見，怎麼辦？」

七娘眼睛一瞪：「我不用你陪。你自去玩，過半個時辰回來就是。」

九娘笑著說：「那我讓連翹在這裡等著吧。要是娘叫我，連翹你到大殿後面去找我。我去那裡撿些石頭。」

連翹趕緊答應了。她巴不得能調到木樨院裡去，有這個機會多陪陪七娘，得趕緊。

九娘道了福行了禮，牽著慈姑的手往大殿後面去了。

第三章

慈姑跟著九娘越走越快，不由得奇道：「小娘子慢些，你這是要去哪裡？」

九娘卻已在大殿的後門停了下來：「慈姑，我進去一會，你在這個院子裡揀幾塊好看一點的石頭。要是連翹來喚，你就來大殿找我。」

慈姑疑惑道：「你——你是不是餓得狠了？不如我去找個沙彌要些個點心？那裡面是你舅母榮國夫人的供品，可不能偷吃。」

九娘哭笑不得，只挪動小短腿跨過門檻：「嗯，不偷吃，你去吧。」

慈姑雖納悶，可自從九娘出痘醒來，沉靜篤定，自己不知怎麼竟也不願違背她的話。眼看著她小小身影沒入暗處，慈姑只得歎了口氣轉身離去。

大殿內燭火尚在，空無一人。

九娘四處張望，不見蘇昉的蹤影。她心裡惆悵，看向那牌位前，卻見供案上多了一個小碗。

九娘上前幾步，踮起腳尖，取下碗來，定睛一看，眼眶頓時紅了。這是她前世常用的紫口鐵足冰裂紋哥窯八方碗，兩寸許大的小碗，裡面裝了一碗杏酪，色澤淡淡，近乎透明，能看得清碗內的細密百圾碎紋，上面點綴了十幾朵糖漬過的金桂。

「你在做什麼！」身後忽地一聲斷喝，九娘嚇了一跳，差點將碗摔了，轉身一看，竟是蘇昉。

蘇昉皺起眉頭，低頭看著眼前的小胖人兒，想起來她就是寺廟門口那個鼻頭紅紅的孟家小娘子，看自己看哭了的，倒不便斥責她，便伸出手：「那個你不能碰，給我。」

九娘依依不捨地將小碗遞給他：「這是哪裡來的杏酪？真好看。」因剛掉了門牙不久，杏酪漏風變成了杏鬧。

蘇昉將碗復又恭恭敬敬放上供案，轉頭來看看那雙水盈盈的大眼睛，輕歎了口氣道：「你在孟家排行第幾？怎地這麼無禮不叫表哥？」

要你娘我叫你表哥？你可受不起。九娘心底暗忖，轉轉眼珠子又問：「你自己做的是不是？這只碗是你娘的心愛之物是不是？」

蘇昉一呆：「你怎麼知道？」

九娘在蒲團上盤腿坐了，抬頭說：「這麼精緻好看的小碗，就算在我家婆婆那裡也從來沒見過，肯定是很難得的好東西，你卻要留在這裡不帶走，一定是你娘喜歡的。還有這杏酪，既然你自己帶來的，肯定得自己做才算有孝心。這麼簡單，可不一想就明白了？」

蘇昉吸了口氣，蹲下來：「你來偷吃的？」

九娘眼睛一瞪：「你怎麼知道？」

蘇昉上下打量她一番：「你如此胖乎乎，就算我在學裡也從沒見過比你更胖的，平日你一定吃得多，從城裡來開寶寺兩個時辰，你四更天不到就得起床，肯定餓了。看著供桌上這麼多吃的，便想來偷一些吃。你沒了門牙，所以就想偷吃杏酪。這麼簡單可不也一想就明白了？」

九娘哭笑不得。蘇昉站起身：「你怎麼一個人偷偷溜進來，身邊都沒個女使。萬一遇到拐子怎麼辦？」

蘇宰相家裡辦法會，沒有蘇瞻的點頭，恐怕一隻老鼠都進不了上方禪院吧。九娘看著蘇昉，心中千言萬語的，忽地開口：「我排行第九，家裡喚我九娘。我同你娘一樣，都是臘月二十四生的。你娘以前抱過我，還送給我好幾樣生辰禮。我來看看她，再給她磕幾個頭。」

自己給自己磕頭，不算吃虧。

蘇昉看著小人兒規規矩矩從蒲團上站起來，走到牌位前行了跪拜大禮。想起以前娘有好幾次生辰都會給孟家的一位小娘子隨一份生辰禮，卻原來是她。這麼小的人兒也知道滴水之恩湧泉相報。他眼中一澀，抬起手取下那只哥窯八方碗遞給九娘：「原來是你，你週歲的時候我還抱過你，似乎沒現在這麼胖。既然餓了，你拿去吃吧。」

九娘接過碗，心中又酸又澀，正要開口，卻看見慈姑匆匆從佛像邊上轉了出來：「小娘子！」

「你們這是在做什麼？」王瓔甜美的聲音在大殿門口響起。

卻是蘇瞻一行人都過來了。

九娘一看程氏，就知道她在蘇瞻跟前什麼招數都白用。蘇昉上前行禮，正要解說。九娘卻捧著碗向蘇瞻屈了屈膝：「宰相舅父安好，因九娘餓得慌，忍不住來供桌上想拿些果子吃，你家大郎就把供給夫人的杏酪給我吃。」舅父二字自然含糊不清。

殿中人頓時靜寂無聲，這、這算什麼？

被程氏牽在手裡的七娘下巴都快掉了。這掃把星！程氏臉上一陣紅一陣白一陣青，適才她但凡想開口，蘇瞻淡淡一眼看過來，她竟無論如何說不出來要官的話，徒勞走了一回，正鬱卒著，臨了還被這小娘子臉面掃地。

九娘卻微側過頭看蘇昉，笑嘻嘻地說：「謝謝大郎，我在家一日只能吃兩餐，天天都餓得很。這杏酪我真的能吃？」她可沒說謊，林氏三番五次跟孟三郎和程氏說她太胖，怕將來嫁不出去，年後確實只給她吃兩餐。

蘇昉對蘇瞻行了一禮：「爹爹，這小九娘便是孟家那位和母親生辰一樣的小娘子，我看她實在餓得狠，又和母親有緣，便將敬獻的杏酪給她了。」

蘇瞻看看這粉妝玉琢的小娘子一派天真，捧著碗不肯撒手的模樣，心中一軟。那只哥窯八方碗是當年他親自去訂的，外壁開片大，釉厚，內壁開片細小密集，釉薄，要得到好看的冰裂紋和釉色，實在不易，歷時兩年也不過只得了六隻碗。杏酪上面的糖漬金桂，還是那人帶著兒子親手採摘，洗淨晾曬乾，用糖和蜂蜜醃漬了，埋在後花園的桂樹下頭。蜂蜜是那人特地要他拿了長竹竿搗了蜂巢掏出來的，即便連頭帶手都包了薄紗，手上還是被叮了好幾下，他疼得直叫，那人卻帶著兒子在屋內隔窗笑得不行。

一晃眼，原來已經去了近三年。

程氏一把揪過九娘，卻聽蘇瞻淡淡地開口：「那碗杏酪給她留著吃吧。」他頓了一頓又道：「那碗，也留著就是。她倒和阿玞有緣。」

程氏伸出去的手便轉了方向，往九娘的包包頭上輕撫了一下：「表哥說的是，是有緣。」

蘇瞻看著程氏道：「等節後我旬休時，你讓孟叔常來我家中，無需遞拜帖了。十七娘雖然年幼，你也該按序稱她為表嫂才是。」說完已轉身抬腳朝殿外走去。

王璎神色複雜地看看程氏，福了一福，又看了看九娘笑道：「表妹，我們先告辭了。這小九娘，果然是個有福氣的。」

蘇昉落在最後，伸手點點九娘手中的碗：「這是我母親常用之物，你好生保管著。記住了明年還一碗杏酪給我。」九娘屈了屈膝：「記住了。」物歸原主自會好好保管。只是，千言萬語，今日卻沒能說上幾句。

轉瞬間，蘇家上下眾人都已離去。

程氏低頭看看正盯著杏酪的九娘，心中萬馬奔騰，最後只歎了口氣：「你啊──好了，走吧，上了車再吃。慈姑，你幫九娘拿著，回頭這碗替她收好了，別叫林氏拿去孝敬姨奶奶或是給十一郎糟蹋了。」

七娘扯著程氏的袖子嚷嚷：「娘！我也要吃杏酪！我要那只碗！」

程氏一瞪眼：「別胡說，那是你宰相舅父賜的，你不許搶她的。走吧，回府。」

七娘恨得不行，卻也不敢忤逆母親。

九娘卻看著她笑。七娘氣得哭了起來，乳母趕緊牽了她的手哄她。

孟府一眾人也相繼離開大殿，九娘落在最後，回頭看看那大殿上，幾個僧人正在清掃。餘煙嫋嫋，餘香淡淡。

曾青春，經不住那流光拋。曾歡喜，躲不過那風波擾。

第四章

孟府的牛車，悠悠地離了開寶寺。錯肩而過了五六個騎者，那一行人裡當頭的一位躍下馬來，問迎客僧：「蘇家的人走了沒？」迎客僧笑著指指牛車說：「剛走不遠。」那人回過頭，看著牛車遠去，輕哼了一聲，自入寺去了。

牛車還沒進封丘門，九娘到底這身子還小，架不住半夜起來折騰了好幾個時辰，又在七娘虎視眈眈下吃了碗甜甜的杏酪，睡意上湧，抱著那碗歪在案几上。

七娘滿肚子不服氣，一直瞪著九娘。兩人對著眼看，隨著牛車晃悠悠的，竟都睡著了。

程氏看看她們，心潮起伏，又有些悵然。她掀開窗簾一角，外間天已大光，沿途花樹下已經不少士人庶民鋪了席子，羅列杯盤。也有出城的禁中車馬去開寶寺祭祀宮人的，錦額珠簾，繡扇雙遮。路邊各色賣炊餅、棗糕、黃胖❶、名花異果的更是熱鬧，比起早間的清冷，截然不同，只有去城外祭掃新墳的百姓才面帶哀色。

程氏覺得自己仿似一張一直被拉滿的弓，忽然鬆了弦，渾身說不出的疲憊。她靠著引枕閉起眼。

梅姑輕輕攤開兩張五色普羅薄被，給程氏和七娘蓋上，轉頭看看九娘睡夢中小臉緋紅，肉乎乎的小手還抱著那寶貝疙瘩碗，跟隻護食的小狗似的，不由得暗歎一聲，取出一張繭綢薄被，輕輕搭在伏案昏睡的九娘身上。

不多時，牛車轉入清淨的翰林巷，片刻後在孟府正門的車馬處停了下來。角門大開著，府裡的粗使婆子們趕緊將肩輿抬上前。

孟府粉牆黛瓦，並不張揚。黑漆的四扇大門緊閉，青綠的蝴蝶獸面門環安落，兩側的春帖子還貼著立春的詩句，只有那八級如意大理石踏跺才顯示出高門大戶的氣派。這棟老宅歷代經營，占地二十餘畝，出自名家手筆，亭堂池臺應有俱全。

肩輿抬著三房的娘子們，繞過鬥柏楠木的大照壁，沿著抄手遊廊直往東南面三房住著的木樨院去。

行了兩刻鐘，九娘遠遠兒地就看見身穿月白滾紫邊長褙子的阮氏帶著四娘，等候在木樨院門口，卻看不見林氏，不由得歎了口氣，這個草包姨娘哦，該做的一樣也不會做。

阮氏帶著笑將程氏扶下來：「娘子可回來了。」

四娘也趕緊將七娘扶下肩輿：「七妹還要照顧九妹，肯定累壞了吧。」七娘一頓，轉頭瞪了九娘一眼，哼了一聲：「別提了，氣死我了。」兩個人挽著手說著話，跟著程氏進了院子。

九娘牽著慈姑的手，帶著連翹慢慢綴在眾人後頭，穿過東邊的抄手遊廊，回到聽香閣。

不出九娘所料，林氏不去門口迎接主母，也不待在自己的東小院裡，卻跑來聽香閣，正在九娘

❶ 黃胖：宋代的泥偶玩具。

住的東暖閣臨窗大榻上縫衣裳，她的女使寶相坐在踏床上理線。

林氏抬頭見慈姑牽著九娘回來，皺了皺眉：「怎麼回來這麼晚？」

連翹笑著上前行了個禮：「恭喜姨娘，今天小娘子見到宰相和宰相夫人了，宰相夫人賞了小娘子一隻金鐲子呢。這個月四娘要過生日，我看阮姨娘給四娘打的金鐲子，不如這個一半好。」

林氏美目一亮：「真的？快拿出來我看看。」

慈姑不情不願地從荷包裡取出那只王瓔給的赤金鐲子，卻避開連翹伸出來的手，遞給了寶相。

連翹冷哼了一聲，甩手走到林氏身邊。

林氏接過鐲子，仔細看了看，用染了鳳仙花的指甲死命掐了一掐，抬起頭說：「你們幾個都到外面去，我和小娘子說會兒話。」

連翹應了聲是，神色間掩不住的得意。寶相暗暗白了她一眼，這般作死，攔不住。慈姑猶豫了一下也只能出了暖閣，守在廡廊下。

九娘眼看著林氏手邊案几上的小碟子裡有幾塊麵燕❷，做得好看，插著小銀叉子，便爬上榻伸手去拿。

林氏氣得一把拍上她的手：「就知道吃吃吃，你看看你的小胖腿，比四娘的腰還粗！將來怎麼嫁人？」

九娘翻了個白眼：「我少吃也長肉，喝水都長肉。」她還是拿起一塊麵燕，看了看林氏顫巍巍高聳著的胸，歎了口氣：「姨娘你這麼多肉，我能瘦得下來嗎？」

林氏面容絕美，豐胸細腰肥臀，人又傻乎乎的。當年老夫人就是覺得她好生養，好拿捏，才把她賜給子嗣艱難的程氏。

聽了九娘的話，林氏臉一紅，瞪了九娘一眼，起身給九娘倒了杯水：「小娘子家的，你懂什麼！成日裡說些渾話！你慢點吃，喝口水，別噎著。我同你說正經事，這鐲子是赤金的，足足能有二兩。你聽姨娘的，過幾天就是四娘生日，總要送個拿得出手的禮才是。平日阿阮那麼照顧我，四娘又那麼照顧你。這鐲子啊，不如送給四娘做個人情。」

九娘一口噎住了，咳了好幾聲。早知道你傻，不知道你能傻到這個地步！那叫照顧嗎？天天給你挖坑下絆子，你樂呵呵地往裡跳。我這剪柳條還不是阮氏吹的枕邊風吹出來的？

九娘一把搶過林氏手裡的鐲子，套到自己手上。「不行，長者賜，不可辭。萬一宰相夫人來家裡，一看，送給我的鐲子怎麼在別人手上，肯定氣死她了！」

林氏趕緊抓住她的小手，將鐲子褪下來：「你先氣死我了，我都是為了你好！你還小，聽姨娘的一準沒錯。我來幫你送。」

九娘歎了口氣，就問她：「姨娘，七娘四月裡也要過生日，怎麼不去討好她？」

林氏一愣：「七娘子平日就不喜歡你，娘子也不喜歡我，送了也白送，還不如送給對咱們好的人。」

❷ 麵燕：寒食節點心。用麵粉加上食用色素捏成燕子形狀，蒸製而成。

「娘子為什麼不喜歡姨娘？你以前不是她的侍女嗎？」九娘不經意地問。

「還不是——」林氏想了想：「因為我跟了你爹爹——」

「可是姨娘是被娘子送給爹爹的，娘子為什麼要不喜歡你？難道爹爹最喜歡你？」九娘又叉起一塊麵燕。

林氏低了頭：「那倒不是。」她哪裡知道自己怎麼得罪主母的，郎君每個月明明來她東小院最少，去阮姨娘那裡最多。

「姨娘，連翹她想去七娘房裡呢。」

林氏抬起頭：「啊！」

九娘朝她點點頭：「早上在廟裡我聽見她親口說的。」

林氏豎起眉：「這個作死的小蹄子！虧得我還——」

九娘問：「姨娘你生氣了？」

「廢話！她是你的女使，卻想著攀高枝！這個背主的賤婢！」林氏氣得胸脯一起一伏，更加巍峨壯觀。

九娘皺起眉：「哦，我明白了，難怪娘子不喜歡姨娘，你是她的女使，不在她跟前服侍著，卻一味裡去討好阮姨娘，這個是不是也算背主？」她吐吐小舌頭，飛快地滾下了榻。

林氏愣了一愣，心裡頭怪怪的。這個小九娘，出了痘以後說話就古里古怪。她趕緊起身去追九娘：「胡說什麼呢！你跑什麼跑！快過來，我給你量量尺寸，給你做件新褙子。」

九娘被她捏著脖子，揪過去量尺寸，聽著她嘮叨：「就只往橫裡長，不長個兒，愁死個人！」

九娘動動脖子：「姨娘你別給我做新褙子了。反正阮姨娘喜歡把四娘的舊衣裳送給我穿。」

林氏心裡更不舒服了，嘟囔了一句：「那是阿阮對你好，怕你四季衣裳不夠。」孟府裡嫡女一季六身新衣，庶女四套。因為阮姨娘的嫡親姑母，是孟老太爺最寵愛的阮姨奶奶。阮姨奶奶每季都掏私房銀子給四娘多做兩身衣裳。

九娘朝天翻了個白眼：「前幾天，我穿著四娘的舊衣裳去給婆婆請安，二伯娘就說，呀，弟妹你也忒小氣了，管個家連小娘子的衣裳錢都要剋扣！把娘子氣得咳了好一陣子呢。」她拿腔作調地學著二房呂氏的聲調，竟然學了個差不離。

林氏手上一頓，想起來那天程氏從翠微堂回來，就罰她去佛堂替她念了兩個時辰的經書，跪得她膝蓋上兩個烏青印，現在還沒消。她心裡那不舒服越來越厲害，收了尺子，沒作聲，坐回榻上縫衣服。

慈姑掀了簾子進來說：「阮姨娘來了。」

林氏趕緊起身，阮氏弱風扶柳般地進了暖閣，未語先笑，攙著林氏的手道：「恭喜阿林，九娘能得了宰相和夫人的青睞，真是有福氣的小娘子。」

林氏心裡正有些嘀咕，臉上堆起笑：「什麼福氣不福氣，阿阮找我什麼事？」

阮氏的女使將一個包裹放到桌上，打開來笑著說：「我家姨娘說，過幾日春衫要送來了，這裡有一些四娘的衣裳，才只穿過一回的，都是好料子，昨日就讓奴理了出來，九娘不嫌棄的話，日常裡穿穿。」

阮氏白了她一眼，笑著說：「就你嘴貧。九娘和四娘最親近不過的，怎麼會嫌棄。」

林氏看著桌上的衣裳，最上頭一件蜀綢的粉底杏色玫瑰紋短褙子看著像新衣裳。可她記得去年老夫人生日時，四娘就穿了這件，很出風頭。林氏的眼皮子不禁跳了跳，下意識就去看九娘。九娘卻坐在榻上小口小口吃著麵燕，朝她一笑。林氏的眼皮又跳了跳，她捏了捏袖子裡那金鐲子，咬了咬牙拿了出來：「阿阮，過幾天是四娘的生日，你們一直待九娘這麼好，九娘說這個鐲子送給四娘作個賀禮，你們可別嫌棄。」

九娘差點沒一個倒仰栽在榻上。

阮氏推讓了片刻，不情不願地收起了鐲子。

她含著兩滴珠淚，蹙起柳眉，握住林氏的手訴衷腸：「阿林！你和九娘對四娘這麼好！我想著四娘今年十歲要留頭了，也想給她打個鐲子，只是自己體己太少，那鐲子實在拿不出手，正怕四娘不開心以為我做姨娘的不把她放在心上。」她拭了拭淚，捏緊了帕子。

阮氏轉頭朝著榻上還在發呆的九娘說：「九娘啊，你別以為你姨娘求娘子給你少吃一些是對你不好，只有真心待你好的，才寧可不顧自己的名聲，都是為了你好。有些人哪，看著什麼都由著你，那才是害了你一輩子！」

九娘前世也算見識多，卻第一次見到阮氏這樣的人。

她前世是青神王氏長房嫡女，也是長房唯一的孩子，父親王方不顧族裡長輩們再三施壓，也不肯過繼子嗣，直言家產全都留給她。就這樣父親終身不曾納妾，守著娘親過了一輩子。

姨娘這類人等，她只見過其他各房裡的幾個。那些女子，難得見到她一次，也遠遠地就行禮避開了，從來沒打過交道。

後來她和蘇瞻成親十年，蘇瞻也沒有妾侍通房。可這會兒，九娘不由得暗暗估量著一個姨娘究竟能掀起多少風浪來。

林氏也紅了眼圈，剛才心裡頭的不舒服已經好多了。九娘看著兩個姨娘互訴衷腸，只能咳了一聲：「慈姑，給我換衣裳吧，我想睡一會。」

阮氏趕緊起身說了幾句關心九娘的話，攜了林氏的手一起走了。

慈姑捧來面盆給九娘淨面洗手，取出一件半舊的藕色山茶花白邊長褙子給她換上，將洗得乾淨的八方碗拿出來給九娘。

九娘歎了口氣，爬上床去，從白釉剔花枕邊搬出一個長條松木盒子，打開盒子，裡面裝著一個很舊，但穿著很乾淨的小衣裳的黃胖，還有幾顆琉璃珠子，這是孟九娘那孩子僅有的玩具了。

九娘用帕子將八方碗包裹好，放到那黃胖的邊上，拍了拍黃胖：「你們做個伴吧。」

第五章

過了清明節，朝廷休沐的寒食假期便只剩下兩天。今年官家有旨，文武官員無需去衙門歇泊，可在家休務。孟府照往年的規矩恢復了晨昏定省。

早間辰時還差一刻，程氏帶著三個小娘子，浩浩蕩蕩來到翠微堂。

翠微堂是後宅正院，三間小廳後是五間上房，屋頂上鋪滿綠色琉璃瓦，六枚黃綠相間的垂脊獸頭在雨後發亮的屋脊上靜靜坐著。

幾個身穿粉綠窄衫長裙的侍女靜立在兩邊的抄手遊廊下。兩側廂房掛著些鸚鵡、畫眉等鳥雀。廊下的侍女遠遠看見肩輿過來了，笑著迎了上來：「娘子來了。」

屋裡黑漆百鳥朝鳳八扇圍屏前的烏木羅漢榻上，端坐著孟老太爺的繼室梁氏，五十多歲的老夫人保養得好，依然一頭烏髮，目光明亮，看見她們進來，就招手笑道：「昨日可累壞孩子們了吧。」

屋裡登時熱鬧起來，羅漢榻前踏床上坐著的小娘子趕緊起身給程氏見禮。她個子嬌小，長眉鳳眼，身穿蜀錦冰藍牡丹紋半臂，梳著兩個丫髻，戴了珍珠髮箍，是二房嫡女六娘孟嬋，長房和二房統共只得這一個嫡女，從小養在老夫人膝下，最受老夫人寵愛。

老夫人下首端坐著長媳杜氏和二房的呂氏。程氏朝她們道了個福。

四娘因將要留頭，平時阮姨娘也總提點她一些梳妝打扮的訣竅，她忍不住偷偷打量著平日最是打扮考究的呂氏。

呂氏穿了件煙灰色綾牡丹海棠花半臂，明明有點素淡和老氣的顏色，被她披著的貼金牡丹芙蓉山茶花披帛一襯，顯得格外高貴。梳了雙蟠髻，斜斜戴了一朵白玉牡丹插花，又將這一身裝扮憑添了幾分雅致。四娘暗暗將這身搭配記在心裡。

九娘卻注意到呂氏手裡搖著的那把金鉸藤骨輕綃紗山水團扇，這才是內造的好東西。看看呂氏秀麗雅致，自然流露出的高貴。九娘也感歎，不操心的女人真看起來真是年輕。程氏雖然比呂氏年輕三歲，這些年操心中饋，看起來比呂氏還老一些。

孟府四個姊妹團團一圈禮畢，九娘挨著繡墩上坐下，聞到羅漢榻邊半人高的大梅瓶裡插著的昌州海棠，傳來陣陣幽香，暗歎百年世家名不虛傳，這有香的昌州海棠，外面哪裡找得到。

杜氏笑道：「今天你們口福好，老夫人屋裡做了杏酪，正好給你們嘗個新鮮。」一侍女們端上來幾個白瓷小碗，裡頭裝著老夫人房裡特製的杏酪。另有描花碟子上裝著麵燕、棗糕等寒食點心，還有些果子。

九娘剛取了一個果子，就聽見四娘笑著輕聲說：「多謝大伯娘體貼，聽說九妹妹昨日真是餓得厲害，在開寶寺就熬不住了，也拿了碗杏酪吃，肯定比不上婆婆這裡的吧，你說呢，九妹妹？」

九娘一頓，心道孟四娘你要不要一言一行都是刀劍相加啊？這大家都是庶女，犯得著嗎？而且明明你姨娘比我姨娘受寵多了好嗎？

七娘一抬頭，可不是！她差點忘了這茬！

七娘站起身朝著老夫人委屈地說：「婆婆，九娘昨天在寺廟裡偷榮國夫人的供品吃，被我蘇家表舅當場抓住了，我孟家的臉都給她丟光了！可得好好罰她！」

唉，九娘放下果子收了手，默默垂下頭看自己腳尖。

老夫人沉下臉來。屋裡頓時靜悄悄的，侍女們趕緊魚貫退了出去。

程氏乾笑著說：「娘，七娘還小，不懂事，沒有這回事。」她轉頭瞪了七娘一眼：「亂說什麼呢！」

七娘氣得嘭地一聲放下手中的碗，倒豎柳眉，蹭地站了起來：「我沒亂說，我親眼看見的！九娘自己不也承認偷拿供品了？連榮國夫人的碗都拿回來了，是不是？」

四娘心中得意，手裡卻趕緊虛虛拉住她衣角讓她坐下：「七妹！快別說了！」

老夫人身邊的女使貞娘使了個眼色。乳母們趕緊上前將小娘子們也帶了出去，安置到廂房裡吃點心。

七娘一進門就揪著九娘問：「你倒說給大家聽聽，我可有胡說？我要帶姊姊們去看看那只碗！」

乳母和女使們趕緊上前將七娘拉開，個個一身冷汗。這爆仗七娘，都敢上手了，要給娘子們或老夫人知道了，她們做下人的，免不了要挨上幾板子。

六娘孟嬋只比七娘大兩個月，性情溫和，見況便將九娘牽到一旁，給她理理衣襟，輕聲安慰她：「好了，九妹別怕，這也不是什麼大事，你還小呢，肚子餓了，看見吃的就拿，又有什麼？我還經常偷婆婆櫃子裡的蜂蜜吃呢。」

九娘眨眨眼，我沒怕，你真好。

四娘拉著七娘急道：「好了好了，都怪我不好，都是我惹出來的事，七妹快別怪九妹了。」

六娘跟著老夫人長大，見多了這等侍女們之間互相傾軋，便看著四娘笑：「可不都怪四姊你，九妹就算做錯什麼，自有三嬸罰她。這許多姊妹、嬸娘、侍女、婆子們在場的時候，拿出來說道，有什麼意思？我們做姊姊的，不應該私下提點妹妹嗎？」她說話不輕不重，不急不緩，語氣柔和，乳母們和女使們不由得暗讚一聲到底是老夫人撫育長大的，氣度不凡。

四娘眼圈一紅，拉著七娘的手就哭了起來：「都怪我，我哪裡知道這事說不得呢——」

七娘登時跳了起來，指著六娘說：「你講不講理？明明是九娘犯的錯，你不說她，反而來說四姊！偷東西還有理嗎？就算你是在婆婆身邊長大，還能不講理了？」她憋了一上午，卻被母親當著眾人的面責罵，這時忍不住萬分委屈，也哭了出來。

六娘性子看似溫軟柔和，卻是個最孝順又固執不過的小娘子，見七娘哭了，冷下臉就說：「七妹妹不愧是我孟家的爆仗，一點就著。這關婆婆什麼事？難道我說些什麼話，你還要怪在婆婆身上嗎？」

一看姊妹間全鬧翻了，還哭了兩個，乳母趕緊上前給四娘和七娘擦眼淚：「好了好了，這過節呢，你們這個哭那個也哭的，老夫人知道了，要不高興的。自家姊妹，有什麼話好好說就是。快別哭了。」女使們又匆匆出去打水，取了梳妝的物事來服侍四娘七娘淨面。

九娘被六娘攬在懷裡，眨著大眼睛朝著她們笑，來孟府這麼久，第一次感受到有姊姊的好處，何況這人還是隔房的堂姊，是孟府裡最受寵愛的嫡女。這尊菩薩，面軟心不軟，真好。

唉，九娘心裡後悔應該剛才把果子拿上就好了，她真的一直吃不飽。

堂上只剩下老夫人和三個兒媳。貞娘輕輕地給老夫人敲著背。

呂氏搖著團扇，瞥著程氏，嗤笑了一聲說：「這小娘子呢，也得學著投胎，不給飯吃，不給做新衣裳倒也算了，要是被那些鼠目寸光的人有心養歪了，壞了孟家一家子的名聲。哦，對了，我們長房二房，除了已經出嫁的三娘，統共就剩六娘一個寶貝，要是誰害了六娘的名聲，我可是不依的。」

程氏氣得一口氣堵在胸口，赤紅了臉說：「小孩子家渾說幾句，二嫂你怎麼總喜歡聽風便是雨？我們家誰都知道你是最有學問的人，卻愛說這種誅心的話！你要是為了中饋，和娘直說便是，何必處處刺我？」

杜氏趕緊起身打圓場：「自家妯娌，和和睦睦才是，還在節下呢，何必這麼嗆，有什麼話在娘面前，好好說。」

呂氏舉起團扇掩了口：「大嫂，你是個最賢德的人。可我偏是個臺官❶的性子，忍不得。不然只有人說好話，將來出了事，我家六娘被迫做了那遭殃的池魚，我要找誰怨恨呢？就算再恨恐怕也來不及了，萬一跟哪家破落戶似的，十六歲還無人求親，那可就叫天天不應叫地地不靈了。」

程氏掩面道：「二嫂，你用不著編排大嫂。大嫂憐惜我，這些年幫襯了我許多，我心中有數。你說這些難聽話，不外乎要折辱我。我做弟妹的，嫂嫂要罵要打，也只能生受著，你是國子監祭酒的嫡女，勉強和我這樣的商賈女兒做了妯娌，難免心裡不痛快。就算當年二伯和我相看過，也插了釵，到底不曾下草帖子❷，算不上悔婚。您又何苦總疑神疑鬼的看我不順眼？父母之命，我就算是商賈出身，也懂這個道理。二嫂不如學學我家三郎，他可從不疑心我心裡裝著別人！」

呂氏氣得差點沒折斷了手裡團扇的金鉸藤骨柄，她何時計較過這糟心的破爛事。明明說的是養女不教和閨閣名聲，卻被這破落戶攪和成了自己因私怨針對於她！

她冷笑一聲忍不住開口：「是，你家官人最是體貼你，你最懂道理，卻連個嫡子也沒有，倒要替侍妾們養著三個小郎君！」

上座的老夫人喝了一聲：「夠了！」

程氏撲到老夫人膝前大哭著說：「當年大嫂說自己不會算數，將中饋交給二嫂。二嫂生下六娘後虧了身子，娘才讓我接了中饋。若是二嫂想要接了中饋，我豈有不給她的道理？娘，您聽聽二嫂這有多恨我，說這些扎我心的話。可憐我的十二郎！才三個月大，就叫人算計了去！我要不是為了七娘，還活著做什麼！二嫂何苦要逼我去死！若是要我死了她才稱心，不如娘，您賜我一封休書，

---

❶ 臺官：御史臺官員。

❷ 草帖子：宋代娶婦流程第一步，指內容比較簡單的庚帖。

將我休回眉州去罷！」

杜氏趕緊拍拍呂氏，又上前安撫程氏。老夫人頭暈腦脹：「胡說些什麼，你且起來好好說話，什麼休不休的！」

呂氏冷哼了一聲。

「我雖是商家出身，卻也有幾分骨氣。二嫂要是有這心思，說白了就是。我今日就把帳冊對牌都交給你。何必說這種話將人往死裡逼？」程氏扶著杜氏的手道：「大嫂，你說說，我怎麼虧待四娘九娘了？不說四娘，好幾雙眼睛盯著護著。就是阿林不知求了我多少次，恨不得說是我故意養胖九娘了，我才答應給九娘減了一餐飯。」

杜氏拍著她的手臂歎氣：「這個我們都知道，不關你的事。」

程氏抽噎著道：「上次舊衫子的事也是，她們搞的什麼鬼，二嫂你這樣的聰明，看不出來？我爹爹給了我十萬貫陪嫁，還不夠我三房幾十口人這輩子花銷？我累死累活為了這一大家子，難道是為了守著公中的錢發財不成？」

呂氏卻說：「有人懷孕了，不肯撒手；早產了，也不撒手，連十二郎沒了，還硬撐著不肯撒手。娘不忍心，提了幾次吧，你可放手了？你程家是豪富人家，我們便是缺錢的破落戶，指望靠著公中這點錢發達不成？」

第六章

老夫人梁氏頭都疼了，這兩個兒媳向來不和，針尖對麥芒。偏偏一個是親生兒子的妻子，一個是庶子的妻子。她幫誰都落一個偏心，平時睜一隻眼閉一隻眼也就過去了。眼下竟然節下也鬧成這樣，實在不管不行。

老夫人開了口：「好了，都少說一句罷。」

杜氏讓人打了水進來，親自服侍程氏淨面挽髮勻粉。

呂氏也自垂首不語，她忍了好些年了，長房二房的僕從一年比一年人手少，眼看著該立春就送進來的春衫，過了清明還不見蹤影。正好借著這事發作起來，撕破臉就撕破臉，大家說個清楚也好。

老夫人沉吟了片刻：「老三媳婦辛苦了這麼些年，裡裡外外井井有條，是有功勞也有苦勞的。孟家詩書傳家，你們這跟烏眼雞似的，像什麼話！給孩子們看到，這臉還要不要了？」

一聽老夫人這話，三妯娌都站起身來：「是媳婦的錯。」

老夫人歎氣道：「都坐吧，家和萬事才能興。萬事講究個在理。老三媳婦，既然你也這麼說了，你二嫂這幾年身子也好了，你就把對牌帳冊還交給你二嫂，自己也好好調養調養。」

程氏只覺得耳旁嗡嗡響。啊？

老夫人想了想說：「依我看，你們好好花點時間對帳。不如從三月初一開始，老二媳婦正式掌事吧。」

看著對面呂氏的笑容，程氏半晌才吐出個「好」字來。

老夫人轉向呂氏道：「你三弟妹也不容易，這些年起早摸黑的。以後她的月銀就加到二十貫錢，多出來的十貫，走我房裡出，不動公中的。你這刀子嘴，也要收一收，自己妯娌，怎麼說得出口？你弟妹那裡上下兩個阮氏，她比你們不知要多操幾分心，我看著她對庶女庶子，還是好的。」

呂氏紅了臉稱是。

杜氏鬆了一口氣，眼下正八品大理寺丞一個月的俸料也不過一十八貫錢。一年這一百多貫錢，夠五六戶普通百姓人家一年的花銷。老夫人無非是不願意落一個苛待庶子庶媳的名，白白給老太爺和阮姨奶奶說道，也算花錢擋災。幸虧她一早就推掉了中饋，不然哪……

老夫人又對著程氏道：「老三媳婦啊，你是個能幹的。我也知道，只一個木樨院，打理起來就勞心勞力。但凡事要看長遠，你要是理會那兩個，這做正室的，豈不自降身份？總得多點心思在孩子們身上。我們做女子的，比不得前朝楊貴妃那時珍貴，男兒身如璋如圭，女兒身就如瓦如礫。你是一直被你爹爹寵著，哪裡知道這世道艱難？在家靠爹爹，出嫁靠良人，可終究最後還不是靠兒子？你房裡早點選一個記在名下，以後七娘也有個嫡出的兄弟能依靠。十一郎現在年紀還小，就是被有心人弄得頑劣，還掰得回來，早點送進族學裡，跟著長房二房的哥哥們開蒙讀書，才是正經事。」

程氏只覺得心裡酸澀無比，垂首應了聲是。

「你看看七娘這爆仗脾氣，將來嫁去婆家，誰能容得下？還有九娘，七歲了吧？連個名字都還沒取，也沒入學開蒙。怎麼不叫旁人說嘴？你是騰不出那個空操心，可耐不住有人要瞎操心算計呢。」

老夫人自責道：「也都怪我當初選錯了人，阿林長得好看，卻是繡花枕頭一包草，唉。」

程氏強忍著淚抬起頭說：「娘，是媳婦無能。」

呂氏站起身大大方方地對程氏道了福：「勞煩弟妹了，是我小人之心度君子之腹。我這人心直口快，你別放在心上。」

程氏眼前一黑，什麼叫心直口快？

呂氏卻又說：「你放心，每個月你那二十貫錢，我親自給你送來木樨院。」

程氏差點咬碎銀牙，什麼？你親自送來木樨院？怕我氣死得不夠快嗎？

這檔口，外間有女使稟告說：「老夫人，三位娘子，二郎帶了客人來拜見老夫人了。」

杜氏趕緊出去外間，一會兒回來笑著說：「娘，是陳表叔家的太初和咱們家二郎在宮外面遇見了，特地來拜見您呢。」

老夫人想了想，笑起來：「是太初那孩子啊，快請進來。」又趕緊囑咐貞娘：「貞娘，你去廂房裡把小娘子們也帶過來認一認表親。」

程氏讓侍女去廂房裡搬屏風，老夫人揮揮手：「不用麻煩，都是骨肉至親，年紀又都還小，難不成以後親戚間見面大眼瞪小眼，互不相識？再說了，那可是太初，避什麼嫌？」

三妯娌想到陳太初的家世和模樣，互相看看，呵呵，和陳家做親戚可以，做親家？還是免了吧，她們可想都不敢想，便紛紛點頭稱是。

乳母和女使們將小娘子們送了回來。

六娘孟嬋攜了九娘的手，逕自坐到老夫人膝前的踏床上。

七娘的眼圈還紅著，靠到程氏身邊想說幾句話，卻發現母親的臉色太過難看，嘴角翕了翕，到底沒敢開口。

老夫人拍拍六娘的手臂笑著說：「阿嬋小的時候，太初倒常來玩，現在可還記得陳家表哥？」

六娘想了想，老老實實交待：「不記得了。」

這時簾子一掀，兩個少年郎先後進了屋，登時滿室生輝。

頭先進來的是長房嫡子孟彥弼，排行第二，他剛滿十四歲，身高七尺五寸，立如勁松，行如疾風，生得面如冠玉目如朗星。他身穿禁中招箭班的紫色半袖寬衫，勒著招箭班特有的紫色軟紗抹額，別有一股倜儻之意。

一進門他就笑著跪到老夫人跟前，咚咚咚磕了三個響頭。

老夫人嚇了一跳：「你這猴子，怎麼不等墊子就磕頭，仔細青了膝蓋。」

九娘早跟著六娘起身退在一旁，見他這樣，都不禁笑著朝彥弼道福。

後面的陳太初卻不急不緩，閒庭信步。他跟在彥弼身後，待侍女鋪了錦墊，才行了跪拜大禮，又起身和長輩姊妹們見禮。

老夫人親自起身將他拉到榻前，上上下下看了幾回：「好孩子，才三四年不見，長得更齊整了，我家二郎不如你。彥弼，來，來，你服氣不服氣？」

九娘側眼望去，見陳太初不過十一二歲的模樣，形貌昳麗，穿一身窄袖竹葉青直裰，束了青玉冠，烏髮垂肩，靜立著似幅畫兒，充耳琇瑩，會弁如星。

九娘不禁暗暗將他和自己的寶貝兒子比較，覺得陳太初眉眼間比起蘇昉多了一份英氣。蘇昉比他更溫潤一些，還真是不相上下。

孟彥弼聽了老夫人的問話，笑著不依：「婆婆！你這胳膊肘啊，也往外彎得太快了些。二郎我可比太初要高，要壯實許多，咱們就不能春蘭秋菊各擅勝場？」眾人又都笑了起來。

他走到陳太初身邊比了比個頭，對老夫人涎著臉說：「婆婆，你好歹也給我點面子，我這哥哥才做得爽快啊。」

杜氏牽著陳太初的手左看右看：「你這孩子，竟比我還高了這許多。當年又瘦又小。你這是跑去哪裡了？怎麼好幾年也不來叔母家裡玩？問你娘親，她總是悶嘴的葫蘆不吭一聲，你也是，信也不來一封，叫大郎二郎這些兄弟們好生擔憂。」

陳太初彎腰一揖：「叔母安好。我被父親扔到大名府，在軍中待了三年，節前才回來的，還請別生氣。」杜氏說：「三年前你才八歲，怎麼就送到軍中去了！」眾人不免都感歎一番，可到底沒人敢說一句：「你爹爹真狠心。」

九娘這才想起來，陳太初有個權傾天下的父親：樞密副使陳青，陳太尉。

六娘和孟彥弼素來十分親近，就好奇地問：「太初表哥，你同二哥，可有比試過誰厲害些？我二哥可厲害了，那麼多人去參選，他直接進了殿侍招箭班呢！」

孟彥弼玉面一紅，倒也泰然地承認：「我不如太初。」

六娘張大了嘴，目瞪口呆。她還是第一次聽見二哥認輸，還認輸得這麼爽快。

九娘忍不住偷笑。

陳太初卻說：「哥哥太謙虛了，我們不過踢了場蹴鞠而已，哪裡比試過什麼。」

孟彥弼不以為然地揮手：「男子漢大丈夫，輸就是輸，這有什麼。你那幾下子，我一伸手就知道，拳腳刀馬都不比我們教頭差。我不如你。」

陳太初看著他豪邁的樣子，便問：「那下次我們比比射箭？」

孟彥弼瞪了眼：「這可是你自找的！哥哥不是吹牛，你讓我射百步外的母蚊子，我肯定不會射到公的。」眾人大笑起來。

陳太初也含笑稱是，他這一笑，如三月春光，亮得人眼晃心跳。就連九娘都禁不住歎氣，陳氏一門真絕色，傳言誠不我欺也。不由得好奇孟老太爺怎麼捨得苛待原配陳氏，獨寵阮姨奶奶呢。

四娘從他們一進門，就一直偷偷打量著陳太初，見他這一笑，如彩雲出岫，只覺得心跳不已，一股說不出的熱氣上湧翻騰，手心微微出汗，趕緊捏了帕子垂首不敢再看。

陳太初轉頭對老夫人說：「今天一早我在宮裡蹴鞠，趕上太后老人家讓秦供奉官來給伯父賜新火，趕緊跟了過來，才在御街上和二表哥遇上了。現在秦供奉官只怕還在廣知堂等著拜見婆婆呢。」

孟彥弼拍了拍腦袋：「啊呦！看我糊塗的，說著說著竟忘了這事。爹爹是讓我和太初來請婆婆去廣知堂的。」他趕緊抱住老夫人的胳膊：「婆婆，你可別說我忘了啊，不然今天十板子少不了。」

眾人都大笑起來。老夫人戳著他的額頭罵：「你爹爹娘親都是那麼板正的人，怎麼生出你這個潑皮無賴貨！」

梅姑上前對程氏附耳說了幾句話。程氏看看漏刻，已經快午時了，便打起精神說：「不如二郎你們先陪著老夫人去廣知堂。我們娘兒幾個收拾收拾，到明鏡堂等你們一起用飯。」

待孟彥弼領著陳太初先出去了，老夫人問：「白礬樓的席面送來了沒有？」

程氏回道：「都歸置好了，他家四司六局的卯時就來了，年年都安排的，娘放心好了。」

老夫人這才收了笑，對小娘子們說：「好了，大過節的，你們姊妹間都要開開心心的，誰也不許再胡鬧了。」

四位小娘子謹然肅立：「是！」

「七娘的脾氣要好好收一收，節後返學了，每天多寫二十張大字，送來翠微堂，先寫上一個月磨磨性子。九娘雖說年紀小，偷拿供品有錯在先。婆婆罰你現在去家廟，跪上一個時辰好好反省，待晚上我讓你二伯給你取個名。節後跟著姊姊們一起去女學讀書。我孟家的小娘子，總要知書識禮才是。」老夫人氣定神閒地宣布。

程氏臉色蒼白，點頭應是。七娘的眼淚含著，不敢落下來，也行禮應了。九娘卻抬起頭問：

「婆婆，我能吃了飯再去跪嗎？」

老夫人看著這個眨著烏溜溜的大眼睛的小娘子，又好氣又好笑：「有錯就得馬上改。你記著以後可不能隨便去動人家的東西。我讓慈姑給你留飯，你安心受罰去。」

九娘笑嘻嘻地應了：「嗯，慈姑，我愛吃鵪子羹，你給我留上一碗，一大碗好不好？」

老夫人無奈地戳戳她的小腦袋：「你啊！我家這是出了個女饕餮不成？」

被九娘這麼一攪和，屋子裡的人都忍俊不禁，笑成一片。連著程氏也覺得沒那麼難堪了。

慈姑心裡又酸又澀，送走眾人，取了罰跪的厚墊，回到堂上，不由得一呆。

九娘撥動著自己肉肉的小手指，正將高几上的點心、果子小心翼翼地用帕子包起來，塞進懷裡。

慈姑只覺得，有點暈。

第七章

孟府外院正廳廣知堂，飛簷斗拱，門上插著翠綠柳條，十六扇如意菱花槅扇全開，堂上通透敞亮。

八位禁軍立在堂外。堂上長條案几上供著官家賜下的新火。滿汴梁城，能得到官家賜新火的不過幾十家而已，堂外伺候的僕從們個個滿面紅光，神采飛揚。

面白無鬚，臉有褶子的慈寧殿秦供奉官心不在焉地聽著孟存說話，不停張望著門口。

陳太初你個小崽子，坑死我了。

右手邊的孟老太爺雖然臉上勉強掛著笑，渾身卻似冰山一樣，只缺貼了生人勿近四個大字。大概他已經想起來二十多前，就是自己這個秦內侍，奉了太后懿旨，來孟宅給梁氏做主，將他的心肝寶貝愛妾阮氏從床上硬生生拖下來，掌了二十下嘴，用的是內侍省專用掌嘴刑具：朱漆竹板。

想到掌嘴，秦供奉官的右眼皮禁不住跳了一下，有點想抽自己：你沒事在太后眼皮子底下轉悠啥？被指了這麼個差事。

自己下首這個孟副都指揮使，不愧是孟老太爺原配陳氏所出的嫡長子，模樣和他表弟陳太尉真像啊，還也是座冰山。您不想應酬就別出來板著臉膈應人嘛，要麼像你爹爹一樣掛個假笑也成。算了，這位在御前也是這個德性，自己的臉面難道敢跟官家比嗎？

哦，還有孟存下頭坐著的那個，眼睛微微眯著，嘴角含笑，笑裡藏刀，恐怕就是阮氏所出的孟三了。這不笑，假笑，笑裡藏刀，算了，還是不笑的好。

陳太初你個小崽子怎麼還不來？老夫人，你怎麼還不來？

幸好還有孟存在，幸好他是翰林院學士院的學士，幸好他是出名的好相處，幸好他為人風趣詼諧。他剛剛說到哪裡了？沒聽清楚，肯定很好笑。

秦供奉官哈哈哈笑了幾聲：「果然好笑。這陳衙內❶非要纏著一起來，怎麼影子都不見了？」想起陳太初他爹爹陳太尉那張額頭刺字的絕美容顏，秦供奉官的眼皮跳得更厲害了，忍不住抖起腿來。

孟存心下奇怪，這位老供奉官，看上去神不守舍，我這笑話還沒說完他就笑成這樣，腿抖得厲害，別是癲癇之症。嘴裡卻應道：「想必在和內眷們敘親，供奉官還請再稍等片刻。」

敘親？我當然知道你們是親戚啊，可陳太初，你不該帶著那位祖宗啊。你們都是親戚，我只是個外人，只是個下人。秦供奉官覺得自己是不是該考慮求恩典出宮養老了。

孟彥弼和陳太初扶著老夫人進了廣知堂。秦供奉官如獲大赦，立刻起身迎上去：「呵呵，老姊姊好久不見，身子可安康？」他朝陳太初身後一瞥，聲音都抖了。

小祖宗人呢？怎麼沒了？他趕緊看向陳太初。陳太初卻視若無睹。

秦供奉官和老夫人敘完舊，笑著說：「太后老人家很是惦念您，想著三月初一，開金明池，賞瓊林苑，讓您還多帶幾位小娘子們去陪她去寶津樓說說話解解悶。」

老夫人面向西北禁中謝了恩，和秦供奉官說了些家常話。照理供奉官就該回宮覆旨了，可看著這個從小一起侍奉太后的老哥哥只拿著眼瞅陳太初。老夫人就笑了：「老哥哥先回宮罷，太初這孩子啊，三年沒來家，留他吃個飯。要是他爹爹問起來，還煩請告知一聲。」

秦供奉官汗如漿出：「呵呵，陳衙內，您留下吃飯了，那——」

陳太初一拱手：「供奉官請先回，稍晚太初自會入宮謝罪。」

吃個飯怎麼就要謝罪了。老夫人看看秦供奉官，有些納悶。

秦供奉官的臉紅了又白，白了又紅，還是接過孟建遞上的荷包，告辭了。

孟在他們帶著彥弼太初送秦供奉官出去，回來的卻只有孟氏三兄弟。孟存笑著說：「彥弼帶著太初去過雲閣轉一轉，說想找幾本兵書看看。」

孟老太爺端起茶盞，呷了一口：「無妨，都是自家人。」

老夫人笑著將程氏交還中饋的事一說。孟建一怔，垂頭不語。孟老太爺將茶盞往案上重重一放：「程氏管了這許多年，管得好好的，又換什麼換。婦人之見！」

老夫人神色自若地端起茶盞：「內宅小事，不勞您操心了。就是讓老三也知道一下。」便又將九娘取名入學的事說了。孟存自然應了下來，九娘的親爹孟建此時更抬不起頭來。

---

❶ 衙內：對太尉之子的稱呼。

孟老太爺沉著臉說：「老三你也該定下來了，趁早把九郎記到程氏名下，改了名字，上族譜，三房也好後繼有人。」

老夫人卻笑眯眯地說：「急什麼，老三媳婦既然能生十二郎，這才四年，未必就不能有十三郎。這麼早定下來，她未必肯。」

孟老太爺冷笑道：「她不肯還是你不肯？」

老夫人神色不變：「嫡子乃一房大事，要是阮氏同宛姨娘那樣，是正妻為了生養子嗣買回來的，安分守己，自然也沒人不肯。大郎不就是滿了月就按彥字輩取了名，記為長房的嫡長子嗎？這十幾年，誰不稱讚杜氏賢德？彥卿和彥弼兄友弟恭，後宅安寧，老大才能這麼順遂。」

因為私德不修寵妾滅妻被官家申斥過，在六品武官職上蹉跎了三十年的孟老太爺，被踩了尾巴，登時霍地站起身來：「放屁！老大能有今天是靠後宅嗎？沒有他那個樞密副使的表哥——」

他急怒之下口不擇言，話已如潑出去的水，收也收不回了。

看著長子毫無表情的俊臉，孟老太爺咳嗽一聲：「那是老大自己在邊關那麼多年拚了命掙出來的功名，和後宅婦人沒什麼關係。再說了，琴娘這些年鞍前馬後地伺候著老三兩口子，哪裡不安分守己了？她雖然是老三的表妹——」

孟建趕緊上前行禮：「爹爹！兒子只有姓陳姓梁的表姊妹們，哪有姓阮的表妹。爹爹放心，今晚我和娘子就商量嫡子的事情，也是該定下來了。還請爹爹娘親別為了兒子生了嫌隙。」

孟在孟存跟著起身肅立。

外面杜氏遣了人來說明鏡堂的席面都安置好了。孟建趕緊上前扶住老太爺：「爹爹請移步用飯罷。」

孟老太爺憋著氣拍拍愛子的手，看也不看老夫人一眼，率先出了廣知堂。

孟在緩步上前托住老夫人的手臂，老夫人笑著握住他的手：「老大你別怪娘拿你們長房說事。」

孟在搖搖頭，依舊惜字如金：「無妨。」

孟存摸摸自己留了好幾年的八字美髯：「娘，您這麼一針見血，字字到肉地刺激爹爹，真不愧是太后親封的三品郡夫人！好大的威風！兒子服氣！」

老夫人笑道：「我看彥弼那張嘴不像他舅舅，倒像你！」

慈姑牽著九娘的手，跟著翠微堂的侍女，到了家廟門口。監事的老僕聽了侍女的傳話，接過那個厚厚的錦墊：「小娘子，請跟小的來。」

慈姑眼巴巴地看著九娘進去了，想想適才九娘交待給她的事，暗暗奇怪，好好的放在盒子裡的那只八方碗，又要去放到自己下人房裡做什麼。可九娘的話，她已經養成習慣聽從了，便歎了口氣轉道往木樨院去了。

這是九娘第一次進家廟。此地和孟氏一族的祠堂又不一樣，算來，孟老太爺已是族譜上嫡系的第四十代孫。每逢祭祖，男丁入內，女眷們只能跪在外頭。這小身子往年也就年節隨著程氏來行過禮。此刻抬眼望去，密密麻麻的牌位，香火鼎盛，四五個灑掃婆子還在清理物事。兩邊牆上掛著孟子家訓。

九娘按老僕人的安排在案几前面跪了，僕人細細看了看漏刻，叮囑她：「小的一個時辰後來喚小娘子。請好生在祖宗們面前反省。」

不一會兒，灑掃的婆子們各自完事出去用飯，只剩下了九娘一個人。

九娘左右看看無人，便將小屁股挪到腳跟上跪坐了下來，從懷裡掏出那包果子點心，吃了一些，覺得犯睏，索性歪了下去縮成一小團合上眼打個盹。

忽地有人好像在踹她的屁股。

九娘睜開眼，趕緊跪好。身後卻又被踹了一腳，她整個人本來就有點懵懂，一個不穩，竟被踹了個狗吃屎，幸好本來就沒門牙。懷裡的果子卻被壓碎了一衣襟。

九娘心下大怒，哪個膽大妄為的狗奴！霍地扭過小臉，一呆。

她身側蹲了個少年，從未見過的生人。

九娘張嘴就要叫，被那人一手捂住：「敢叫！我捏死你信不信？」

九娘一怔，隨即點頭。那少年笑了笑，剛要鬆手，九娘已經一口咬在他手上。他嘶地一聲，真疼！這醜丫頭是屬狗的不成！大怒之下，九娘已經骨碌碌滾開來，小胖腿一扯就往那緊閉的門口奔去，嘴裡大喊著：「走水啦！走水啦！救火啊！」只是人剛睡醒，嗓子沒開，有些嘶啞，聲音也不大。

少年一愣，旋即大怒。這丫頭竟然機敏如斯！他在過雲閣旁邊轉悠了半天也進不去，趁著這裡的僕從都在廂房裡用飯，翻牆進來瞧瞧，看著一隻小豬被罰跪家廟竟然能睡著，忍不住開個玩笑而已。他幾步就一把揪住了九娘的包包頭：「臭丫頭！」

九娘被捆成一隻小粽子，嘴裡還塞了塊香噴噴的帕子，倒在錦墊上，才有空打量這個強人。

他約十歲上下，身穿皂衣皂褲，腰帶因為用來綁了自己，皂衣鬆鬆垮垮，腳穿素履，頭戴黑色襆頭，書僮打扮，卻沒有任何謙卑姿態，此時正背了雙手，洋洋得意地眯著一雙桃花眼看著自己，薄唇微翹。

九娘心中慢慢安定下來，此人肯定不是什麼強人竊賊，再下意識一瞧，那皂衣的衣角內裡，繡了一個字。九娘稍加思索，便有了猜測。

少年看著她臉色如常，倒覺得奇怪，這丫頭不應該渾身發抖大哭起來嗎？怎麼被這麼欺負驚嚇，竟像無事一般。再一看，這小粽子竟然合上眼，扭了幾扭換了個舒服的姿勢準備接著睡了。

「喂！你不害怕嗎？」少年蹲下身，伸手戳戳面前肉嘟嘟的小臉蛋。一戳就陷下去一個小渦，微微泛白又很快彈起來，這麼好玩。

小粽子依然閉著眼不理會。

「這麼沒勁？好了，我讓你說話，你不許叫，不然我就要用襪子塞你嘴，聽見沒有！」他凶巴巴地威嚇。

小粽子眼皮都不抖一下。

他伸手將帕子一撈，準備再捂上去。

小粽子一言不發。

少年大為驚訝，又戳戳她的臉頰：「喂，臭丫頭，你不害怕嗎？」

九娘睜開眼，翻了個白眼，開口道：「哼，別以為你是太初表哥的朋友，就能在我家為所欲為！」

少年半晌說不出話來，看看自己身上，再看看面前的小娘子，大奇：「你看不出我是小廝？」又實在不服氣：「你怎麼知道我是陳家的？」

九娘心裡暗笑，這傻瓜穿了別人府上的衣裳卻連內裡繡著陳字都不知曉。便瞪著他：「陳家有你這樣膽大包天的小廝？你早死了幾百遍！你是不是想進過雲閣偷書的？」

兩個人正大眼瞪小眼。吱呀一聲，門被推開了。

第八章

少年大驚，一看進來的兩個人又舒了口氣。

孟彥弼揮退要跟著進來的僕從，哭笑不得地趕緊給九娘鬆綁：「嚇到九妹了吧。二哥給你賠罪！」

陳太初瞪著那少年，皺起眉：「六郎！你答應我什麼的？怎麼這麼糊塗行事！」

九娘牽著彥弼的手：「二哥，快去找開封府尹，這個小賊擅闖私宅，還虐待於我，打我踹我，又綁了我說我能值三千貫！」

少年大怒：「胡說八道！是你不聽話，還咬了我一口！都咬出血了！你還亂叫走水要引人來我才綁你的。」這才想起來應該反駁自己根本沒有說什麼三千貫！

九娘卻已躲到彥弼身後：「二哥你聽！他自己都承認綁了我的！」

孟彥弼紅了臉，蹲下身哄九娘：「乖九妹，這人不是賊子盜匪，是你太初表哥的好朋友，你別告訴旁人好不好？你不是明日要入學嗎？二哥送你一套文房四寶好不好？」

九娘轉轉大眼睛：「二哥，我還想要一個黃胖！小郎君的那種！」

陳太初蹲下來柔聲道：「九娘受驚了，改日我去文思院下界❶給你要幾個內造的黃胖好不好？你不要和婆婆、你娘她們說今天這事情。」

文思院下界的內造黃胖啊？九娘眼中一閃而過狡黠的笑容，正落在那少年的眼中。他心下大怒上前一步，卻被太初攔住了。

九娘笑眯眯地朝孟彥弼說：「二哥，這個月大相國寺萬姓交易日你也帶上我去玩，我就不告訴旁人。」

孟彥弼吸了口氣：「好，我和婆婆三嬸說，十八那日我休沐，定帶上你去玩。」

九娘慢悠悠地點點頭，看看漏刻：「啊，到時辰啦，慈姑給我留了飯，我要回去了。二哥，我先走啦。」她從衣襟裡掏出碎了的果子，歎了口氣：「可惜了。」忽然揚手朝那少年面上一撒：「給你這個小賊吃！」

剛鬆了口氣的孟彥弼和陳太初好不容易才拉住暴跳如雷的少年。外頭傳來九娘得意的笑聲，銀鈴一樣散落一堂。

陳太初和孟彥弼面面相覷。

唉，都是祖宗！

慈姑正納悶為何院子裡站了好些人，看見九娘出來，趕緊給她揉揉膝蓋：「疼不疼？」

九娘笑眯眯搖頭：「慈姑，鶉子羹給我留了嗎？」

慈姑笑了：「貞娘送了一大碗來，小娘子吩咐的事也妥當了。」

九娘心滿意足，回頭看看還亂糟糟的家廟內院，牽著慈姑就走。哼！就你乳臭未乾的黃毛小兒，也敢欺我騙我!?氣死你活該！

聽香閣東暖閣裡，圓桌上放著一個食籃，林氏的女使寶相護著食籃，林氏自己正在和五歲的孟十一郎糾纏：「那是留給你姊姊的！你才吃過的怎會又餓了？」他的乳母端著碗乳酪哄他：「十一郎吃這個罷，平日你最愛吃的。」

孟羽不依：「我要吃鵪子羹！姨娘！你說過好的都先給我！我就要鵪子羹！」

九娘歎了口氣，上前揪著孟羽的衣領，將他拉下桌：「你肚子不大臉倒大！我的你也敢搶？」

孟羽被扔到林氏懷裡，一呆，隨即嚎啕大哭起來：「死九娘！我的鵪子羹！我的！」

九娘眼睛一瞪，大喝一聲：「是你姊姊我的！鵪子羹！我的！食籃裡這些都是我的！」

孟羽被她一喝，又是一呆，將一顆毛茸茸大腦袋藏進林氏胸口嗚嗚哭起來：「九娘最壞！碗也不給我！鐲子也不給我！鵪子羹也不給我！我不要她這個姊姊了！」

林氏想到九娘榻上被孟羽翻得亂七八糟還沒來得及理的物事，心虛地轉開眼：「連翹這個死丫頭！去小廚房裡拿個碗也這麼久！」

孟羽抽泣著搖頭：「我不要家裡的碗，我就要九娘那個漂亮碗！」

九娘擱下瓷勺問：「十一郎，誰告訴你我有個漂亮碗的？」

❶ 文思院下界：文思院屬於外諸司，下界是負責製作銅鐵竹木佐料的工坊。

孟羽轉過頭不看她：「我不告訴你！」

「哼，四姊告訴你的時候我都聽見了！她還給了你顆蜜餞呢！」九娘含笑看著林氏。

孟羽頭一抬：「沒有！四姊沒給我蜜餞！旁邊也沒有人！我們找過的！」

林氏臉上一白，原本想等九娘吃好了，跟她商量把那個八方碗讓給十一郎的話，噎在胸口說不出來，悶住了。

九娘覺得白礬樓的鵪子羹味道似乎比以前更好了。

飯飽湯足，摸摸自己的小肚皮，九娘看一眼含著眼淚在打嗝的孟羽：「十一郎，那你找到我的漂亮碗沒有？」

孟羽氣道：「找——呃——不到！」

九娘嘻嘻笑著下了桌：「四姊讓你找到碗，裝作不小心砸了是不是？」

孟羽閉上小嘴藏進林氏懷裡悶聲道：「沒——呃——有。」

九娘湊過來輕聲說：「我今天在婆婆那裡不小心砸了個碗，婆婆罰我跪一個時辰家廟。你要是砸了宰相舅舅家的碗，你說婆婆會怎麼罰你？」

林氏嘴巴翕動，懷裡的孟羽一愣，小嘴一張又大哭起來：「七姊說，那是——呃——死人用的東西，砸碎了才能歲歲平安的，我不要去跪家廟！我不去！」說得急，打嗝都停了。

九娘拍拍他的小臉蛋：「小笨蛋！別人說什麼你都聽！害你呢你都不知道！怕什麼？你沒摔碗自然不會被罰跪。」她看看林氏慘白的臉色，逕自朝裡間去了。

連翹拿了個白瓷碗，掀了簾子進來，林氏氣得罵她：「怎麼去了這麼久？」她把十一郎交給乳母，讓連翹送他們出去，自己跟進去找九娘。

慈姑正在疊被鋪床。九娘坐在榻上，手裡捧著那個舊舊的黃胖，原本乾乾淨淨的小衣服被剪成了碎條，右手也斷了。九娘撣乾淨黃胖身上的碎碎乾泥屑，抬眼看了林氏一眼。

林氏被九娘這一眼，看得腿都有些發軟，湊過去低聲下氣地問：「姨娘趕明兒給它再做一件衣裳好不好？」見九娘不搭理自己，又說：「要不，我託二門的燕嬸子，她家大郎在外院給你爹爹跑腿，我讓他幫你重新買一個可好？這個，也好幾年了，容易碎，十一郎也是不當心才——」

九娘啪的一聲將黃胖拍在桌上，濺出許多碎泥屑來，嚇了林氏一跳。慈姑趕緊退了出去，九娘吸了口氣，她對林氏，也真是連話都不想說了，可還得說。

「你好好的，發什麼瘋啊。」林氏心虛得很，拿帕子去攏那碎屑。

「姨娘，十二郎沒了好幾年了吧？」

「四年了。」林氏壓低聲音：「噓！你傻啊，木樨院不許提十二郎！」

「那你說，三房要是得選一個小郎君記在娘名下，爹爹和娘會選誰？」

林氏嚇得趕緊捂住九娘的嘴：「要死了！這可不是我們能議論的！你真是出痘出傻了！」

「你看看婆婆喜歡阮姨奶奶嗎？」九娘掰開她的手，指望林氏能頓悟，不可能。

「胡說八道，誰不知道，老夫人心裡最恨的就是——」林氏指指北面的青玉堂：「你才幾歲！說這些做什麼！誰跟你說的？」

「那你說，娘喜歡阮姨娘嗎？會想要阮姨娘生的兒子做三房的嫡子嗎？」

林氏一怔，下意識地搖搖頭，其實腦筋還沒轉過彎來。但她再傻也知道，娘子不喜歡阮氏。當年阮氏來投奔她姑母阮姨奶奶，住在青玉堂，不算親戚不算奴婢的。等官人剛訂親，她就和官人有了首尾，氣得老夫人在翠微堂發了好大的火。娘子嫁過來之後就讓阮氏立規矩伺候著，阮氏還是先有孕生下了四娘。

「可要是你成天都不在娘身邊伺候著，十一郎又成天目無尊長調皮搗蛋，還砸碎宰相舅舅賜的碗，剪碎姊姊的東西，這樣的品性，婆婆和爹爹能反對九郎做嫡子嗎？」九娘歎氣。

林氏努努嘴：「你是說四娘是故意的？」手上的帕子一鬆，帕子裡的泥屑撒了一地。她從沒想過這種貪心事，她只是個婢女被賜給了娘子，生的孩子，自然都是娘子的兒女。但這樣被人算計，再傻的人，心裡也不好過。她還不如這個七歲的小娘子看得清楚？她心裡一直很感激阮氏的，自從她來了木樨院服侍官人，總覺得對不住娘子，戰戰兢兢，剛開始總出錯。阮氏就勸她：娘子沒讓你立規矩，你不如別來添亂，好好照顧好小娘子，替娘子分憂。她送給九娘的舊衣裳，送給十一郎的舊衣裳……

林氏心裡直發慌，看著九娘說不出話來。

慈姑進來說：「四娘和七娘來了。」林氏趕緊撿起帕子，要將地上的泥屑也收攏起來。

九娘歎了口氣，出了裡間。

七娘揚著下巴：「你是三房頭一個被罰跪家廟的人，我來看看你。」

四娘柔聲道：「七妹，你明明是好心，這麼說也會讓九妹聽著不舒服的。」

七娘笑起來：「她不舒服我才高興呢！」她抬起手腕給九娘看：「就算你怎麼討好四姊也沒用的，四姊把你的鐲子送給我了呢。對了，你那碗，本來上面就很多裂開的紋路，碎了是不是也很好看？啊呀，十一郎竟然這麼壞，敢把榮國夫人心愛的碗都砸了，明年你怎麼還那碗杏酪給阿昉表哥？」她越說越高興，哈哈大笑起來：「對了，我要去告訴爹爹和娘親。明天好好罰他跪上幾個時辰。」

九娘揮揮手，慈姑將那八方碗遞了過來。四娘和七娘一愣。

九娘摸了摸碗，讓慈姑收好，滿面堆笑地說：「真可惜，十一弟實在太笨了，沒找到碗，只砸了我的黃胖。對了，七姊，那鐲子是阮姨娘為了四姊生日特地討的，我姨娘看著她哭著說自己太窮，打不起金鐲子，才勸我送給四姊的。可不是我要討好四姊。娘在路上看見乞丐，不都會放兩個銅錢嗎？其實你要是缺個金鐲子——」

七娘氣得喊了起來，一把將金鐲子擼了下來扔在四娘身上，大喊道：「我會缺金鐲子？我會缺金鐲子？走，你去我房裡看看我的首飾箱子。我才沒有問四姊討！是她要送給我的。」

外面她的乳母竹娘匆匆趕了過來：「小娘子，娘子喚你呢，快隨我回木樨院去。」她福了一福，半抱半拖的把還在哇哇大叫的七娘給弄走了，臨走狠狠地瞪了四娘一眼。

四娘捏著那鐲子，想說什麼，一抬頭，卻看見林氏站在九娘身後，臉色極其難看，也不搭話，轉身就走。

九娘回頭一看，唉，希望林氏別再那麼糊塗了。
這個節，事也太多了。還有怎麼自己一直在以大欺小？不管了，反正孟九娘才七歲。

第九章

暮色四合中，侍女們將廡廊下的立柱燈點亮。木樨院傳話說今晚姨娘們、小娘子們和郎君們都留在自己房裡吃飯，不用去正屋裡。

九娘留下心事重重的林氏在東暖閣吃夕食，又讓連翹去東間把十一郎的飯菜也搬過來。十一郎睡了個午覺，一聽說九娘給他留了中午那個食籃裡的鮮蝦蹄子膾和南炒鱔，哪裡還記得午後的事兒，高高興興摟著乳母的脖子來了。再見到九娘，嘟起小嘴拱了拱小手，喊了聲九姊姊，被九娘一手捏住臉上的肥肉抖了三抖：「乖，才有的吃。」

因官家賜了新火，各房的小廚房也都算遵旨起煙生火。連續吃了好幾天的冷食後，三房的婆子們晚間不敢準備得太過油膩，熬了火鴨絲的粥，捲了素餡的嬭房簽❶，蒸了蜂糖糕和筍肉饅頭，另並五樣菜蔬。

林氏要親自伺候十一郎用飯，被九娘壓著坐下來。唉，哄這位生母，比哄蘇昉還難啊。林氏側身坐了半邊凳子，一會兒顧著十一郎嘴上沾到南炒鱔的汁水了，一會兒又顧著他把嬭房簽的餡料撒

❶ 嬭房簽：把各類菜餡用麵皮包成筒狀的一種吃食。

到衣服上了，忙活個沒完，把十一郎乳母的活全幹了。

西暖閣的四娘食不知味地用完飯，也沒等到阮姨娘來看她。她摸著腕上的金鐲子，吃不准七娘回去後會不會同娘子說，心裡七上八下的。

七娘正陪著孟建和程氏用飯。她一看，爹爹的臉色不好，娘親的臉色更差。甚至阮姨娘要進來伺候，都給娘打發走了。屋裡只留了梅姑一個。幾口喝完粥，她才發現爹娘早放了筷子，一桌子的菜，動也沒有動。

梅姑牽了七娘的手，送她去後屋，柔聲說：「小娘子，你記得以後離四娘遠一些才是。有些人啊，面甜心苦，你明年也要留頭了，可得學會怎麼看人了。」

七娘扁扁嘴，哼，今天就是小瞧了九娘，才吃了虧！想起那個金鐲子，心裡有些懊惱。都怪九娘這個胖丫頭！氣得自己一時昏了頭。

梅姑將她交給乳母和女使，歎了口氣，回到前屋，撤了飯菜，摒退眾人，守在正屋門口。

孟建捧著茶盞，半晌才開口：「娘子別太憂心。我想辦法外頭挪一挪，三月初一前總讓你平了公中的帳。」

程氏抬頭問：「我們那錢可還有法子賺得回來？」

孟建歎了一聲：「總是我不走運，誰想到交引❷也能出事。你放心，無論如何，你那些嫁妝我總要想辦法掙回來。」

程氏目不轉睛地看著他，片刻後才苦笑著說：「怎麼掙？我爹爹當年做的鹽引、茶引、礬引，幾十年都是掙錢的行當。南通巷裡那許多家交引鋪，哪一家沒有做過我程家的生意？你卻偏偏要去五間樓買那個香藥引、犀象引。你那個中人，出了事這麼多年也不露面，十幾萬貫錢打了水漂。」她看著孟建面露愧色，越發委屈難當：「我攥著中饋不放，連自己身子都虧了，兒子都沒了，為的是什麼？如今你娘一個月二十貫錢就把我打發了。難道幾年後，七娘出嫁，竟然連我的嫁妝都不如？」

孟建心頭一陣煩躁，這些年，他都哄了多少回了，她總是嘮嘮叨叨這些話，無非是埋怨自己，看著二哥做官，自憐所嫁非人而已。可他一個庶子，又是嫡母最討厭的妾侍所出，這些年活在夾縫裡，他的苦，又有誰知道。

他挪了公中的錢和程氏的嫁妝，還不是因為香藥引犀象引能賺的錢遠遠超過鹽引茶引？這交引當時瘋漲了十幾倍，他轉手就能賺到百萬貫錢，想著雖然不能做什麼正經的官員，有百萬家財，也能讓她臉上有光。還不是她一心要多賺一些，總讓他再等等！誰想到朝廷的買鈔場❸會突然以那麼低的價格拋售？跟著那麼多商賈也紛紛拋售，才導致手裡的交引最後只賣了兩萬貫回來。

「怎麼會？今日爹爹還說了，七娘出嫁他要給五千貫壓箱底的。你別太過憂心了，好好調理身

---

❷ 交引：宋代商人採辦軍糧或茶鹽等物所用的證券。

❸ 買鈔場：北宋的金融機構，調控交引市場價格，儲備資金為五百萬貫。

子。」孟建心不在焉地安慰妻子，想著怎麼開口提那件事。

程氏的手捏緊了帕子，連四娘的壓箱底，老太爺都要給五千貫。三房唯一的嫡女，他也只肯給五千貫？五千貫在這寸土寸金的汴梁城，就算在外城，兩進的小屋子都買不到。

「今日爹娘說，不如把九郎記在你名下。以後三房也算有了嫡子，七娘出嫁後也有個兄弟做依仗。你看如何？」孟建輕輕放下茶盞，望向程氏。

程氏半天都沒回過神：「你說什麼？」

孟建垂了眼：「就把九郎記在你名下吧。族譜上我們三房總要有個嫡子。」

程氏笑得發抖：「真是我的好官人，好良人呵。你那姨娘和你小妾兩姑侄，倒是本事啊，攛掇了你們父子倆來謀算我一個婦人家？」

孟建皺起眉，眼前婦人笑得跟哭似的：「你這說的什麼話。琴娘這些年安分守己伺候你，總比阿林合適吧？九郎十郎，哪個不比十一郎強得多？誰要謀算你什麼呢？」

程氏咬牙豎眉一抬手，案上的建陽黑瓷茶盞立時啪地摔了個粉碎。

「孟叔常你休想！你和那賤人婚前無媒苟合，我進門才幾天她就有了身孕？仗著她那一樣不要臉的姑母，算計了我十年，現在還想把嫡子也算計去？十一郎怎麼了？阿林再蠢也不是吃人的貨色。十二郎怎麼會早產，怎麼沒的？外人不知道也就算了，偏你死也不信是她搗的鬼。你們好一對青梅竹馬郎情妾意，只我擋了你們的路不是？我且把話擱在這裡：要想讓阮氏生的兒子記成三房嫡子？除非你先勒死我，讓我也做個清明鬼。」程氏冷笑道：「別以為我沒了娘家依仗，沒了嫁妝，就任你們搓圓捏扁。我明日倒要去問問娘，她要是讓我收九郎，我割下這雙耳朵給你下酒，然後再去我蘇家表哥那裡，披髮赤足請罪，我瞎了眼才求他給你謀個好差事。」

孟建被她罵得一口老血上了頭，本待要一正夫綱，給程氏點顏色看看，聽到最後一句，一巴掌歪了歪，拍到自己腿上：「你，你說什麼？表哥？蘇相公！表哥答應了？」

程氏迎面就啐了他一口：「呸！你自去抱著你的解語花，你自有你姓阮的表哥！我家姓蘇的表哥關你孟三個屁事！」

孟建趕緊上前，牽了她的手：「娘子怎麼不早說這話，倒叫我急死了。爹爹今日同我說，倘若立九郎做嫡子，他就給我們三萬貫。我想著公中的缺差不多能填上，解你燃眉之急，這才答應了回來跟你商量。你別發這麼大的火，仔細傷了身子。咱們都還年輕，等你交了中饋，好好調理，再生就是。」

程氏背了臉不理會他。孟建免不了低聲下氣小意討好一番，更又賭咒發誓當年是被阮姨奶奶下了藥，才在青玉堂稀里糊塗和小阮氏有了那一次。難免又放低身段感歎他能拿自己的生母如何？又委屈抱怨，自己的爹爹非要他納了小阮氏，他也不能違背。哄了半天，孟建見程氏仍舊板了臉，便抱住了動手動腳起來，低聲說道：「娘子今日受了這麼大的委屈，都是為夫的不是，不如早點安歇，讓我好好服侍你。說不定，今夜就能有個十三郎。」

程氏羞紅了臉，啐了他一口，伸手去推拒：「沒正經的，你要生和西院東院的去生，關我什麼事？」卻已經被他一把抱了起來，往屏風後面寢屋裡去了。兩人暫將那阿堵物拋卻一邊。

梅姑側耳聽著屋裡的動靜，良久終於舒出一口氣，悄悄地吩咐侍女們去要水。

阮氏被程氏打發出去，卻沒回西小院，也沒去聽香閣。芍藥提了一盞洛陽宮燈，引著路，出了木樨院，穿過觀魚池，去了北邊的青玉堂。

青玉堂的後罩房角落裡，有一間小佛堂。

阮氏讓芍藥守在院子裡，輕輕推開小佛堂的門。佛堂的窗戶上終年糊著厚厚的高麗紙，密不透風，小佛龕上供著一個牌位。一個身穿玄色滾白邊長褙子的婦人，正跪在案前。一個銅盆放在她膝前，她正在往裡面丟著冥錢，嘴裡低低念著往生咒。銅盆裡火光忽明忽滅，映得佛堂內甚是詭異。

阮氏走了幾步，靠在她身邊跪了下來：「姑母。」

那婦人頭也不抬，待念完咒了才問：「你來做什麼。」

「聽說府裡中饋要交還給二房了，不知道九郎的事——」阮氏有些忐忑。

婦人笑了起來：「急什麼，等程氏交不出公中的錢再說。」她瞥了阮氏一眼，細眉秀目，眼尾上挑，四十餘許的模樣，這眼波流轉間，竟是說不出的旖旎風流。

阮氏吸了口氣：「聽說今天姑父和那位在廣知堂翻了臉。」

婦人朝銅盆裡繼續放了些冥錢：「怕什麼，梁氏自詡清高，當年送了個草包給三房，活活給程氏添了這麼多年堵，她可不會再伸手了。倒是你，沒事去打什麼金鐲子？生怕別人不知道你哥哥的事？」

阮氏嚇得收了聲。

婦人站起身，摸了摸那牌位：「你且耐心著等，只別被三郎迷了魂，守住你自己就好。別忘了，你姓阮。那孟家族譜上，永遠沒有孟阮氏。」

阮氏悄悄退了出去，暗夜裡，芍藥手裡的宮燈，暈黃了院子裡垂絲海棠的樹下，落雨後的殘紅，在燈光下有些褪色，淡淡地成了暗白色，有如十多年前的記憶。

也是早春，她路過此地，海棠樹下那個翩翩少年，落英繽紛，隨風輕揚，他在花樹下看著她，眼睛一亮唇角微揚：「琴表妹。」她惶惶然，竟跟著他應了一聲：「三表哥。」才驚覺自己身份尷尬，不由得羞紅了臉。

後來也有過花前月下海誓山盟。她以為她會是孟阮氏，和姑母不同，只可惜……眼下，她早已經沒了退路。

阮氏回到木樨院，看正屋裡婆子正抬了水送進來。想起飯前，那良人握住她的手說今晚要同程氏說九郎的事，卻原來說到床上去了。

她暗咬銀牙，朝門口面無表情的梅姑笑了笑，轉身朝自己的西小院走去。

芍藥手裡的宮燈，正好也滅了。

第十章

九娘收到各房送來的入學禮，最高興的是林氏。

林氏不知道這兩天自己怎麼了，總覺得待在九娘身邊心裡才踏實，似乎木樨院、程氏、阮氏都離她遠遠的。她不用想也不願想，白天看見阮氏，總覺得很不舒坦，心裡怪怪的。就算看著九娘吃那麼些點心，她也覺得這胖嘟嘟沒那麼礙眼了。四娘雖然苗條又好看，還是自己生的好。再說自己雖然腦袋笨，這皮囊怎麼也是一枝花，九娘長開了能醜到哪裡去？她可不信將來哪個相看的郎君會捨得不給九娘插釵，只送兩匹錦緞壓驚。嗯，有錦緞也不錯。

她在燈下時不時看幾眼九娘，越看越歡喜，這小娘子的睫毛怎麼這麼濃密捲翹，跟兩把小刷子似的，還有她小手上小肉渦以前她一看就來氣，現在也覺得好玩，和十一郎一模一樣呢，果然是親姊弟。

九娘被她看得心裡發毛：「姨娘你看什麼？」

林氏笑著低頭縫製黃胖的小衣裳：「看小娘子你呢，胖一點就胖一點，有福氣，好歹你不醜。」

九娘覺得這兩天阮氏和四娘還真出了死力氣把林氏給推回來了，笑道：「那你記得去求娘親，給我吃三餐吧。」

林氏想了想，還是搖了搖頭：「不成，明日你就入學了，在學裡就吃上三餐了吧？我問過梅姑，族學裡寬厚，一個月要放四日假！比國子監還多一天呢。你在家裡還是得少吃一點才好。醜是不醜，瘦一點更好看。」她揚揚眉：「誰還會嫌自己太好看？」手忍不住摸上自己的臉，看到九娘一臉的嫌棄，趕緊放下來，低頭繼續穿針引線。

九娘看著她，竟無言以答，只能轉頭細細看著慈姑抄禮單。

孟彥弼還真送了套文房四寶來，這徽墨端硯也罷了，除出一刀常見的四川冷金箋，竟還有兩張澄心堂紙。九娘將兩張紙捧在手裡愛得不行，這「滑如春冰密如璽」的澄心堂紙何等昂貴，前世她收藏了幾張都不捨得用，太虧了，不知道便宜了誰。便是蘇瞻的老師歐陽相公得了十張澄心堂紙，還寫出「君家雖有澄心紙，有敢下筆知誰哉！」的詩句來。想不到今天那個傻瓜小子來頭不小，竟然讓孟彥弼這麼大方，這紙送給還沒開蒙的小娘子，也不怕對牛彈琴白白浪費？這其中的道道，九娘竟然也一時想不明白了。

又或，從武的孟彥弼其實並不知道澄心堂紙的可貴之處？

長房的大郎、八郎也隨了幾本開蒙的書來，無非是《三字經》、《百家姓》、《千字文》。九娘隨手一翻，卻發現《千字文》上密密麻麻用簪花小楷標注了許多注釋，墨蹟如新。九娘翻到扉頁，上頭果然蓋著長房大郎孟彥卿的私章。九娘重生以來，還未見過這位記在杜氏名下的嫡長子，只知道他勤奮過人，十三歲就從族學考入了太學，恐怕很快就能參加下一屆禮部試了。只看他所贈之物，禮輕，意重，是位有心人。

二房的六娘送來了厚禮，一個鵝黃色繡了枝梅花的精緻書袋，角落裡還繡了個草綠色的「九」字，一看就是這兩日剛剛縫製好的。書袋裡還有一個筆袋，和書袋同樣的款式，也繡了她的排行。

拿著書袋，九娘有些恍神。

前世那三月底的午後，她喝了藥，讓女使晚詞扶著到臨窗的榻上靠著。矮几上的籮筐中還擱著年前她打算給兒子蘇昉做的新書袋，蘇瞻給她畫了幾根修竹的花樣子，她還沒繡完。她拿起花繃子，手上的針卻實在沒力氣，一急，又咳了起來。

晚詞就將她手中的花繃子接了過去，坐在榻前的腳踏上繡了起來：「娘子還是歇著罷，奴來繡。郎君下朝回家瞧見了，又得憂心。」

王玞歎了口氣，身側的晚詞已經開始飛針走線，她眼看著那一片片竹葉靈動起來，抬起頭來望向窗外，能感到日光已經不像年後那麼淡漠，帶著些暖意。她舉起手想去點點日光下的粒粒灰塵，腕上的玉鐲卻噗地滑至肘間，百來天的光景，人竟然瘦成這樣了，心裡一跳，就看見院子裡那合歡樹下，一對璧人：她的堂妹，和她的丈夫。

衣，不見得不如新；人，又怎可能不如故？

林氏看著九娘有點呆怔，敲了她腦袋一下：「又發什麼呆！還以為你出個痘把這呆怔的毛病出好了，再犯病，娘子還請許大夫給你喝那極苦極苦的藥！」

可不是呆怔了！九娘摸摸頭，放下書袋，去看二房郎君們隨的禮，是幾本字帖和幾枝狼毫筆。九娘因為大郎的禮留了份心，仔細翻了翻，字帖卻都是嶄新的。

此外便是程氏著人安排好的臘肉、梅花酒和幾匹棉布，一看便是拜師要送的束脩，再無他物。慈姑將長房二房的禮單登好了，發起愁來：「小娘子一個月才一吊錢的月錢，這些回禮可怎麼辦才好？」

林氏此時忽然聰明起來，說：「阿阮送給我那些個舊衣裳，九娘人胖，恐怕穿不了。料子都還是簇新的，不如我替你剪了，做上好些個荷包扇袋香包的，到了端午節，你也好回禮給哥哥姊姊們。」她抻長了脖子問慈姑：「四娘七娘真的什麼也沒送？」

九娘噗嗤笑出聲來：「怎麼？姨娘還指望四娘把那鐲子送還給我？」

林氏一臉不自在，低了頭嘟囔：「堂兄弟堂姊妹不都還送了禮嘛。」

慈姑看看漏刻，就要亥時了，便提醒九娘去正屋請安。林氏咬斷線頭，將手中小衣裳遞給九娘：「替十一郎賠給你的，你就別生氣了。」

九娘一看，這小褙子看著眼熟，蜀綢粉底杏色玫瑰紋，可不正是阮氏那天送來的舊衣裳。她不禁哈哈笑起來，一把接了過來。

進了木樨院，三房的六個孩子排排站好了，給孟建夫妻請安。阮氏林氏再上前行禮。

程氏讓其他人回去安置，卻留了九娘下來。七娘一看，立刻撅起嘴，牛皮糖一樣撲上去抱著程氏不撒手。

程氏只好摟著她跟九娘說話：「哥哥姊姊們知道你明天要入學，都差人送了禮來，你想好要回什麼禮，來同你梅姑姑說。明日卯正時分來正屋用朝食，梅姑會送你去族學拜師，酉時一刻下了學，和姊姊們一個車回來，好好做先生留的功課。可記得清楚？」她一直擔心九娘從小呆呆的，也不知道聽不聽得懂，記不記得住。這木樨院但凡有一個省心的孩子，她也就寬心多了。

九娘笑眯眯地點頭：「娘，我記住了。卯正用朝食，酉時一刻回來。酉正用夕食。」

程氏看了看她，好吧，你能記得吃，也是好事。

孟建看著這個矮矮胖胖不起眼的小女兒，心裡也有幾分說不上來的意味。這孩子生得艱難，阿林疼足了八個時辰，差點命都沒了。偏偏她兩歲才會走路，三歲才開口說話，平時膽怯話少卻又貪吃，喝水都這麼胖乎乎的，稍加訓斥就哭個沒完，時不時就發呆，十分不討人喜歡。上個月不舒服了三天也不說，幸好出痘沒傳給其他兄弟姊妹。想想都後怕，沒想到卻要靠她幾句餓肚子，叩開了蘇府的大門。

看來這個痘出得好，這還是第一次聽她說順溜話。孟建朝她招手：「九娘來爹爹這裡。」

七娘又掉頭撲上去抱住孟建的手臂撒嬌。九娘隔了兩三步站定了：「爹爹？」

孟建從案几上拿了一個大字遞給她：「你二伯擬了幾個字，爹爹和娘商量了給你選了這個妧字。你回去好好看好好記住自己的名字，以後你就是孟妧，孟九娘，記得嗎？」

九娘接過那張紙，孟存的字體勻停秀麗，上頭一個「妧」字甚是嫵媚。便屈了屈膝：「記住了。謝謝爹，謝謝娘。」

孟建又吩咐女使：「去我書房裡拿兩支狼毫湖筆，送去聽香閣給阿妧入學用。」

七娘不依了：「爹爹！你上次說要給我一支青玉紫毫筆的！現在卻要給一個字不識的傻蛋兩支筆！」

九娘行了禮，腳下不停出了正房。正房內傳來孟建的笑聲、程氏的斥責聲，還有七娘格格的嬌笑聲。

在垂花門口，值夜的婆子笑著問慈姑：「聽說小娘子要入學了？」

慈姑提著燈籠點頭稱是。婆子又笑著問了幾句話。九娘停下腳，忽然不自覺地回過頭，正屋的琉璃燈格外璀璨，立春後就撤掉高麗紙的象眼窗格，擋不住那撲面而來的笑聲和暖意。前世裡她爹爹這個時辰總是陪著她讀一些野史遊記，說一些書院裡學子們的糗事。娘親在一旁給她和爹爹縫製衣物，偶爾笑著說上幾句。後來變成她陪著蘇瞻看邸報聊官場異聞，蘇昉在旁邊大聲背書，背錯了就被刮小鼻子。

她以為，家家戶戶，做爹娘的自然都會愛護自己的子女，卻沒想到，原來的小九娘，卻這麼孤單，是不是因為沒有人真心愛護她，所以她才熬不過出痘？可這世上，爹娘總會離去，就算爹娘不愛護你，起碼還有你自己能好生愛護自己啊。可惜她那麼小，還不懂。

有那麼兩滴眼淚，猛然迸裂，來不及收回去，瞬間落到青青的石板地上，消失不見。

今夜無月，正屋後面的小池塘在夜色裡只泛著些微光，偶爾有野鴨撲騰的水聲。廡廊下，慈姑牽著九娘的小手，心裡微微地鈍痛著。有好些日子，沒有看見過小娘子這樣的眼神了。以前每次請了安，小娘子總是要在那個垂花門看著正屋的窗戶，發一會兒呆。

忽地那小手用力捏了捏她，慈姑提起燈籠，那雙水光盈盈的大眼睛在柔和的燈下含著笑意看著自己，一個軟軟糯糯的聲音說：「我有慈姑就夠了，我還有姨娘和十一弟呢。」慈姑抿了抿，用力點了點頭。

第十一章

孟氏族學在汴河邊上白牆烏瓦圍繞著七進的院落，北面五進為男學，郎君們從北角門進。南面兩進為女學，小娘子們從南角門進。男女學院中間砌了道粉牆，種滿帶刺的薔薇，開了一個垂花門，有四位僕從看守。男學院女學院各有十來間廂房。東廂房是學生午憩之處和先生們的休息處，西廂房是僕從歇息和廚房茶水間。

這日早間卯正三刻，孟宅的牛車從東角門駛出。

九娘正奇怪為什麼六娘不和她們一個車去族學。梅姑已經笑著說：「六娘因染了風寒，這幾日都不來學裡，九娘可記得要等姊姊們下學了一起回來。」

七娘瞥了她一眼：「你記住了，你們丙班比我們早散學一刻鐘，你別亂跑，乖乖待在課舍裡等我們。要是你敢自己亂跑，走失了我們可不管你。」

丙班？難道還有乙班和甲班？

四娘抿了嘴笑：「七妹不把話說清楚，九妹聽不懂。」

九娘點點頭，笑著說：「我猜四姊和七姊肯定在甲班對嗎？甲班一定最好吧？」

四娘的笑就有些尷尬。七娘沒好氣地說：「我們在乙班。不過已經是最好的了。因為甲班今年沒有人，一個也沒有。」

九娘一怔，甲班一個人也沒有？

四娘歎息說：「去年的升級考，六妹明明考了第一，也不能升到甲班，真是不合情理。」

九娘更不明白了：「為什麼呢？」

梅姑歎了口氣，說到：「我們孟氏族人眾多，一直有不少外地的遠支來附學。因此族學設立的是甲乙丙三個班，會有不一樣的先生授課。」

七娘瞥了九娘一眼：「像你這樣還沒開蒙的，也要考試，考過入學試，才能到丙班上課。」

四娘附和道：「九妹可要爭氣哦，我們孟家族學的入學試可是很難呢。不少人通不過只好去讀那些普通的私塾。」

梅姑點點頭，有點擔心：「不要緊，九娘子，老師讓你做什麼，你就做什麼。應該也不會很難的。」

七娘得意地說：「你知道國子監嗎？」

九娘搖搖頭。

四娘說：「國子監是大趙的最高學府，國子監的分班，就是按照我們孟氏族學來的呢。」

九娘詫異道：「國子監也分甲乙丙？」她記得國子監是外、內、上三等來分的。

七娘說：「國子監是分成外舍、內舍、上舍。可是他們也和我們一樣，每年考試一次，要成績優異的才能升上去。」

四娘點頭：「我覺得我們族學的規矩比國子監還嚴格，六妹和張娘子明明都考得那麼好，有一兩個沒得到甲等，館長就是不給她們上甲班。太過分了一些。」

七娘幸災樂禍地笑：「孟館長不給上就算了，可二伯伯明明是六姊的親爹爹，竟然也反對她們進甲班。」

梅姑正色說：「孟氏族學百年來都嚴於律己，怎麼可能允許這種徇私的事壞了祖宗規矩。七娘子休得胡言亂語。」她轉頭朝九娘說：「今年只是不巧，甲班去年的五個女學生，兩個進了宮做侍讀，兩個年紀大了回家訂親了，還有一個因為父親外放才退學了。這才青黃不接的，等今年考試，六娘子肯定能考到甲班。」

七娘吐吐舌頭，做了個鬼臉：「不說就不說，反正我無所謂，我才一門課是甲。四姊才可惜呢，她好不容易得了第五名，要不是二伯伯，說不定四姊也是甲班的學生了。」

四娘心裡氣得很，這爆仗小娘子專挑別人不愛聽的話說。她笑了笑：「我倒無所謂，反正甲班只有前兩名才能入宮做公主侍讀，我就算進了甲班也就是那樣的。」

這個九娘倒是知道的，孟氏族學素來有大趙第一族學的美名。前世她在慈寧殿也遇到過兩個侍讀小娘子，好像就出自孟氏族學，卻都不姓孟。自從三十幾年前，朝廷在南京應天府開設了國子監後，西京洛陽國子監、東京開封國子監，三大國子監設置了外舍、內舍和上舍。外舍兩千人，內舍三百人，上舍一百人。原來這竟然是按照孟氏族學的分班制來設置的。怪不得禮部有個不成文的規定，每逢大比之年，孟氏男學的上甲班前兩名，如果不進太學，可以直接進宮任皇子侍讀。

也因此大江南北的書院進入了鼎盛時期，別說著名的白鹿、岳麓、應天、嵩陽四大書院，就連前世九娘父親王方接手的青神王氏中岩書院也人滿為患。

眉州蘇家和青神王家素來交好，所以蘇瞻兄弟二人都在中岩書院讀書。

蘇昉七歲的時候，蘇瞻嫌棄國子監的博士們太死板，還感歎過，若非蘇程兩家尷尬的關係，蘇昉倒可以進孟氏族學讀個幾年書。

車外傳來嘈雜的叫賣聲，四娘和七娘眼睛發亮，悄悄掀開窗簾：「觀音院到了！」

牛車沿著第一甜水巷朝南，正經過觀音院，觀音院門口有許多攤販鋪子，最熱鬧不過。不一會兒牛車朝左轉，卻堵在了汴河邊上。前頭的車馬處已然擁擠不堪。不少京中官員家的馬車牛車都排隊候著，也有些車上的小娘子們等不及，已帶著女使們下了車。角門處一片互相問好和清脆的笑聲。

梅姑看著九娘一臉的疑惑，笑著解釋：「這些年，老夫人從宮裡尚儀局請了一位尚儀娘子，供奉在族學裡，在京中頗有名氣。引來不少貴人託了情將家中的小娘子們送來附學。」

七娘得意地揚起下巴：「婆婆還請了尚工局的典會娘子教我們財帛出入呢，你知道嗎？爹爹昨夜送給我的那枝青玉紫毫筆，是給你的那幾枝筆的十倍價錢！哦，十倍你肯定也不懂，你還不會算數呢。」

四娘微笑著說：「七妹你忘記九妹還沒開蒙，丙班還學不到乘除法呢。」

九娘心裡默默說，你們兩個功課沒學好，物價也不懂，二十倍還差不多。

七娘沒有耐心再等，急急拉了四娘下了車，熟絡地開始和其他小娘子嘰嘰喳喳。九娘跟著慢吞吞地下了車。慈姑追上來仔細叮囑連翹：「好生照顧小娘子。」連翹追著七娘的背影，心不在焉地應了一聲。

九娘拉下慈姑，在她耳邊悄悄說話。慈姑一愣，趕緊從荷包裡取出些銅錢，趁人不注意塞到九娘的小荷包裡。

女學的先生們，正在面北朝南的五間正房裡各自問安，說著這七天裡的趣事。

其實七天的寒食假期，很多學堂都只放三天假，可這女學學館的孟館長，卻是一位標新立異的館長。她不但一個月給了女學生們四天假期，但凡朝廷的節假日，也照樣放假。她的理由很簡單：入世好過悶頭苦讀。

孟館長是孟氏現任族長的庶女，原先也是汴京很有名的才女，因丈夫婚後三年納了三個小妾，便帶著嫁妝和離歸宗，兩年前向族中自請來教導女學，上任才不久，就遇到了上甲班開不了課的打擊，更加一心立志要恢復上甲班。她的案頭，汝窯大肚瓶裡插著兩枝碧桃，放著三個形態迥異的黃胖，書案上物品疊放得也很隨意。

外丙班的先生魏娘子，將一盒菠菜包子塞到她手裡：「館長午間嘗嘗，這是我家包子鋪的，一早上蒸出來，新鮮得很。」

孟館長回禮了一個小猴傀儡兒，送給魏娘子的幼弟。

內乙班的先生李娘子，送給各位先生她手抄的寒食節期間各大題壁詩集錦。這個是稀罕物，照理，書坊要到中下旬才能印製出來呢。幾位女先生都湊在一起研讀。

梅姑領著九娘進來，先向李先生遞上了六娘的請假信，又向孟館長遞上孟存的書信和族裡的入學憑證。

幾位先生一看，這個胖乎乎的小娘子十分可愛，一點也不害怕，還笑眯眯的呢。

梅姑送上了束脩後，先行回去覆命。

就有侍女上來擺了墊子，九娘按部就班，認認真真行了拜師大禮。

一位四方臉的女先生咦了一聲，問她：「在家可有人教過你禮儀？」

九娘心裡嘀咕，這孟家族學不愧是大趙頂級的私家學堂，看來想要入學，對禮儀的要求特別高呢。

九娘趕緊行了個標準的師禮，恭敬答道：「回稟先生，九娘的乳母慈姑曾隨婆婆梁老夫人在宮內住過十多年，她教過九娘一些禮儀。」

女先生提了幾個要求，竟然還有祭祀禮儀。九娘想到梅姑說的，先生讓你做什麼你就做什麼，所以也不敢馬虎，怕自己入不了學，做得一板一眼，到位得很。

這位女先生看上去很滿意，點了點頭。另一位先生又來了：「你會不會算術？」

九娘冷汗淋淋，順著先生的問題回答，最後連雞兔同籠都出來了，先生笑著遞給她算籌袋。九娘覺得自己低估了四娘七娘的算術水準，高估了她們對物價的瞭解程度。這入學試的算術考題就難成這樣，她們怎麼會算不清楚幾枝筆的差價！怪不得十一郎四歲就要在外院開蒙，七歲才來族學進學呢。

到最後，九娘看著面前的貼經墨義考卷，有點傻眼。怪不得原來的孟九娘提都不提入學的要求。這大段的《孟子》〈梁惠王上〉要默寫出來還要解釋意思。這入學試也太難了。

九娘默默寫完考卷，交給先生。

一位圓圓臉的女先生簡直要哭了，對著館長說：「孟館長，你不是要那個吧？」

孟館長仔細閱讀了考卷，點點頭：「是，難得發現這麼好的，今年上甲升等考試她說不定有希望。李先生，我就把她交給你了。」

咦？九娘聽著覺得有點不對頭。

當她被李先生牽著手經過人頭濟濟的丙班課舍時，九娘快哭了。

我以為這是入學試！我只是來開蒙的。為什麼我會變成內乙班的學生。我就是想躲開四娘七娘啊。我想在外丙班好好地混個三年呢！

臉圓圓的魏先生看著和自己一樣圓圓臉的九娘，好像聽懂了她心底的話，依依不捨地拉著她的小手，對李先生說：「李娘子，你去和館長說你們人滿了不行嗎？不如把她放在我們班，年底考試再升去乙班。」

李先生個頭嬌小，力氣卻頗大，她笑嘻嘻地拖著九娘走：「我們才十八個，加上她也才十九個呢。」

九娘眼睜睜看著自己的胖手指一根根從魏先生溫暖的手裡滑出來。

她眼巴巴地悄悄地問李先生：「先生，我只是來開蒙的！我該去那裡才對。」她指指丙班。

李先生笑著說：「孟館長說了要因材施教，像你這樣特別優秀的小娘子，我們要破格錄取到乙班來，因勢利導才行。」

李先生把她扶好，替她整了整衣襟：「看你高興得都傻了呢，現在可以和你三個姊姊在一個班，你爹娘肯定也會為你高興的。我們乙班從來還沒有過七歲的學生呢。」

九娘忽然覺得，如果再重生一次，她希望回到昨天。什麼才女，什麼美名，她已經有過一輩子，沒什麼好結果，最後種樹給人乘涼罷了。這輩子，她只是想開開心心，吃得飽穿得暖，混個平安康健。將來沒牙的時候有人給她盛上一碗湯羹，夏日大樹底下搖著蒲扇乘著風涼，看著小狗原地轉著咬自己尾巴，聽著孫子孫女笑哈哈。當然，如果能看到蘇昉成親生子更好。

可她，一點也不想再做什麼才女，還是年紀最小的才女。

現在這莫名其妙的，原來欲哭無淚，挖坑自埋就是這個感覺！

第十二章

早間課前是女學乙班上最熱鬧的時候。平時六娘在的時候，眾娘子都圍著她說話。畢竟六娘跟著三品郡夫人的祖母常入宮，得過太后一句「品行純良」的誇讚，又是幾位女先生的得意門生，去歲的考試，雖然六娘沒能升到甲班，卻依然是乙班十八個女學生裡成績最好的。加上六娘為人和善純良，待人一視同仁，在學裡一向人緣最好。

今天六娘不在，小娘子們就自然而然分作兩群。一群是來孟家附學的官宦人家小娘子們，圍著開封府周判官家的小娘子和戶部秦員外郎家的小娘子，興高采烈地說著瀛臺春色的美景，寒食鞦韆哪裡的最好看，哪一家店今年的寒食點心拔得了頭籌。當然少不了全家踏青時，誰家的姊姊遇上了已經訂了親的誰家的哥哥。又或者誰家的哥哥被丟了鮮花，誰家的姊姊被邀請一起去金明池玩樂。十歲左右的小娘子們小聲說大聲笑，恣意張揚，如同窗外院落裡的櫻花一般紛紛揚揚，春意盎然。

另一邊靠窗的，是一些住在翰林巷的孟家小娘子們，正靜悄悄地圍著七娘，聚精會神地聽她說話。時不時有人橫眉冷目瞪一眼另一群人，小聲嘀咕：「她們吵死了，七娘你聲音響一點，我們都聽不清了。」

「我新舅母才不到二十歲，就成了宰相夫人！禮部的郡夫人誥命很快就要頒發了。她看起來啊，一點都不像威嚴的夫人，可親切了。我舅舅對她可好了，走路也慢慢地等著她，連過個門檻都要親自扶住她呢！」七娘興高采烈地描述。

四娘微笑著點頭，十分鬱悶。她想不明白為什麼嫡母從來不帶她去祭拜榮國夫人，卻總要帶上傻乎乎的九娘。不就是她生辰和榮國夫人同一天嘛，不就是她小時候收到過榮國夫人的生辰禮嘛。現在宰相舅父都已經另娶了，嫡母還帶著她去，礙眼才是，新舅母能高興得起來才怪。

「我舅母長得好看，和我也投緣，十分喜愛我，隨手就送了我一隻二兩重的赤金鐲子。還是珍奇坊金大師造作的呢，可好看了。」

四娘微笑著繼續點頭，呵呵，你只管空口說白話，我倒要看看你拿不拿得出這鐲子來。

果然，族中的小娘子們紛紛豔羨地求著七娘拿出來給大家開開眼。七娘眼睛一轉，笑眯眯地問四娘：「四姊，你就拿出來給大家看看吧。」她轉頭對面露訝色的小娘子們笑著說：「初八是我四姊生日，她姨娘一心要給她打個金鐲子，可實在沒錢。你們知道的，我娘最賢慧了，就讓我把鐲子送給四姊。反正啊我是經常要見舅母的，也不缺這個。四姊，你就拿出來給她們看看吧。」反正那胖丫頭就是這麼說的，阮姨娘哪裡打得起赤金鐲子，肯定沒錯。

四娘手中帕子絞得緊緊的，忍著氣帶著笑說：「母親說那個太貴重了，就放在家裡沒帶著。」

小娘子們一片遺憾的歎息聲。

七娘又道：「我舅舅長得多好看，不用我說了，汴梁看蘇郎嘛，可我告訴你們，我表哥長得更好看。我家九娘竟然傻到看哭了！大概是覺得以後再也看不到這麼好看的郎君了吧。說不定將來就是汴梁看小蘇郎了。」

小娘子們一片驚歎和嬉笑的聲音，竟然有人好看到讓人看哭了？因為傷心以後看不到？不過也是，孟家三房能常和宰相家來往的，只有七娘了。庶女能出門見客的機會太少了。

而她們，從來沒見過傳說中的宰相和東閣，一輩子恐怕不會有這個機會。

同樣從來沒看見宰相和東閣，說不定以後也沒機會看見的四娘笑著說：「可不是，七娘你是我們家長得最好的小娘子，說不定將來和舅舅家親上加親呢。」

小娘子們再過三四年也要說親嫁人了，聞言都尖叫笑鬧起來，紛紛地笑著喊七娘「東閣娘子」。

靠門的那一群小娘子中，圓臉細眼的秦小娘子不滿地扭頭瞪了她們一眼：「吵死了。什麼東閣娘子，她也配？真是不知羞恥。」她性子直衝，說話聲音又大。課舍裡頓時安靜下來。

周小娘子笑著說：「我家大哥和蘇東閣是國子監同窗，曾說蘇東閣年紀雖小，頗美丰姿，如玉君子。將來恐怕是要尚公主的。總不能娶一個連公主侍讀也當不上的商賈平民。」

七娘一聽就要跳起來。卻被四娘拉住。

「算了七妹，誰讓娘和宰相舅舅是嫡親的表兄妹，又是從小一起長大的。我們是他的外甥女兒，遭人嫉恨是難免的。宰相肚裡能撐船，咱們啊，別和人家計較了。」四娘捂了嘴笑。

七娘轉頭又說起馬來：「你們該都看見過，我二哥那匹黑色的馬白色的蹄子，叫烏雲踏雪的，多好看的馬兒，可是和我舅舅騎的一比，要矮那麼一大截子呢。」她伸手比了個尺寸，白了門口那堆人一眼。

門外卻傳來溫婉動聽的聲音：「阿姍，你二哥的馬，是河東馬，可你舅舅那匹是汴京僅有的幾批大宛貢馬，你把這兩匹馬放在一起比，可要氣死你二哥了。」

聽到這把聲音，課舍裡的兩堆人又很快合做一起，笑著紛紛上前打招呼：「張家姊姊來了！」就連四娘七娘也笑著起身上前去。

七娘撒嬌說：「張姊姊你什麼都懂，我二哥才不怕被我氣呢。他對我們姊妹最好不過的。」

進來的一個小娘子，十二三歲模樣，瓜子臉，遠山眉，身穿藕色葡萄紋長褙子，已經留了頭，挽著雙丫髻，清麗出塵，笑容可親。一進門，就挽了秦小娘子和七娘的手問道：「今日怎麼六娘沒來？」

「我六姊染了風寒，要在家裡歇幾天。張姊姊你寒食節去哪裡玩了？」這位張姊姊是殿中侍御史張子厚家的嫡長女張蕊珠，她從小文采出眾，見多識廣，有汴京才女的美名，人又隨和，可謂人見人愛，花見花開。雖然上次升級試成績僅次於六娘，可七娘就是覺得她才學本事遠勝六娘，喜歡她得很。

張蕊珠笑吟吟地說：「怪不得，不過你家六娘不來，倒來了九娘。我在門口看見李先生和魏先生在搶她呢，看來你家九娘要來我們班上課。」

七娘一呆：「不會不會！她還沒開蒙呢！」

秦小娘子笑著說：「這有什麼？這是你孟家開的學堂，想上哪個班就上哪個班，有些人，明明自己祖宗的《孟子》〈離婁下〉都背不出，不也順當當地升到乙班來了？」

七娘紅了臉，氣得說不出話來。

張蕊珠趕緊拍了秦娘子一下：「別捕風捉影的，孟氏族學一向聲名在外，最公平又公正不過。要不然今年就有甲班了，我還會這麼傷心欲絕嗎？」她言語風趣，說得旁人都笑了起來。

七娘剛想辯解自己明明抓住了唯一的一次補考機會，順利通過的。可叮鈴鈴，外面廡廊下的銅鐘，敲響了上課鐘聲。

不多時，先生李娘子領著九娘進來，安排她坐到第一排，又將幾個小娘子的座次換了一下，才開口介紹說：「孟氏九娘是我們乙班的新學生，年方七歲。以後你們都是同窗，記得要好好相處，該照顧的地方要照顧她一下。」

眾人異口同聲答：「是，先生！」

七娘瞪著九娘的小小背影。想起自己在車裡說的話，還有秦小娘子的話，七娘只覺得心裡好像有火在燒，臉上也有把火在燒。無奈先生已經讓大家打開假期裡的課業給她檢查。

等先生檢查完她們的大字、算術題，再一個個抽背完幾段大經，已是午時用飯時間。四娘和七娘一直看著九娘，卻見她規規矩矩坐著，連如廁都沒有去過一次，一直安安靜靜地看著書冊。

下課的鐘聲一響，七娘就衝到了九娘桌前：「你怎麼來我們班了？」

九娘從書裡抬起頭：「先生讓我來的。」她可真不想來！

身後的秦小娘子嗤笑了一聲：「切，自然是先生讓誰來誰就能來了。走，我們吃飯去。」

張蕊珠臨走前，拍拍四娘的手臂：「讓七娘好好說話，你是姊姊，可要看著些，別失了分寸。」

四娘紅了臉，覺得她的笑意味深長，可仔細一看，她臉上只有隱隱的擔憂和誠懇。

課室裡很快就只剩下三房的三個小娘子。

七娘剛要伸手去拽九娘，門口傳來先生的聲音：「你們三姊妹怎麼還不去用飯？女使們在找你們呢。」

四娘趕緊拉住七娘的手：「這就去了，在等我家九妹呢。」

她話音未落，一個圓滾滾的小冬瓜就已經飛速滾到了門口，甜絲絲地仰著臉問：「好先生，我不記得怎麼去了，先生能帶我去嗎？先生您吃飯了嗎？您餓不餓？您給我們上了那麼久的課，肯定餓了吧？您吃飯和我們一起吃嗎？我在家裡就覺得永遠吃不飽，學裡都吃些什麼？」

七娘目瞪口呆地聽著那把聲音跟著先生漸行漸遠，扭頭問四娘：「四姊！她怎麼跑掉的？」

四娘也呆呆地沒回過神來。

這個九娘，她怎麼最近總出人意料……四娘看到自己課桌上女使還沒來收拾的硯臺，上面還有不少餘墨，心中一動。

東廂房裡，九娘依依不捨地鬆開先生的手，再三邀請先生和自己一起用飯未果，只能暗自思量等下會有什麼最壞的結果了。

連翹已經擺好了餐盤。族學裡一視同仁，每個學生都是一樣的碗碟器皿。裡頭有一碟果子，一碗粟米飯，一個肉菜，一個蔬菜，一碗湯羹。有舍監娘子在外頭看著，不許剩下飯菜出門。偶爾有小娘子實在吃不了的，都讓女使代吃。要不然可得吃三戒尺，抄寫百遍的《憫農》，下午還要罰站。

其他人已經安靜地動箸，十多位小娘子加上貼身侍候的女使，卻無一人出聲。

九娘趕緊入座，拿起竹箸，卻看見四娘和七娘連袂而來。

七娘直奔向九娘，到了她桌前。九娘正想著是鑽桌子還是撲到身側的秦小娘子身上，卻見七娘手一抬。

啊？九娘看著自己餐盤裡烏黑一片，傻了眼。東廂房裡頓時亂了套，什麼用餐禮儀和規矩，全不顧了，屋子裡嘰嘰喳喳一片混亂。

舍監娘子進來的時候，簡直無法相信自己的眼睛。

九娘的餐盤翻在地上，米粒與果子齊飛，墨汁同湯羹一色。

七娘揪著九娘的包包頭不放，四娘拉著七娘的手。九娘正紅著臉不吭聲，也不哭，抓著七娘的衣襟。

張蕊珠帶著一眾小娘子們圍著她們勸和，除了張蕊珠伸手在掰七娘的手，餘者也沒有一個出手幫忙的。

舍監娘子大力拉開她們三個，黑著臉叫來僕婦打掃擦拭，將她們三個和張蕊珠帶到孟館長面前。

孟館長問了問用飯時發生的事，就單留了七娘下來，讓其他人跟著舍監娘子回去繼續用飯。

東廂房裡，女使們已經重新去領了飯菜。九娘洗乾淨小手，讓連翹給自己梳好頭，逕自坐下用飯。四娘心裡七上八下的，不知道七娘會不會把自己出的點子說給館長聽，食不下嚥，乾脆讓女使代用了。

待用完飯，女使們上了茶水，東廂房才允許說話聊天。

秦小娘子因為坐在九娘身側，一臉好奇地問她：「九娘，你怎麼不怕你家的爆竹娘子？」

九娘笑眯眯地說：「因為我是火石？」

秦小娘子一愣，大笑起來，拍拍她的小腦袋：「你倒是個有意思的，力氣還不小啊。」她高興地說：「你七姊身上那件真紅綾梅花瓔珞褙子，被你用一手墨塗了，肯定氣死她了。」

張蕊珠捧著茶盞走過來歎了口氣：「你還說！七娘那件褙子恐怕就是節前她一直說的那件，還是她外家婆婆從眉州託人捎來的，那繡工，真是精緻。小九娘，你膽子可真大啊，以後可不能這樣了。」

九娘笑著問：「那麼姊姊要是不講理欺負我，我就該笑著被欺負嗎？」

廂房裡頓時安靜了下來，張蕊珠有些詫異九娘的語氣，卻也只淡淡一笑，搖頭走開了。四娘的心，更加七上八下起來。

未時，上課的鐘聲再次響起的時候，東廂房卻迎來了孟館長。

「今天未時的課臨時取消了。所有人都回到課舍去。」孟館長聲音不響，卻堅定得不容任何人質疑。

原本未時的課程，是琴棋茶畫任選一課，去畫室、琴房、棋室或茶房，學習一個時辰。各位小娘們面面相覷，大概猜到了和孟家三姊妹有關，卻也都安安靜靜地魚貫而出。

第十三章

乙班課舍裡從來沒這麼安靜過。

七娘比眾人更早回到課舍，一臉的不服氣，挺直了背脊。

待眾人歸座，孟館長看看李先生。李先生開口說道：「子以四教：文、行、忠、信。這也是孟家族學的立學之本。今日之事，起因是有人對孟九娘進內乙班的資格存疑引發的。官家的決策，尚有臺諫❶可以反對。學館的決策，自然也要經得起質疑。現在，有多少人對她入學資格有疑問的，不妨站起來。」

七娘砰的第一個站了起來，然後課舍裡七七八八，站起了不少小娘子，就是誇獎九娘的秦小娘子，也笑著對她點點頭說了聲「抱歉啦」站起身來。

不一會兒，課室裡只剩下張蕊珠和四娘沒有站起身。七娘扭頭瞪著四娘，眼裡冒火。四娘才彆扭著慢慢起了身。

孟館長笑問：「蕊珠，你為何沒有站起來？」

❶ 臺諫：臺指御史臺，諫指諫官。

張蕊珠笑道：「爹爹送我來孟氏族學附學時說過，論女學，京中很多世家的學堂都很好，可沒有哪家學堂能像孟氏族學百年來都這麼嚴格律己的。所以蕊珠相信館長和先生肯定有讓九娘來乙班的理由。」

孟館長輕笑不語。

李先生點了點頭，讓眾人坐下：「好，你們都知道，男學要從丙考入乙，君子六藝不可缺一。我們女學丙升乙，雖然不用考御射，卻也需要通過禮、書、經、數四大科目的入學試。」

提到考試，不少小娘子都縮了縮腦袋。

李先生道：「去歲女學丙班有三十二人報考乙班，通過考試的，只有七人。乙班報考甲班的，九人，無一得通過。因為忠信二字，女學今年不設甲班。」

張蕊珠面色如常，唇角含笑。

李先生又說：「九娘，你上前來，將早間的五禮考試再做一遍給大家看。」

九娘只能依言上前，略正衣裳，肅容站立。開始照著早間考試的內容重做一遍。

一刻鐘後，課舍內已然鴉雀無聲。這吉禮、軍禮、凶禮、賓禮、嘉禮，她們最熟悉的都是嘉禮，因為是日常禮儀。雖然有宮中的尚儀娘子教導，但祭祀之禮、田獵軍事之禮、喪葬之禮和朝拜之禮畢竟日常接觸不多，尤其和皇室相關的內容，從頭學起，不只是禮儀姿勢、收放的時間、進退的位置、跪拜的方位，就是張蕊珠和孟嬋，去年考上甲班，在吉禮和賓禮上也丟了分，只拿了乙等。

但眼前的小九娘，雖然矮不隆冬圓滾滾，分別行了吉禮中的祭五嶽、軍禮中的大田之禮、凶禮中的吊禮、賓禮中的朝聘、嘉禮中的賀慶。可是她一舉一動，一進一退，一俯一仰，就連小圓臉的角度和神情，也都和她們看到的尚儀娘子的示範一模一樣，讓人身臨其境。

孟館長微笑著點頭說：「禮學的考試，是孫尚儀親自考的，孫尚儀說了，若只考禮學，九娘為甲，完全可為你們乙班的尚儀課示範。」

孫尚儀的眼睛太毒，僅僅從這個小九娘的拜師禮就看出她的儀態是千錘百鍊過的精準。身為館長，她信得過孫尚儀的眼光。

七娘的眼淚開始打轉。不可能！這個只會吃和哭的傢伙，什麼時候學的，誰教的！四娘只覺得額頭慢慢沁出一層細汗來。

李先生又問：「九娘，今有雉兔同籠，上有三十五頭，下有九十四足，問雉兔各幾何？」她又對學生們說：「這和她早上入學試的題目並不相同。你們不妨也試一試。」

小娘子們紛紛拿出算籌和紙筆。九娘回到自己座位上，拿出算籌，邊算邊思量該怎麼辦。如果這樣下去，肯定會招來四娘七娘更多厭惡，甚至乙班不少人都會對自己產生嫉恨之情。可這兩位先生，她不忍心讓她們難堪，不忍心讓那麼多人懷疑她們的品性。文行忠信，先生們都是君子之風，她們坦蕩蕩不怕人言，自己若因一己之私，而毀了她們的名譽，比起七娘，豈不更加小人之心？

張蕊珠皺起眉頭，她的書、經、樂考試都是甲等，只有禮學和算術得了乙等。這雞兔同籠她請教過爹爹好多次，相信不會再有錯。

一時間，乙班課舍裡只有算籌落桌的清脆響聲。

李先生走到九娘身邊，拍拍她，讓她別緊張慢慢算。九娘被她一拍，一抬眼，看到李先生清澈的眼神，溫和的笑容和鼓勵的神情，剎那間下定了決心，將算籌收好，說道：「稟先生：九娘算出來是雉二十三，兔十二。」

她稚嫩的聲音一出，課舍裡算籌的聲音驟停，七娘猛然抬頭不可思議地看著九娘，她剛剛算出答案，還在驗算，忍不住抬起手，將算籌啪地拍在了桌上。張蕊珠默默將算籌放回自己的算籌盒，輕輕撫摩著竹籌，一遍又一遍。

李先生點了點頭：「現在還有人質疑九娘的算術嗎？」

底下傳來了嗚咽聲，卻是七娘伏在桌上哽咽了起來。她從會走路就看著娘打算盤打得飛快，雖然她不愛背書，可算術卻一直是甲等，雖然被秦娘子嘲笑為商賈人家難免愛算計，但心裡卻一直頗為得意，畢竟她的算術，比起六娘和張蕊珠還要好呢。沒想到現在！

孟館長笑著說：「九娘的貼經墨義考卷，已經糊在你們乙班的公告牆上，無論是書還是經，她都應該在乙班上課。現在你們可以出去看一看她的考卷。如果還有人心內存疑的，來找我就是。但各位小娘子，切記：君子之言，信而有徵，故怨遠於其身。小人之言，僭而無徵，故怨咎及之。你們來進學，不是只背誦默寫經義就可以，還要牢記於心，言行合一。妄自猜測，不只是對其他人的不公平，對你們自己的品德是更大的傷害。」

秦小娘子羞紅了臉，七娘哭得更厲害了。

館長的話，如同一滴滾油濺進了水裡。小娘子們立刻交頭接耳，紛紛行了師禮結伴朝外走去。

張蕊珠看著九娘，見她依然眨巴著大眼，一臉的無辜。不由得微微一笑，朝她點了點頭，安慰著秦小娘子出了門。

四娘困難地站起身，走到七娘跟前：「七妹要不要去？」

七娘已經淚眼婆娑地抬頭喊了起來：「假的，我不信！假的！九娘你舞弊了對不對？」

李先生走了下來，給七娘遞上一塊帕子。轉頭問九娘：「九娘，你的乳母教你開蒙，家裡人都不知道嗎？」

九娘搖搖頭：「我不知道，慈姑教什麼我就學什麼。」

四娘疑惑地問：「是婆婆讓她教你的？」

七娘也想起來了。當今高太后是聖慈光獻曹皇后的姨侄女，從小在宮裡長大。而婆婆作為她的侍讀娘子，是和太后一起在宮裡長大的，慈姑和貞娘又都是婆婆的貼身侍女。難怪九娘連吉禮和賓禮都會。

七娘抽噎著搖頭：「不可能，我才是三房的嫡出女兒，婆婆怎麼會不教我卻教你的！你姨娘那麼笨！你那麼傻，你兩歲才會走路三歲才會說話，你學不會的。」

九娘卻只對著先生說：「稟先生，我不傻，我學得會。慈姑教我一遍不會，可教我一百遍我就會了。」

李先生心疼地摸摸她的小臉：「然，勤能補拙。而且，你不傻，你很聰明，只是很多人開竅得很晚，以前就有四歲才會走路說話的大才子。」

四娘嘟囔著說：「九妹，你房裡連紙墨筆硯都沒有，你怎麼學寫字的？」

九娘揚起小臉，清脆地說：「七姊前年用筆沾墨在我臉上畫烏龜，你把筆扔在我被子上。慈姑就用那枝筆教我沾了水在桌上寫字。我會寫好多字！」

孟館長意外地聽到這嫡女欺壓庶妹的醜事，她皺了皺眉，過來拍了拍九娘的小腦袋：「好了，不用說了。旁人信或不信，都是旁人的事。你年紀還小，腕力不夠。每天的大字，要多練幾張。」

這時門口傳來嗡嗡的議論聲，卻是看了考卷回來的小娘子們，大多都聽見了九娘所說的，都用不屑的眼神看著四娘和七娘。

這個孟七，平時趾高氣昂，在家裡也這麼無法無天，怪不得禮學考試勉強合格。

還有孟四，看著平時柔柔弱弱依附著嫡妹，可是一樣庶出的女孩兒，為什麼小的被那樣欺負，她卻和七娘形影不離？還不是因為她為虎作倀唄。

四娘張口想辯解幾句，卻發現，平日和她要好的幾個孟家小娘子都默默轉開眼神了。

孟館長和李先生離去後，未時課程的下課鐘聲響了起來。

乙班女學裡，又嘁嘁喳喳起來。

申時，鐘聲一響，尚儀娘子孫先生走進女學乙班的時候，課舍裡連一根針掉在地上的聲音都聽得見。

太可怕了，孫先生手裡拿著的是尚儀戒尺。

三尺三寸的朱漆楠木戒尺，打完三天還會疼，擦什麼藥膏都沒用，靡靡之腫痛，繞膚不絕。

九娘也忍不住縮了縮手。上一次被打，還是因為前世裡，她嘴裡答應了爹爹娘親，去中岩下寺的丹岩赤壁下和蘇瞻相看，結果她卻帶著晚詞、晚詩跑去後山玩了個痛快，還採了許多飛鳳來花回家。夜裡吃了爹爹三戒尺。第二日乖乖待爹爹的書房裡等蘇瞻來相看，結果蘇瞻也沒來。

孫先生看起來很溫和，但法令紋深深，髮髻一絲不苟，行動之間悄然無聲。她柔聲點了四娘七娘的名。

四娘一個哆嗦。七娘的眼睛還紅著呢，一聽，更紅了。

孫先生和李先生的和藹可親完全不同，李先生向來溫柔，將小娘子們當作自己的孩子愛護。孫先生卻是宮中出來的風範，只論結果不問原因。

她根本不說為什麼，直接給了四娘一戒尺，七娘一戒尺。讓她二人站到廡廊下去聽課。

清脆的板子聲，打完還要行師禮，謝謝先生教導。九娘看著也有些肉疼。

酉時鐘聲響起，四娘和七娘才被喚進來，和其他小娘子們一起認真行謝師禮。

第十四章

孫先生離去後，七娘默默起身收拾自己的物事。她六歲就進了女學，四年來第一次被先生責打，被同窗折辱，還要一直忍著眼淚。

張蕊珠歎了口氣，過來將七娘扶了起來，仔細用帕子替她擦著臉：「阿姍，姊姊同你說過多少次了，不要輕信他人的話，別衝動行事。九娘得到誇讚，也是你孟家小娘子的榮耀。你心裡反而不高興，豈不顯得自己心胸狹窄？你們畢竟是親姊妹。你竟然朝她的飯中倒墨，以大欺小，這樣損人不利己的點子，粗俗失儀之至，和市井無賴無異。什麼錯都是你的，你自己落了什麼好？反而更被別人輕視啊。倘若你是自己想出這種行徑，以後別和我交好了，不知道哪一天你是不是會朝我飯中潑墨。」

七娘抽著鼻子解釋：「張姊姊！我不會朝你飯中潑墨的，你不知道這個傢伙多麼可氣。」她覺得張蕊珠說得有些道理，可又覺得四娘一直對自己言聽計從，肯定也是氣得糊塗才出了那個主意的。但總而言之，都是九娘的錯！

四娘的臉燒得通紅，她過來替七娘理好書袋：「七妹，回家吧。」兩人看看九娘的桌子，空無一人。

張蕊珠說：「我看她出門朝右轉了，恐怕是去如廁。你們在這裡等她一等。九娘年紀小，萬一她走丟了，你們還要回來找她。阿姍，你回去好好想想姊姊的話吧。對了，我家裡有御藥玉容膏，消腫止痛特別好用。回去我就讓人送到你家來。」她看也不看四娘一眼，自行出了課舍。

四娘咬著下唇，泫然欲泣。她也不知道為什麼，從入學開始，張蕊珠雖然看起來友善，可她就是能感覺到那種對自己不屑一顧，高高在上的優越。

七娘卻恨恨地跺了跺腳：「她聰明，她懂事，她什麼都厲害，我們為什麼要等她？我才不想等她！」

四娘猶豫了一下，從這裡穿過內花園，是人最多的丙班課舍，再出去是外二門，到南角門也就一盞茶的功夫。這會兒她也確實不想看見九娘的小臉。

孟家的牛車在南角門足足等了一刻鐘，四娘和七娘也不見九娘出來，倒看見連翹捧著九娘的書袋匆匆跑出來問：「九娘子在車上嗎？」

四娘搖頭：「你不是在廡廊下等著的嗎？」

連翹說：「我看九娘子如廁了許久還不出來，就忍不住去找她了，結果也沒看到人。」

「你們會不會正好走岔了呢？」

七娘氣得拍著車裡的小案喊道：「就算她要掉進恭桶裡，那麼胖也會卡住的！不等了。我們先回去。連翹你在這裡守著吧。回頭再讓燕伯來接你們。我餓死了！」她和四娘都沒用上午飯，又被打被罰站，早就饑腸轆轆了。

這時四娘看到張蕊珠正帶著女使出來了，趕緊遠遠地招手問：「張家姊姊，看到我家九娘了嗎？」

張蕊珠皺起眉搖搖頭，旁邊經過的一位小娘子卻答道：「是一個胖胖矮矮的小娘子嗎？我好像看到她早就朝那邊去了啊。」她手朝第一甜水巷路口一指。

連翹趕緊問四娘：「四娘子我們怎麼辦？」

七娘沒好氣地說：「掃把星！還能怎麼辦！快點去追唄。」

孟家的牛車和隨行的女使侍女們漸漸去得遠了。張蕊珠納悶地問那個小娘子：「你是丙班的吧？」

她在學裡很有盛名，那位小娘子一臉仰慕地點著頭：「是啊。」

女使一驚：「啊呀，那你怎麼會見過孟家的九娘呢！」

「孟家的？不是啊，我們班那個小娘子明明姓錢啊。」小娘子一臉茫然：「你們剛才說的九娘，矮矮胖胖的，不是她嗎？」

張蕊珠歎了口氣，搖搖頭。唉，這事！

九娘回課舍的半路上遇到了李先生，李先生蹲下身笑著問她：「小九娘餓不餓？」

真餓！在家好歹還有些點心墊著，學裡卻沒有點心可吃。

李先生笑著牽了她的手：「來，先生那裡有些西川乳糖，給你拿一些路上吃。」

等她小心翼翼捧著帕子裡的西川乳糖回到課室時，已經空無一人，桌上的書袋也不見了。找了一圈也沒找到書袋，連翹也不見了。九娘到了南角門時，車馬處已經空蕩蕩。

九娘看看天色，還早，她捏捏自己小荷包裡早上問慈姑要的幾十文錢，得意了一下，有錢在手，心中不愁嘛，想到觀音院門口汴京城最有名的凌家餛飩攤，口水直流，感覺更餓了，不免雀躍起來。

這一日酉時一刻，林氏和慈姑就等在了木樨院外間的二門處，眼看著前面烏壓壓回來一撥人，都鬆了一口氣。

她們立到一旁，看著四娘七娘攜手過去，道了福，卻看不到九娘，只有連翹一個人跟在女使們後頭。

慈姑大驚：「連翹！小娘子呢？」

連翹眼神虛閃，低聲說：「正要回稟娘子去，不知怎地，九娘子不見了。就先送四娘七娘回來，再回學裡找。」

片刻靜默後，林氏噭的一聲撲了上來，揪住連翹的髮髻，劈頭蓋臉地抽她：「你個黑心的死婢子！敢將小娘子都丟了！你竟敢不去找她！你竟敢一個人回來！要死了你！」

旁邊幾個女使和侍女們趕緊攔住她，好不容易拉扯開。連翹髮髻也散了，臉上被抓花了好幾道，哭得不行。前頭的四娘和七娘又返轉回來，七娘臉上還帶著氣：「姨娘！你打連翹做什麼？九娘自己亂走，誰知道那個傻瓜是不是闖了禍害怕，一個人偷偷溜回來了！我們這才急著回來看的！」

林氏一呆：「闖禍？」

四娘指指七娘的褙子：「今日九娘在學堂把墨都弄在七娘的新褙子上了。」

林氏一看，七娘身上的真紅綾梅花瓔珞褙子，胸腹處一片墨黑，正是一隻胖胖的手掌印，不由得眼前也一黑。

七娘氣呼呼地說：「看見了沒有？這件新褙子還是我外祖母從眉州託人給我捎來的！氣死我了，掃把星！到了學裡也害我！害死我了！」

四娘一臉的焦急：「怎麼？九妹竟然還沒回來？那可怎麼得了！」

林氏已經一屁股坐在地上號啕大哭起來：「老夫人！娘子！郎君！我的九娘啊——」

慈姑匆匆跑了回來，手裡拿著出門的對牌，身後跟著兩個雜役婆子，對林氏說：「老奴已經稟告過娘子了。我們先去學裡找，姨娘還是先回去等消息吧。」

林氏看著慈姑遠去的身影，看看躲在七娘身後目光閃爍的連翹，想起昨夜還高高興興地說著話兒的女孩兒，不過上了一天學，人竟丟了，不禁悲從中來，又氣又怒又恨，卻又無處可訴，撲地大哭起來。

貼著族學北角門，就是觀音院。從早晨起，各路攤販就依次占據了院門口和路側。賣香的，賣各色護身符的，賣飲食茶果的，賣日用器具的，各司其職，按照朝廷規定，穿著各行各業規定的服飾鞋帽。

那賣飲食的尤其多，小小的車簷都很奇巧，一邊裝著乾淨的盤子和器皿，一邊是所賣之物。車上懸掛著長長青白布，放眼望去，「錢家乾果」、「戈家蜜棗兒」、「凌家餛飩」、「王道人蜜煎」幾家小車子前人最多。不少學裡出來的小郎君小娘子們嘴饞，讓下人們前來排隊買了帶在路上吃。

在凌家餛飩攤後的小矮桌前，坐著一個圓滾滾的小娘子，正埋頭苦吃。凌家娘子忍不住回頭看了她好幾回，將長柄湯勺交給她漢子，過去輕聲問：「小娘子，你家裡人呢？怎麼還不來？」

九娘閃爍著大眼睛，抬起頭來，從小荷包裡摸出十文錢：「嫂嫂，麻煩再給我下一碗餛飩。家裡人一會兒就來。」她朝北面孟府方向指指。

凌娘子看看，她指的方向，錢家乾果攤子前排滿了人，就笑著收下錢：「要不，等她們來了再煮？」

九娘一笑：「這碗還是我吃，她們來了要吃，自己買。」她缺了門牙的模樣逗得凌娘子也笑了起來：「好好好。你人還小，吃不了一碗，我看再吃半碗就夠了。」凌娘子數出五文錢放回那胖嘟嘟的小手掌裡，替她捏起來：「收好了哦。」

忽地旁邊伸出一隻手，從九娘手裡掏出那五文錢，遞回給凌娘子：「不用收，這一碗哥哥我吃，她要是不夠，吃完了再買！」

凌娘子一怔，小矮桌邊已站了兩個光彩奪目的少年郎。那把銅錢塞回來的，長得十分好看，卻一副潑皮德性，一隻腳踩在小杌凳上，叉著手，橫眉豎目地瞪著小娘子問：「你竟敢偷偷一個人溜來吃餛飩？果然狗膽包天啊。」

另一個少年郎一拱手，溫聲道：「我家妹妹叨擾了。我們兄弟找不見她有些著急。無事無事，有勞凌娘子去下兩碗餛飩。」他又遞上十文錢。

凌娘子看看小娘子貌似的確認識他們，將信將疑地收下銅錢，去到攤邊，叮囑自家漢子：「看著點那小娘子，莫給壞人騙走了。」那漢子看了一眼笑道：「天下哪有長得這麼好看的壞人？要我也情願被他們騙走呢。」被凌娘子笑著啐了一口。

九娘笑著仰頭喊：「太初表哥，你家小廝弄髒了凌娘子的小杌凳，好不粗魯！」

陳太初歎了口氣，拉著趙栩坐下，柔聲問她：「九娘，你怎麼一個人在外面？知道有多危險嗎？」

趙栩冷笑道：「這個淘氣的禍害，必然是逃了學偷偷來的。」

九娘卻看也不看他，只對著太初說：「今日下學，人太多了，姊姊們把我給落下了。我等了半天，餓，就來吃碗餛飩。」她抻長脖子朝路上看，又猛地縮了回來，低下頭說：「一會兒慈姑肯定回來接我的。」

凌娘子端來兩碗熱氣騰騰湯清蔥綠小白船的餛飩：「啊呀，虧得我一直看著你，小娘子以後切莫一個人落單跑出來，你姊姊們怎麼這麼糊塗！」

趙栩接過碗，嚇唬她道：「哼！今日我就拐了你賣到秦州去。」

九娘扔下筷子，撲進凌娘子懷裡，低聲說：「嫂嫂救我，這是個壞人，上次來我家偷東西，綁了我，現在又一路跟著我，要拐了我去賣，嫂嫂快帶我去報官！」

凌娘子看著懷裡淚眼婆娑的小娘子，還有對面那個已經七竅冒煙漲紅了面皮的小潑皮，頓時腦子發暈，說不出話來。

陳太初半晌才回過神來，趕緊解釋：「不是不是——我家妹妹說笑話呢。我真的是她表哥！」

凌娘子默默地走開了。她漢子笑著問：「怎麼？你也遇到壞人了不成？」

凌娘子歎了口氣：「她還怕什麼壞人啊，壞人怕她才是！」

九娘卻伸出手朝陳太初說：「表哥，你家小廝那碗餛飩是我出的錢，我看他是個窮光蛋，只能找你這個主人家討債了。」

陳太初默默點了十文錢放進那小手掌中，轉頭對趙栩說：「快吃吧，吃完我們送九娘回去。」

九娘數出五文放到趙栩碗邊上：「這個給你做跑腿費吧。下次買餛飩記得自己帶錢哦。人窮難免志短，只能搶小孩子的錢，可憐！」那跑腿費，漏風成了跑腿晦。

趙栩活了整十年，第一次生出要將眼前這胖丫頭揪過來狠狠揍一頓的心思。他咬牙切齒地看著那五文錢，聽見陳太初幽幽地說：「六郎，她才七歲呢。」

九娘撇撇嘴：「看那麼仔細，銅錢也生不出錢子兒。」

陳太初看著趙栩手中的竹箸啪地斷成兩截，實在有些不忍心。想起剛剛在觀音院求的護身符，便取了出來遞給他：「你還是掛上這個吧。」

九娘想著時辰差不多，孟府該亂起來了，也覺得再欺負下去，這少年郎恐怕會砸了餛飩碗，便笑著將頭埋入白瓷青邊大大碗公裡，慢慢地喝起湯來。

陳太初看著那小腦袋幾乎埋在碗裡，忍不住伸手揉揉她的包包頭。這是他第二回看見趙栩被氣成這樣，也蠻有趣的。

第十五章

陳太初和趙栩一路走走停停，他們兩人都是大長腿，走一步，九娘要跑三步。趙栩跟在九娘後面，看著這個氣死人不賠命的矮冬瓜在眼前滾著，實在讓人很想踹一腳。

沒走幾步，九娘覺得有點肚子疼，欺負人會肚子疼？不是吧？

再走幾步，陳太初一回頭，看見九娘額頭上都是汗，臉色蒼白，小手捂著肚子，彎著腰，趕緊蹲下來問：「怎麼了？哪裡不舒服？」

趙栩上前兩步冷笑著：「活該！」轉念又退開一步：「你又要出什麼么蛾子❶？這次可和我沒半點干係！陳太初！你得給我作證！」

九娘雖然疼得翻江倒海，卻也忍不住笑了起來，看著趙栩說：「都怪你！就怪你！」

趙栩翻了個白眼看看天，一臉我就知道會這樣的表情。

陳太初看看眼前這個小表妹，七歲的人，才四尺有餘，還不到自己腰間，疼成那樣還不忘和趙栩鬥氣，不免又好氣又好笑又可憐她，一彎腰，伸出手，穿過她肋下，將圓滾滾的小娘子一把就抱

❶ 么蛾子：牌九術語，中國北方地區方言，意指鬼點子。

了起來，轉身邁開長腿，朝前去了。

趙栩目瞪口呆地在後面追：「陳太初，你、你!?」有沒有搞錯啊！自己的四妹那麼美，那麼喜歡陳太初，那麼黏著他，陳太初都從來沒抱過她，現在竟然抱了這個和自己作對的矮冬瓜？

九娘一樣目瞪口呆，上輩子，只有爹爹這樣抱過兒時的自己，怎麼算，也過去二十幾年了。忽然，被一個少年郎君抱在懷裡。她又不是真的七歲女童，登時滿臉通紅，低了頭，小短手不知該往哪裡放。陳太初笑了笑，將她朝上托了托，空出一隻手將九娘的小手放到自己肩膀上，柔聲問：「這樣就沒那麼疼了，等回去了，請婆婆給你喚個大夫來看看。」

九娘忽然想起蘇昉，他四歲就進學，天天一早卯時就被叫起來，總要扒著自己的脖子，兩條小腿盤在自己腰上，小臉埋在自己肩窩裡嘟囔著：「娘，我沒睡夠，娘，給我再睡會兒。」喊得她總是心軟不已，抱著他在床前來回踱步至少一刻鐘。

我七歲，我七歲，我七歲。

九娘心裡默默念了好幾遍，慢慢放軟了小身子，小心翼翼地將下巴靠在陳太初肩膀上。

陳太初身上有一股淡淡的竹香，並不是熏香的味道，聞著讓人心生安寧。九娘看著身後瞠目結舌的趙栩，不禁朝他皺了皺鼻子，吐了吐舌頭。肚子真的沒那麼疼了呢。

趙栩暴跳如雷：「陳太初！她是裝可憐！你放她下來，我要好好收拾她！」

陳太初搖搖頭，反而將懷裡小小的人兒抱得更穩妥了。

趙栩氣得一腳將路上的小石子踢飛老遠。

三個人進了木樨院，才發現木樨院裡只有幾個留守的婆子。婆子們也不認識陳太初和趙栩，只能結結巴巴地告訴九娘：「慈姑沒找到小娘子，林姨娘哭到翠微堂去，眼下娘子、小娘子、姨娘們、乳母女使們都被老夫人喚去了。」

九娘側頭問：「太初表哥，我們也去翠微堂可好？」

陳太初點點頭，跟著婆子出了院門，對趙栩說：「六郎，你出來太久了，不妨先回去吧，免得姑母擔心你。」

九娘也點點頭：「咦？你怎麼又來我家了呢？二門的婆子沒攔著你啊？外男不得入內宅，你連這個也不懂嗎？」

趙栩本來倒想先回的，被她一說，秀氣如翠羽的眉毛又立了起來：「什麼？我還非去不可了。我——我也是你表哥。」一想到這個，他揚起完美的下顎，朝九娘一扯唇角：「來，叫一聲表哥聽聽。」

九娘嗤之以鼻：「我家哪有你這樣的壞表哥？」

趙栩上前幾步，笑眯眯地戳戳她的小臉蛋，手感還是那麼好，肉肉的：「你看，太初呢，是你家表哥吧。而我娘呢，就是太初的親姑母，也姓陳。我可不也就是你家表哥？」

呸！一表三千里，你這再表都能表到六千里去了。咯噔——不對，他娘是陳太初的親姑母，也就是說他娘是樞密副使陳青陳太尉的親姊妹？可陳青只有一個妹妹，人稱豔冠汴京國色無雙的陳小娘子。

陳小娘子十五歲跟著陳青去大相國寺，被好色的無賴掀開了帷帽，引起街市哄動。時人爭相看她，商販攤位被掀翻的不計其數，還有好些人被踩踏。陳青當街怒打登徒子，打殘了那人，自己被開封府刺字發配充軍去了秦州，遇上大趙和西夏之戰。他屢立軍功，又因容顏俊俏卻面有刺字，所以他喜歡戴著青銅面具上陣殺敵，人稱面涅將軍，十幾年後他成為大趙開國以來唯一面帶刺字的朝廷重臣。而陳小娘子，早在大相國寺之事後，豔名遠播，被官家選入宮中，做了美人。

九娘記得自己前世最後一次去宮裡時，陳氏已經是三品的婕妤，但因她出身不顯，又是那樣的事才進的宮，兄長又手握重權，所以很不得太后的喜歡。陳氏面容絕色，卻性子怯懦，和她兄長完全不相似。

轉念之間，九娘背上起了密密的雞皮疙瘩，閉上了小嘴，趴在陳太初肩上不說話了。

難怪這六郎的面容，好看得過分，還總有些眼熟。

這個被自己氣了兩次的，竟然是官家的第六子：趙栩趙六郎。

這麼個自降身份的表哥，咱家廟太小，容不下你這麼大尊菩薩啊。

陳太初以為她又腹痛了，輕輕拍拍她的背，對趙栩說：「六郎，你還是趕緊回去吧，免得下了匙，又被罰。明日我再去找你。」

趙栩吸了口氣，不甘心地又戳戳九娘的臉頰：「矮冬瓜，今天我就不和你計較了。下次記得叫我表哥！不然肚子還會疼。」

九娘鼓著腮，朝他諂媚地點點頭，低低地喊了聲：「表哥！」並且努力擺出一個笑臉。心裡卻默默喊著：您快回宮吧，您不是我表哥！您是我祖宗！

趙栩一愣，疑惑地看看九娘。臨走，又從懷裡將那個護身符掏出來，回頭塞在九娘手裡：「給你這個，以後別再被你家姊姊們故意丟下了，哭著喊著也要去追車子，知道不知道？不然給拐子拐去秦州澹州，餓不死你也瘦成竹竿兒，醜死了！」

他瀟灑轉身大步跟著角門帶路的婆子離去。陳太初笑著搖搖頭，抱著九娘離了木樨院。

對著木樨院的觀魚池邊，廡廊下的燈籠已經點亮。九娘看到一個纖瘦的人影半倚在美人靠上，朝著魚池丟魚食。那人半邊臉隱在黑暗中，但一舉一動，竟十分風流。九娘心中一動，那想必就是傳說中被終身禁足在青玉堂的阮姨奶奶了。

穿過木樨院西面的積翠園，就到翠微堂。引路的婆子拎著的燈籠，在昏暗中有些輕晃。九娘輕輕地問陳太初：「太初表哥，我怕婆婆罰我再去跪家廟，你能幫我一個小小的忙嗎？家廟夜裡黑乎乎的，很嚇人。」

陳太初一愣：「怎麼了？」

「表哥，能說你是在觀音院門口撿到我的嗎？你那碗餛飩我來請！我下次給你十文錢。」九娘小手指捏著自己腰間的小荷包，有點臉紅：「下次給你，現在我只有八文錢。」

陳太初忍俊不禁，默默點了點頭。他家裡有一位兄長，兩個弟弟，都被爹爹扔在各地軍營中歷練。他頭一回發現原來有個妹妹這麼有趣。這個小九娘和宮裡的四公主完全不同，精靈古怪得很，還能總讓趙栩這個小霸王吃癟，幫她這一回也無妨。

懷裡的小人兒忽然轉了轉大眼睛：「要不，我就給你八文錢，我還有兩塊西川乳糖給你吃好不好？」

陳太初莞爾：「拿來我看看好吃不好吃。」

九娘趕緊掏出懷裡的帕子，小心翼翼打開。陳太初想到她那次在家廟裡忽然朝趙栩臉上撒了一把果子屑，不由得趕緊以一手握拳，抵住了唇，掩飾住笑意，左手多用了幾分力托住她。

九娘一臉巴結，不等陳太初伸手，將帕子湊近他鼻子：「你聞聞！正宗的西川乳糖哦。含在嘴裡又香又甜又軟，還會黏在你牙上呢，你別擔心，就用舌頭尖兒去頂啊頂，慢慢的，那糖會忽然掉出來，啊，好吃！」

九娘最愛吃糖，說得興起，小手指拈起一顆先往自己嘴裡放了一顆，大眼一轉，嘻嘻訕笑著又拈起一顆直接往陳太初嘴裡送。

陳太初一愣，張開嘴，一顆乳糖進了嘴，他一抿，果然又香又軟又甜。

嗯，果然黏住了牙。他身不由己地真拿舌頭去頂了頂，沒什麼用，黏得牢牢的。九娘看著他表情有些古怪，笑不可抑：「哈哈哈，別——別擔心！多頂幾下就好了。」她把那糖含在右邊，小臉突出來一塊，十分怪異趣致。

陳太初忽然明白為什麼趙栩總喜歡戳她的包子臉了。

九娘趕緊要掏自己的小荷包裡的銅錢。

糖！

陳太初笑著說：「這糖太黏，我不愛吃。你還是下次還給我十文錢吧。」

九娘：「啊？——」心底哀呼一聲：「我的糖！你不早說！」

提著燈籠的婆子越走越慢，這兩個人不知道翠微堂那麼多人快火燒眉毛了，竟然還要吃什麼

第十六章

翠微堂燈火通明，正房的門大開。院子裡、堂下都跪滿了人。

陳太初抱著九娘剛到廡廊下，廊下的女使們驚喜莫名。不等通報，陳太初牽了九娘已邁步進了正房。

九娘還沒進門就聽見呂氏在說：「虧得阿林拚命跑來告訴娘，這種大事還想捂在木樨院裡？人心不是肉長的是鐵鑄的不成？一條人命一家子聲譽呢。」

她一看，林氏頭髮散亂，身上的褙子也皺巴巴的，正跪在堂下，背對著自己，肩膀背脊都在抽動，卻聽不到哭聲。

九娘鼻子一酸：「姨娘!?」

林氏一震，不敢置信地回過頭來，竟然不管不顧地撲了上來，一把摟住九娘，摸摸她的臉，捏捏她的肩膊，貼在她臉上大哭起來：「小娘子——!你去哪裡了啊!你嚇死姨娘了!」

她的鼻涕眼淚都糊在九娘身上臉上，平日千嬌百媚的一張臉又紅又腫，完全看不得了。九娘有些不習慣別人這麼親近，又有些感動，看到她的邋遢臉又想笑，只伸手拍拍她的背：「讓姨娘擔心了，是我不好。」

擠。

一邊的十一郎卻又嗷的一嗓子衝了過來：「九姊！九姊！」杵著大腦袋硬要往九娘和林氏之間擠。

程氏看著這一幕母女姊弟情深，格外椎心地難受。她本想著慈姑肯定能領回九娘，只要人回來了，就是小事。這才讓人攔著林氏，免得她將小事鬧大。等她細細問過四娘七娘連翹，就更不能張揚了，丟了九娘，明明是陰差陽錯，可偏偏三姊妹在學裡起了那麼大的風波，萬一被人按上個嫉妒賢能、故意遺棄幼妹的罪名，不僅七娘這輩子完了，她自己和三房也沒臉。誰想到慈姑回來竟沒有找到九娘，林氏就發了瘋一樣衝到翠微堂來，硬生生把小事變成了大事。她被老夫人斥責不說，還被呂氏冷嘲熱諷到現在。

陳太初上前行禮道：「都是太初的不是，先前我看著她一個人坐在觀音院門口，因只見過一面，不敢相認。後來看她一直沒有家人看護，才上前一問，竟真是三叔家的九妹。回來太晚，累得翁翁婆婆和各位叔叔嬸嬸擔憂，還請見諒。只是妹妹一路肚子疼得很，還要請個大夫來看看。」

上首的老太爺氣得半死，他剛剛讓人拿了老大的名刺去開封府打招呼，現在趕緊又讓人去追回來：「胡鬧！這孩子真是胡鬧！怎麼一個人跑出學堂了？為什麼不跟著你姊姊們？」

老夫人卻只跟陳太初說話：「太初啊！多虧你了，要不然指不定要出幾條人命官司。九娘，先謝謝你陳家表哥。」

林氏這才驚覺自己失了禮數，嚇得趕緊鬆開九娘，原地跪伏在地，不敢出聲，肩頭還都抖動著，這次卻是喜極而泣。

九娘上前道了謝。

老夫人說：「今日可巧二郎在宮中值夜，太初既然來了，又幫了這麼大的忙，且就在二郎房裡睡，貞娘，你帶太初去。」

陳太初知道老夫人不想自己聽到孟家的私隱，剛想回絕了直接告辭，一轉眼，看見那跪著的小人兒一雙大眼睛滴溜溜地看著自己，滿是期盼，竟口不由心地應了下來。

下首跪著的四娘和七娘也鬆了一口氣，可知道是陳太初帶九娘回來的，又都茫然不知所措，面面相覷。四娘咬了咬牙，死命捏住腰間的絲條，有一股說不出的難受彌漫上心頭。

程氏趕緊讓梅姑去安排請許大夫。貞娘行了禮，帶陳太初出去了。侍女們趕緊將大門緊閉起來。

老太爺眼珠子一瞪：「九娘！明明早上姊姊們還交待你好好等著，你怎麼一個人跑了？」

老夫人柔聲道：「你這麼大聲做什麼？難道她想走丟不成？別嚇壞孩子了。」她朝九娘招手：「阿妧，來婆婆這裡。好了，四娘七娘也過來。」

「九娘，你說說為何沒和姊姊們一起回來？」老夫人柔聲問。

九娘仰起小臉：「下學的時候，李先生請我去吃西川乳糖了。」她拿出帕子遞給老夫人看：「這個，可好吃了。我回了課舍，沒找到連翹，也沒找到姊姊們。」九娘回頭看看跪在院子裡狼狽不堪的連翹：「後來我就自己出去。姊姊們都不在。車子也不在。我就想自己走回來，結果不認得了。」

老夫人並不再問四娘七娘，只讓把連翹領進來，說道：「老三媳婦把她的身契拿了，知會牙行來把她領走。這麼不上心的女使，險些害了我家九娘的性命！」

連翹嚇得癱軟在地，要是背著這樣的罪名被牙行領回，生不如死。她急哭道：「老夫人饒命！娘子饒命！奴沒有！奴不敢！奴找了很久！找不到，有個小娘子指給說九娘子已經先走了，這才——」

老夫人喝道：「一派胡言！你身為貼身的女使，竟然連小娘子在哪裡都不知道？上個月你就侍候不周，小娘子發熱了三天，你一無所知！懲戒以後還不知悔改！」

連翹哭著說：「奴問了娘子們的，奴哪敢做這個主？七娘子救救奴！四娘子救救奴！」

老太爺霍地站起來：「你身為九娘的女使，竟敢把小娘子弄丟了，還這麼多藉口胡話，來人，先拉下去打上二十板子再讓牙行來領人！」

七娘卻大聲喊起來：「翁翁婆婆！你們別冤枉連翹！這事我們一點錯也沒有！」

滿堂的人都看向七娘。程氏只覺得一陣暈眩，氣血上湧，看著對面的呂氏一臉的不屑，死命壓住。

七娘咬咬牙，轉頭瞪著九娘：「我們等了你那麼久。有人告訴我們說你先走了，我們這才一路找回來的。回來後慈姑就去找你了，你自己跑出學堂，為什麼要責怪連翹？責怪我們？」

九娘側著頭想了想：「我沒責怪連翹，也沒責怪姊姊們啊。是我沒找到你們啊。」她朝老夫人笑了笑：「婆婆，連翹沒有在課舍等我，恐怕是和我走岔了。姊姊們沒有等我，也是別人指錯了。倒是我把七姊的褙子損毀了，還差點走丟，都是我的錯。還請別怪姊姊們和連翹。」

七娘一僵，趕緊指指自己褙子上的黑手印：「翁翁！婆婆！你們看！她自己都知道錯了，頭一天上學她就將我的新褙子毀了，四姊說得對，就算她走丟也是罪有應得，怪不得我們！」

程氏恨不得捂住她的嘴，又一時頭暈氣急了怎麼竟然忘記把這褙子給她換下來。

老夫人瞥了四娘一眼。四娘只覺得渾身發寒，聽著老夫人沉聲問：「九娘，你為什麼把墨弄到七娘身上？」

九娘低聲說：「七姊把墨潑在我餐盤，我沒飯吃了，就氣壞了。」

老夫人問：「七娘，你來說，好端端地，為何要拿墨潑你妹妹的飯菜？學堂裡的禮記、尚儀都是白學的嗎？」

七娘臉紅脖子粗，卻說不出來。四娘輕輕地上前一步說：「是我的主意，不怪七妹。今日是個誤會，我是想——」

啪的一聲脆響，眾人嚇了一跳，卻是程氏極快速地打了四娘一個耳光。

四娘被這巴掌打得跌倒在地上，捂著一邊的臉，卻不哭，低聲說：「是我們誤會了九娘能進乙班是行了不義之舉，抹黑了族學的名聲，才想也用墨抹黑她，讓她受個教訓。是我出的主意，不關七妹的事。」

堂上一片靜默。好一會兒，孟存語氣怪異地問：「四娘，你說什麼？九娘今天進的是女學乙班？」一向寡言少語的孟在也抬起眼驚訝地看著九娘。九娘的親爹孟建更是目瞪口呆，七娘在丙班讀了整兩年，才靠補錄，考進了乙班。四娘也是讀了兩年才考到乙班的。這個傻不愣登的小女兒，怎麼可能不開蒙就直接進了乙班？

屋裡彌漫著一股怪異的氛圍。

七娘大聲說：「二伯連你都不信吧？可九妹忒氣人，陰陽怪氣的，什麼都不說。我們班的小娘子們都說是二伯你託了館長，才把她硬塞到我們班的！又說孟館長收受了咱們家的好處，我們才氣得不行。」

九娘輕輕地說：「七姊你只是問我一句怎麼來乙班的，我說是先生讓我進的。你不信，就拿墨潑我的飯，還打我。」

林氏難過得不能自抑，她這麼好的小娘子，能進乙班的小娘子，在外頭竟然被自己的姊姊這麼欺辱。她砰砰砰地朝老夫人磕頭，又不敢哭出聲來。

老夫人歎了口氣，略沉思片刻，出聲問：「九娘，先生給你入學試了嗎？」

九娘點點頭。

四娘委屈地說：「我們沒人知道，原來婆婆你讓慈姑教了九娘那麼多，五禮、寫字、經書、算術她什麼都會。孫尚儀說九娘的尚儀可以做我們的示範，還有她算雉兔同籠比七娘還快，她寫的字也好，解釋的經義也都對的。她在學裡忽然這樣進了乙班，我和七娘就只會被人笑話。就是六娘，也免不了被小娘子們笑呢。」

呂氏眼眸一沉，看著九娘的眼光又不同了。

七娘也含著淚說：「都是婆婆的孫女兒，我們不明白為什麼只讓慈姑教她一個。七娘不服！不服！」

砰的一聲響，眾人一驚，卻是原先立在門口的慈姑跪了下來。

老夫人陰沉著臉。老太爺卻呵呵一聲站了起來：「都是些許雞毛蒜皮之事，有什麼大不了的。有些人就喜歡藏著掖著，一鳴驚人威震四方。反正人沒事就算了。你們看著辦吧。我還要回去打坐，先走了。」

他這話說的不陰不陽，堂上眾人靜默了會兒，都起身行禮送他出了翠微堂。

老夫人閉上眼，良久才歎口氣又睜開眼。

門口跪著的慈姑膝行上前，叩頭說：「是老奴的錯，老奴私自傳授的。不關小娘子的事。」

九娘撲上來抱著慈姑：「不怪慈姑！不怪慈姑，是我想學的！」

「慈姑你從什麼時候開始教的？把九娘教得這麼厲害？」呂氏好奇地問。

慈姑匍匐在地上：「打小娘子剛出生，老奴就念些三字經哄她睡覺。她走路走得晚，老奴就教她些跪拜之禮。她想學寫字，老奴教她用筆沾水，地上桌上都可寫。她想學算術，老奴就用樹枝做些算籌給她用。」阿彌陀佛，她可沒說謊，她是從小就在教，只是小娘子厚積薄發，出痘後忽然開竅了而已。這做和尚的不也有頓悟嗎……阿彌陀佛！

呂氏噗嗤笑出聲來：「到底是老夫人房裡出來的女使，教出來的孩子倒比我們教得好。可見九娘是個極聰明有福氣的。」

慈姑砰砰地磕頭：「都是老奴的錯！老奴想著小娘子學說話晚學走路也晚，所以才想著早些教，多教她一些。還請老夫人處置老奴，老奴有錯！」九娘緊緊抱住她：「不是慈姑的錯，是我求你教我的！」

程氏手指死命掐進自己的掌心，才控制住自己。這三房裡的么蛾子翻天了！

老夫人歎息了一聲：「好了，說起來這都怪我。」

眾人都一愣，都看向她。

第十七章

老夫人略顯疲憊哀傷地說：「當年慈姑，唉，翠微堂的人都知道，那年黃河決了大口子，開封府被淹得厲害，民舍坍塌不計其數。慈姑的女兒當時正在生產，大人孩子都沒了。」

慈姑抱著九娘，無聲地落下淚來。那往事，不堪回首，平時想都不敢想，她那幾天還送去了兩枝老夫人庫房裡的三十年山參，給女兒備產，約好一旦發動立刻讓鄰里去孟府找她，誰想到來找她的人，給的卻是喪信，從此天人永隔。

九娘第一次聽說，頓時心如刀絞，暗暗自責起來，緊緊反抱著不停顫抖的慈姑。她是做過娘的人，自然知道生產九死一生，可這種天災，才讓當娘的不甘心啊。若是阿昉遇上這樣的事，她恐怕膽肝俱裂，哪有勇氣再活下去？

老夫人黯然神傷：「我看著慈姑太過傷心，怕她起了短見。就想著不如讓她做些事情，有個惦念。正好臘月裡阿林難產，好不容易生下九娘。我就把慈姑撥到三房去做九娘的教養乳母。」

慈姑哽咽著說：「老奴多謝老夫人慈悲，若沒有九娘，老奴萬萬活不過那個冬天。」她那時的確心如死灰，想著這世上再無牽掛，有的都是苦和淚。可是看到那個軟軟嫩嫩雪白的小娘子，那烏溜溜的大眼睛盯著自己，她就好像被牽絆住了似的。

九娘含著淚抱緊慈姑。是的，人只要有了不捨，自然就不會斷離。

老夫人道：「起先許大夫來說九娘這孩子恐怕是在娘胎裡憋壞了，會有些不聰明。我還不信，到了她週歲，既不開口也不站立，我就同慈姑商量著，不如死馬當作活馬醫，將那三百千❶掛在嘴邊，禮儀教導放在日常。興許這孩子有一天能開了竅也說不定。」

她掃了一眼堂上眾人：「卻不料鬧出今日這樣的事來。說大不大，說小不小。但，總不是慈姑和九娘的錯。」

呂氏用帕子按了按眼角：「看娘說的啊，這是好事才是，也是九娘有福氣，開了竅，不枉費了娘和慈姑這麼多年的苦心。」

孟存歎了一聲：「天地不仁，以萬物為芻狗。娘的慈悲心，可敬可歎。九娘有今日這麼出彩，是娘的福報，也是我孟家的福報。這是喜事啊。」

呂氏瞥了丈夫一眼，心裡暗道：哼，就你最會拍馬屁，嘴甜。你娘有空死馬當活馬醫，好好的千里馬怎麼不好生培養？被人家嚼舌根的難道只有三房那兩個嗎？可嘴上卻只能附和著丈夫：「可不是一件大喜事？百年來孟家也沒有誰，七歲入學就直接上了乙班的呢。恭喜三弟和三弟妹了！你們可生養了一位大才女！」

老夫人沉聲道：「老二媳婦，這話可不能亂說。這才子才女什麼的虛名，我們孟家最要不得

❶ 三百千：《三字經》、《百家姓》、《千字文》的統稱。

的。智多近妖，慧極必傷。哪裡是什麼喜事？九娘，不過是笨鳥先飛罷了。」

呂氏斂眉垂目，肅立應是。心裡卻更不舒服了，只准州官放火，不許百姓點燈啊您。

老夫人卻又轉頭問七娘：「既然傳言得這麼不堪，以孟館長的脾氣，是不是當場就讓九娘一一驗證給你們看了？」

七娘一愣，低下頭點點頭。

老夫人問：「那你們服氣以後，孟館長怎麼教訓你們的？」

七娘低聲回答：「館長說：君子之言，信而有徵，故怨遠於其身。小人之言，僭而無徵，故怨咎及之。」

老夫人笑著點點頭：「孟館長，果然與眾不同。說得好！我孟家的人，誤信小人誹謗姊妹，心存嫉妒，不但沒有勇氣挺身而出維護妹妹，反而衝在前面侮辱起自家人來了，果然不愧是爆仗小娘子。先祖有云：夫人必自侮，然後人侮之。家必自毀，而後人毀之。」

程氏臉色慘白地趕緊跪下：「娘！都是我平時疏於教導這孩子！」

老夫人搖搖頭，語氣平和：「是我太疏忽了，只以為七娘不過是口直心快，卻沒想到還是個蓮蓬腦袋。貞娘，請家法。」

孟在夫婦、孟存夫婦和孟建都趕緊站了起來：「娘！——」

孟建跪在程氏邊上急道：「娘，求您饒過了七娘這次。她知錯了知錯了。七娘，快告訴婆婆你知道錯了。」

七娘哇的一聲大哭起來，抱住程氏搖頭喊：「娘！我不要！我不要！」

九娘也一愣，她知道七娘今夜總是要吃一點教訓的，沒有哪一家的當家人能容忍手足之間相互傾軋暴露人前，授人以柄，卻沒想到要動用到家法這麼嚴重。慈姑將她摟在懷裡輕輕拍拍她。

四娘嚇得瑟瑟發抖，看向一直默默跪在堂下的阮氏。可阮姨娘卻始終不曾抬頭。

老夫人果然又道：「還有四娘，無論你們姊妹在家裡如何胡鬧，出了門，你們都是孟家的小娘子，一筆還能寫得出兩個孟字？這滿汴京的人，誰有空分得清你們哪個是好的哪個是壞的？說起來還不是只會稱一聲孟娘子？你做姊姊的，不幫著糊塗妹妹大事化小，小事化了，不好生照顧她們和和氣氣的，竟想得出潑墨這等潑婦行為，誰給你的膽子！你配姓孟嗎！」

老夫人最後一句凌厲森然，驟然拔高，滿堂的人都立刻跪了下來。阮氏緩緩地趴伏在地，以頭觸地。四娘淚如泉湧，跪在七娘身邊。至少七娘還有個人摟住她，可她，只能一個人承受這突如其來的雷霆震怒。

貞娘從後屋捧著一個朱漆盤子上來，恭敬地呈給老夫人。

老夫人伸手取了出來，竟也是一把戒尺，舊舊的黑漆，尺頭上一個金色的孟字，卻是閃閃發亮。

「求娘親開恩！今日四娘七娘在學裡已經挨過孫尚儀的戒尺，再吃家法，恐怕手不能書！」程氏顫著聲音求情。

一直和丈夫一起沉默無語的杜氏也不忍心地說：「娘，她們畢竟年歲還小，不如罰她們別的，禁足久一點，抄多點經或者多跪幾個時辰家廟，想來她們都能知錯，以後必然不敢了。」

貞娘卻已上前將四娘的左手拉了出來，送到老夫人跟前，語氣溫和平緩地道：「今有孟氏不孝女孟嫻，亂姊妹和睦之道，行無情無義之事，請祖宗家法教誨。」

三聲清脆的板子響過。貞娘溫和的聲音再響起：「今有不孝女孟嫻受家法戒尺三下，謝祖宗家法教誨。」

四娘的手已經抬不起來，可依然只能哭著說：「不孝女孟嫻謝祖宗家法教誨。」

七娘死命拉著程氏的衣襟，拚命搖頭。

貞娘的聲音再次響起，板子的聲音再次響起。隨著抽抽噎噎地一聲：「不孝女孟姍——嗯——嗯——謝祖宗家法教誨。」

老夫人卻又道：「九娘，你知道自己也有錯嗎？」

啊？

滿堂之人，連貞娘、慈姑都面露驚訝之色。

九娘細細思量了一下，疑惑著問：「我不該毀了七姊的新褙子？」

老夫人搖搖頭。

九娘望著慈姑，驀然心中一動，掙脫慈姑的雙臂，跪倒老夫人跟前，伸出小手：「不孝女孟妧請祖宗家法教誨。」

老夫人一怔：「你知錯了？」

九娘抿唇點點小腦袋。

四娘和七娘淚汪汪地有點看不明白，這個惹禍精掃把星和我們一樣也要吃家法？

「你說說你錯在哪裡？」

九娘心中暗歎，這位梁老夫人，不愧是伴隨太后在宮裡長大的，這懲處賞罰之道，最是分明。換作她，恐怕也會如此處置才妥當。她想了想，才說：「今天我沒留在學堂裡等家裡人來找，自己跑出去，讓家人擔憂害怕我出事，是為不孝。」

老夫人看了看三個兒子，點了點頭：「九娘你記住了，今天你吃家法，除了這個，還因為你把自己置身於險地，你是金嬌玉貴的小娘子，自己跑到市井街坊裡，是不夠珍惜自己的性命啊。遇到你陳家表哥，是大幸，若是遇到歹人，任憑你腦袋再聰明，也無法和粗蠻野漢抗爭。老大，今年元宵節，開封府走失了多少孩童？」

孟在肅然道：「一十七個，十男七女。開封府找回的只有一個。」

九娘垂下了小腦袋，真的服氣了。她是忘記了這小身板才七歲呢，的確以身涉險大大不該。

老夫人道：「先祖有云：防禍於先而不致於後傷情。知而慎行，君子不立於危牆之下，焉可等閒視之。阿妧你既然跟著慈姑已經背熟了經義，就應該自己謹言慎行，記住了嗎？」

九娘點頭，這三板子看來是逃不掉了，給個痛快吧。三聲響後九娘忍著痛謝過祖宗家法教誨，就被慈姑摟了過去。

孟存拱手行禮：「多年不見娘親處置俗務，仲然受教了。阿呂可要記在心裡。」他叮囑妻子，呂氏即將執掌中饋，是該好好學學娘的以情動人，以理服人，該打的還是要打，不該打的，有時候也要打，打了就太平了。

呂氏應聲稱是。

老夫人這才揮了揮手：「各自回房用飯吧，此事不可再提。晚上的請安也免了。記得給她們姊妹三個上藥。」

外面許大夫早就候著了，一看，一個肚子疼的小娘子變成了三個手掌心疼的小娘子。他走動孟府年數已久，只拿出清涼化瘀的藥膏給她們塗上了，又留了三盒藥膏給她們的乳母，便進去順便替老夫人請個平安脈。

九娘這才感覺到手掌麻木漸消，疼痛方起，不能摸不能碰，她只能輕輕搖擺著小手，有些微風，好過一些。

程氏連肩輿都沒有安排，誰也不看，徑直領頭直接走回木樨院。孟建落後了她兩步，心裡有種不祥的預感。

木樨院私下裡有句金科玉律：娘子不高興，誰也甭想高興。

他也是這「誰」之一啊。

第十八章

一進木樨院，程氏沉著臉，讓婆子先將連翹押下去關起來。今日的車夫、乳母、女使一概罰三個月的月錢，隨行的侍女們每人去領五板子。

林氏跟在九娘身後，心裡知道自己肯定闖禍了，瑟瑟縮縮待要行禮。前面的程氏猛然轉身，抬起手臂，掄了過來。嚇得她都沒敢縮脖子，心一橫閉上眼。

只聽「啪」地清脆一聲響，自己臉上卻無半分疼痛。林氏睜開眼，一扭頭，看見身側的阮氏被這巴掌打得整個臉都偏了過去，臉頰上血紅一片。

孟建也嚇了一跳：「你，你這是做什麼？」

阮氏卻面不改色，只緩緩跪了下去，垂首道：「娘子若是生氣，只管打奴就是。四娘年紀還小，望娘子看在她是郎君的骨血份上，莫要再打她。她已經把錯都攬在自己身上，可惜沒能護住兩個妹妹。日後奴記得讓她謹言慎行，只管好自己便是。」她聲音嬌柔，帶著一絲無奈和委屈，讓人我聽猶憐。

四娘一張小小瓜子臉慘白，杏眼中蓄滿了淚，靠在乳母身上。

孟建吸了口氣：「你要處置誰，要打要殺，也讓孩子們先下去再說，看看把十郎、十一郎都嚇成什麼樣子了？當著這許多人的面，你這是何苦！」

程氏坐到榻上，胸口尚氣得起伏不定。阮氏的話綿裡藏針指桑罵槐，死人才聽不出她的意思。剛剛進門的十郎、十一郎已經嚇得撲在乳母懷裡大哭起來。

孟建只覺得疲憊不堪，他整個白天都在外面鋪子裡盤算帳冊，籌謀著如何填補中饋上所缺的五萬貫錢，剛回家卻遇到九娘失蹤，跟著自己的三個女兒就都受了家法，在長房、二房面前顏面盡失。回到房裡又妻妾失和，這糟心日子簡直沒法子過。

孟建心中煩躁，揮揮手讓乳母和女使們帶著小娘子、小郎君們先行回房。他看著阮氏匍匐在地，一動不動，心中又是憐惜，又是不安。

林氏一見，再笨，也懂得趕緊跟在九娘和慈姑身後腳底抹油，一出門，才覺得後背一身冷汗。看著前面的四娘靠在乳母身上跌跌撞撞，進了聽香閣。九娘左右看看無人，拖著林氏下了廡廊。「噓——姨娘別出聲！」九娘先一步制止住林氏張大的嘴。慈姑愣了一愣，站在廡廊下左右看著。

正屋後面有三間後罩房，九娘拖著林氏，繞過小池塘，穿過後罩房，悄悄地掩在正屋的後窗下。林氏一雙妙目瞪得滾圓，卻也不敢出聲。今天出了這麼大的事，廚下剛剛開始熱飯菜，婆子們侍女們都在正屋前面候著，倒無人發現這兩個聽壁腳的。

正屋裡孟建看著一旁還垂首跪著磚上的阮氏，忍了半天還是忍不住，低聲問程氏：「孩子們不懂事，好好教就是了。再說，也不是什麼大不了的事，九娘不是好好地回來了嗎？四娘都已經把錯都擔在自己身上，吃得苦頭最多不過。你在那麼多人面前打了她，現在又何苦為難琴娘？」

他是真心不明白，七娘闖了禍，九娘稀里糊塗傻乎乎，誰都知道四娘性子柔順膽怯，怎麼可能出潑墨這種主意？還不是七娘這個爆性子幹的。四娘主動替妹妹承擔罪責，可憐還挨了一耳光又吃了家法。這程氏回來又打阮氏，簡直沒良心，毫無道理。他沒能說服程氏記名九郎為嫡子，本來就帶了三分內疚，現在看著楚楚可憐的阮氏半邊臉也高高腫了起來，心裡更是難受。

窗外的九娘咬住下唇忍住笑，這個做丈夫做爹的，實在糊塗，這麼多年齊人之福怎麼被他糊里糊塗享過來的，耐人尋思。他不知道自己越替阮氏和四娘說話，程氏越是恨得要死。四娘那樣跳出來，就算是她出的主意，誰信？最後還是七娘吃虧。

林氏不明白九娘怎麼一點都不傷心還憋著笑的模樣，她心裡快氣死了，九娘被欺負成這樣，還被丟在學堂裡，他竟然說沒什麼大不了的。還不是因為阮氏才是他的心上人，而自己婢女出身，連著帶累了一雙兒女。九娘卻拍了拍她的手，搖搖頭。

裡面傳來茶盞碰撞的聲音，卻沒人搭理孟建。

忽然傳來梅姑低沉的聲音：「娘子，青玉堂來人傳了話。老太爺說，當年陳相公因家裡小妾殺婢，被罷相了。連翹是雇傭的良民，請娘子好生妥善處置，免得給幾位郎君仕途上帶來隱患。」

九娘心裡納悶，感覺和那位風韻依舊的姨奶奶恐怕脫不了干係。果然聽見裡面程氏冷笑道：「老太爺剛才還一口一個嚴懲，回了一趟青玉堂就變成好生妥善處置了。我家不是養著個姨奶奶，倒是養了個祖宗！梅姑，你把連翹送去青玉堂，只管給姨奶奶使喚就是，把契約也送過去。這種不懷好意、挑撥是非、一肚子壞水的賤人，留在我這裡只會教唆壞了小娘子。成天擺出那種可憐樣，梨花帶雨，是要狐媚給誰看！」

梅姑應聲出去了。聽了程氏的話，林氏才鬆了口氣，趁九娘不注意，暗暗擦了眼角的淚。

九娘笑眯眯地掩住嘴，要論指桑罵槐，誰比得過眉州阿程？

屋裡的的孟建被程氏一番話罵了自己的生母和侍妾，連著剛才自己替阮氏說情的話也被扔回臉上。不由得面皮一陣發紅，又羞又臊，待要發作，還是忍了下來，悶聲吃了這虧。

九娘聽不到什麼有意思的話，剛打算牽著林氏回去，又聽見侍女進屋稟告：「殿中侍御史張家的小娘子差人送了御藥來，說是給七娘子治手傷的。」

不只屋裡一靜，屋外後窗下的九娘也一呆。殿中侍御史張家？她知道的殿中侍御史只有一個人姓張，福建浦城官宦世家出身的張子厚，也曾在她父親的中岩書院借讀過一年，是蘇瞻曾經的知交好友。難道那位張蕊珠竟然是張子厚家的？九娘屏息側耳傾聽。

那侍女猶豫了一下又說：「張家娘子還帶了話，說恐怕今天學裡的事會傳得沸沸揚揚，七娘子不妨請個幾天假再去學裡。」

孟建歎了口氣，倒聰明起來：「她們乙班那個秦員外郎家的小娘子是個最愛嚼舌頭的，這下七娘的盛名可是滿汴京城都知道了。」

程氏被戳在心肝上，偏生人家還是一腔誠意，拒絕不得，只能讓梅姑去收藥。

九娘回到東暖閣，有些魂不守舍，連平日最喜歡的飯菜都沒有用上幾口。林氏和慈姑都以為她嚇到了，趕緊安排侍女備水洗漱，抱了她上榻，蓋了薄被。

九娘看著林氏一身狼狽的樣子笑著說：「姨娘也洗一洗，你變得這麼難看，我和十一弟會嫌棄你的。」

林氏一愣，可惜腫著眼，瞪也瞪不大，氣呼呼地出去喊寶相打水來。

九娘閉上眼，慈姑在榻前輕輕拍著她。

以為自己已經放下了前塵舊事，可猝不及防撞進耳中的名字，竟依然讓她五味雜陳，翻江倒海。

前世蘇瞻剛調回京不久，張子厚彈劾蘇瞻任杭州刺史期間的幾大罪狀。蘇瞻獲罪入獄。她的生活就此翻天覆地。

公婆相繼病倒，小叔仕途遭到牽連。蘇家全靠她和妯娌史氏兩個婦道人家撐著。她每日帶著四歲的蘇昉往獄中探視，送飯，讓蘇瞻安心。在外她上下打聽消息，在內要安置部曲和奴婢、打理中饋，直忙得腳不沾地，心力憔悴。

三個月後的寒冬臘月裡，她在榻上給牢裡的蘇瞻縫製一件新棉衣時，忽然腹痛難忍。她甚至忙到根本沒發現自己竟有了身孕。那時她才知道，原來婦人小產，開始只有幾條血線，熱熱的，順著腿蜿蜒下來，浸濕了襦裙，在地上一滴一滴，慢慢暈染成一團一團，疼到快死的時候，才覺得像血崩了一樣，瞬間襦裙就紅了。當時只有蘇昉在她身邊死死拽著她的手拚命喊娘。還是妯娌史氏聽到了阿昉的哭喊，趕了過來救了她的性命。

那天，她沒能去獄中給蘇瞻送飯。那牢頭卻仰慕蘇瞻已久，大魚大肉好酒好菜地供給蘇瞻吃。蘇瞻一看，以為這是那最後一頓飯，自己命不久矣，就寫了萬字的絕筆信給家裡。那信當夜被送到官家案前，官家感歎說，這樣驚才絕豔坦坦蕩蕩的蘇郎，誰會捨得殺他呢。後來宮中的向皇后和高太后聽說了她的事，誇讚她是義婦。

誰要做這樣的義婦？她因此再也不能生養了。連年後娘親在青神病逝，她都沒法回去奔喪。

幸好沒等到春暖花開，蘇瞻就被無罪釋放，跟著連升三級，直接進了中書省任正四品中書舍人。她的淑人誥命也極快地批示了下來。她進宮去謝恩，高太后和向皇后極喜愛她，稱讚她的才學見識和胸襟，賜給她許多藥物調理身子，常常召她進宮說話。

一直忙到仲夏時，她才帶著阿昉回川祭奠亡母。在離京的碼頭上，她最後一次看見張子厚。那時她還年輕，看也不看他一眼，和蘇瞻牽著蘇昉就繞開走。他上前攔著她，紅著眼睛喊一聲師妹，遞給她一樣東西。她一看是挽金❶，斷然揮手給了他一巴掌，用盡全身的力氣，打得他唇角滲血。可當張子厚紅著眼倒遞劍柄給她時，她卻下不了狠手一劍刺死他。

正因為她是王玞，她心底才明白得很，她做不到遷怒於人。她若是糊塗一些，能恨別人，能怨別人，恐怕自己也不會那麼難受。小產的事，她只怪自己太過疏忽。官場上的事，她更清楚絕非師兄弟反目成仇私人恩怨這麼簡單，背後都是千絲萬縷，不是東風鬥倒西風，就是西風鬥倒東風。她心裡太清明，最後苦的卻是她自己。

她記得當時蘇瞻死死摁著她的手，把劍丟開，一言不發將渾身顫抖的她緊緊摟在懷裡。晚詞抱著拚命喊娘的阿昉，侍女僕從們嚇得半死。碼頭上一片混亂，她耳朵裡嗡嗡的，什麼都聽不見。張子厚一直在喊一句話，她也沒聽見。

最終，船漸漸離了岸，她牽著阿昉立在船頭，看見蘇瞻和張子厚都跟石像似的一動不動，一點點變小，快看不見的時候，忽地那兩個人影不知怎麼就糾纏在一起，然後雙雙落入水裡。阿昉尖叫：「爹爹——爹爹——！」很快有人將他們拖上了碼頭。她沒有喊也沒有叫，夏日一早的太陽就灼傷人眼，刺得她淚水直流。

九娘搖搖頭。那些屬於王玞的過往，再想，也已經人死如燈滅。事已經年，蘇瞻也好，張子厚也好，一個個，都依然活得好好的，這世上，人人都活得好好的，會想著她念著她的，只有她的阿昉。親戚，連餘悲都沒有，能忍住不唱歌已經不錯了。

重活這一世，她更不可能和張子厚有什麼交集。他的女兒，和她更沒有一點關係。她上輩子都沒有恨過張子厚，這輩子更犯不著去花那力氣。

房裡傳來輕響，九娘睜開眼。卻是林氏收拾好了自己，不放心她，怕她餓著，又熱了碗粥端了進來。

❶ 挽金：帛金。致贈喪家家屬的現金、財物。

第十九章

九娘看著面容浮腫卻一臉關切的林氏，強打精神爬起來喝了粥。

人還沒躺下，「撲通」一聲，把她嚇了一跳。一看，林氏直直地跪在慈姑跟前，把慈姑也嚇得不輕，林氏卻硬抱著慈姑的腿不放。

慈姑被她拖得站不住腳，坐倒在榻上，苦笑著說：「姨娘你這是做什麼？」

林氏將臉伏在慈姑膝上，嗚咽起來：「慈姑，我家裡人，在鄭州，也是澇災裡都沒了的，就我被樹掛著，活了，後來跟著鄉親逃難逃到開封來，被老夫人買了。慈姑，你還記得不記得？」

慈姑一怔，歎了口氣，摸了摸她的髮髻：「老夫人是去禹王大廟上香，在廟門口買了你的。」記得當時林氏還小，但滿臉汙漬也不掩其色。老夫人憐惜她紅顏薄命，花了半吊錢，買了她回來擱在翠微堂做些粗活。那年的人命都比往年賤許多。

林氏哭著說：「慈姑，我進了府什麼都不會，多虧你管教我。你罵過我也打過我，可我知道你那是對我好。我娘以前就也這樣。你又對九娘這麼好。要沒有你，我和九娘怎麼辦呢？」

慈姑摸摸林氏的頭髮：「好了，阿林，九娘是我抱大的，我不對她好對誰好啊？別說這些了。唉。」

「以前阿阮說什麼我都信，我蠢笨糊塗，我活該。可九娘不一樣，她雖然是我肚子裡爬出來的，可她姓孟啊，她一樣也是官人的女兒——」林氏抬起哭得一塌糊塗的臉：「我真沒想到，官人他只擔心挨了幾板子的四娘、七娘，我可憐的差點死在外頭的九娘，他竟然一點也不放在心上，出了事他連找都不想著去找一下！」

林氏號啕大哭起來，哭得九娘心都揪起來了。九娘伸了小手去拉林氏，被她轉身一把抱在懷裡：「九娘，你可不能怨恨你爹爹。姨娘怨恨就好了。」

慈姑歎著氣，由著這兩母女抱頭哭了一場。她心裡清楚，當年老夫人看著程氏雖然潑辣粗俗，卻是個刀子嘴豆腐心，下不了狠手，連阮氏都好好地生下了四娘。林氏這樣的好顏色笨肚腸，放在三房起不了風浪，幫著程氏生養孩子就不會吃苦。二房那個從小伺候孟存的阿徐，雖然呂氏過了門就給了她名分，可懷了四胎，只活了五郎一個孩子，現在三十還不到的人看著像四十歲的老嫗。

不一會寶相在外頭喊：「姨娘，東小院郎君喚了。」林氏這才依依不捨地又摸了摸九娘的小臉，一步三回頭地走了。

慈姑又歎了口氣，輕輕拍著九娘：「睡吧，你年紀小，心思不能多，會長不高的。睡吧。」

九娘握住慈姑的手，輕輕喊了聲：「慈姑，你信不信鬼神之說，信不信人有輪迴投胎，前世來生？」

慈姑笑著捏捏她的小手，仔細想了想：「老奴還是信的，那年小娘子還沒生出來的時候啊，老奴日日都夢到我那可憐的女兒和外孫，天天在喚我去找她們。可自從老夫人把老奴給了小娘子，我那女兒和外孫就再也沒來託過夢。」

九娘把慈姑的手貼在臉上：「可慈姑的女兒和外孫肯定比我聰明。我小的時候那麼笨，像我姨娘一樣，你教什麼都教幾百遍。」

慈姑摸摸她的小臉：「胡說八道！小娘子哪裡笨了？你說話雖說得晚些，可一開口就是一句一句地。旁人啊，都是先喊個娘或者婆的，也得到兩歲多才開始說句子。可老奴還記得你張口第一句就說：慈姑，我要吃飯。啊呦，誰說你傻，那人才傻呢。」她頓了頓，搖搖頭：「你和你姨娘不一樣，你姨娘，那是真傻。好了，睡吧。」

九娘禁不住呵呵笑，這個小身子，原來天生愛吃，那就不是她的毛病了。

對了，說到吃，還欠陳太初一碗餛飩錢。想起陳太初吃糖黏牙的樣子，想起趙栩吹鬍子瞪眼睛硬塞給自己護身符的樣子，九娘這才長長的舒出一口氣，從懷裡掏出那個皺巴巴的護身符，隨手擱在了瓷枕邊上。

想起阿昉，九娘唇角含笑，慢慢地放鬆下來，呼吸也勻稱起來。

林氏回到東小院。孟建正盤腿在榻上喝著悶酒，抬頭看見她，平日裡天香國色的臉，現在鼻子通紅，眼睛浮腫，嘴也腫著，一身衣裳皺巴巴跟醃鹹菜似的，就皺起眉來：「今天反了你了，還敢跑去翠微堂，鬧出這麼大的事來——」

平時見了他就細聲細氣的林氏盯著他看了片刻，忽然眉毛一挑，幾步衝上來把酒盅一搶，砰地往桌上一放：「那是我疼了一天才生下來的小娘子！我不去鬧，誰管她了？她死在外面，也不是什麼大不了的事是不是!?」

孟建嚇了一跳：「你，胡說什麼呢你。我是她爹爹，怎麼不管？」

林氏想起偷聽到的話，火又上了頭，一股子強勁兒冒了上來，揪著孟建的袖子就往外拉：「你管了？你是她爹爹？你去找她了？還是讓人去找她了？你怎麼擔心她了？你去看過她沒有？你知道她一個人被扔在外面有多害怕？你知道她嚇得夕食都沒用嗎？她那麼委屈還挨了老夫人板子！手腫得跟包子似的你看過一眼沒？你就知道說她傻說她笨，像我是不是？你去找聰明的伶俐的，別來管我們這種蠢的鈍的！你去疼惜那些了不得的人物去！」

屋子裡寶相和兩個侍女都嚇呆了。這還是那個嬌嗲嗲憨乎乎，郎君說三句她也答不上一句的林姨娘嗎？連奴都不自稱，我啊我啊你啊你的瞎叫。

孟建也糊塗了，被她說的竟然沒了脾氣，想要分辯幾句，還真有些心虛。等亂糟糟地被她一氣推出了房門，才發現鞋子都沒在腳上。

他砰砰砰地直拍門：「阿林，開門！你還真是翻了天啦。」今天不教訓教訓她，一個兩個都騎到他頭上，這木樨院不姓孟了！

林氏一關門，背了身看著那幾個驚恐莫名的人，腿一軟，靠著槅扇滑到地上，好不容易扶著寶相的手站了起來，自己安慰自己起來：「沒——沒事！大不了把我趕回翠微堂去，我——我不怕！」

「姨娘，你手抖得厲害，我扶你到榻上歇會兒。」寶相把林氏扶到榻上，看看酒壺裡還有酒，索性就著孟建的酒盅給她也倒了一杯：「姨娘你喝一口壓一壓。」

林氏抖著手接過來一口氣乾了，胸口火辣辣的，聽著孟建不在門口罵了，竟然生出些痛快來，又有點不敢信：「寶相？我把郎君罵了？」

「罵了，挺凶的，比以前罵九娘子還凶。」

「我把他趕出去了？」林氏覺得人都有些飄。

寶相又給她倒了一盅，示意那兩個侍女去鋪床：「推出去了，不是趕的。推的。」

林氏又滿乾了一杯兩杯三杯：「也好，回翠微堂還能吃上辣呢，以後我就偷偷地來瞧九娘和十一郎，還不用討好誰！」

她自己去拿酒壺，卻已沒了酒。呆了片刻，爬上榻推開窗櫺，將那酒壺酒盅一把丟了出去，砰地又關上窗。

外頭窗下卻聽孟建叫了一聲：「要死了你！是不是你丟的壺！阿林！我瞧見你了！你不開門就算了！連窗也關了？連我你也敢砸！我的鞋呢！來人——來人！」

等孟建氣急敗壞地進來要收拾林氏的時候，卻看見她四仰八叉地倒在榻上，醉得人事不知。一邊臉側還有晚間掙脫婆子被指甲拉傷的劃痕。寶相一臉慘兮兮地屈膝行禮：「郎君饒了姨娘吧，她是喝醉了撒潑呢，實在是看著九娘子受了委屈還挨打，她心裡頭難受得很。」

孟建穿上鞋履，側坐在榻上，狠狠地拍了拍林氏的手，見她疼得一縮，氣得直罵：「三天不打你還上房揭瓦了！」又轉向寶相說：「去給我重新倒些酒來，以後別給你姨娘喝酒，這是個不長記性的，她哪裡能沾酒了！蠢！」

待寶相去了，孟建恨恨地盯著林氏看了一會：「蠢貨！誰嫌棄你了！」真是氣死了，他這六個子女，外頭一堆事，家裡一群人，上下一滂漿，他也要有嫌棄的時間好不好！最多他只是顧忌得多，少過問了一些。

林氏卻夢見自己被趕回了翠微堂，夜裡搗練❶活幹完了，溜進小廚房去偷老夫人的藙辣油❷，塗在晚上藏在懷裡的饅頭上，咬上一口香得要命。忽然卻被慈姑當場捉住，一巴掌打得饅頭掉了，被揪著耳朵拎了回去，那一巴掌打得她手還怪疼的。可惜了那個饅頭啊。

❶ 搗練：搗洗煮過的熟絹。

❷ 藙辣油：用茱萸與豬油一起熬煮成的辣油，名藙。

第二十章

第二天一早九娘到了木樨院正屋裡。四娘和七娘都不在，孟建卻在正屋裡榻上坐著。

程氏說：「你們三姊妹暫時在家歇兩天，等養好手傷再去學裡。」

九娘心裡敞亮，行了禮就待告退。

孟建卻咳了一聲喊道：「阿妧，過來爹爹這裡。」

程氏瞥了他一眼。九娘疑惑地挪過去：「爹爹？」

孟建眼睛還盯著手裡的書：「昨日是不是嚇到你了？」

九娘搖搖頭：「還好。」

孟建頓了頓，又問：「手疼得厲害嗎？昨晚怎麼沒吃飯？」

九娘更疑惑了：「還好，不怎麼疼了。吃了。」

孟建看一眼她，好像也沒什麼可問的了。

程氏卻說：「阿妧，你身邊的連翹犯了事，娘這裡一時也補不上人。婆婆憐惜你，把她屋裡的這位玉簪女使賜給你了，你們見一見罷。」

慈姑吃了一驚，難掩喜色。翠微堂有六位一等女使，這位玉簪，是替老夫人掌管文書的，現在竟賜給了九娘。

九娘轉頭看到一位穿粉色窄袖衫石青色長裙的女使，十五六歲的模樣，端莊可親，正含笑候在下首。

玉簪上前幾步先對程氏行了禮，再對九娘行了主僕大禮，才起身笑著說：「玉簪能伺候小娘子，是奴的福氣，要是奴有做得不好的，還請小娘子儘管責罰才是。」

九娘側過身受了半禮，仰起小臉笑著說：「玉簪姊姊好。」

玉簪抿嘴笑了，又對程氏道：「娘子，老夫人讓小娘子去翠微堂用朝食，正好也給陳衙內親自道個謝。奴這就帶小娘子過去了。」

程氏心裡雖然不是滋味，卻也只笑著點頭。

外頭肩輿早就等著九娘。九娘心中詫異，雖然她心知肚明，昨夜老夫人給她那三板子聽著聲音響脆，卻絕對沒有打四娘七娘打得重。這又是賜女使又接她去吃飯，是看在她還算懂事的份上打一巴掌給一個甜棗？

翠微堂的宴息廳裡，老夫人正拉著陳太初的手在榻上說話。九娘卻身不由己地盯著那一桌子的碗盆碟盤看。香味陣陣來，她趕緊咽了咽口水，上前給老夫人行禮，又對著陳太初行了謝禮。

老夫人將她拉起來，仔細看了看她的左手，腫還是腫著，皮沒破，油光發亮：「呦，婆婆看著，阿妧今日儘管吃這個油餅就夠，給婆婆省個十幾文錢。」

九娘小鼻子湊近聞了聞，認真地抬起臉：「婆婆！這個隔夜的，一點兒也不香。還是給阿妧吃個新鮮的吧。」

陳太初咳了兩聲，也沒掩得住笑。一屋子的人都被這一老一小給逗得哈哈大笑。

桌上早擺了各色點心。老夫人吃得精細，兩樣羹點是粉羹、群仙羹，配了四色包子。另有蒸餅、油餅、胡餅。中間放著煎魚、白切羊肉、旋切萵苣生菜、西京筍等六七樣小菜，乳酪、羊奶俱全。另有小個兒餛飩三碗，旁邊幾個小碟子裡卻配了茱萸、花椒、大蒜、小蒜、韭菜、芸苔、胡荽等辛辣調料，竟然還有一碟子蓛辣油。

九娘忍著口水，笑著說：「姨娘說過婆婆愛吃甜也愛吃辣。」

老夫人一怔，搖著頭笑：「阿林啊，當年就是翠微堂嘴最饞的，看到吃的就走不動路，她也愛吃辣，能吃辣。愛吃的人哪，都沒什麼心眼兒。」

陳太初好不容易繃住了臉，這話，用在九娘身上，把最後那個「沒」改成「好多」，特別合適。

九娘瞪大眼睛一臉期盼地說：「婆婆，我也想嘗嘗辣是什麼味道。」來了孟府，她就沒吃到過辣，嘴裡總覺得沒味道。

以前舉家初搬來京城，她帶了多少辛辣料，還是架不住一家子都愛吃，沒幾個月就吃完了。外頭買的又總覺得不如眉州的好。後來乾脆自己在院子裡種了茱萸、花椒和芥菜，一邊打噴嚏一邊磨花椒粉和芥辣末。到了重陽九月初九，她總會用一份茱萸同十份的豬油一起熬出極香極辣的蓛辣油。蘇瞻初外放去杭州，寫信來求：「阿玞吾妻，廚下蓛油見底，速救速救。」

老夫人笑著用象牙箸沾了點蓛辣油，點在九娘迫不及待伸出來的小舌尖上。

陳太初實在忍俊不禁，轉過頭去肩膀微聳，這小丫頭大眼睛吧嗒吧嗒，伸著尖尖小舌頭，活像宮裡四公主養的那番邦進貢來的哈巴狗。

翠微堂服侍的眾人也都抿了嘴等著看笑話。六娘小時候也是好奇這辣究竟是個什麼味道，才沾了一口，竟然眼睛鼻子嘴巴都通紅起來，哭得那個可憐。有那會看眼色的侍女，已經準備出去要冷水和帕子來給九娘擦眼淚。

卻不想九娘沾了一口，咽了一大口的口水，笑眯眯地問：「婆婆我還要。」

老夫人一愣，轉而哈哈大笑起來：「啊呀，這麼多孫女兒，總算有一個能和我一起吃辣的了。快，玉簪給她也弄一碟子。」

屋裡一片笑聲。

九娘摸著鼓囊囊的小肚皮，重生以來從未吃得這麼滿意過，竟然忍不住連打了兩個飽嗝，羞得她只能紅了面皮，心裡默念：我七歲，我七歲，我才七歲。

老夫人笑得直不起腰，放下茶盞，指著她說：「這也是個上樑的猴兒，和你二哥一個樣。」

待陳太初要走，老夫人又讓貞娘遞了禮單給他，只說是給他爹娘的。

陳太初欣然謝過，拍拍九娘的小腦袋，依禮拜別而去。

老夫人讓九娘在榻前坐了，正色說：「阿妧，昨日婆婆打了你，冤枉不冤枉？」

九娘搖搖頭：「是阿妧做錯事了。我記住了。」

老夫人點點頭：「你這次進了乙班，好多人會看著你。人家怎麼看你，別放在心上。但你自己可要看好自己，千萬別以為自己有多聰明，也別給自己定什麼大志向。什麼才女的名頭，咱們家用不著。你只管好好地聽先生的話，做好自己的課業，別在意什麼名次和甲班，更不許為了公主侍讀的名頭太過用力。像你六姊就好，沒有甲班就沒有甲班，該怎樣就怎樣，若是為了這個還要哭上幾天，鬱鬱寡歡，婆婆肯定要罵的。這萬事過了頭，就太累。累了，就傷神傷身。這做孩子的，傷了自己，就是不孝不義。」

九娘心裡一陣暖意，老夫人的說法極其新鮮，可細細思量，卻也有道理。前世爹爹寫信總是讓她不要想那麼多，不要做太多事。可她自己以前總是喜歡想，喜歡做，喜歡照顧好所有的人，料理好所有的事。她喜歡自己說出那些話時蘇瞻的眼睛亮得驚人，笑得敞懷。她什麼都想做到最好，不知道從什麼時候，她好像和自己賭起了氣，一副春蠶到死絲方盡的勁兒，果然就盡了。最後也果然，苦了她最在意的阿昉。

老夫人看著她眼裡含了兩泡淚，就刮刮她的小鼻子笑：「婆婆就知道，你是個懂事的。中午讓玉簪多給你些花椒油，拌在麵裡，看你敢不敢吃。」

九娘頓時嗆了一下，咳嗽連連。又笑倒了翠微堂一眾人。

過了兩日，就是初八，四娘十歲生辰。因習俗是家中有尊長在，小輩不做慶賀。程氏按例賞了阮氏一些尺頭，一根銀釵，給四娘置備了兩身新衣裳，一根金釵。各房也按例送了賀禮來。

待夜裡眾人請過安都退了，九娘看著榻上捧著茶盞的孟建，心底暗歎一口氣，她思慮了好些天，希望孟建能領會她的意思。
九娘忽地問：「爹爹，你什麼時候去宰相舅舅家？」
孟建也不在意：「小孩子問那麼多做什麼。」
九娘眨眨眼睛：「哦，我想起清明那天在廟裡，蘇家的哥哥還同我說了好些話。」
程氏一驚：「啊？阿昉？他同你說了什麼？你這孩子，怎麼過去這麼多天才想起來！」
九娘歪了小腦袋做沉思狀。
孟建擱下茶盞，朝她招手：「別急，過來爹爹這裡，你好好想想，想好了再說。」
九娘走近兩步，慢吞吞地說：「蘇家哥哥說，他娘親家裡沒人了，留下的什麼田啊屋子啊錢啊還有什麼書院都沒人管，他爹爹為這個發愁呢。他還說他做兒子的，不能替爹爹分憂很難過。」
孟建和程氏對視一眼，柔聲道：「好孩子，他還說什麼了？」
九娘歪著頭想了想：「還說他一眼就看出我為什麼是餓壞了——」
程氏一愣，隨即打斷她：「好了好了，知道了，下回去表舅家裡可別總盯著吃的。你先去睡吧。明日你們幾個就回學堂了。記得聽先生話，別和姊姊們鬧彆扭，散了學一起回來，記住了？」
九娘屈了屈膝，帶著慈姑和玉簪告退。林氏卻在半路上候著她，一臉緊張地問：「你怎麼留在屋裡那麼久？郎君和娘子說你什麼了嗎？」她自從那天對孟建鬧了一場，一直提心吊膽，戰戰兢兢，看著卻沒什麼動靜，更加坐立不安。一看到九娘還沒出來，不由得格外緊張，問東問西。九娘吃不消她囉嗦，只能安慰她一番，把她打發去十一郎屋裡去了。

進了聽香閣，就見阮氏正和四娘在花廳裡說話，四娘臉上還帶著淚。見了九娘，阮氏趕緊站了起來行禮，又遞了一樣物事過來，竟是那個折騰來折騰去換了好多手的金鐲子。

阮氏一臉誠意：「多謝九娘有心，可四娘說了，這個鐲子，是舅母特地送你的，她萬萬不能收。姨娘見識淺薄，你別放在心上。」四娘只默默低了頭，也不言語。

九娘吃不准阮氏要做什麼，只能示意玉簪先收起來，笑著說：「那我改日再補一份禮給四姊。」回東暖閣時，九娘卻留意到四娘手邊擱著的那只癭木梳妝匣，該是阮氏私下送來的。

那匣子看著黑底金漆纏枝紋樣式很簡單，可這樣的梳妝匣，她前世也有一個。那匣子底下當有個「俞記箱匣，名家馳譽」的銘記。匣子裡面配置了玳瑁梳、玉剔帚、玉缸、玉盒等梳具，樣式取秦漢古舊之風，件件古樸，整套要賣百貫錢。當年蘇瞻買來送給她，笑著說兩個月俸祿換了一只匣子，以後可得允許他替娘子梳妝插簪了。結果她嫌他梳得頭皮疼又挽不起像樣的髮髻，被他折騰了幾日，特地也去了俞家箱匣鋪，買了一件豆瓣楠的文具匣送給蘇瞻，笑著說偷了嫁妝換了一只匣子，一匣換一匣，以後郎君可得放過她的頭髮了。氣得蘇瞻直跳腳。

現在換了十七娘，恐怕梳得再疼，也會笑著忍著吧。將夫君視為天，她王玞從來沒做到。

驀然，九娘想到阮氏和林氏一樣，一個月不過兩貫錢的月錢，她哪裡來的錢，給四娘置辦俞記的梳妝匣？

第二十一章

初春的夜風都薰染著慵懶的味道。隋煬帝時開掘的通濟渠貫穿汴梁，時稱汴河。上有橋樑一十三座，四大水門。

汴河上有州橋夜市。三更梆子敲過，從州橋南直到朱雀門，一直到龍津橋，都依舊熙熙攘攘，車馬闐擁，熱鬧非凡。一個身穿玄色窄袖短衣長褲，打著綁腿，穿著一雙蒲鞋，腰間別了一個酒葫蘆和一頂竹笠，頭戴玄色抹額的年輕壯漢，從王家水飯出來，同幾個皂衣短衫的漢子道了別，朝御街方向而行。

他手裡提了一個油紙包，因身上的大背囊擠到旁人，不住地道歉。

隔壁曹家從食的掌櫃娘子眼睛一亮：「高大郎回來了？」

高大郎笑著唱了個喏：「曹娘子安好。」

曹娘子看著他手中的油紙包笑道：「還是鱔魚包子？」

那高大郎的魁梧背影卻已經消失在人群裡。他一路向北，沿著御街一側直到了宣德樓，朝東面的右掖門而去，沿路值夜的禁軍，大多和他相熟，紛紛豔羨他手裡的鹿家鱔魚包子。

此時，皇城東南角的右掖門和北廊之間的兩府八位依然燈火通明。

這裡是成宗朝營造的第一批官邸，也是至今唯一的官邸。裡面住著門下、中書兩府的八位相公，稱作兩府八位。既解決了相公們僦舍而居的困難，也方便相公們處理加急公文，更避免了省吏送檔去相公私宅呈押而洩漏機密的可能。

蘇瞻雖然三年前升做右僕射兼中書侍郎拜了次相，卻是剛剛搬入兩府八位不久，家眷依舊還安置在原先蘇家在百家巷裡租的房舍中。

官邸書房中，蘇瞻和幕僚們正在商議今日政事，剛剛議完，幾個幕僚笑著說即將旬休，該讓相公請客去吃頓好的。外面小吏來報：「小高郎君回來了。」

眾幕僚們識趣地起身告退。少頃外頭已經聽見高大郎笑著和他們打著招呼，聲音爽朗熱情。

蘇瞻揉了揉眉心。高似大步跨了進來，風塵僕僕。

蘇瞻打開高似遞上的文件，仔細看了看，鬆了一口氣問：「趙昪眼下怎麼樣？還穩得住嗎？」

高似笑著說：「趙太守十分穩妥，杭州城也穩妥了。小的回來時，米價剛剛落回來，難民也已經安置好了。湖廣兩地的米還在源源不斷進浙。他依舊十分猖狂，還和小的說，當年相公您因罪入獄，出來後就跨過別人幾十年也跨不過去的坎兒，進了中書省。他要是也因此坐個牢，說不定也能來兩府混個好位子。還說他好幾年沒吃上相公做的菜，想得嘴裡淡出鳥來了。」

蘇瞻失笑：「這個趙昪！御史臺那邊有什麼動靜？」

「張子厚那邊的人比小的早了三天回京，恐怕沒幾天就要彈劾趙昪了。」

蘇瞻垂目低笑：「張子厚這麼多年還不死心。他當年想踩著我進中書省，如今這是要踩著趙昪進門下省呢。」

高似頓了頓，斂目低聲說：「清明那日，他又去了開寶寺，給先夫人添了一盞長明燈。」

蘇瞻沉默了半晌，淡淡地說：「隨他去罷。」

高似不語。蘇瞻抬起頭：「怎麼？他還做了什麼好事？」

「張子厚——」

「說吧。」蘇瞻揚了揚眉，高似並不是吞吞吐吐的性子。

高似低了頭：「錢五留了信給小的，說張家前些時買了個婢女，卻沒入府，把人安置在百家巷的李家正店——」

蘇瞻沉吟不語。

高似硬著頭皮說：「錢五看著有點眼熟，就順手在開封府查了身契，是從幽州買來的，名叫王——晚詞。」

蘇瞻手上一停，半晌後卻笑了一聲：「是我家原來那個晚詞？」

高似頭更低了：「錢五說特地查了牙行的契約底單，是先夫人身邊的那位女使，現在是賤籍。」

房內一片死寂。高似只覺得上首的目光一直盯著自己的頭頂心，背上慢慢沁出一層汗來。

蘇瞻又笑了，喃喃道：「張子厚，張子厚！張子厚……」

高似只覺得他的笑聲裡滲著說不出的冰冷。

良久，蘇瞻吁出一口氣：「他這是疑心上我了，要跟我不死不休呢。先不管他便是。孟家的事可查出眉目了？」

高似點了點頭，遞上一疊子案卷：「相公上次疑心孟家出了事。錢五他們就去查了，眼下查到的，就是孟三虧空了十萬餘貫，大概連著程娘子的嫁妝也在裡頭，都折在那年香藥引一案裡了。」

蘇瞻一怔：「孟叔常當年竟然也買了香藥引？」他仔細翻看手中的案卷，越看越心驚，怪不得那個胖嘟嘟的小娘子不經意地說出家中日常竟然拮据到那個地步了。

高似看著蘇瞻皺起眉頭，上前一步稟告：「當年好幾十位重金買香藥引和犀象引的，都是通過一個諢號叫做萬事通的中人。這人當年和戶部、工部還有三司裡的不少官員來往甚密，他一貫做中人，名聲也算可靠。後來買鈔場平了香藥引，這人還賣了祖屋，出面替些走投無路的商賈收了許多香藥引、犀象引。街坊裡提到他，也都豎個大拇指稱他有義氣。只是來年在南通巷，有大商賈一口氣拋出市面上過半的香藥引和犀象引，雖然不曾露面，但錢五去查了交引底單，應該就是他，算下來所賺逾三千萬貫。只是南通巷素來認引不認人，沒什麼人留心到此人身上。」

蘇瞻想了想：「當年香藥引案，牽連甚廣，買鈔場入獄官員多達七個。三司的鹽鐵副使、度支副使都換了人。甚至後來改制時廢除了三司，將鹽鐵、度支和戶部撥回工部和戶部管轄，現在看來，這小小的香藥引案，很有意思。那萬事通現在人呢？」

高似道：「錢五說，那萬事通是香藥引案兩年後忽然舉家遷往泉州的。但他去泉州時，還帶走了三戶人家，不是部曲也不是奴婢，都算他家的客戶。錢五查了當時的戶籍和路引，有一家倒和孟家有些干係。」

蘇瞻一抬眉頭。高似回道：「那家客戶男丁姓阮，查看丁帳和租稅薄，只有他一個男丁，看不出什麼。結果從他家以前坊郭戶的紀錄上，才發現這家應該就是程娘子房裡妾侍，阮氏的哥哥一家。」

蘇瞻的食指輕輕敲在桌面上。

高似繼續道：「錢五親自領了中書省和刑部的帖子，去了泉州。泉州的事，恐怕要等他月底回來才知道。」

書房中靜悄悄的，只有那篤篤篤的聲音，一下，一下，一下。

門口的小廝提了聲音：「稟告郎君：外頭小錢郎君有急信送來給高郎君。」

高似出去收了信，拆開看了，遞給蘇瞻：「錢五手下的人來報，今日俞記箱匣往孟府三房送了一隻梳妝匣。瓔木黑底金漆纏枝紋的。俞記那邊查探了，三百貫，付的交子❶，夥計只記得是位帶了帷帽的娘子買的。」

那篤篤篤的聲音驟停。

天色漸漸泛起了魚肚白，汴河兩側的垂柳也漸漸看得出妖嬈的翠綠。

蘇瞻依然一個人靜坐在書房中。茶剛剛換過熱的，書案上的鱔魚包子已經涼了，散發出些腥味。

瓔木黑底金漆纏枝紋的俞記梳妝匣，當年他買的時候，一百五十貫。如今，要三百貫了。那匣子，阿昉收得好好的，日後留給他的娘子梳妝吧。阿昉心細手巧，必然不會像他那般笨拙無措，總

❶交子：宋代民間通行的紙幣，為世界最早發行的紙幣。

是讓她疼得眼淚直掉。

芳魂已渺，徒留惘然。

五更梆子沿著右掖門敲了過去，這時候，門橋市井都開了，早市已經開始忙碌。上朝的官員們已經上了馬，往東華門而來。

蘇瞻合上眼，將手中一塊碎了的雙魚玉墜放回匣子裡，歎了口氣，喊了一聲：「來人，更衣。」

早市的觀音院門口叫賣聲此起彼伏。孟家的牛車，緩慢地停停走走。

六娘掀開車簾，笑著說：「九妹那天就是坐在這裡被陳家表哥撿到了？」

九娘點點頭。

「真是可惜，你看那家凌家餛飩，可是汴京城最好吃的餛飩！下次我們稟告了婆婆，一起來吃好不好？」六娘笑眯眯指給她看。

九娘笑眯眯點頭，是啊，真好吃。

牛車慢騰騰地挪過去。九娘看著凌娘子將那白白胖胖的餛飩撒下到水裡煮熟了，竹籬撈出來，乾淨俐落地一上一下甩三回，瀝了水。旁邊那白瓷青邊大碗裡，早盛滿一碗用長長的豬筒骨、雞架、鱔骨一直熬啊熬出來的清湯。白胖餛飩們往裡一躺，上頭撒一把碧綠蔥葉，還有炸得金黃的蒜茸，熱氣騰騰地被端到了後面的小矮桌上，一碗一碗又一碗。

九娘咕嚕嚕咽了口唾液。

七娘冷哼了一聲：「就知道吃！那餛飩有什麼好吃的，裡頭盡是些野菜，會塞在我牙縫裡，難受得要死。」

四娘點頭：「我也覺得是，還是我們家的雞湯餛飩更好吃，裡頭包著蝦仁，鮮甜之極，比這種市井小吃不知道勝出多少。九妹在這吃食上，還是要好好跟七妹學學。」

六娘搖搖頭：「《詩經》還分風雅頌，這民間的東西也有民間的好。四姊未免有些以偏概全了。我就是跟著婆婆來吃的。婆婆說了，連太后都喜愛凌家餛飩呢，還誇獎她家餛飩裡的野菜獨具風味，讓人有踏青之意，如沐春風呢。」

九娘卻湊過去盯著七娘的牙齒：「七姊？你是不是牙縫有些寬稀？慈姑說過，剛長出來的牙，如果隔得遠了，每晚用手把它倆靠靠攏，一兩個月它們肯定就能挨得緊緊的。」

蘇昉出牙的時候門牙間有縫，她請教了一位老大夫，大夫說現在根基不穩，可以人力調治。她堅持捏了兩個月，真的捏好了。

七娘趕緊躲開她的手：「髒死了！誰要把手伸到嘴裡啊！你真是！」

六娘卻很好奇：「真的嗎？慈姑懂得可多了呢。你看看我的，我這邊上的牙剛出，還能再靠攏些嗎？吃飯時總有肉絲會卡在裡頭，難受死了。」

九娘認真地撥了一撥，看看那牙才出了一大半，疊在左邊牙前頭，離右邊的牙老遠，點點頭：「肯定能，六姊你夜裡漱了口，讓乳母替你這樣撥個一刻鐘。」

四娘和七娘也湊過來看，既覺得離譜又覺得好笑。這車裡倒熱鬧起來。

第二十二章

孟家四姊妹一踏入課舍，原本鬧哄哄的乙班課舍瞬間靜了下來，又瞬間恢復如常。

小娘子們紛紛上前，問候六娘的身子。張蕊珠牽了她的手左看右看：「幾天不來，瘦了好多。中午你的女使可省心了，不用幫你吃飯了。」

小娘子們哄笑起來，又圍著六娘問她寒食節都去哪裡玩了。

四娘和七娘看了又看，實在無人理睬她們，也插不進話，沒幾下，兩個人竟被擠了出來，看著那些人興高采烈地有問有答，又笑又鬧。兩人只能鬱鬱地去到自己座位上，抬頭一看，那矮胖小人兒早已經坐好，連書袋裡的文具都已一一擺放好了。

這個不上心的，一點也感覺不到別人不理你有多難過嗎？她根本不知道，要是所有的人都不理睬你，你有多難熬。真笨！七娘想起昨夜娘再三叮囑自己的話，看了人群一眼，咬了咬唇，低下頭翻開書本。

女學的舍監娘子看到來用飯的孟家四姊妹時，不自覺地擰了擰眉。她在這裡做了二十年，第一次見到姊妹間打成一團的。

七娘看到舍監娘子的臉色，不自覺地縮了一下，老老實實地跟著六娘進去了。

舍監娘子豎著耳朵，總算這頓飯太太平平地用完了。女使們捧著空了的餐盤魚貫而出，又各自泡好茶湯送進去。屋裡的小娘子們也開始嘰嘰喳喳了。

張蕊珠關切地問九娘：「小九娘，那天散學，你和你四姊、七姊走散了，後來沒事吧？」

剛起來的嘰喳聲又驟然安靜下來，所有人都扭過頭來看著九娘。

站在九娘身邊的玉簪來之前就早有準備，剛要上前，九娘已抬起頭來說：「謝謝張姊姊關心，可我沒有和姊姊們走散啊。」

四娘、七娘和六娘都一呆。

張蕊珠面露訝色：「那天她們找了你許久，也沒找到，我後來才知道丙班的那位小娘子指錯了人，那是她們追到你了嗎？」

九娘笑道：「我聽見姊姊們在問你了。那天我有些生氣，就想著作弄姊姊們，早早地裝作如廁，其實是跑出去藏在車裡的案几下頭。後來猛地跳出來，她們果然被我嚇了一大跳。」

張蕊珠面色怪異，看向四娘和七娘。七娘眨了眨眼睛：「嗯，這個壞蛋！嚇死我了。」四娘已經反應過來，笑著說：「是，我也被嚇了一大跳。我家九娘最最調皮了，其實我們三個最親近不過，在家也是這麼沒規矩鬧來鬧去的。讓大家見笑了。」

一屋子小娘子們除了六娘，一個個恍然大悟的樣子。

九娘眨眨眼：「唉！誰知道七姊因為新褙子被我抹髒了，她小氣得很，回去告了我一大狀。娘一生氣，把連翹都換了呢，說以後讓玉簪姊姊好好管著我，不許我再調皮，還因為我躲藏起來害得姊姊們擔心，打了我三戒尺。」她伸出肥嘟嘟小手：「張姊姊，謝謝你那麼晚還送御藥來，七姊都給我擦了，不過，恐怕外頭的人都以為你送藥是給我七姊用的。」

她對著七娘做了個鬼臉：「七姊，你替我擔了個調皮搗蛋的名聲，我就不怪你害我挨板子啦。」

張蕊珠笑了笑：「看著你這麼乖巧可愛，原來這麼調皮。那藥有用就好。」

六娘過來，攏著九娘的小肩膀說：「連我家婆婆都說九娘像我二哥，是猴兒一樣的性子呢。也就是七娘還總是和她較真，兩個人總愛吵吵鬧鬧的。可兄弟姊妹之間，如果太有禮了，也很無趣吧。」

小娘子們不由得點點頭。六娘捂了嘴笑：「你們可不能對外說哦。今年元宵節，婆婆帶我去慈寧殿，結果那天六皇子竟然追著四皇子和五皇子打，兩位皇子被打得鼻青眼腫地逃來慈寧殿哭訴呢，只因為他們弄壞了六皇子自己做的一個燈籠！」

小娘子們不由得驚歎起來，九娘也好奇地仰起臉等著下文。

六娘看了看大家，笑著說：「太后氣得啊，直說六皇子頑劣，要狠狠地打上幾板子才是。可你們猜官家怎麼說的？」

眾人屏息搖頭。九娘卻無聲地笑了，她前世雖和今上沒見過幾次，卻知道那是位最通情達理心腸柔軟的。

六娘說：「官家說啊，這天家骨肉，需先是骨肉，再是天家。六郎這樣做，是真當他們是哥哥，心裡親近著呢。」

小娘子們都發出了「哇——」的歎聲，紛紛讚頌官家真是天子仁德，見識非凡。

六娘笑道：「最後啊，官家只讓六皇子給哥哥們做兩個燈籠就算了，反而訓斥四皇子、五皇子擅自損毀他人財物，行為不當，罰了他們一個月的俸祿給六皇子做補償呢。」

四娘和七娘不免也都露出神往之色。她們從來沒有機會進過宮，更別說像六娘這樣，一年總有幾次要覲見太后，甚至遇到官家、聖人❶，還有那些年輕英俊的皇子們和高貴美麗的公主們。

六娘親熱地挽過七娘：「所以啊，我家的姊妹們，倒是學了六皇子的風範，骨肉之間，縱有打鬧，可心裡親近著呢。」

七娘點點頭，好像是這麼一回事。自己平時欺負小胖妞，也是因為把她當成親妹妹才下得了手吧，要是她是二房的長房的，她可懶得理！

張蕊珠含著笑說：「原來是這樣，六娘你說得這麼精彩，簡直比那瓦子❷裡的說書人還要勝上一籌！聽得我這心啊，吊起來，噗通又落了地。聽說六皇子酷似他母妃陳婕妤，真是好奇一個人怎麼美才能美到那個程度呢？」

六娘收了笑容：「姊姊請慎言，這就不是我們能妄想和非議的了。」

張蕊珠面上一紅，點頭道：「是，蕊珠失禮，受教了。」

---

❶ 聖人：對皇后的尊稱。

❷ 瓦子：瓦舍勾欄的簡稱，瓦舍是宋朝的民間藝術表演場所，瓦舍裡設置的演出場所稱勾欄。

廡廊下鐘聲再起。最後剩下的四姊妹面面相覷。六娘長長吁了口氣：「多虧了九妹。」

九娘清脆的聲音帶著疑惑：「六姊，張姊姊是故意那樣問我的嗎？」

四娘六娘和七娘都一愣。七娘搖頭：「才不會，胡說。張姊姊人最好了，她就是關心你而已。」

四娘低了頭不語。六娘牽了九娘的手：「不管別人故意不故意，婆婆說的總沒錯，我們是一家子骨肉，是打不散的。」她停下腳，小聲說：「其實六皇子打人的事是婆婆昨夜告訴我的，那天元宵節進宮後我只待在偏殿吃點心，什麼也不知道。」

她看著三個姊妹傻了的臉，笑著說：「婆婆什麼都替我們想到了呢，我哪裡會說這許多話。」

薑，還是老的辣。不服不行。九娘想起趙栩一臉痞相橫眉豎目追著人打的模樣，忍不住笑起來。

再回到乙班課舍裡，那些翰林巷的孟家小娘子們又恢復了對四娘、七娘的親熱，連帶著也對九娘親近起來。

初十這日，酉時差一刻，孟建騎著馬，帶著兩個小廝，進了東華門邊的百家巷。

想起上一次他來還是榮國夫人大殮那天。阿程是蘇瞻嫡親的舅家表妹，三房卻連張喪帖都沒收到。他們堅持跟著長房來弔唁，蘇瞻竟當沒看見他們似的。想想也真是惱火，蘇程二族雖然絕交，阿程是出嫁女，是孟家的人了，蘇瞻好歹也應該給孟家些許面子。好在今日終於能理直氣壯地登門了，不是自己求來的，可是宰相親口邀請的。

角門的門子一聽是孟家的三郎君，便笑眯眯地迎了進去：「郎君交待過的，孟郎君裡面請。」

書房中蘇瞻一邊寫字，一邊和蘇昉談論課業：「先帝時，楊相公把國子監的詩詞課業全都取消，是因為他認為詩詞歌賦華而不實。現如今，翰林院上書了好幾回，中書省也議了許久。你還有兩年就要入太學，你來說說這詩賦要不要列入科舉考試內。」

蘇昉兩歲識字，四歲作詩，如今在國子監讀了四年，聽了蘇瞻的問話，不慌不忙，略加思忖後答道：「兒子認為，應該恢復詩賦課業，但要作為科舉內容，恐怕有待斟酌。」

蘇瞻手上一頓，擱下筆，坐了下來。他抬起眼，案前挺立的七尺少年郎，眉目間還帶著少年的青澀，神色卻沉靜。他這幾年很少看見阿昉笑，他笑起來其實更好看，眉眼彎彎，靈動活潑，肖似他母親。

「哦？不妨說說你的見解。」

「請恕兒子放肆了。現在小學授課都以《三經新義》為準。科舉進士，以策論和經義為題。但兒子記得母親曾說過，取士之道，當先德行後才學。詩詞歌賦雖然華而不實，卻看得出一個人真正的心胸和性格。李青蓮豪爽狂放，難以恪守規矩，必然仕途艱難。李後主柔弱多愁，無堅韌守業之心。正如楊相公詩詞精巧凝練，卻也有孤獨清高之意，所以政見上少有回轉的餘地。但如果將詩賦又列入科舉，一來恐怕朝廷朝令夕改，會招來非議，二來對這幾十年沒學過詩詞歌賦的學子，會不會很不公平？」蘇昉年紀雖小，卻娓娓道來，語氣平緩，不急不躁。

書房裡一片寂靜。蘇瞻點點頭，又是欣慰，又是一股說不出來的滋味：「你說的很有道理，在你這個年紀，能想到這些，已經很不容易了。」

這孩子，受他母親影響至深，從來沒有人云亦云唯唯諾諾過。但也一樣固執己見，多思多想。

蘇昉的眼神落在書案後，這個豐神俊秀正當盛年的一國宰相，是他的父親。父親眼中不加掩飾的讚賞，他看得出。然而他並無絲毫欣喜，似乎蘇瞻的肯定對他而言，也不算什麼。他其實知道爹爹不太喜歡他總是提起母親，可他到底不願意除了自己，就再沒有人記得母親了。

蘇瞻的食指輕輕敲著書案，沉吟片刻後說：「你在國子監讀了這幾年，我看今年的幾位小學博士，教學死板了些。不如去外面看看，歷練一番。你表姑父孟家的過雲閣，藏有不少古籍珍品，我想讓你去孟家族學裡讀個一兩年，再考太學。他家郎君也多，嫡出的幾個孩子品性都不錯，你也能結識一些知交好友。阿昉，你覺得怎麼樣？」說完才發現自己說的最後那句是他母親以前的口頭禪。

蘇昉一怔，隨即恭身答道：「孩兒謹遵爹爹的吩咐。我也想去多看看外面的先生們是怎麼授課的。孟家有位喚作彥卿的郎君，十三歲進了太學。兒子拜讀過這位學兄的文章，璧坐璣馳，辭無所假，阿昉遠遠不如他。能教出這樣的學生，孟氏族學肯定有過人之處。」他猶豫了一下說：「其實這兩年兒子看太學裡，四品以上官員的子弟們大多只是掛了名，極少前來聽課。可小學裡，卻日日滿員，許多學生只能站著聽課，十分可惜。」

蘇瞻點點頭：「這個倒是由來已久的弊病。呂祭酒和幾位太學博士們也都上了書，禮部還在議。你身在小學，能觀察到太學，一葉知秋見微知著，都是好事。但切記謹言慎行才是。」

蘇昉應了聲是。外面小廝來報孟官人到了。

「你也見一見表姑父，日後少不了要勞煩他的。」蘇瞻讓請孟建進來。

孟建雖然心裡有了譜，仍然忍不住捏了把汗。進了門就要行禮，蘇瞻一把扶住：「叔常無需多禮，大郎來見過你表姑父。」

蘇昉上前行了禮，他兒時跟著母親去過幾次孟家，無非是道喜祝壽，並沒和孟家的郎君們見過幾回，現在看到這個表姑父倒也一表人才，只是他有些拘束，手都不知道往哪裡放似的。這樣的人，按母親說的，無大才可用，也無什麼大害，不能放在需要動嘴的地方，只能放在動手的地方。

蘇瞻先將打算讓蘇昉去孟氏族學附學的事一說，孟建大喜：「大郎四歲能詩，六歲作賦，有神童之名，能來我孟家上學，是我孟家的榮耀啊。表哥且放心，我回去和爹爹、二哥說了，肯定好好安排。」

蘇瞻淡然道：「小時了了，大未必佳，你們做長輩的，別太寵他，只當他一個普通附學的學生就是，能讓他去過雲閣看一看書，已經是優待了。」

孟建喜上眉梢：「表哥放心，以大郎的資質，過雲閣任他翻閱抄寫。我二哥求才若渴，大郎能來，他肯定高興。」他一轉念，又說：「表哥，我在家裡準備好客房小廝，大郎若看書晚了，乾脆就留住在家裡，還省了來去的時間。」

蘇昉上前道了謝，才想起來，那個胖乎乎的小九娘，原來是這個姑父的女兒，竟然一天只給她吃兩餐，頓時怎麼看怎麼不順眼起來。他神情淡淡地先行告退。

一出門，廡廊下正好遇到王瓔提著食籃，帶著幾個侍女過來。蘇昉淡淡地行了個禮：「姨母安好。」

王瓔臉上一僵，只輕聲說：「阿昉，我讓人把湯水送到你房裡了，你讀書辛苦，記得也補一補。」

蘇昉垂目看著自己的腳尖，作了個揖：「多謝姨母關心。」也不多言，自行去了。

王瓔看著蘇昉的背影，咬了咬唇，這麼久了，在這個家裡他始終不肯稱自己母親，就算在外面，他也是能省就省。可郎君竟然總說不要逼他。真是！她轉身正待要敲門。門口的小廝卻上前一步，小心翼翼地道：「娘子還請回，郎君有交待，待客時不見人。」

我難道也是這類不見的「人」嗎？王瓔一怔：「我也不能進嗎？」

小廝斂目垂首，卻不讓開：「小的不敢，郎君有交待，不敢違背。」心裡卻犯嘀咕：您是夫人沒錯，上個月小的放您進去了，也不知道您打翻了什麼惹惱了郎君，害得小的挨了十板子，到現在屁股還疼著呢。

王瓔側耳聽聽，書房裡無人出聲。她揚起下巴，吸了口氣，轉身道：「我們回去罷。」侍女小心翼翼地接過提籃，假裝沒有注意到她微顫的手。

第二十三章

蘇昉回到自己房裡，他的乳母燕氏正坐立不安地來回踱步。小廝們一個也不在屋裡。

蘇昉看到桌上那盅湯水，坐了下來揭開蓋子看了眼，皺眉問：「燕姑姑，這個怎麼還留著？」

燕氏上來蹲下身，握了他的手：「大郎，你奶哥哥昨日回來了。」

蘇昉一愣，反過來安慰她：「沒事的，沒信兒也沒事，畢竟已經快三年了，當年的人事早已變遷，查起來肯定不會順遂。倒是辛苦哥哥總是在外奔波，過年都不曾回來，都是我不好，一心想要查個明白，問個清楚，連累哥哥受苦了。」

燕氏忍著淚搖頭：「不，他心甘情願的，他的命是你娘救回來的，就算不是為了大郎你，我和你哥哥也要查個清楚，不能讓你娘真的死得不明不白。」她哽咽起來：「老天保佑，這次總算找到人了，有信兒，有信兒了。」

蘇昉的手一緊，竟然不敢開口問，耳朵嗡嗡地響起來，心跳如擂鼓，眼睛立刻模糊起來，胸口也不住地起伏。燕氏含著淚輕輕拍著他，等他平復。

三年前，他才八歲，他從來沒想過有一天他會沒了娘。他的娘，什麼都會，每天笑盈盈，她在哪裡，哪裡就光堂明亮。

娘沒了的那夜，爹爹親自拿了娘的上衣，牽著他的手爬上屋頂，面朝北大喊三聲：「阿玞歸來！阿玞歸來！阿玞歸來！」他跟著啞著嗓子喊了十幾遍：「娘你回來！」可娘再也回不來了。

爹爹親手給他換上了白色麻衣，和他一起披髮赤腳，親手給娘洗頭洗澡，剪了手指甲和腳趾甲。他記得娘以前總是笑眯眯地拿著小銀剪給他剪腳趾甲，刮著他的鼻子說：「有力長髮，無力才長甲，看來阿昉最近讀書太累了，指甲這麼長，要多吃兩碗飯，早些睡，多練練射箭哦。」可他找不到娘有什麼指甲能剪的，那娘應該是有力氣才對，為什麼會死呢。

他還記得爹爹那夜把自己脖頸裡掛的雙魚玉墜親手放到娘的口裡，替娘換上新衣服。那件紅色的妝花褙子，是娘病裡訂做的，好看得很。

他邊哭邊跟著爹爹折絹帛，看著爹爹折出一個人的樣子來，左邊寫了娘的生辰，右邊寫了娘的忌辰，讓他放在靈座前頭。他又怕又累又睏，可撐著看爹爹寫了一夜的喪帖，一張一張又一張，他不想睡也不肯睡，卻還是睡過去了。

可是，娘大殮那天，他跪了一夜，想去帳幔後頭找晚詞姑姑要些水喝。風一吹，他卻看見另一邊被風掀起的帳幔後頭，爹爹低頭背對著他坐著，一身素服的姨母側身遞給爹爹一碗湯水，似乎還提到了他的名字。他雖然才八歲，可竟然看得出姨母臉上有一種藏也藏不住的高興。為什麼娘死了，姨母還會高興？他看不到背對他坐著的爹爹是什麼神情，只看到他慢慢接過了湯水。

風一歇，那帳幔墜了下來。他回到娘的靈前，好像明白了為什麼娘前些時忽然對爹爹那麼冷淡。等出殯回來，他就發現娘房裡的晚詩、晚詞姑姑都不見了。

有些事，堵在他心裡，一日一日，一夜一夜，一個月，一年。直到有一天爹爹告訴他，給娘守完三年孝後要娶姨母，好有個母親繼續照顧他，讓他安心好好讀書。他總是無法不去想，娘，你究竟是怎麼死的呢？和姨母有干係嗎？甚至——他不敢再想下去。他終於忍不住同燕姑說了，才知道燕姑竟然和他想的一樣。

原來，不是他一個人疑心娘的死因。

等他耳朵裡好不容易寧靜下來，才聽燕姑說道：「晚詞和晚詩她們當年出了府，不知為何就被判成賤籍，賤賣去了大名府，後來又被賣去薊州。你哥哥找到的時候，兩個人都被賣到幽州了。只是你哥哥晚到了十多天，晚詞剛被人買走。晚詩那孩子早得了肺癆，話都說不出，看著你哥哥只知道哭著搖頭。」她哽咽著說：「大郎你要問的話，你哥哥都替你問了。」

蘇昉盯著她，手裡滲出了汗。一顆心幾乎要跳出腔子外來。

九娘這夜一直在等孟建回來，讓慈姑小心翼翼地去打探了好幾回。直到亥正，慈姑才回房，告訴她郎君回來了，挺高興的，還讓廚房備了酒菜送去正屋。九娘心裡一塊石頭才落了地。只要這世這對便宜爹娘不要太愚笨，不太貪心，想來應該事成了，對他們也只有好處。蘇瞻那人，最恨裙帶關係。宮裡吳賢妃想替爹爹爭個節度使的虛名，最後卡在當時還是中書舍人的蘇瞻手裡，就是不給用印，官家明示暗示了多少回都給他駁回去了。賢妃找太后哭，還被太后申斥了一頓。

玉簪服侍她上了榻，剛躺下，林氏神秘兮兮地來了，一進門就讓九娘把值夜的玉簪遣去外間。

九娘嚇了一跳：「姨娘？怎麼了？」

林氏忸怩了一下：「你先別生氣，我——我剛才去了你上次帶我偷聽的後罩房那裡，聽了些事，想著快點來告訴你，不然過了夜我肯定不記得了。」

九娘一愣，噗嗤笑出聲來，她聽寶相說了那夜林氏沒喝酒就壯膽，大鬧東小院的事，約莫後來孟建不了了之，沒怎麼著她，倒養肥了她的膽子。趕緊說她：「姨娘竟然敢一個人跑去聽壁腳？被捉住可怎麼辦？」

林氏瞪了眼：「寶相替我守著呢，值夜的婆子還沒來，我們就趕緊走了。寶相可真聰明，她還放了一個耳鐺在池塘邊，說萬一被人撞見了，就說是去找耳鐺的。」

九娘咦了一聲，沒想到寶相倒是個有急智的。

林氏這才說：「你爹爹說他要去眉州了，還很高興地說宰相誇他很有字紙之名？」

九娘一愣：「自知之明？」

林氏點頭：「對，是這個自織來著。」

九娘掩住了嘴，話是貶還是褒，那位傻爹爹也聽不出來。

林氏想了想：「然後你爹爹就和娘子說起了你那位先頭的表舅母。娘子說她娘去了才半年，她爹爹就也去了。唉。原來她也早早沒了爹娘，也那麼可憐。」

九娘抿了唇，眼神黯淡下來。前世裡那短短一年間，她先痛失孩子，再痛失娘親，待回到蜀地，爹爹已經病倒不起三個月有餘，還一直瞞著不讓她知道。族裡的長輩們再三要爹爹過繼一個郎君繼承長房的香火。可爹爹執意不肯，捧著《戶絕資產》說，出嫁女按律可繼承家產，硬是託了他在府衙做主簿的好友，立了文書，指明把長房的田產、房屋甚至中岩學院都留給她。又強撐著寫信給蘇瞻，告訴他一切情形。爹爹臨走時，牽著她的手笑著說：「你娘這下不孤單了。她膽子小，埋在地下怕得要死。就是爹爹對不起阿玞了。阿玞要好好的，要待自己好一些。爹娘會一起保佑你的。」

林氏低聲說：「我聽你爹爹說啊，你表舅舅把那位表舅母的嫁妝都交給他打理了。還說你那個什麼蘇家的表哥要到我們孟家的學堂裡進學。真是奇怪。」

九娘的心頓時漏跳了一拍，整個人僵僵的：「姨娘！你再說一遍，我蘇家的表哥要什麼？」

林氏搖搖頭又點點頭：「就是給你那個好看的碗的表哥，姓蘇的表哥就只有他吧？說是要來族學進學。你說這宰相家的東閣，怎麼會來咱們家進學呢，奇怪不奇怪？姨娘弄不懂，反正告訴你總沒錯。」

九娘一下子睡意全消。阿昉要來孟氏族學附學？雖然弄不清楚到底發生了什麼事，出於什麼原因，可就是說阿昉就要離自己很近很近了？甚至天天都有機會能看到？

九娘心花怒放，小手心裡全是汗，小臉也紅撲撲起來。林氏摸了摸她額頭，嚇了一跳：「啊呀，怎麼突然發起熱來了？是姨娘害你著涼了嗎？」

九娘笑著搖搖頭，拉著她的手：「姨娘，你下次別再去偷聽了，給捉住的話，你可慘了。」

林氏捏捏她的手：「沒事，我想明白了，大不了被趕回翠微堂搗練一輩子。反正你和十一郎不是能來翠微堂嗎？我不怕。」她看看九娘認真的小臉，點點頭：「好好好，我知道了，下次不去了。反正也不會有你和十一郎的什麼好事。」

林氏走後，玉簪倒了杯茶進來，九娘喝完竟然出了一身汗。慈姑看著她一臉笑容，忍不住問她：「林姨娘這是送了金豆子來給你了？高興成這樣？」

九娘抱著自己的小被子在榻上滾來滾去，哈哈地笑：「比金豆子還金呢！姨娘真好！」老天爺真有眼，竟把阿昉送到自己身邊來了。

九娘被按倒在榻上不許動，慈姑沒好氣地說：「你姨娘啊，自作聰明，要不是我勾著那值夜婆子說了半天話，就她那頭上亮閃閃的銀釵，生怕別人不知道她躲在那裡似的。寶相那丫頭也是，找東西半夜不帶燈籠，黑燈瞎火騙誰呢！」

九娘笑得更厲害了，抱著慈姑不放：「慈姑，你真好，你真厲害，我真開心啊。」

這個春夜，真是溫柔。

第二十四章

九娘日日經過族學北角門總忍不住掀開車簾望上一望，那些熙熙攘攘的小郎君裡，會不會突然出現阿昉。又數著手指等孟彥弼休沐好去大相國寺，幸好孟彥弼早早就請示了老夫人，替她在學裡請好了假。

七娘笑話她：「去個大相國寺，就開心成這樣。二哥年年都帶著我們去玩上幾次，沒什麼意思，人多得很，這裡也不許去，那裡也不許去，恨不得把我們串成一溜小粽子提在手裡。」這個四娘也很有體會：「大三門上都是貓啊狗啊鳥的，氣味也難聞。我不喜歡去。還是去金明池遊瓊林苑那才叫好地方。到時候九妹你別高興得夜夜睡不著。」

九娘笑得更開心，你們都不去才好啊。

六娘看她這麼高興，就說：「你別理七娘，好好去玩就是，回來缺的課業，我幫你補上。」

七娘鼻子裡哼一聲，不理會她們。

到了十七這日，用了夕食，翠微堂來了個婆子，說老夫人喚九娘去查課業。

七娘幸災樂禍：「誰要你明日出去玩耍，婆婆肯定要讓你再寫十張大字。」

九娘帶著玉簪和慈姑，跟著那婆子，過了積翠園，那婆子卻順著垂花門朝北面的抄手遊廊去，笑眯眯地說：「小娘子別怪罪老婆子，是二郎逼了老奴來請你去修竹苑看什麼寶貝的。」外院的修竹苑，是各房孫輩小郎君們居住之地。

九娘抿嘴笑了，帶著慈姑和玉簪，跟著婆子到了孟彥弼屋裡。一看，陳太初也在。

九娘行了禮，好奇地問：「二哥有什麼好寶貝給我看？」彥弼卻讓陳太初招呼九娘，自己出去安排小廝們到角門去搬箱子。

九娘頭一回看到學武少年郎的房間，十分好奇，不自覺地伸長脖子四處轉悠起來。陳太初跟著這圓滾滾卻裝作一派大人模樣的小丫頭，只覺得隨時都要笑出聲來。

這正屋裡外間一張圓桌配四張靠背椅，牆上掛著弓箭、朴刀、長槍和寶劍，博古架上亂糟糟堆放著眾多玩意兒。

陳太初笑著告訴九娘，那上頭竟有不少是他們兒時在大相國寺淘來的物事，連五六年前京中流行的蘇郎款式的生色銷金花樣幞頭帽子都還在，還有幾幅李成畫的山水插在博古架邊上的敞口落地瓶裡。

旁邊地上一摞子楠木箱子，最上頭的蓋子還開著，露著一個也開著蓋的黑漆小箱子。九娘上前踮起腳尖一瞧，裡面卻整齊放著一排韘，有個位子空著。

陳太初低頭一看笑了：「九妹大概沒見過，這是射箭用的，開弓時套在右手拇指上，免得被弓弦傷了手。二哥這些我也有一套一樣的，都是我爹爹從西夏帶回來的。你摸摸，這兩個是玉的，這兩個是鹿角的，這些個是象骨的，還有這個，是二哥小時候用的硬木的。空著的那個肯定是他戴在手上了，那個最好，是虎骨的。我也愛用那個。」

九娘踮起腳去摸，一臉豔羨。阿昉幼時學射箭，她為了找童子合適的骨韘，跑了多少家作坊，內襯的皮，還是蘇瞻自己選的。可陳青倒好，兒子侄子，一人十個，真是——唉，人比人，氣死人。

九娘又轉到裡間去瞧。那花梨木舊長條書案上的一本書，翻開了一半，上頭還有畫兒。九娘伸手拿下一看，卻是汴京城當下流傳的話本子《白蛇傳》。

陳太初趕緊從她手裡抽出來：「小娘子不能看這些。」他將那話本子合上，心裡暗暗發笑。這位表哥從小就大大咧咧，什麼事都要嘗一嘗試一試，吃了多少板子。現在還是這麼毛糙，看這種書，要給他爹爹看見了，少不得又是十板子。

九娘只當不懂，又去看衣架，上頭掛著一套招箭班的衣裳，還有一個牛皮空箭囊。九娘忍不住伸出小手摸了摸，涼颼颼的。

再看素屏後頭放了張藤床，紙帳倒是別致，竟是白描的關公、趙雲和秦瓊、李靖。九娘頭一回看見竟然有這種紙帳，湊上前仔細看了一下，人物神韻極佳，竟還蓋了龍眠居士的章，也不知道他託了誰的人情搞來的。

陳太初也笑：「原先這紙帳畫的是四時花鳥，二哥嫌脂粉氣太重，聽說是求了我姑母，請翰林畫院的龍眠居士特地畫的，還偷偷送了他一幅蘇學士的字，氣得表叔抽了他二十板子。」

九娘心一跳，能當重禮送人的蘇學士的字，滿大趙，除了蘇瞻的蘇體，別無他人。可孟彥弼又從哪裡弄來的蘇瞻的字？

外間孟彥弼的聲音響起來：「太初你小子，儘管拆哥哥的臺！你倒好，在大名府逍遙快活沒人管！可憐哥哥我，在床上躺了一個月！」

九娘故作好奇地跟著陳太初出去，問：「二哥？你送了我宰相舅舅的字給人？是假的吧？騙了人才會被大伯打。」

孟彥弼撓撓頭一臉不服氣：「才不是，我那時年紀小不懂事，是我被人騙了，把蘇相公親自寫的榮國夫人的喪帖偷了去，給了李畫師，他才給我畫了這個——不說了！不說了，快來看看這一箱子的寶貝，你先來選。」

嘴裡說了不說，可他還是忍不住發牢騷：「我哪知道一張喪帖那麼金貴？如今有人出三千貫求也求不到呢！六郎上次跑來不也是想偷二叔放在過雲閣的另一張！哎！呸呸呸，你們沒聽見啊，我什麼也沒說。」完了又洋洋得意起來：「太初啊，九妹啊，我這自創的四虎將紙帳，值三千貫！懂嗎？唉，小九你還小，說了你也不懂！」

陳太初見九娘呆呆地站著不動，低頭看她的小腦袋，頭髮細又軟，烏黑發亮，好不容易忍住不伸手去揉：「怎麼？高興壞了？你還得謝謝六郎才是，要不是他，我還請不動那位造作的匠人。」

九娘這才緩過神來，挪到箱子邊。一眼就看呆了，「謝誰」那兩個字就咽了回去。

第二十五章

那箱子中整整齊齊，放著十二個黃胖，不同於普通黃胖，這些全都繪製上了顏色，五顏六色，唯妙唯肖，幾乎不能叫黃胖，得叫彩胖才是。

六個小郎君，穿著不同布料裁剪出的合體的衣裳，分別在讀書、射箭、蹴鞠、捶丸❶、吹笛、舞劍，個個神情生動，動作趣致。九娘碰一碰那鞠球，真是皮做的，戳一下小弓箭的箭頭，還真有點疼。

六個小娘子，也分別穿了各色裙衫褙子或半臂，讀書、彈琴、繡花、看燈、賞花、品茶，就連那手中的燈籠和花朵，都彩繪得一絲不苟，髮髻上的髮釵也都是精細無比，伸手碰一下那蝴蝶釵，觸角還微微顫動起來。

九娘看傻了眼，這哪裡是玩兒的，供著都捨不得碰吧。

孟彥弼捧著個小匣子過來，一臉討好地告訴九娘：「九妹，你可千萬千萬記得咱們的約定啊。」

他看看慈姑和玉簪：「慈姑，玉簪姊姊，你們先去外邊喝碗茶，我有事和九妹妹說。」

❶ 捶丸：宋朝和蹴鞠齊名的體育運動，即高爾夫球的前身。

慈姑和玉簪笑著只看九娘，九娘抿唇笑著點頭，她們這才出去了。

孟彥弼笑嘻嘻地說：「我告訴你吧，這些好玩意兒，還真多虧了六郎。那天我也在，太初拿了一個黃胖，說就按那個樣子，打算去請文思院下界的楚院司做上幾個討好你。你知道六郎他幹了什麼？」

九娘搖搖頭。

孟彥弼擱下匣子，抬起一腿，踩在箱子角上，一手裝作拿起一樣東西左看看右看看，忽地往地上一摔：「砰！他把太初拿去的那個黃胖砸了個粉碎！」

九娘被他一聲大喝嚇得縮了一下身子，心道這模樣，倒是挺像趙栩的。還有咱這二哥，不知道是不是瓦舍勾欄去多了，說唱俱佳。陳太初拍拍她的背，笑著看孟彥弼繼續演。

孟彥弼鼻孔朝天冷冷地瞥了陳太初一眼，頭一扭：「這天下間最拔尖的匠人，最頂尖的造作坊，最好的材料，竟然要給你做這種醜東西？不如不做！索性你去街市買幾個，騙騙那——」演到這裡，孟彥弼尷尬地咳嗽了一聲接道：「小孩子。」

其實趙栩原話說的是矮胖冬瓜，這可不能給九娘知道。可他看看九娘笑盈盈的雙眼，又覺得這鬼靈精似乎什麼都知道。

孟彥弼努力學著那天趙栩的口氣，又狂又傲地仰著下巴，斜睨著陳太初：「你要是因為我去討好人，要做這種東西，還是省省吧！求你千萬別拿出手去丟了我的臉！哼！算了，你且等著，明日我陪你去找楚院司，叫你看看我的本事！」

九娘笑盈盈地打斷了他：「二哥，那個壞蛋，他為什麼也能進皇宮？那個院司為什麼要聽他的話呢？」

孟彥弼一噎：「哦，我，他啊，是和我一樣，在宮裡幹活呢。咱們總在一起玩耍。他不是壞蛋，九妹，你可要記住了，以後別這麼說他。」

陳太初笑著也來解圍：「因為六郎從小就才華出眾，他什麼都會，寫得一手好字，畫得一手好畫，拳腳弓馬也不錯，蹴鞠捶丸也很厲害。所以宮裡的幾位院司都很喜歡他。」

九娘心裡暗笑，長得好，光靠臉也討人喜歡，別說他那身份了，臉上卻裝作恍然大悟地繼續逗他們：「哦，原來是個紈褲子弟，那二哥，太初表哥，你們可要遠離他，近朱者赤，近墨者黑，萬一你們被他染黑了，只知道玩耍，婆婆肯定不高興。」

孟彥弼這說書的興趣被打擊得厲害，草草收了尾：「反正第二天六郎就拿了十二幅畫兒，帶著我們去找楚院司。」他氣呼呼地說：「楚院司那老不修，以前我求他，把他做的竹箭送些次品送我，他都不肯。一看六郎那些畫兒，求翁翁告婆婆地，哭著喊著說從未見過，極其好玩，一定要做了試試。呸！看我以後還替不替他射鳥！」

九娘笑得不行，原來孟彥弼這神箭手竟然還能派這個用處！

陳太初也笑道：「不枉六郎畫了一天一夜呢。」他擔心這兩個小祖宗下次遇上又是針尖對麥芒，就想好好替趙栩說幾句好話，誰讓他頭一次對這小人兒又踹又綁又嚇唬的，小孩子都記仇呢。

「六郎他從小就是那個性子，容不得半點醜的物事。要麼不做，一做，非要做到頂頂好不可。他那性子拗起來，誰也沒辦法。」他指指一個小娘子手上的燈籠：「你看這個，還是六郎自己用極細極細的竹絲編的。原來用泥捏出來的，他嫌棄太死板。現在這個小燈籠還能拿出來玩。這上頭畫兒也是他畫的。」陳太初小心地將那燈籠取了出來，放到她手心裡。

他可不能露了趙栩的底。那愛折騰的趙六郎，讓綾錦院準備面料，裁造院裁造服飾，就連這些小娘子褙子上的繡花，都是文繡院連夜照著他畫的花樣子繡出來的，前幾天整個外諸司都被他翻了個底朝天，可那幾位院司哪用得著逼或求？一個個兩眼發光走路生風，親自上陣，反倒求著六郎再多畫幾幅，他和孟彥弼反正完全想不明白。

九娘捧著小燈籠仔細看，竟然只比櫻桃略大些，上頭還畫著一幅蝶戲花，筆觸寫意，怎麼也看不出是個十歲左右的孩童所作。看不出趙六郎竟然這麼有才氣，好像比起阿昉要厲害那麼一點點或者兩點點，不過他這寧可親力親為，也要盡善盡美的脾氣倒像她前世，眼裡容不得一粒沙。

好吧，既然你們都這麼賣力給他說情，看在這些彩胖的面子上，下次就不記恨他不收拾他了。其實自己本來也不敢再收拾他了。

宮裡的趙栩忽然打了個噴嚏，他揉了揉鼻子，忍不住欽佩自己，一覺得鼻子癢，就把筆挪開了，不然臨了一遍的帖子白臨了。

九娘一個個小心翼翼地取出來，看了又看，讚歎不已，又小心翼翼地放回去。阿昉從小就喜歡動手做這些黃胖啊傀儡兒啊，甚至還做過一套七巧板。怎樣她才能想辦法送給阿昉幾個呢，起碼送給他這個吹笛子的，多像他啊，他又那麼喜歡吹笛子。

孟彥弼彎了腰，笑眯眯地說：「九妹——」

九娘也抬起頭笑眯眯地說：「二哥？」

孟彥弼看看箱子裡那個射箭小郎君，心裡癢得不行，又實在不好意思，自己都十四歲了，還想要九妹的黃胖，真開不了口。

九娘大喜，這真是打瞌睡就有人送枕頭。她笑著問陳太初：「太初哥哥，你給我這許多漂亮黃胖，我高興得很，可是要拿回我屋裡，只我一個人有的話，恐怕我姊姊們會不高興了。」

陳太初點頭稱讚她：「你真是聰明又懂事。我做十幾個，原也是這個意思。正好上次婆婆送了我家許多禮，要不，你先選你最喜歡的，剩下的，就當是我給各房的回禮。」

九娘拿起那射箭的小郎君，歪著頭問陳太初：「唉，我喜歡好幾個呢，真是捨不得啊。那要是有人對我特別好，我能送一個給他嗎？」

陳太初看看孟彥弼，憋著笑點頭：「既然我是送給你的，自然就都是你的了。你的東西，怎麼處置當然你說了算。」

孟彥弼看著九娘已經拿起那個射箭的小郎君遞給他：「二哥，我想把這個送給你，你要不要呢？」

孟彥弼喜出望外，趕緊接過來，揉一揉九娘的臉頰：「啊呀！知我者九妹也！我的好九妹！來來，到我裡面去，我好幾箱寶貝隨你挑！」妹妹這麼懂事又貼心，好想親妹妹一口啊！

陳太初揉揉九娘的包子頭，歎道：「你二哥對你哪裡特別好了？」

九娘笑：「二哥明天要帶我去大相國寺玩呢。還有我六姊也對我特別好。」還有阿昉呢。她轉頭對孟彥弼說：「二哥，你裡頭的那些我不要，你上次送我的入學禮，有特別好的，我也能像這樣一般，送給對我好的人嗎？」

孟彥弼大眼一瞪：「已經送給你的，自然就是你的了，隨便你怎麼處置。不過我告訴你啊，你六姊其實最不喜歡寫字了。」

九娘捂住沒門牙的小嘴笑得開心，趕緊把那吹笛的小郎君和看燈的那個小娘子，讓玉簪進來收好。

孟彥弼喚人進來將剩下的黃胖分別裝了匣子。陳太初寫了自己的帖子，讓人送去翠微堂。

這時孟彥弼才想起自己擱在邊上那個小匣子，趕緊取過來：「這個是六郎送給你的。今日早上我在宮——外面的大街上，呵呵，遇到他，他和我說了那天的事，嚇死哥哥了。你以後可千萬別那麼傻了啊，要遇到壞人怎麼辦？六郎說這個好東西給你壓驚，快，打開來看看是什麼。他都說是好東西，肯定好得不得了。」

九娘苦忍著笑，要孟彥弼這樣的快嘴守得住秘密，肯定難受死他了。

打開這個小匣子，裡面卻放了一個扁扁胖胖的文竹冬瓜式盒，打開一看，果然是金漆裡的胖冬瓜，壓驚（金）。

九娘黑著小臉看看孟彥弼，又看看陳太初。

陳太初覺得自己剛才說了半天好話都白搭了。孟彥弼裝作什麼也沒看見，默默捧著自己一眼就看中的射箭黃胖，進去裡間擺放寶貝了。裡間傳出他模仿瓦子裡說唱人的「叫聲」：「呀——吼——我家的黃胖那個好——啊——」

陳太初摸了摸鼻子。表弟，不是哥哥們不替你消災解難，你這損人專為坑害自己的本事，比你畫畫做燈籠的本事，大多了。

在臨帖的趙栩又忍不住打了個噴嚏，這次沒來得及挪筆，一抖，毀了。趙栩擱了筆，皺皺眉，將紙揉成一團，拿起帖子，細細看起來。

九娘覺得，是可忍，這胖冬瓜不可忍。

夜裡，林氏又偷偷摸摸地進了九娘房裡。

一見九娘，林氏就鬆了口氣：「今天一天可嚇死姨娘了。」

慈姑瞪她一眼：「這死字好掛在嘴邊嗎？」

林氏被她一瞪，立刻收了聲。慈姑歎了口氣，叫了玉簪出去，也不知道阿林發什麼毛病，夜夜要來聽香閣嘮叨半天，就算要躲郎君也沒這麼個躲法的，總要等寶相來找才肯回，這像什麼話！哪有這樣做人侍妾的！

九娘也很緊張：「姨娘，信送到了嗎？」

林氏皺起眉：「燕嬸子同我說，她家大郎昨日肯定把你那信放在你爹爹的信裡一起送進了國子監。」

九娘鬆了一口氣，阿昉應該能看到。

林氏也大大地送了一口氣：「你膽子也太大了，嚇得我都吃不下飯。」

九娘心道也沒見你少吃。自從老夫人知道九娘愛辣，讓翠微堂的廚房給她送了許多辛辣蘸料。林氏夜裡就總要來聽香閣服侍九娘用飯，結果就是她吃得比九娘還多。

林氏又高興起來：「你爹爹還誇我變聰明了，說多虧我想到提醒他，把族學和過雲閣的那些規矩什麼的，先寫信告訴你表哥，還說以後你蘇家的表哥肯定願意親近他。我看他才是真的不聰明的那個人，你說說看，我像能提醒他的人嗎？」

九娘哈哈大笑起來。

這夜，九娘翻來覆去地睡不著，不知道明日大相國寺能不能遇見阿昉。

她想了這麼多天，糾結著要不要告訴阿昉：娘在這裡！娘換了個身子還活著呢。阿昉自然會相信自己就是他的娘，也肯定不會害怕這鬼神之說。可是阿昉那孩子，知道了以後會更難過吧，因為娘永遠也回不去他身邊，她的位置已經被別人填上了。依他的性子，拖著無處可去的她，路太難走。他這輩子只能叫自己的娘為表妹，又不能常見到，甚至她長大後會再也見不到。對阿昉來說，這是多麼折磨他的事，會有多苦啊，還不如讓娘永遠就在他心裡，至少她還能用另一種方式關心他。

慈姑輕輕拍著她，哼唱著《詩經》：

式微式微，胡不歸？微君之故，胡為乎中露？

式微式微，胡不歸？微君之躬，胡為乎泥中？

……

式微式微，胡不歸？胡為乎心中。

夜沉如水，百家巷蘇府。

如玉的少年郎修長的手指上展開著一封信，短短幾行，字跡工整，旁邊卻畫著一隻大大的烏龜，上頭坐著一個梳包包頭的小娘子，笑顏如花，唯缺門牙。

蘇昉已經看了好多遍，依然忍不住笑得肩膀都抖動起來。

第二十六章

二月十八，諸事皆宜。

禁中宣祐門以南，是常朝所御的文德殿。

日光沐浴在重簷廡殿的金色琉璃瓦上，一片璀璨。文武官員們早已退散，方才朝堂上的唇槍舌劍暗潮洶湧均已不復存在。

蘇瞻緩步走出大殿，站在臺階上，遠遠的能看見外廊橫門北邊宰執下馬的第二橫門。他微微眯起眼，吸了口氣。

身後傳來熟悉的聲音：「今日未能如蘇相公所願，真是對不住了。」

蘇瞻側過身來，凝視著這個故人。大概由於太過熟悉，這幾年他並沒有好好看過張子厚。他身量不高，依然面貌俊美，只是眉間隱隱的川字紋，和兩道法令紋，顯得他有些陰鷙。

張子厚微微揚起下巴，他不喜歡站在蘇瞻身邊，蘇瞻太高。可今日他不在意這個。

蘇瞻點了點頭，他們一直在等張子厚彈劾趙昇，卻不想今日早朝被他劍走偏鋒得了利。他淡淡地道：「哪裡，恭喜侍御史好手段，犧牲一個審官院的小人物，就成全了你。想來你為趙昇鳴不平，為兩浙十四州請命，是奔著門下省的諫議大夫而去了。」

張子厚搖了搖頭：「子厚身為侍御史，盡責而已。至於以後，自然是官家要微臣去哪裡，微臣就去哪裡。」他頓了頓，走近了一步，壓低聲音道：「聽聞師弟蘇矚調職返京，是要去做諫議大夫的，子厚怎好奪人之美？」

蘇瞻若無其事道：「今上求才不拘一格，我兄弟二人若能同在京共事，必當感懷聖恩，鞠躬盡瘁。如子厚所言，官家要臣子去哪裡，臣子自然就去哪裡。」

張子厚輕笑：「蘇兄說的是，只可惜子厚無膽量學蘇兄當年，不惜自汙其身，以牢獄之苦搏得中書舍人一職，才白白蹉跎了七年。」

蘇瞻輕笑了兩聲，搖頭道：「子厚向來喜歡以己之心，度人之腹。你這些年裹足不進，恐怕都怪在蘇某的頭上了。」他轉過身，順著漢白玉臺階緩步而下。

張子厚不急不緩地跟在他身後，忽地開口：「蘇兄這幾年算無遺策，若當年也能如此，阿玞也不至於含恨而終了。」

蘇瞻倏地停住了腳，轉過身來，目光冷厲：「子厚慎言，你我雖有同門之誼，但瞻亡妻之名，不出外人之口，還請別汙了她的清名。」

張子厚胸腔一陣激盪，他垂下眼冷笑道：「是，蘇師兄。只是如今瓦子裡都有言：人生四大喜，乃升官、發財、死糟糠之妻，再娶如花美眷。這一人獨占四喜，東京城皆以蘇師兄為例。子厚一時不免感慨故人，忘形失言，還望恕罪。」

看著蘇瞻遠去的身影，張子厚默默撣了撣朝服上那不存在的灰塵。蘇瞻以為自己還像多年以前魯莽衝動嗎？等著他彈劾趙昪？如果趙昪故意抬升杭州米價，以官銀收購米糧，不是為了治災，那湖廣的米商前幾日就該順著汴河到了開封，為何卻一直悄無聲息？自己手下的人拿到的，竟然有那麼多不利於趙昪的案卷。看來御史臺如今也有了蘇瞻的人，這給自己下套的，恐怕對當年蘇瞻入獄之事知之甚少。

今日蘇瞻一派根本沒想到會是考課院的先彈劾了趙昪，更不會料到他會為趙昪請命。

有些人只是自以為算無遺策，只可惜他當時無力挽回。如今，不一樣了。門下省近在咫尺，那個歸來的女使，今日也應該能見到她的兒子。

九娘，我欠你一條命。

蘇瞻蘇師兄，當年你我有過約定，誰娶了九娘，倘若辜負了她，就去十八層地獄走上一走。你既不肯去，我便送你一程。

大相國寺每月五次開放萬姓交易，人流如織。剛到附近，牛車已經走不進去。孟彥弼帶著九娘下了車，卻不往寺門口去，反而轉進了路邊的丁家素茶鋪子。玉簪雖是疑惑，卻也只能背著包裹跟了上去。

茶鋪裡，陳太初獨自占了一張桌，看到他們一行人來了，立時展顏一笑站了起來。整個茶鋪立時熠熠生輝，一旁的幾位娘子眼珠都轉不動了。九娘探探頭，見確實只有他一個，不見那趙六郎，心底不由得暗暗高興，朝太初福了一福，脆生生喊了聲陳表哥安好。

孟彥弼訝然問：「咦，六郎怎麼沒來？不是說好了要陪他去資聖門看書畫古籍的？我特地讓人打聽了，大殿左壁的熾盛光佛降九曜鬼百戲前日剛修復好，還讓人一早就來替他把位置都占好了！」

陳太初無奈地道：「姑母一早才讓人來告訴我，六郎昨日夜裡挨了十板子，恐怕得趴上好幾天。」

孟彥弼嚇了一跳：「是今——他爹爹打的？」

聽著被孟彥弼吃回去的「今上」，九娘默默地覺得趙栩早該挨板子了。

陳太初搖頭道：「說來還都怪我惹了這事。不知誰嘴快，把他在文思院替我做那些黃胖的事情，去和程老夫子說了，程老夫子昨日斥責他玩物喪志連續缺了兩天的課，說話有些難聽。六郎就回了幾句嘴，把老夫子氣壞了。」

孟彥弼一拍大腿：「肯定是老四嚼舌頭，他最是嫉恨六郎不過！哎呀，六郎真糊塗，這老程頭就只會告狀！仗著個老師的名頭，六郎在他手裡都吃過好幾次虧了。他爹爹最尊師重道，肯定要讓他吃苦頭。唉！」

陳太初面露慚意，頗有些自責。九娘卻問：「被先生罵幾句又有什麼好回嘴的？還有他說什麼了？能把先生都氣著？」前者毫不稀奇，後者卻著實讓人好奇，陳太初口中的程老夫子應該就是程儀，雖有些古板，卻也算當世名儒，什麼話能氣得他修養全失，去找官家告狀？

陳太初支支吾吾，滿心內疚。他可不好說出口來。宮裡都傳遍了，那程老夫子當眾斥責六郎沉迷於奇技淫巧，小小年紀就為了討好女子荒廢學業，為人輕佻不堪等等，說了一大堆極難聽的話，要用戒尺責罰他。結果趙六郎立時翻了臉，將告黑狀的四皇子一拳揍得滿臉開了花不說，又跳了窗，在廊下梗著脖子喊，他趙六就愛討好女子，哪條律法不許了。還大聲問程老夫子：你既然道貌岸然一本正經得很，為何家裡頭藏了個還俗的尼姑。把程老夫子氣得一口氣差點沒接上，去找官家涕淚交加地哭訴一番，堅持要告老還鄉。這才惹得官家大發雷霆，不只打了六郎十板子，連著文思院及各院的院司們都被罰了三個月俸祿。

陳太初喊茶夥計來結了帳，兩個高挑出色的少年郎，一左一右牽了小九娘，帶著眾人往大三門上去了。

大相國寺大三門上都是飛禽走獸貓犬之類，翻跟斗的猴兒，懶洋洋的貓熊，甚至大象、犀牛、孔雀，無奇不有。路上不時能見到長鬍高鼻匹帛纏頭的回紇人，戴著金花氈笠的于闐人，甚至還有那皮膚黝黑的崑崙奴捧著高高的匣子跟在主人家後頭。

陳太初耐心十足，想著九娘恐怕是頭一回有機會出門玩耍，一路同九娘細細駐足講解。孟彥弼卻記掛著寺裡庭中設立的露屋義鋪，想去看看有什麼好的鞍轡弓劍。

九娘一會兒被彥弼拖著走，一會兒被太初拉著留，一刻鐘不到，鼻子上全是汗水。好不容易過了飛禽走獸，九娘牢牢盯著前面賣魚的攤販間，獨有一家的青布招牌上畫了一隻烏龜。

她的心猛地跳了起來。不知道蘇昉收到她的信沒有，不知道他能不能請假，更不知道他會不會來這裡。

人潮洶湧中，越行越近。九娘的心砰砰跳，忽然人群中看到那烏龜攤前半蹲著一個略清瘦的穿灰青色直裰的背影，她一把用力掙開孟彥弼的手，撒開小腿從人縫裡朝前擠去。孟彥弼和陳太初趕緊喊著撥開人追上來。

九娘擠到他身後，側過小腦袋看一眼，心花怒放，大喊了一聲：「阿昉！」

蘇昉正在餵那瓷盆裡的一隻個頭很大的金錢龜，被她這一聲喊，愣了一愣。這語氣，那麼熟悉，這聲音，卻又陌生。他側過臉一瞧，就笑了起來：「沒規矩，怎麼不好好叫人？」這小人兒上次在開寶寺聽到自己的名字，還真記住了。

九娘笑眯眯地拉住他胳膊，又清脆地喊了一聲：「阿昉！哥哥！」娘的阿昉！

蘇昉站起身，看著這胖嘟嘟的小人兒鼻尖紅紅，大眼裡又開始霧濛濛的，哭笑不得地揉揉她的頭頂心：「你巴巴地讓人送信，要我今天來陪你選隻烏龜，結果既不叫人，還要哭鼻子，是個什麼道理？」這一見他就哭是個什麼病？

陳太初和孟彥弼嚇了一跳，面面相覷，莫名其妙。這算是個什麼事兒？

九娘牽著蘇昉的手指著他們：「這是我家二哥，這是我陳家的表哥。」她喜笑顏開地對著孟彥弼和陳太初介紹：「這是我蘇家的表哥蘇昉，對我最好了。還有，他很聰明，什麼都懂。我請他來幫我挑一隻烏龜帶回家。慈姑說啊，要聰明的人選的好烏龜，才厲害，那烏龜只要長個幾年，就能馱著我在院子裡跑呢。二哥，你可別告訴旁人哦。」

烏龜會跑？憑什麼這個突然冒出來的表哥就是什麼都懂的人，就是聰明的人？那你哥哥我算什麼？孟彥弼的臉都黑了，他看看一臉茫然的玉簪，再看看玉樹臨風的蘇昉，只能和陳太初一起抱拳：「呵呵，蘇東閣，久仰久仰。」

蘇昉，他們都沒見過，卻都聽說過小蘇郎的丰姿秀美不遜其父。聞名不如見面，果然名不虛傳。

蘇昉笑著回禮：「孟兄，陳兄。」他心底卻一軟，這個小九娘果然和娘真的有緣。他小的時候，娘帶他來這裡，讓他選了一隻小烏龜，也是說聰明人選的好烏龜長得特別大特別快，他這麼聰明，選的烏龜很快就能馱著他在院子裡爬。後來長大了自然知道這是娘騙他的。可當他看到信上那句差不多的期冀之話，還有那空白處畫著的烏龜上馱著的一個小人兒，卻胸口一陣激盪，立刻去告了假。他要告訴這小人兒，大人總是這樣騙小孩子，這樣日後她就不會失望了。

那賣烏龜的魯老漢頭一回見到這麼多好看的郎君，十分高興。他搬出一個缸子，裡面十幾隻小小的金錢龜。

「蘇大郎，來選上一隻給你妹妹罷。養個六七年，也能和你這只差不多大。」魯老漢指著剛才蘇昉餵的烏龜，哈哈笑：「可要是想馱著小娘子跑，恐怕要養個六七十年才行。」

九娘一愣，伸手戳戳那大烏龜的殼：「這隻這麼大！是我蘇家哥哥的烏龜嗎？」她仔細一看，那龜殼邊上有一個不起眼的小圓洞，當年沒人要這隻殼上有洞的小烏龜，阿昉卻一眼就喜歡上了。可這隻叫阿團的烏龜，應該在蘇府正屋的院子裡那個她種荷花的大缸裡才是啊。

蘇昉淡淡地說：「前些時牠不小心咬傷了人的手指，我爹爹要將牠放生。我就送到魯老伯這裡寄養著，時不時還能來看看。」他偏過頭笑道：「小九娘，你乳母騙你呢。魯老伯說得沒錯，得養個六七十年才能有半個磨盤那麼大，可那是你也六七十歲了，敢讓牠馱你嗎？」他給九娘手上遞了幾顆龜食丸子，不經意地帶了一句：「小時候，我娘也這麼騙過我。」

九娘垂了小腦袋，一顆顆地把龜食丸子朝水裡丟，聲音悶悶的：「真討厭，騙人最討厭了。」

蘇昉輕笑了一聲：「不會的，你還小，還不明白，總有一天你巴不得那人能天天騙你一回。」

阿團慢慢伸長了脖子，張開嘴，正待啊嗚一口吞下前面浮著的丸子，空中卻忽然落下幾滴水，有一滴正滴在牠頭上，還熱熱的，嚇得牠又一縮脖子。

孟彥弼拉拉陳太初，揚了揚眉毛。這哥比哥，也氣死哥。九娘見了這個表哥，連帶她來的兩個哥哥都不要了，他們倆簡直是多出來的一般。

陳太初彎腰拍拍九娘：「九妹選好哪一隻，我們買了帶著走罷。到裡面去玩，有好多時果、臘脯、蜜煎呢。」

蘇昉替九娘選了一隻小烏龜，不等孟彥弼發話，就遞給魯老伯一百文錢：「算在一起便是，阿團牠多虧老伯照料了。我下個月十五有假，再來看牠。」不待魯老伯推辭，蘇昉將銅錢塞入他手中，笑著拍拍那阿團的龜殼，就要和孟彥弼一行人告辭。

九娘牽了他的衣角，殷切地抬頭問孟彥弼：「二哥！我們請蘇家哥哥同我們一起去好不好？我要謝謝他送給我這隻小烏龜，請他吃蜜煎。慈姑說，佛殿邊上的我家道院王道人蜜煎最好吃了。我帶了很多錢的！」

玉簪看著一頭霧水的三位小郎君，乾笑著解釋：「慈姑說的是那最有名的孟家道院王道人蜜煎……」

孟彥弼、陳太初和蘇昉一愣，旋即哈哈大笑起來。孟家道院到了孟九娘口中，可不就變成了「我家道院」？

魯老伯看著這群孩子笑著遠去的身影，想起先前蘇家大郎的話，哼唱起兩句蘇州戲裡的曲句：「把往事，今朝重提起；破工夫，明日早些──來。」

這尾音還沒轉完彎，就擠進來了一個女子急急地問：「老伯，剛才那位可是蘇相公家的大郎？」聲音都發顫。

魯老伯看看她，再看看她身邊跟著的兩個身穿短衫綁腿的粗漢，搖了搖頭淡然說：「不是。」隨手朝水裡的阿團丟了幾顆丸子。

那娘子低頭盯著阿團看了又看，伸手去摸那龜殼側邊一個小小的圓孔：「這是大郎養的阿團！我認得。老伯，那是大郎是不是？」她看看一臉戒備的魯老伯，兩行淚留下來：「我！我是大郎的故舊，兩年多沒見過他了，他竟然這麼高了，我才沒敢認他。」

一個漢子朝寺裡看了看，有些不耐煩：「同你說了那就是他，你偏不信。快點走吧，還追得上。」

第二十七章

孟家道院王道人蜜煎的攤頭前，九娘搶著付了錢，又小心翼翼地數出十枚銅錢遞給陳太初：「太初哥哥，欠債還錢。」

陳太初慎重地將十文餛飩錢收好，一本正經地問她：「到你家道院吃蜜煎，為何還要付錢？」

孟彥弼哈哈笑，一路上聽九娘說了開寶寺的事，他對蘇昉親近了不少，也不再稱呼他為東閣了，自來熟得很：「大郎你不知道，為了你那碗杏酪，她又是被罰跪家廟，又是被——」

呵呵，忘記後面不能說了。孟彥弼撓撓頭。

蘇昉看著九娘滿臉不在乎的樣子，笑著伸手想去揉揉她的小腦袋，視線所及之處，卻驟然停住了手，僵在半空中。

在他對面不遠處，一個身穿月白素褙子的女子正含著淚看著他，形容憔悴，可舊顏不改。他認得出。他當然認得出來。

「晚詞姑姑！」蘇昉不自覺地喊出了口。

孟彥弼等人詫異地順著他目光看過去，誰也沒留意九娘的小身子僵住了。

蘇昉快步上前，急急地問：「晚詞姑姑？是我啊，我是太郎！我一直在找你們！」

晚詞咬著唇，拚命點著頭，好不容易才淚眼滂沱中啞聲喊道：「大郎！大郎！是奴，奴是晚詞。」

四周人聲鼎沸，可這一刻似乎凝固住了。

九娘彷似站在荏苒時光的這一頭，看到了那已逝歲月中的自己，有巧笑嫣然，有黯然失落，有無聲低泣，有多思多憂。她揪著孟彥弼的衣角，好不容易轉過身。

人群中，蘇昉正握著晚詞的手在說著什麼。那個的確是晚詞，這才幾年？為何憔悴至此？為何阿昉一直在找她們？她們又是去了哪裡？九娘轉目四周，細心打量，看到晚詞身後有兩個看似不經意的漢子，目光始終盯著晚詞和阿昉，那眼神，很是不對。

她手心中沁出一層油汗，慢慢捏緊了孟彥弼的衣角，渾身的汗毛極速炸開，心中轉得飛快。

陳太初蹲下身問她：「怎麼了？不舒服？」不知為什麼，他突然感覺這個小人兒像逆了毛的貓兒一樣，就要伸出尖爪來了。

九娘勉強露了個微笑，拉著孟彥弼上前，一臉好奇地問：「蘇家哥哥，原來你還有姑姑啊？」

蘇昉滿腹的話，在這熙熙攘攘的街市中正不知從何問起，被九娘打斷後，一怔：「不是，這位是我娘當年身邊的女使。」

九娘忽地小手一指晚詞身後，大聲問：「女使？那些人帶你來找我蘇家哥哥是要做什麼？」

蘇昉一愣。陳太初卻已經上前幾步，護在他們的前面，他在軍營中歷練三年，雖然年歲尚幼，反應卻是這群人裡最快的。孟彥弼也反應過來，幾步過來，將晚詞和蘇昉、九娘隔了開來。

晚詞不知說什麼好，哭著搖頭：「大郎！大郎！不是的，你聽我說！我有話要同你說！」

這時不知道哪裡又擠進來四五個漢子，為首的一人高大魁梧，臉上帶著笑，聲音也溫和，直接對著蘇昉行了禮：「大郎，郎君知道你昨日突然跟博士請了假，很是擔心你，下了朝就在家中等你，還請先跟小人回府去吧。」

九娘的心幾乎要跳出胸腔外。高似！高似怎麼會在這裡！她猛地轉過頭，下意識就藏到孟彥弼身後。先頭的兩個漢子和晚詞卻已經沒了蹤影。高似身邊的人也已經散了開來。

九娘心中疑竇叢生：阿昉身上發生什麼了？晚詞又是怎麼回事？會要高似親自出馬的事情，都是大事，那晚詞背後的人究竟是誰……

蘇昉沉著臉瞪著比自己還高一頭的高似，抿著唇不語，雙手緊握成拳，背挺得越發直。

高似微笑著看著蘇昉，鬧市中他靜若山嶽，旁若無人。

陳太初突然上前一步，一拱手：「請問閣下是不是帶御器械❶高似高郎君？」

高似的瞳孔一縮，目光如箭看向陳太初。

陳太初巍然不懼：「家父如今在樞密院，曾在秦州和高郎君有同袍之義，小侄陳太初幼時見過幾回高世叔。」

高似點了點頭，拱了拱手：「原來是陳太尉家的二郎，見過衙內。高某如今不過一介布衣，失

---

❶帶御器械：宋代武官軍職名，為皇帝的貼身侍衛。

禮了。」

蘇昉上前幾步，對高似輕輕說了幾句話。高似臉上顯過一絲異色，勾了勾唇角，輕笑道：「既然大郎這麼說，那小的先回府稟告郎君一聲，還請大郎早些回家才是。」

高似和他的人幾乎是轉瞬就消失在人群中。九娘露出臉來，心還在別別地跳。

蘇昉轉過身對陳太初說：「原來是陳衙內，失禮了。」

陳太初搖頭微笑：「我都不叫你東閣，你怎麼倒叫我衙內？」

孟彥弼撓撓頭：「你們啊，就別客套來客套去了。什麼東閣衙內的，還不都是九娘的表哥，我孟二的表弟？走走走，繼續逛！沒事就好。咱們別壞了興致啊。我可要去選一張好弓，太初幫我也看著點。對了，你可答應了還要請我們去州橋炭張家好好吃上一大頓的！」

陳太初和蘇昉相視而笑，又同時轉向九娘異口同聲地問：「餓了嗎？」

九娘一呆，看著三個仰天大笑引得行人停足側目的「哥哥們」，黑了小臉。

靠近佛殿的兩廊下依舊熙熙攘攘，沒外面那麼嘈雜。九娘手裡捧著陳太初買來的時果和臘脯。孟彥弼給九娘買了些趙文秀筆。蘇昉給她買了潘谷墨，選的卻都是以往九娘前世喜愛的那幾款。好幾次蘇昉蹲下身同她說話，她很近很近地看著他，貪婪又心酸。有時他長長的眼睫垂下，認真地替她選東西，眼下就有一彎青影，她多想去點一點他長長的羽睫。

九娘拉拉蘇昉的衣角，吧嗒吧嗒地看著他。蘇昉就笑著伸出手牽了她，一路慢慢走走停停看看。

走的是多年前她牽著他的小手走過的路。如今，卻變成他的手大，她的手小。

孟彥弼在後頭心裡卻很不是滋味，問陳太初：「你說，這表哥怎麼就比我這堂哥好了？」這一路，九娘本來都是牽著他的啊。

陳太初笑：「看臉？小孩子都喜歡好看的吧？」

孟彥弼歎了口氣：「這才七歲啊！幸好才七歲啊！不然婆婆非撕了我不可。」

陳太初看著前面一高一矮一胖一瘦的身影，想起自己也抱過九娘一路，不自在的咳了一聲。這不看著才像四五歲嘛。

如此一路停停走走買買，已近巳正時分。大相國寺的三門閣原本有金銅鑄的羅漢五百尊，還供有佛牙。可惜今日不是齋供日，寺廟沒有請旨開三門。一行人遂轉去大殿看那剛修復的熾盛光佛降九曜鬼百戲壁畫。

有一個小廝遠遠地就朝他們招手，正是孟彥弼為了六郎一早安排來占位置的。

到了近前，孟彥弼忽地跳了過去大笑起來：「六郎！你怎麼還出來了？」

眾人過去一瞧，那雙手抱臂閒閒倚柱而靠的少年郎，可不就是陳太初早上說的，剛挨過打的趙栩。

九娘上下打量，見他臉色有些蒼白，薄唇顏色近乎粉白，更顯得眉目如漆氣質如畫，穿了一件雨過天青色的窄袖直裰，頭頂心隨意挽了個髮髻用紫竹冠攏了，餘下的一頭烏髮散在肩上，將他身後那濃烈七彩的壁畫竟襯得毫無顏色。

趙栩懶洋洋地斜了他們一眼，鼻子裡哼了一聲：「我想出來就出來，誰還攔得住我不成？」

待看到蘇昉，他愣了一下。孟彥弼笑道：「這是我九妹的舅家表哥，蘇相公家的大郎，人稱小蘇郎的蘇昉。」

蘇昉卻不等孟彥弼開口，就笑著上前幾步，行了禮：「有些日子不見六郎了，六郎可好。」

趙栩趕緊站定了，正經還了一禮：「不敢，蘇師兄安好。還請代六郎問老師與師母安好。」

孟彥弼哎了一聲，撓著頭問：「你們原來認識啊？」

趙栩白了他一眼：「兩年前蘇相公就兼了觀文殿大學士了，時常來給我們上課，我和蘇師兄早就認識。」

孟彥弼和陳太初鬆了口氣，既然蘇昉和趙栩也相識，倒省了許多口舌。九娘看著蘇昉和趙栩比肩而立，雖然趙栩容貌風流更勝一籌，可高出他不少的蘇昉更顯得溫潤謙和，心裡不免有點得意。你長得好又怎樣？我的阿昉才叫公子如玉呢。

正得意呢，趙栩卻已經眼風朝她橫了過來：「哎，你怎麼不叫人？」

九娘在兒子面前被他這麼一叫喚，又聽他剛才那麼知書識禮地問候老師和師母，心裡更是不樂意，皮笑肉不笑地細細地喊了聲：「表哥。」那哥字極輕地在舌尖打了個轉，幾乎沒出聲。

趙栩怎麼聽著像「不要」，一愣，他這邊剛一挑眉，就看著孟彥弼對著自己擠眉弄眼。

孟彥弼兩隻手在空中比了個冬瓜的形狀，無聲地張口對著趙栩說：「她——很——生——氣！」

趙栩忍俊不禁，揚聲大笑起來：「怎麼？她本來就是只胖冬瓜，還說不得了？」蘇昉一呆。

陳太初趕緊問趙栩：「你這樣跑出來，姑父姑母可知道？身上的傷可要緊？」

趙栩不以為然地說：「那十板子，跟撓癢癢似的。我要出門他們自然是知道的，娘還給了我一百貫錢買紙筆顏料，要我拓了這幅壁畫好回去送人呢。」

孟彥弼笑道：「就知道你遲早要來，龍眠居士說他兩個學生在這裡畫了三個月，你看看怎麼樣？」

趙栩唇角一勾：「怪不得總讓我來看。李公麟這兩個學生看來這輩子也進不了翰林畫院。難怪他總是唉聲歎氣。對了，他自己不來畫，別是因為和尚不肯給錢吧？」

孟彥弼剛要得意地炫耀自己的紙帳，趙栩已經似笑非笑地又道：「別，就你那什麼了不起的四將圖？哈，你要是個四美圖，還能算個有愛美之心的媚俗之人，可你求李公麟畫四個門神，難道是要他們陪你睡一輩子？哈哈，哈哈，哈哈。」

孟彥弼雖然比他還要大好幾歲，卻被他幾句話氣得啞口無言。

九娘苦忍著笑，卻也不免心中感歎，真有一張嘴能殺人的，還只是個十歲的孩子呢。將來還不知要挨上多少板子才能學會少說幾句。就算是實話，也未必別人愛聽啊。若沒有個皇子身份，這孩子如此猖狂獨傲，不知道以後要吃多少苦頭。

蘇昉聽陳太初解釋了那紙帳的緣由，也苦苦忍著笑。

孟彥弼漲紅了臉直嚷嚷：「太陽當頭了，我餓得很，九妹肯定也餓壞了。太初，大郎，走走走，咱們往炭張家去。」

第二十八章

當下汴京的酒樓大多有閒漢進出，見那少年子弟吃飯，就上前搭訕，幫他們買些消遣之物或找些妓子。又有種人叫廝波，專門賣果子香藥。更有下等妓子，不請自來，到桌前唱歌，換些小錢小物。全汴京只有這州橋炭張家和乳酪張家，不肯放這些人等進店，也不賣下酒，只整治好菜，賣一色好酒。

炭張家的大伯一見陳太初等人，立刻笑著迎上來說早給衙內備好了席面，將他們幾個帶上樓去。房內桌上已備好了八碟時果蜜餞。他們五個一落座，外面茶湯就送了進來。不一會又有兩個茶飯量酒博士❶來行了禮，自去外間開始調炭火，準備給他們烤羊肉。

一路行來，趙栩和蘇昉年齡相仿，又是舊識。兩個少年將翰林畫院的幾位著名畫師一一點評過來，又說到當今的幾位書法大師，相談甚歡，十分投緣。

九娘聽著蘇昉在書畫一道上的見地很有長進，心中十分歡喜，也折服於趙栩的天縱奇才，這人雖然光一張嘴就能氣死人，可的確評點得見識不凡，絲毫不帶個人意氣。

陳太初和孟彥弼正細細把玩探討那張新買的拓木角弓。

九娘好奇地問：「二哥，聽說弓以石計，你這弓有幾石？」

孟彥弼高興地說：「一石六斗！不過你二哥我，拉兩石五斗的也能滿弓，只是教頭說了，最好再等兩年我再換兩石的弓才好，免得傷了背。」

九娘伸手摸摸那弓兩頭的的青色牛角，貼縛著牢固的角筋，上面還用紅絲線牢牢纏繞，不由得嘖嘖讚歎。引得趙栩和蘇昉也都停了熱議，過來看這弓。

九娘記得蘇昉初學時是從三斗的小弓開始的，她滿懷期待地看看蘇昉，蘇昉笑著搖頭：「我不善御射，慚愧，至今只能拉滿八斗的角弓。」陳太初笑著安慰他：「大郎過謙了，能拉一石弓，在軍中已被選入精兵。」九娘很高興：「就是！已經很厲害了，婆婆說我們既不能自傲自大，也不可妄自菲薄。」

蘇昉好奇地問：「太初你呢？」

陳太初笑著說：「我自幼習武，擅角弓，兩石可以滿弓。但要換成你二哥常用的禁軍格弓或者狩獵用的稍弓，我雖然也能滿弓，但準頭肯定遠不如他。」

蘇昉和九娘都驚呆了。陳太初不過才十一歲，竟然能拉滿兩石的弓！

九娘由衷地稱讚：「真是神箭養叔❷啊。」她不自覺地瞟了趙栩一眼，怕這小祖宗多想，趕緊

---

❶ 茶飯量酒博士：宋．孟元老《東京夢華錄．卷二．飲食果子》：「凡店內賣下酒廚子，謂之『茶飯量酒博士』。至店中小兒子，皆通謂之『大伯』。」

❷ 養叔：養由基，字叔，春秋時期楚國將領，是中國古代著名的神射手。

轉開眼。

趙栩卻一揚眉，笑出聲來：「呀！胖冬瓜，你是不是看不起我？覺得我連蘇昉也不如？」

九娘被他說中了，實在不想也不願得罪他，索性搖頭不語。

趙栩一伸手，戳戳她的臉頰：「哎，你不是話最多嘴巴最毒的嗎？怎麼今天成了悶葫蘆？還生氣哪？我給你的那冬瓜盒用來放黃胖最好不過。對了，那些個黃胖你喜歡不喜歡？」要是她敢說個不字，哼！

九娘討好地點點頭：「沒生氣，喜歡。」她想起今日最要緊的事來，趕緊轉頭：「阿昉哥哥，我有好東西要送給你。玉簪姊姊，你快把那個匣子拿進來！」她好不容易約了阿昉出來就為了這個呢。

打開匣子，幾個少年都一呆。

九娘先把那兩張澄心紙拿出來，巴巴地遞到蘇昉面前：「這是我二哥送給我的，他答應了，我可以送給對我特別好的人。慈姑說這個叫澄心紙，太貴太好了，我剛進學，用不上。阿昉哥哥你把你娘的碗都送給了我，這個我送給你用。」

蘇昉接過紙笑著道謝：「多謝小九娘送這麼好的紙給我，正好我娘也留了一些給我，我一定好好放在一起收著。」

陳太初不自在地看看一臉尷尬的孟彥弼，咳嗽了兩聲，敢情孟彥弼壓根沒說這澄心紙是哪來的。

九娘又興高采烈地取出那個吹笛小郎君，獻寶一樣，遞給蘇昉：「還有這個！是太初哥哥昨天送給我的。他送給我十二個！我送了一個給二哥，還分了好些給兄弟姊妹，這個是我單單留給你的。你別嫌棄啊，你看這個小郎君多像你啊。對了，你喜歡吹笛子嗎？」她當然知道阿昉最喜愛吹笛。

蘇昉剛要伸手接過，卻被人劈手搶了過去。

九娘一抬頭，就看見趙栩已將那黃胖朝地上用力一摔。

陳太初雖然立刻伸手去接，卻未接到，四個人八隻眼，眼睜睜看著那精緻絕倫的黃胖，立時就摔得粉碎，那精緻的小竹笛骨碌碌滾到九娘的腳下。

九娘一呆，這是怎麼回事？她仰起臉問：「你？」

話未出口，趙栩卻冷笑著又端起一盞茶湯，朝桌上的那兩張澄心堂紙上一潑。

九娘回過神來，看著蘇昉皺起眉頭看著趙栩，卻壓抑著不能朝皇子發火的模樣，心中一痛，霍地站起身，竟朝趙栩一頭衝了過去。

九娘一把揪住趙栩的腰帶就想要把他按在地上教訓幾巴掌，全忘了自己不過是個四尺小童。趙栩朝後一掙，竟然沒掙脫，再退了一步用力一掙，腳下卻被交椅一絆，噗通一聲坐倒在地，拽著他腰帶的九娘囫圇一下被他扯飛過去，九娘猝不及防直撞在他臉上，砰的一聲悶響，兩個人登時都慘嘶了一聲。

等其他三個人反應過來時，趙栩一手撐著地，一手捂著口鼻，一絲殷紅從手縫裡滲了出來。胸口一個軟團子正努力著要爬起來，一隻小手也捂著嘴。

蘇昉趕緊將九娘扶了起來，見她包包頭散了下來，大眼睛裡全是怒火，咬牙切齒還想去揍趙栩。

陳太初看著地上的趙栩，一手捂了嘴，一手撐著地懸空著屁股。估計是屁股疼嘴也疼，衣裳皺亂，一張臉漲得通紅，胸口不停地起伏，也是橫眉豎目怒視著九娘，氣得要死。

陳太初和孟彥弼趕緊去扶趙栩，卻被趙栩一把推開。

趙栩扶著交椅狼狽地爬了起來，手一攤，掌中竟然有一顆帶血的小門牙。再一抹自己發麻的嘴，不知道這血是她的還是自己的，還是兩個人混合了一處的。

趙栩掌心一合，吸了口氣：「胖冬瓜！你聽著！我的東西就算給了你，你要是不喜歡，儘管扔了砸了燒了毀了，隨便你！但要想轉送給旁人，不管是誰，萬萬不能！」

九娘一愣，更生氣了：「什麼你的東西！是我的！我的！二哥和太初哥哥送給我了，他們說過的，送給我就是我的了！隨便我送給誰都行！」這幾句話一吼，才發現自己撞掉了下門牙，漏風得厲害，話幾乎團繞在一起。

孟彥弼趕緊上來拿了帕子替九娘擦那一嘴的血：「是二哥不好是二哥不好，九妹別生氣啊，那兩張紙，是你六郎哥哥那天在宮裡讓我帶給你的，讓你別記恨他踹你。他爹爹也才給了他五張，是二哥糊塗，沒跟你說。」

陳太初摸摸鼻子，想說些什麼解釋一下。

趙栩卻冷冷地丟下一句話：「哼，我趙六的東西，無論在哪裡，在誰手裡，都還是我的。」也不收拾自己，逕自拂袖而去。那天青色直裰的後頭，已隱隱也滲透出點點血色，昨日挨的十板子委實不輕。

孟彥弼和陳太初相視一眼，將九娘託給蘇昉，叫了玉簪進來服侍，趕緊追了出去。

玉簪趕緊讓外面打水進來，一邊給九娘梳頭，一邊小心地問：「這是怎麼了小娘子？好好地同哥哥們一起吃飯，怎麼摔沒了牙？那牙掉哪裡了？要帶回家供奉給牙娘娘的呢。」

九娘伸手摸了摸，還有些滲血，乾脆把乾淨帕子咬在嘴裡，搖搖頭，也不答玉簪。誰還管那顆牙！她煞費苦心的大禮，全給趙栩這個小王八蛋毀了。管他什麼皇子不皇子，下次別讓她再看見他！不然非要好好教訓他不可！

她抬頭看看蘇昉，蘇昉正好氣又好笑地看著這個沒了三顆牙，咬著帕子一臉兇惡的小娘子：「好了九娘，沒事了。六郎素來有些擰脾氣，你送我的東西恐怕剛好是他花了心思準備的，要換了我，肯定也不高興。」

九娘翻了個白眼。屁咧，阿昉你脾氣那麼好，怎麼拿那小混蛋和自己比。

蘇昉想了想，蹲下來拍拍她的手：「真的，我小時候，做了個傀儡兒送給我娘，後來我堂妹看見了，特別喜歡。我娘就把那傀儡兒送給了妹妹。我氣得跑去妹妹房裡，把那傀儡兒摔壞了，還把妹妹一把推倒，害她摔破了額頭。」他笑起來眉目如畫：「我還記得被我娘按在榻上，她用那裁衣裳的長尺狠狠地揍我。」

蘇昉看著九娘傻傻的模樣，笑得更厲害了：「真的，差一點揍得我屁股開花，還是爹爹救了我。」

九娘記得，可當時她只以為阿昉無故欺負蘇矚的女兒阿昕，害得那小女孩摔破了頭。她根本沒有注意到竟然是為了傀儡兒。那只傀儡兒是阿昉親手做的第一個傀儡兒，阿昕實在喜歡，纏著她要了好些天，她就給了阿昕。

蘇昉看著九娘眼裡慢慢蓄滿了淚，嚇得趕緊掏出帕子去替她擦：「好了好了，你別怕，哥哥嚇唬你的，我娘最疼我了，其實就是裝裝樣子給我二嬸看，打得很輕的。」

九娘卻張嘴就哭：「你——你怎麼不跟你娘說啊？明明是你娘不對，說了你娘就不會打你了啊。你娘打你可疼了！疼死了！」

她少了三顆牙，說話又含糊，倒把蘇昉逗得不行。玉簪也強忍住笑，又去擰帕子給九娘擦臉。裡頭在忙，樓下的隔間裡也在忙。

趙栩梗著脖子嚷嚷：「怎麼，就只有蘇昉最好？就只有他才是哥哥？我也是啊。我怎麼不是表哥了？她怎麼不送給我？倒拿我的東西去做人情。這死沒良心的胖冬瓜！還有你陳太初，你要是一早說了還要送給那麼些亂七八糟的人，我會替你去做？我踹他們了還是揍他們了？你愛做好人你去做！」

陳太初苦笑不語，心想表弟啊，是你自己硬湊上來要搶著做的。孟彥弼委屈地低聲嘟囔：「我怎麼就變成亂七八糟的人了？你一會兒又要做我家表親，一會兒又說我家是亂七八糟的人……」

趙栩的眉毛快立了起來：「表親就是表親！我不想做也是你的表親！亂七八糟就是亂七八糟，你不想也是亂七八糟！這兩樣能混在一起嗎？亂七八糟！」

陳太初和孟彥弼勸他去牛車上換身衣裳，又被他吼：「你們那什麼破衣裳！我要是穿成你們這花花綠綠的，還不如不穿！醜得要死！」

兩人只好又說不如送他回宮，趙栩更火了：「憑什麼啊！我就愛吃炭張家的烤羊腿！那死丫頭這德性，她倒留在這裡吃好的？我上面疼下面疼，疼成這樣倒要回去吃那些鬼東西？呸！」

三個人你一句我一句，誰也沒留心簾子外匆匆上樓的兩個漢子和一個女子。

蘇昉和玉簪剛把九娘收拾乾淨，店裡的大伯領了一個娘子進來：「這位娘子來尋一位姓蘇的小郎君。」

蘇昉一怔，大喜：「晚詞姑姑！」

九娘大吃一驚，看到門外那兩個漢子，張嘴就想喊二哥，卻被蘇昉輕輕捂了嘴。

「沒事的，晚詞姑姑不會害我，九娘別擔心。我們說幾句話就好。」蘇昉安慰她。

第二十九章

九娘趕緊朝玉簪做了個眼色。玉簪朝她屈膝一禮，快步而去，和晚詞一個錯身，跟著那大伯出了房門。

晚詞快步上前，噗通跪倒在蘇昉面前，哭著喊了聲：「大郎！」

蘇昉一把將她攙起來，很是激動：「晚詞姑姑！燕大哥找了你們一年多，他去幽州的時候可惜你已經走了，他是替晚詩姑姑辦了後事才回來的。」

九娘一呆，幽州？那裡屬於契丹啊。她們竟然顛沛流離去了契丹？晚詩竟然死了？

晚詞聽了蘇昉的話也一愣：「晚詩她──竟已經──？」

九娘憂心著她背後到底是誰會讓高似那麼重視，忍不住開口問：「這位姑姑，誰讓你來找我蘇家哥哥的？」

蘇昉一怔，他竟沒想到這個事！幽州離汴京，至少一千五百里路，晚詞一個弱女子，又是賤籍，誰會買了她？又要她來找自己？還能找得到自己？他趕緊問：「晚詞姑姑，誰買了你？是那人要你來找我的嗎？」

晚詞拭了淚：「是張子厚張御史，他和你爹爹曾是同窗，你娘以前也叫他一聲師兄。他讓奴來找你，說你要有什麼話儘管問奴。」

蘇昉渾身一涼，蹙起眉頭。他隱約知道張子厚和爹爹向來不對付，更記得小時候在碼頭上，娘打了那人一巴掌，燕姑同他說過，那就是張子厚，陷害爹爹入獄，害得他沒了弟弟或妹妹的大壞蛋。

可張子厚這麼做是為了什麼？他又是怎麼知道的？這麼一想，蘇昉的心幾乎要跳出腔外，渾身起了一層雞皮疙瘩，看著面前從小熟悉的容顏，他想起晚詩臨終的話，有些話，他想問，卻不知從何問起，又突然有些不敢問。

晚詞看看九娘，小心翼翼地問蘇昉：「大郎，是不是先請這位小娘子避一避？」

這種事當然不便在九娘面前說。蘇昉對九娘說聲抱歉，牽了不情願走的她往外，打開門。此時，從樓下上來的陳太初、孟彥弼和趙栩也正好嬉笑怒罵著推門進來。

所有人都一呆。

外間，一個大漢正反扣著玉簪的雙臂，玉簪口中還塞著一方帕子。那兩個茶飯量酒博士正戰戰兢兢地烤著一隻已經在滴油的羊腿。羊腿上還插著一把精鋼短刃。另一個大漢正在角落裡手裡上下玩著一把短刃。兩個大伯捧著碗盤，蹲在角落裡，垂著頭不敢出聲。

陳太初和孟彥弼立時就要發難。那兩漢子卻立刻鬆開了玉簪，收起了手中的短刃，對著蘇昉行了一禮。其中一個說：「請恕小的們失禮，還請放心，主人對東閣絕無惡意。東閣有什麼儘管問王娘子便是，小的們就等在這裡。」他精光閃閃的眸子轉了一圈：「還請諸位小郎君小娘子稍安勿躁。」

趙栩卻旁若無人，徑直走上去，拔出那把沾滿了羊油的短刃扔在一邊，檢查起那隻羊腿烤熟了沒有。

蘇昉吸了口氣：「各位，還請原諒蘇昉則個，實在有要緊的事，請容我用一下裡間和故人說幾句話。」

孟彥弼年紀最大，他無奈地點了點頭，接過九娘。九娘眼睜睜看著蘇昉團團作了一揖，進了裡間，關上了門。那兩個大漢卻守在了門口。玉簪湊過來，默默牽住九娘的手。

九娘掙開玉簪，實在忍不住朝房門口走了兩步。一個大漢臉上帶著笑，卻往前擋了一步攔住了她：「小娘子還是坐著的好。」說話間，手下已毫不客氣地將她推了開來。

九娘踱到那烤羊腿的長案邊，緊絞著手。趙栩垂眼斜了她一眼，見她小嘴已經發紫腫了起來，上嘴唇皮也朝外翻著。雖然自己也好不到那裡去，還是冷哼了一聲：「真醜。」

九娘哪裡有心情管他，眼睛依舊盯著那門口，小手指用力得發白。

趙栩忽地低了頭湊到她耳邊：「你不放心你表哥，所以想偷聽？」

九娘一驚，毫不猶豫地點點頭。她擔心蘇昉會被誤導，有了張子厚的介入，很難說會發生什麼。

趙栩挪開眼依舊看著那羊腿，手下卻將一樣東西收入袖中，才低聲說：「叫人。」

啊？

九娘回過神來趕緊輕輕喊了聲：「表哥——」那哥字極輕。

雖然聽起來還是很像「不要」，趙栩還是覺得心裡舒服了不少，又嫌棄地瞥了九娘一眼，鼻子裡哼了一聲。

他走到陳太初、孟彥弼身邊，朝他們使了個眼神，便走到一個大漢面前，他揚了揚下巴問：「就是你，剛才綁了我的人？你知道我是誰嗎？」

你的人？剛才那個要下樓叫人的小娘子？你又是誰？那大漢也是一愣，下意識地看向玉簪。

陳太初和孟彥弼卻猛然撲向另一個大漢，孟彥弼直踢那人下盤，陳太初卻伸手成爪，直朝那人喉間而去。

這人一分神，剛在猶豫是要去幫忙還是先收拾面前的小郎君，卻覺得腰間一硬，低頭一看，一把短刃抵在了自己腰間。面前這個好看的不像話的少年正勾著嘴角輕笑道：「別動哦。」他手中拿著的，正是那把先前插在羊腿上的精鋼短刃，還閃著油光。

兔起鶻落，不過幾霎。九娘和玉簪瞠目結舌地看著方才兩個大漢已經被他們三個按在地上，反綁了雙手，堵上了嘴，猶自在不停地掙扎。

玉簪驚喜莫名：我家二郎原來不止是神箭手，拳腳功夫竟然這麼好！還有陳衙內，身手快到看不清，可怎麼那麼好看！打架也這麼好看！就是那個子最小的六郎君雖然有些勝之不武，不過偷襲有用就行，活該，誰讓那傢伙剛才擰得我胳膊疼死了！

趙栩隨手一腳將他制服的大漢踹了個狗吃屎，朝九娘招招手。那人滿面震怒，還不敢相信自己竟然被這麼個小孩子給收拾了。他掙了幾下，卻只能就地滾了兩滾，和陳太初、孟彥弼捆住的同伴滾作了一堆。

九娘雖然覺得趙栩這動作有些熟悉，但也來不及想什麼，趕緊跑過去。

她剛將小耳朵緊緊貼在門上，臉邊一熱，卻是趙栩也彎了腰皺著眉湊了上來，貼在門上側耳傾聽。

九娘剛皺起眉頭，頭上一暗，陳太初和孟彥弼竟也湊了過來。

她剛要用力推開他們，卻聽裡面晚詞的聲音說道：「張御史他只問了奴三件事：一是為何奴和晚詩會被趕出蘇府，變成賤籍；二是娘子的藥都是誰煎的；三是你爹爹和你姨母——」她停下口，張子厚問的是蘇瞻和王十七娘何時有了首尾，這話，在孩子面前自然說不出口了。

裡間的蘇昉臉色煞白，他想要問許多事，雖遠不如張子厚這三句驚心動魄一針見血，可這三件事，卻也是糾纏他至深的，後兩件甚至他想都不敢想。

外間的九娘的心也陡然加速，張子厚此人極為偏執，和蘇瞻反目後勢同水火，他難道要借自己的死做什麼文章？

九娘看著幾乎和她臉貼臉的趙栩也皺起了眉頭，轉過眼來和自己大眼瞪大眼。他如水的瞳孔也倒映著自己的小臉，和他同樣臉色古怪，也帶著一絲厭惡。

忽地雙耳被一雙溫熱乾燥的大手蓋上，九娘仰起小臉，看到陳太初溫和地對自己搖搖頭。陳太初示意九娘快隨自己避開。九娘卻扭扭頭，掙開他的手，繼續貼在門上。陳太初看著她和趙栩專注的模樣，輕輕歎了口氣。

九娘心中翻騰不已，晚詞晚詩竟是被趕出蘇家，還被判為賤籍？她的藥？張子厚這是懷疑自己的死因？可他為何會做此推斷？又是怎麼知道阿昉在找她們？

裡面晚詞的聲音雖然輕，卻很清晰：「奴和晚詩想來想去，恐怕是因為晚詩聽到了不該聽的話。」

九娘和趙栩齊齊屏住了呼吸，往門上又湊近了些。陳太初和孟彥弼耳力極好，不需要湊近已聽得清楚，兩人相視一眼，臉色更是古怪。宰相家的私隱，那兩個小祖宗這麼起勁地偷聽，怎麼辦？

「有一日晚詩無意間聽到十七娘子同她娘爭執，又說她什麼都不管了，一定要去和姊夫講個清楚明白。晚詩心裡奇怪，就暗裡跟著她。晚詩藏在合歡樹後頭，親耳聽見十七娘子同郎君說：『姊夫！阿瓔從小就喜歡姊夫！姊姊不放心你和阿昉，想要我以後嫁給你，照顧你和阿昉。你放心，我一點都不委屈，心裡歡喜得很。姊夫你對我的好，我也都記在心裡。哪怕要我等你三年，我也心甘情願！哪怕要我一輩子都不生自己的孩子，我也心甘情願！』」晚詞模仿著十七娘嬌柔含羞又十分堅定八分委屈的語氣，竟有七八分相似。

九娘渾身起了雞皮疙瘩，打了個寒顫。

陳太初立刻蹲下身子，要將九娘抱走。

忽然卻聽得裡面蘇昉大怒道：「她胡說！我娘絕對不是這樣的人！我爹爹怎麼會信她！」此事從燕姑口中他早已經知道了，晚詩也是這麼說的，可真正喊出來的時候，卻只有憤怒，毫無底氣。畢竟，現在的宰相夫人就是王十七娘，他的隔房姨母。

九娘推開陳太初，拉了拉趙栩的袖子。趙栩朝陳太初點點頭，四個人又站定了。裡間一片靜寂，外間一片寂靜，只有羊油滴到炭上發出滋滋的聲音。

九娘不知為何有些想笑，想來那個春日，她看到的正是這一幕。從小乖順溫柔的十七娘，竟然膽大至此，假借她的話，掙了一個宰相夫人的名頭。

可是，連阿昉都能立刻知道，她王玞，絕非那樣的人。利用他人、犧牲他人，她從來不屑為之。十年夫妻恩愛一場的枕邊人，是根本不懂她，還是知道她時日無多，索性將錯就錯？

曾經，她以為她和蘇瞻，無話不說，無事不談。可是她的確太過通透，有自己這樣的妻子，是不是也很辛苦？也許，十七娘那樣的，才是男子喜歡的，不會多想不會多說，以丈夫為天。

這些都過去了，她已經不在乎，她可以無所謂。可是，阿昉，你不要和爹娘的過往苦苦糾纏，不要被人利用，不要去做刺傷你爹爹的那把刀！那是你爹爹，是疼你愛你悉心教導你的爹爹，他就算移情別戀，也是你爹爹。有沒有娘在，他都是你爹爹啊。刺傷他，你只會更疼。甚至你會連爹爹都沒有了。娘會心疼，娘不捨得。

趙栩歪著頭，垂目看著這個胖冬瓜長長眼睫上墜了幾滴淚。他嫌棄地伸出手指，替九娘刮了眼睫，對她無聲地說了一個字：「傻。」這種別人家的破事，有什麼好哭的，要是在宮裡頭，還不得哭死。要都像她這樣沒用，自己三四歲的時候被老四老五欺負，早就該哭死了。

裡面晚詞黯然道：「娘子出殯那天，你們剛出門，王家二房的娘子代理中饋，就從奴和晚詩房裡搜出來一些娘子的首飾，讓人把奴和晚詩押送去了開封府，打了我們五十杖，判成了賤籍，牙人把我們賣去了大名府。」

九娘的心一抽，眼淚終於忍不住撲簌簌往下掉，是她連累了這兩個一直忠心耿耿的女使嗎？可是但憑聽到十七娘的話，至於遭到這般的橫禍嗎？蘇瞻怎麼可能默許這樣荒謬的事情發生？高似，高似，九娘突然一個激靈，會不會和高似有關？

趙栩看著她翻了個白眼，這胖冬瓜的心也太軟了吧，簡直是個哭包。之前那麼兇狠的小東西是她嗎？自己的四妹比她還小，前年乳母被杖殺她都能忍住不掉一滴眼淚呢。小孩子真是好煩！他乾脆伸出袖子胡亂在她臉上擦了一把，特意避開那紅腫外翻的小嘴，再看看袖子上的汙漬，實在難受，忍不住甩了好幾下。

玉簪在旁邊趕緊遞上乾淨的帕子，卻直接給了趙栩。趙栩一皺眉，難道我是專替胖冬瓜擦眼淚的不成？手下卻還是接了過來。

第三十章

裡間晚詞的聲音又響起：「娘子病了後，一直是奴親手對著方子稱藥，晚詩煎藥。三月裡，二房的嬸娘同郎君說，十七娘子為了侍奉外婆，曾在惠民藥局學過煎藥，火候拿捏得好，不如讓十七娘子來給娘子煎藥。娘子最後一個月的藥，都是晚詩陪著十七娘子煎的。」

外間陳太初和孟彥弼對視一眼，若是有心人起了疑心，那小王氏恐怕脫不了嫌疑。

晚詞又說：「娘子沒有兄弟姊妹，待十七娘子如待幼妹，十分愛護。十七娘子那幾年也常來家裡小住。郎君待十七娘子，很是溫和，就奴所見，絕無其他。奴記得娘子總說郎君是世間難得的坦蕩君子。」她頓了頓：「奴同張御史說的，也是這些話。大郎還要問奴什麼，奴知無不言。」

九娘鬆了一口氣，晚詞到底是自己的女使，即便遭受這樣的厄運，也能平心論事，絕不伺機報復加油添醋。蘇瞻就算移情別戀，也絕非苟且之人，他到底還是位君子。其實她小產後，遭受爹娘雙雙離世，家族傾軋，早已耗盡心神，那幾年不過苦苦支撐，最終油盡燈枯。大夫年後就說過要準備後事沖一下喜，怕只剩三五個月的功夫。若非如此，她又怎會請二嬸過府協理中饋，交待後事。十七娘情竇初開，若為了蘇瞻說那樣的話，她信。可說十七娘會下手害一個行將就木的她，九娘真不信。

趙栩直起身子，搖了搖頭。這世間，齷齪事太多，越是光鮮的外表之下，恐怕越是不堪入目。那位有識人之明的王夫人，他記得，很是個好人，可惜也有瞎了眼的時候。

趙栩伸手拉了拉九娘，見她不肯走，直接將她一提，夾在腋下，走到一邊往靠背椅上一丟：「小小人兒，聽這些亂七八糟的做什麼，他是你表哥，又不是你親哥。你親哥在這裡呢。真是。孟二郎，你來看看，哎！這臉也太醜了！」

孟彥弼看看陳太初，翻了個白眼。還說小九娘，他自己還不是偷聽得津津有味，至少九娘是關心表哥，你一介皇子，去聽當朝宰相自己老師的後宅隱私，又是個什麼愛好？

趙栩卻只當沒看到，走到那兩個更害怕的茶飯量酒博士身邊，眼睛一瞪：「還沒烤好？餓死我了！」

那博士趕緊看了一看：「好了好了，馬上就切。」

話音未落，那地上原本被捆著的兩個大漢突然暴起，直衝著九娘而去，竟是看準了拿下這個小娘子就能要脅住這三個少年。九娘只來得及尖叫一聲，眼看一把短刃就要橫到她頭頸上。

孟彥弼伸手不及，大喝一聲連著飛起兩腿，踢開一個正抓向九娘肩膊的大漢。

陳太初離得最近，撲過去下意識手臂一伸，擋在刃前。九娘只看見眼前一線血珠飛過，就聽見陳太初一聲悶哼，已將她抱在懷裡。那大漢本只想拿下九娘要脅他們，一看見了血，心道不妙，趕緊退開兩步，想要罷手解釋，卻感到背上一道寒風逼近，他一個側讓，胳膊上立刻也吃了一刀。

卻是趙栩鐵青了臉，擋在了陳太初前頭，方寸間騰挪自如，把舅舅陳青這幾年悉心教授的招式全用上了。下手狠辣刁鑽，手上翻飛的那把滲著羊油的短刃已在那大漢要害處極快地劃出好幾道傷痕。

玉簪尖叫連連，那炭張家的人早抱頭躲避，樓下的小廝們朝上奔來的腳步聲紛亂，裡間的門也砰地一聲打開。晚詞即刻尖叫起來。蘇昉大喝著：「住手！住手！」

這兩人一見蘇昉，立刻跳開停了手氣喘吁吁，捂住身上痛處和傷口，面面相覷，他們絕未料到這幾個小郎君竟然如此扎手，竟然一時大意吃了大虧，也見對方和蘇昉親近，恐怕非富即貴，不禁懊惱自己一時不忿竟惹了大禍。

孟彥弼和趙栩也退回陳太初和九娘身邊。

這時外間的門也被人急急敲響。九娘驚魂初定。趙栩疾走兩步，砰地打開門，朝小廝們冷冷地說了聲：「沒事，外頭候著就是。」又砰地將門關上。

蘇昉一頭霧水。那兩人已半跪倒地上對陳太初道：「小的們乃殿中侍御史張御史府上的部曲，一時情急，對郎君們及小娘子不敬，得罪了幾位，傷到了郎君，實在是一場誤會，我兄弟二人絕無傷人之心，還請幾位郎君大人有大量，容我二人回去交差後必登門請罪！」

趙栩冷笑著正要發話。陳太初捂了傷口道：「既然是一場誤會，那就算了。在下陳二，家父樞密副使陳青，你家主人要有什麼事儘管找我就是，和其他人無關。」雖然他不知道那什麼張御史到底是誰，不過該借爹爹名頭用的時候不能嘴軟。只是蘇昉的事牽涉太深，絕不宜張揚出去。

那兩個漢子一聽樞密副使陳青六個字，對視一眼，心知一時糊塗闖了大禍，立刻跪下，咚咚咚朝陳太初磕了三個響頭：「小的們該死，回去覆命後自去府上，任憑衙內處置，絕無怨言，還請衙內勿怪罪家主。」起身朝蘇昉抱了拳，也不多言，帶了晚詞匆匆告退而去。

看著屋內一片狼藉，蘇昉無語了片刻，朝陳太初、趙栩幾個深深作了一揖，內疚萬分：「都是蘇昉的不是，連累太初受傷了！」

趙栩看他一眼，這才開了門喊了外頭的小廝們過來收拾。孟彥弼趕緊撕了條中衣，給陳太初包紮傷口，幸而只是皮外傷。九娘被歙歙發抖的玉簪抱在懷裡，終於定下神來，想起剛才的險況，心裡無比感動，顧不得自己嘴上還腫著，紅了眼伸手也要替陳太初包紮：「太初哥哥，你沒事吧？」

孟彥弼苦笑著說：「出來四個，傷了三個，你們還是都歇歇吧。這次多虧了太初你！」他越想越後怕，要不是陳太初擋了這麼一下……包紮好趕緊又去檢查九娘身上，還好，除了撞破的嘴，都好好的。

趙栩卻泰然自若地和蘇昉抱了個拳：「前頭都是我不對，毀了胖冬瓜送你的東西，改日我賠你澄心紙和黃胖，蘇師兄你別放在心上。」雖然他比蘇昉小一歲，可這蘇昉也太可憐了，攤上這什麼破事。自己雖然小時候吃的苦頭多，起碼現在過得還不錯。更何況，他親娘以前在宮裡和自己也算有過一面之緣。

蘇昉心裡難受，又萬分愧疚，再三向陳太初致歉後，便稱家中有事，要先行回去，走之前揉揉九娘的頭：「今日都是我連累了你們，改日我一定好好補償。你回家後好好進學，過些日子哥哥就來你家族學，咱們就能常見了。」

九娘點點頭，目送著神色沉靜的蘇昉離去。希望他好好地想一想晚詞的話再作結論，他應該好好讀書，安然長大，好好地結婚生子。日後想起母親，不是對爹爹的猜忌，不是噬心的痛楚憤怒或者仇恨，而是安穩的幸福，甜甜的回憶才是。

那邊慶幸羊腿一直安然無恙，自己搶先切了一塊羊腿肉的趙栩卻又暴跳了起來：「怎麼烤得這麼老？誰讓你放那麼多辛辣料的？辣死我了！」嚇得茶飯量酒博士瑟瑟發抖。這能不烤老了嗎？你們動刀子掀桌子，殺來殺去的。這辣？不是你們早就叮囑了要多放辛辣料的嗎？

陳太初動了動受傷的手臂，淡然地說：「哦，我讓他們放的，因為小九娘愛吃辣，她是妹妹，照顧她的口味。」

趙栩猛灌冷茶，邊咳嗽邊喊：「她是你妹！我是你什麼人？我和你親還是她和你親？氣死我了——」

可，這不是早上知道你不來，才讓來訂座的小廝特地叮囑多加點辛辣料嘛。陳太初和孟彥弼互相看看，覺得還是閉上嘴更好。因為來到這裡後他倆壓根沒想起來，極挑剔又難伺候的六皇子一點也碰不得辣……

百家巷蘇府中僕婦們往來匆忙。王瓔正看著僕婦們收拾上房正屋，有些負責收拾西院的女使們也不時過來稟報詢問，忙得她有些頭暈腦脹。她自從嫁給蘇瞻，還沒有見到過阿姑，心中著實忐忑不安。她的乳母安慰她：「都說老夫人是最和善不過的，你不要擔心。」

王瓔低聲道：「阿姑同九姊親如母女，我怕她會不喜歡我。」

乳母笑道：「怎麼會呢，你對郎君情深意重，等了足足三年，直到二十歲才嫁過來，又待大郎視如己出，府中也打理得井井有條。眼下又有這麼大的喜事，老夫人高興還來不及呢。」

王瓔紅著臉地低了頭，讓僕婦將那紙帳裡的熏籠再檢查一下。

女使來稟報說大郎回來了，正在內書房和郎君說話。王瓔想了想，起身出了門。

內書房裡，蘇昉淡淡地說：「兒子是遇到晚詞了，是張子厚張御史送她來見我的。」他抬眼看著父親。

蘇瞻看著他，眼中淡定無波，點了點頭：「我知道你讓燕大找到了晚詩。有些事，不見得眼見就是實，耳聽就非虛。但多聽多見總是好事。只是你年紀還小，若有什麼疑問，只管來問爹爹，切勿輕信他人，被他人利用。」

蘇昉垂目答道：「爹爹說的是，兒子記下了。兒子是有疑問請教爹爹。晚詞姑姑她們絕不可能偷盜娘的財物，所謂的證物也不見得就是實。因此晚詩姊姊還送了命，晚詞姑姑也淪為賤籍流落在外。恐怕娘知道了，會很難過。」

蘇瞻的食指習慣地擱到了案几上，篤篤敲了幾下後說：「當年是爹爹疏忽了，事已至此，如今已無從追究。我讓高似出個文書，去開封府銷案，將晚詞先恢復良籍罷。」

蘇昉卻說：「多謝爹爹。兒子堅信明辨是非，行之方有道。有些真相，就算再掩蓋，恐怕終究有一天也會水落石出。只是有些人，為了一己私利，不擇手段，爹爹是不是也能明察秋毫呢？」

蘇瞻眸色一沉，正要開口，外面王瓔已經推了門進來。父子倆便止住了。

王瓔柔聲道：「郎君，阿姑和二叔一家明日一早就能到碼頭，眼下西院和正屋都收拾好了，你看這暖房酒放在幾時擺？」

蘇瞻想了想：「就放在月底我旬休之日吧，你先擬個單子，和外院對照一下，要請哪些內眷別遺漏了，記得把孟家那幾房人也一道請來。」

王瓔瞥了蘇昉一眼。蘇昉行了一禮便告退了。他剛掩上門，聽到裡面王瓔溫柔的聲音：「郎君，阿瓔沒操辦過這些大宴請，我娘又回了眉州，心裡十分發慌。郎君你看是不是請程家表妹來幫幫我。」那聲音驟然嬌羞起來：「還有件事要郎君得知，今日大夫來請脈，才知道我已有了身孕，只是還不足兩個月，叮囑我千萬別太過勞累了。」

書房裡靜默了片刻後，蘇瞻清冷如常的聲音才道：「這是好事，你安心養胎。我同叔常說，阿程自會來操辦宴席。」

蘇昉挺直了背，緩緩走出廡廊。院子裡濃綠粉彩，春日繽紛。他望望那晴空無雲，忽然想起娘曾經說過的話：「阿昉，你以後會遇到好的人和事，也會遇到壞的人和事。可你不要停下來和活在泥裡的人糾纏，不要在意那些骯髒之事，只要挺直脊梁一直朝前走你自己的路。雲和泥，只有被汙了的雲，沒有能洗淨的泥。」

蘇昉用力眨了幾下眼睛，大步向自己院子裡而行。

第三十一章

回府的路上，孟彥弼憂心九娘的嘴傷，一路買了不少小食和小玩意兒討好她，特意說隨便九娘處置，想送誰就送誰。兩兄妹把玉簪喚上車，細細商量好說辭好應付家裡的人。

九娘蔫蔫地回到聽香閣。林氏在她屋裡做著針線，見她回來就緊張地問：「見著你蘇家表哥了嗎？」待九娘走近一些，林氏嚇得扔下手上的活計尖叫起來：「啊呀！你的嘴這是怎麼了!?我的天爺啊！玉簪！玉簪！快去稟告娘子請個大夫來啊！這要是留了疤可怎麼得了！」

九娘點點頭，想起自己現在還有個娘，阿昉卻——，她抑不住的難過和心酸，索性一頭撲到她懷裡，輕聲啜泣起來：「沒事，就是不小心撞上了，掉了牙。我沒事，姨娘，我沒事！」

嘴裡說著「我沒事」，可是人卻哭得更厲害了。林氏嚇了一跳，左右看看慈姑和玉簪，她們卻都屈膝一禮悄聲地退了出去。

林氏又是心疼又吃驚，兩隻手在空中停了一下，小心翼翼地將九娘摟在懷裡，也不知說什麼才好，只好亂說一氣：「九娘子這是怎麼了？你小嘴這是撞在哪裡了？掉的牙呢？撿回來了沒有？要供給牙娘娘，不然以後牙齒可要長歪了。怎麼會撞上了呢？莫不是你二哥沒給你吃飽你發脾氣了？玉簪明明帶足了一貫錢呢。你就不會自己買啊！腫成這樣怎麼會沒事呢，萬一留了疤可就不好看了，只能換幾匹布可怎麼辦呢？」

九娘被她這麼絮絮叨叨了一會，竟覺得好受多了。她悶悶地搖搖頭，聞著林氏身上一股淡淡的百合香，只反手將她摟緊了。

林氏納悶，不再問她，心裡頭卻隱隱有一絲高興。九娘子還是頭一回像十一郎那樣，受了委屈後一頭扎進自己懷裡哭一場。

不一會兒，九娘才覺得不好意思，默默任由玉簪和林氏給自己洗臉，銅鏡裡一看，小嘴果然腫得厲害，已經青紫了。

林氏這才想起來木樨院又出了大事，趕緊告訴九娘：「今日學裡上捶丸課時，不知怎地，七娘那撲棒一揮，正好打在六娘頭上。六娘當場就暈過去了，是被學裡的館長親自送回來的，聽說剛剛才醒了。眼下娘子她們都在翠微堂候著呢。」

九娘嚇了一跳，怪不得回來正屋裡沒有人。二月十八，諸事皆宜，宜受傷？

翠微堂上，閒人具無，只有呂氏和程氏妯娌兩個你一句我一句的。呂氏沉著臉說：「六娘在學裡是拔尖了些，難免遭人嫉恨。可自家姊妹，也要下手這麼狠，我倒不懂了。這九歲十歲的小娘子們，哪裡來的這種心思？」

程氏捧著茶盞，皮笑肉不笑：「二嫂這話就不對了。上回她倆無意之失，還受了家法，哪裡來的膽子故意害六娘受傷？最近她們一直都是四姊妹同心同德。何況今日這事先生都說了是意外。二嫂可別把這麼大罪名壓在阿姍身上，我看其實是二嫂心思太重了些。」

沒等呂氏發話，程氏朝剛進來覺得不妥正要悄悄退出去的九娘招了招手，將她叫到身邊，皮笑肉也笑地說：「對了，二嫂，說到拔尖，那也是我家的阿妧才容易遭人嫉恨才是。」她看到九娘的嘴，驚叫了起來：「啊呀，你看看這孩子這麼出挑，去個大相國寺都有人害她弄成這樣！我是不是要去掀翻了大相國寺好討個公道！」

九娘莫名其妙地做了出頭椽子，眼睜睜看著呂氏氣得臉都發了白。

她朝呂氏福了一福，問可方便去探視一下六娘。呂氏紅著眼睛說：「你六姊剛剛醒轉，婆婆和你姊姊們都在碧紗櫥裡陪著呢，你去看看她也好。」

九娘趕緊行了禮逃出去，帶著玉簪去後面老夫人房裡。

碧紗櫥外，來探視六娘的孟彥弼剛好出來。兩兄妹打了個照面，孟彥弼指一指自己的嘴，比劃了一下，九娘點點頭，明白他已經向老夫人請過罪了。

碧紗櫥裡人雖多，卻靜悄悄的。出入的婆子侍女們大氣也不敢出一聲。

老夫人正輕輕地撫摩著六娘的手，七娘跪坐在榻邊，紅著眼睛眼巴巴地看著榻上的六娘。四娘侍立一側。許大夫正在一旁的書桌上開藥方。

九娘上前行了禮。六娘看見她只眨了眨眼。九娘見她眼中無神，神情好像還有點恍惚，便輕輕捏了捏她的手。

老夫人看到她的嘴，倒嚇了一跳，壓低了聲音又罵了孟彥弼幾句，讓貞娘去取藥膏來。

忽然六娘身子動了一動，撲到床邊。她的乳母早已將銅盆備好。九娘見她嘔了片刻，也沒嘔出什麼東西，心中一動。前世蘇瞻任杭州刺史時，夫妻二人自己出了五十兩金子，設立了安濟坊，請了靈隱寺的僧人去負責，救治的人三年裡也超過千人。她記得有過好幾例被重物撞擊或者摔到頭的病人，也像六娘這樣子，大多臥床幾天，也就好了。她走到許大夫身邊，看他開的都是安神的藥，放下心來。再抬頭，卻看見四娘七娘在門口朝自己招手。

三人出了碧紗櫥，在廡廊下找了個沒人的地方，四娘開口就問：「九妹，慈姑可教過你捶丸？」九娘一頭霧水，只說：「教過一些。平時也看著十一郎在院子裡常玩耍，不過我只會把地滾球推進洞裡。」

七娘失望地歎了口氣，眼眶更紅了：「四姊？要不讓九妹隨便湊個數吧？」

四娘搖搖頭：「湊數有什麼用？能隨便湊數的人可不少。三日後我們贏不了蔡氏女學，就只有你那張姊姊一個人能去御前和公主們一起捶丸了。」

七娘垂頭喪氣：「四姊你怎麼也和娘一個口氣。」

四娘歎息道：「能跟著公主捶丸的，一共只有四個人。兩家女學爭，贏的去三個，輸的去一個。去年就輸給了蔡氏女學，今年我們連甲班都沒有，能贏嗎？你想想，我們現在打得最好的是六娘，她被你一棒子敲暈了，三日後我們之間那個能拿到籌牌最多的人，可不就是張蕊珠了？你還想著贏？人家想的就是輸！」她越說越氣，平時的小意溫柔也顧不得了：「連九妹都看出她對我們不懷好意，上回她那樣問九妹，不就是想坐實了孟家小娘子走丟在街市這事？這次好端端地她衝到你跟前，嚇得你撲棒半途改了方向，打到六娘。你還替她說話！」

七娘也臉紅脖子粗起來：「四姊！張姊姊一直不理你，你生她的氣我知道，可你也不能胡說八道啊。今天明明是我沒弄好發球台，她才衝過來幫忙的，要不是她托了我的手一把，我那撲棒就打在六姊臉上了！她就覺得你心思太重才不願和你來往的，你看看你！又被張姊姊說中了！」

四娘氣結，她知道七娘是個最固執蠢笨的，兒時在她跟前說九娘討人嫌，她就盡欺負九娘，入了學她被張蕊珠收攏了心，就盡捧她的臭腳。四娘恨恨地說：「隨便你！反正我的籌牌❶總在第四第五，本來也不關我的事！我多什麼事！你自去和你的張姊姊好吧。」

七娘卻更大聲了：「我就知道你一直嫉妒她什麼都比你強！難道我只能同你好，不能同旁人好了？」四娘一停步，隨即一跺腳，更快地走了。

七娘看看一直默不作聲的九娘，也垂肩耷腦地走了。

捶丸？每年三月初一開了金明池後，下旬官家駕幸寶津樓，諸軍呈百戲的大場面不亞於元宵節宣德樓前的盛會。宮裡的公主帶著勳貴宗室和民間甄選出的小娘子們，組成兩個五個人的小會❷在御前表演一場捶丸賽。原來民間甄選，是從汴京兩大女學蔡氏族學和孟氏族學裡選。

捶丸，以棒擊球入穴。全大趙沒有不會玩的人，同蹴鞠一樣老少男女都會，可玩得好的，卻不

---

❶ 籌牌：每場捶丸賽判定勝負的依據。五人制小會賽叫小籌，每人十張籌牌。中會十五，大會二十。最後計算整個團隊的籌牌和個人手中的籌牌定勝負。

❷ 小會：玩捶丸，兩人稱為單對，三四人為一朋，五六人叫做小會，七八人叫中會，九、十個人叫做大會。

多。九娘沉思著，她是會捶丸，就是這具小身子，原來的孟九娘，也會一點。可她現在，沒有這個心情陪她們玩。

皇城禁中，天已將黑，各處宮燈廊燈立燈都已點亮。趙栩滿不在乎地從內諸司的翰林醫官局上了藥晃蕩出來，正準備回會寧閣去，看看自己手裡拿著的兩個白玉圓藥盒，想了一想，卻又掉頭往曹門附近的禁中軍營而去。

兩個小黃門❸急得上氣不接下氣：「六郎！陳娘子差人來問了幾趟了！四公主也親自來找過您，說無論如何讓您要去一下雪香閣，她有要緊的事。咱們還是快回吧。」小祖宗啊，這要是讓官家、聖人和陳娘子❹看到六郎受了這傷，還傷在臉上，他們的小命保不保得住啊。

趙栩不耐煩地擺擺手：「別煩，夜裡我自會去請安，和你們一點干係都沒！」還真疼，胖冬瓜的牙可真夠硬的，想起走的時候那伶牙俐齒的小嘴又青又紫腫成那樣，趙栩很是幸災樂禍，沒了三顆牙，真醜！

禁中軍營，軍頭司裡上八班的散都頭們剛剛散了值，看見常來常往的趙栩，都笑眯眯恭謹地行個禮問安，也有膽子肥的，想問問他嘴上這是怎麼了，一見兩個小黃門手掌朝脖子上一比劃，也都歇了這心，趕緊指給他招箭班的林都頭在哪裡。

林都頭一臉納悶地拿著手中一個小小的白玉圓盒子：「明日將這個交給孟二？」

趙栩點點頭：「嗯，讓他拿回家，就說給那沒牙的人用。你說一遍我聽聽。」

林都頭認真重複一遍：「孟二，六郎讓你拿回家給那沒牙的人用。」

趙栩略微一頓：「讓他再加一句，記得這藥可是我趙六給的。」

林都頭十分知機地認真重複：「記得這藥可是您趙六郎給的。」

趙栩滿意了，揮揮手，身邊的小黃門趕緊送上一個小荷包，臨行又叮囑：「讓他散了值趕緊回家，別去瓦子耍，那女相撲有什麼可看的，醜得要死。」

林都頭趕緊笑著應了，心想，那女相撲好看的地方，可不是相撲，六郎你年紀尚幼，領會不到呢。他看了看手裡的藥，仔細收到懷裡。

趙栩出了軍頭司，覺得自己真是太大方了，不但沒和胖冬瓜計較，還好心地給她送去一盒子御醫院的祛疤珍品玉容膏。她要再敢給別人用，哼！對了，親妹妹還在等著呢，還是要去一趟的。

亥正時分，趙栩才回到會寧閣的書房裡，剛坐到書案前，忽地又想起一事，從懷裡掏出一樣東西放在案上，在燈下看了看，皺起眉頭。

那案上，放著九娘那顆被撞落的小牙，帶著血汙，有些髒，很髒。趙栩伸出食指，猶豫了半天，點了一下，用拇指搓了搓，沒什麼痕跡。

他忍不住又點了一下。

---

❸ 小黃門：內侍裡低等級的，相當於小太監，負責跑腿看門。

❹ 娘子：皇帝的妃子。

想起四妹的請求，趙栩出了一下神：教妹妹捶丸？六歲的小娘子，能學什麼？忽然想到，如果九娘捶丸，不知道是胖冬瓜捶丸，還是別人捶胖冬瓜？

第三十二章

翌日一早，孟家牛車裡，四娘才想起來問起九娘：「你的嘴傷成這樣，為何不在家歇上幾天？」

九娘沒了三顆牙，嘴唇皮又青紫紅腫，虧得玉簪手巧，連夜做了個小巧的帷帽，那薄紗上頭挖空露出眼睛，鼻子以下朦朦朧朧看不出傷來。她實在不想開口，只搖搖頭表示沒事。三個人都各懷心事，無精打采。

乙班女學課舍中，小娘子們卻依舊朝氣蓬勃說笑依舊，眼看著沒幾天皇家園林金明池就要開了，全汴京的人們都盼著呢。秦小娘子幾個笑著談論去年水嬉比賽的盛況，說到水鞦韆、水球的驚險有趣處，引起不少尖叫驚歎。

張蕊珠一看見七娘她們就迎上來，十分關切地詢問：「六娘她沒事吧？九娘這是怎麼了？這個帷帽這麼古怪？」

七娘其實擔心了一整夜，愁眉不展地說：「我六姊昨夜吐了兩回，頭暈得厲害，得臥床七八天。九妹摔了一跤，掉了一顆牙，嘴也腫了，她嫌醜就遮起來。」

張蕊珠鬆了口氣：「皮外傷就沒事。阿姍你別太自責了，六娘休養得好，說不定三日後的比賽還能參加。」

九娘冷眼旁觀，忽然覺得張蕊珠這樣的神情，有些眼熟，前世在王瓔臉上好像也看到過。看似十分憂心，實則，那眼神裡，不經意流露出來的是安心，甚至有一點點高興。她以前竟然沒有發現，是因為那是親近的人才被忽略了？

七娘搖搖頭，洩氣道：「六姊要是不在，我們就缺一個人了，張姊姊問過了嗎？還有沒有人願意去捶丸的？」

張蕊珠想了想，便走到前頭，高聲道：「各位姊妹，還請聽蕊珠一言。」

乙班課舍裡漸漸安靜下來。

「昨日六娘不慎受了傷，三天後我們同蔡氏女學的比賽，五個少她一個，就不能成小會。如果就這樣放棄，實在可惜。哪位姊妹會捶丸的，可願意來補上？若是缺了各色用具，蕊珠家裡還有一套，可以送到府上先行練習。如果我們僥倖勝出，籌牌最多的三位姊妹就能去寶津樓和幾位公主同場競技。就算輸了，也不為恥。」張蕊珠緩緩道來。

這時外頭孟館長和李先生走了進來。李先生擊掌笑道：「蕊珠說得好！凡事要盡力而為。去年我們雖然以一籌之差輸給了蔡氏女學，也有一個人能參加御前捶丸賽。如果放棄，可就連這一個名額都沒有了。」

孟館長也笑著點點頭：「不戰而退，太過無趣。還請會捶丸的不要害怕。我來做館長前，也怕得要死，去年沒有甲班了，更擔憂得要命。可大家看看，館長我還是好好的，女學，也還是好好的。君子四德：元、亨、利、貞，我看這次捶丸賽大家可以看做是這四德的修煉。」

乙班的小娘子們議論紛紛。她們所上的捶丸課，更多是著重禮儀和規則，不少新升入乙班的才學了幾個月而已。雖說捶丸同蹴鞠、馬球一樣，深受時人喜愛。可這捶丸又要場地，又要全套的不同尺寸不同形狀撲棒、杓棒、攛棒、鷹嘴，還十分講究技巧，所以擅長的也只有那幾個人。

少頃，周小娘子開口說自己倒是跟著哥哥們玩過幾次，如果學裡不嫌棄，她願意補上六娘的名額。也有一位官宦家的林小娘子紅著臉說想試試。

七娘一看，這兩位，平時都是緊隨秦小娘子的，和自己很不對付，心一橫，反正是個輸，還不如和自家人一起輸呢，省得被她們冷言冷語。她站起來說：「先生！我家九妹學過捶丸，可以一試！」

課舍裡一靜，孟館長猶豫了一下，心想九娘雖然聰慧，可這個頭實在太矮小了，恐怕還沒有撲棒高，就笑道：「歷來孟蔡兩所女學，捶丸賽還從來沒有九歲以下的小娘子參加的。」

秦小娘子笑著說：「孟七娘，大多數七八歲的孩童只會玩地滾球，看到別人一揮棒，恐怕跑得比球還快。你何必為難自家妹妹？」

張蕊珠卻笑道：「先生，九娘那麼聰慧，一入學就進了乙班，說不定捶丸也有過人之處，不如讓她試試？我們可是很想贏呢。」

四娘撇了撇嘴，心道，哼，你當然說得這麼好聽。反正贏了你也能去寶津樓，輸了也是你去。

「張姊姊你真的很想贏嗎？」九娘細細軟軟的聲音響起。

張蕊珠一愣，隨即笑著答：「那是自然的！」

九娘站起小身子笑著說：「雖然乳母教過一些，但我也不知道行不行。不如明天讓我同兩位姊姊一起試一試？如果先生覺得我行，我想替我六姊出賽。」

九娘心道：就算你想去，也要看你去不去得成了。捶丸？那就捶唄。是驢子是馬，拉出來就知道了。有些人，為了一己私利總想名利雙收，不惜騙人害人。

這天陳太初回到家，僕從來報外面殿中侍御史張子厚投了拜帖，急等求見。

陳太初迎出去，一看張子厚在角門處身穿便服，身邊兩個大漢，赤著上身，背著荊條，一個身上還有不少刀傷血痕。四周已經圍了不少百姓指指點點。

陳太初趕緊請張子厚進門。到了廳中，那兩個大漢立刻朝陳太初磕了幾個頭：「任憑衙內處置！」臉色恭敬。

張子厚道：「衙內身手十分了得，真是虎父無犬子！張某這兩個部曲闖下這等潑天大禍，害得衙內受了傷，該打該殺，儘管處置。」

待上了茶落了座，陳太初才溫然笑道：「這兩位光天化日，竟然屢向婦孺動刀。太初雖年少，也絕不能忍。家中幼妹也著實受了驚嚇。只是一來我兄弟幾個也傷了他們，二來御史和蘇東閣有舊，別人家的私僕，既然我們有因不便見官，還是請張御史帶回去自行管教。張御史其實不需這麼大陣仗來負荊請罪，不知道的，還以為我仗了爹爹的名頭欺壓別人。」

外間卻傳來冷冰冰的聲音：「爹爹的名頭，就是給你拿去壓人的，有什麼不行？我陳某人護短，天下間誰不知道？」

還穿著官服的陳青大步跨入廳中，看也不看那兩個跪著的部曲，逕自上座，受了張子厚的大禮，不為之動，一張刀刻斧鑿的俊臉毫無表情：「怎麼，張御史這是上門請罪，還是上門問罪？」

張子厚又一個深揖到底：「下官不敢！子厚的私人恩怨，因誤會害得衙內受傷，實在愧疚無比，這才登門負荊請罪，還請太尉和衙內寬宏大量，饒過家僕兩條命。」

陳太初看到那兩個部曲依舊面不改色，不由微哂，這位張御史見人說人話，見鬼說鬼話的本領一等一的強。欺負自己年少，就說打殺任憑處置脅迫自己；看到爹爹護短又張揚，立刻軟下來求寬厚了。

陳青放下茶盞，抬眼看了看兒子，淡然道：「張御史不必多言，既然是你家的私僕，該怎麼處置，哪有來問陳某的意思？我看你們殿院彈劾起皇子一套一套的，自己行事卻猖狂至此。這臺院和察院什麼時候變成殿院的附屬了？御史臺不姓趙了不成？」

此話一出，張子厚趕緊拜倒：「太尉言重！子厚的私事和御史臺絕無關係。還請太尉寬恕張某管教不力，汙了御史臺的清名。」

陳太初一看這位張御史跪下了，殺人不過頭點地，他也不想已經樹大招風的父親再無謂樹敵，便站起來朝陳青行禮：「爹爹，我看這事就算了，兒子也只是不要緊的皮外傷而已，想來張御史心中有數，還是由他自己處置吧。」

陳青抬了抬手：「張御史不必如此，你我同僚，何必行此大禮。我家二郎既然說了這話，陳某今日就算了。他日再犯，恐怕不會這麼好說話。」

張子厚行了大禮謝過：「多謝衙內寬容，多謝太尉仁厚，子厚先行告辭。」他又轉向陳太初：「這次事情牽涉頗深，張某還想請衙內借一步說話。」

陳太初笑著朝父親行了禮：「爹爹，那兒子就送送張御史。」

那兩個漢子又砰砰對著廳中磕了幾個響頭，高聲喊道：「多謝太尉不殺之恩！」

陳太初和張子厚出了正廳，張子厚一把攜了他的手往外走去，淺笑道：「衙內心慈，張某感恩在心。」

第一次見到張子厚，雖然此人面容俊美，陳太初卻有種不舒服的感覺，現在被他攜了手很不自在。張子厚卻輕聲道：「那日和衙內在一起的，除了蘇大郎，你的表親孟二郎兄妹，還有一位智計過人、下手狠絕的，當是承安郡王吧。」

陳太初心猛地一個漏跳，腦中立刻轉了好幾個念頭，甚至惡念叢生。

張子厚卻依舊笑眯眯：「郡王的身手竟然也如此了得，倒叫張某十分吃驚，難怪能一拳就將魯王的臉打成了醬菜鋪子。殿院彈劾他的摺子一早已經擬好了。」

他停了腳，轉過來笑著說：「張某特意將摺子壓了下來。這兄弟之間打打鬧鬧也是常見的事，上牙還難免磕著下嘴唇呢，何必套上失儀無禮之類的大道理上頭。衙內你說是不是這個理？」

陳太初抽回手，若無其事地道：「張御史恐怕誤會了，那也只是我孟家的表弟而已。聽說郡王那日吃了官家十板子，該歇著才是，怎會出宮玩耍。」

張子厚一拱手：「衙內說的有理，不管如何，多謝太尉和衙內仁心寬厚，饒了我家部曲的賤命。張某有一言相贈：還請郡王越荒唐越好。衙內請留步，張某告辭了。」

陳太初默然，依舊將他送至角門外。

那個用刀傷了陳太初的漢子，忽然走上前來，朝陳太初一抱拳：「衙內，小的有眼不識泰山，使家主受辱，必當給衙內一個交代。」話音一落，他轉身疾奔，到了大門口的兩尊石獅子處，奮然舉起右臂，往上一砸，隨即那手臂軟軟掉了下來。幾個過路人都嚇得叫了起來。這人卻已經面不改色，左手扶著右臂，回到張子厚身後，垂首侍立。另一個大漢似乎沒看見一樣，毫無動靜。

陳太初一驚，張口無言，卻見張子厚悠然上前，取出一方素帕，將那石獅子擦了幾下，掉過頭來笑著說：「家奴無狀，險些汙了太尉家的石獅子。還請衙內莫要見怪。這算是家奴給衙內的一個交代。」

他踱回陳太初面前，見這少年光華內蘊，絕對猜不到竟有那樣的身手，笑了笑說：「雖則太尉和衙內放過了他，只是他做錯了事，自己不肯放過自己。」他看了看暮色漸沉的長街和繞道而行的路人，歎了一句：「有些人，做錯了事，自己會輕易放過自己。那張某倒不肯放過他了。告辭！」

第三十三章

華燈初上。陳太初回到廳中。陳青正在等他，見了他就皺起眉頭問：「怎麼在外頭受了傷也不回來同爹爹說？」

陳太初笑著說：「小小皮外傷而已，比起軍營裡的傷，不足一提。」

陳青眉頭微蹙。他生了四個兒子，長子元初留在秦鳳軍，征戰不斷。次子陳太初八歲入軍營歷練了三年，才從大名府回京。九歲的三子和七歲的幼子，日日跟著教頭習武，現已在外城禁軍歷練。他自己身經百戰，傷痕累累，可聽見兒子受了傷，心裡還是會一緊。

陳太初先同父親解釋了一番那天的事，說起張家那兩個部曲衝撞了孟家小娘子身邊的女使，被呵斥後竟然動了兵刃，因此才動起手來，又好生誇獎一番趙栩的功夫，酸溜溜地加了一句：「兒子覺得在軍營裡還不如跟著爹爹學，我看六郎的兵器功夫要勝過我不少。」

陳青的冰山臉驟然解凍，微笑起來：「六郎聰穎過人，這幾年的確讓爹爹也刮目相看。他花的功夫，不比你在軍營裡少。但論起弓馬對敵，他還是不如你多了。」

陳太初又把趙栩吃辣羊腿的笑話仔細說了，逗得陳青搖頭直笑：「六郎隨你姑母，碰不得辣，你爹爹以前也不吃辣，去了秦州，不吃不行。以後你可不能這麼委屈他。」

陳太初笑著應了，再將張子厚臨走的那話完完整整同陳青說了：「爹爹，你說這位張御史是什麼意思？」

陳青默默地端起茶盞，沉思片刻後才說：「傳聞蔡相公不日就要上書請官家立太子。」

陳太初一愣：「那張御史——難道是蔡相公的人？」想起蘇昉的事，陳太初立刻皺了眉頭。他雖然生在軍營，卻對朝政大局也略有瞭解。如果張子厚是首相蔡相公的人，那他和次相蘇瞻鬥，也倒不奇怪，蔡、蘇兩位相公已經鬥了三年多了。陳太初不由得懷疑張子厚是要利用蘇昉讓蘇相公後院失火，想到他最後離去的那句話，又有些吃不准。

陳青搖搖頭：「二府的事，向來複雜難辨，誰也說不清。不管如何，他這話也是一片好心。六郎現在做得就很好，你只管多邀他出宮玩耍就是。」

陳太初想了想，才說：「兒子那天和彥弼表哥在大相國寺，巧遇了蘇相公家的大郎。原來蘇家和孟家也是表親。我看孟家的九娘和蘇大郎頗為熟悉。聽說蘇大郎要離開國子監，去孟氏族學附學。會不會和這事也有什麼關係？」

陳青沉思了一會：「蘇瞻那人，心思深沉，這事看起來沒有什麼關係，恐怕就真的有關係了。」

他想著立太子一事，沒有兩三年，不會有定奪。中宮向皇后十幾年來膝下無子。這幾年六郎頂著荒唐跋扈任性的名頭，沒人敢再欺辱他，只有他欺負人的份，總算安然無恙地過來了，只被封了承安郡王其實是件好事。四皇子魯王趙檀，是吳賢妃所出。五皇子趙棣，是錢妃所出。各人背後盤根錯節，偏偏魯王粗笨，朝內皆知。高太后和官家都不喜魯王，反而喜歡吳王。恐怕蔡相公一上書，眼下既然無嫡，究竟是立長還是立賢，這局勢就必然要亂起來。但無論立誰，官家應該都會先給魯王和吳王選勳貴近臣家的兒郎入宮侍讀。這樣一思量，蘇瞻搶先將蘇大郎送去孟氏族學附學，就大有深意了。」

陳青笑著問陳太初：「你回來也兩個月了，不如也去你表叔家的族學好好讀個幾年書？」

陳太初一怔，隨即笑著點頭拱手：「是，兒子謹遵爹爹吩咐，能和小蘇郎做個同窗，是兒子有幸。」

陳青點點頭，這一池水，混就混吧。他只想保住家小平安，宮裡的妹妹熬到六郎開府就好了。

夜裡，陳太初回到房中，看著桌上還放著那天九娘臨走時分給他的一包蜜煎，他拿起一顆放入口中。太甜了，他從小就不太愛吃甜。想起吃餛飩那日，九娘在自己懷裡鼓著胖臉頰吃糖，認真地教他被糖黏住牙該怎麼舔。他不由得伸舌頭舔了舔牙根，那蜜煎即刻就被頂開了。

手臂上的傷口還有些隱隱的疼，陳太初喊了貼身小廝進來換藥，想起九娘少了三顆門牙，小嘴青腫成那樣，還一臉認真地細細叮囑他傷口不能碰水，吃食不能辛辣。這小人兒哪裡知道自己三年裡在大名府受過好幾回傷。陳太初禁不住笑了起來，這蜜煎，還是太甜了。他喚來屋外的部曲，吩咐了去一趟孟府，送一盒極好的藥去。

小廝納悶得很，怎麼上個藥，二郎還這麼高興。

九娘用孟彥弼送給她的蜜煎，向十一郎借到了他的捶丸全套器具。眾人正團團圍在聽香閣裡盯著她看。四娘和七娘聽說她借了器具，也有些緊張，特地過來讓她試試看。

玉簪檢查了放在革囊裡的單手使用的撲棒，又去清點提籃裡的攛棒和杓棒鷹嘴，把最小尺寸的攛棒取了出來，在燈下用棉布帕子細細擦拭。林氏抱著十一郎發愁：「好好的，你去捶丸做什麼？萬一被棍子敲悶了，回到以前那傻乎乎的模樣，姨娘怎麼辦呢？」

七娘聽著這話很不舒服，剛想開口，被四娘拉住。四娘柔聲道：「姨娘別擔心，七娘也是被人害的。我們從小玩到現在，怎會打到旁人呢。」

十一郎將小胖手裡的鹽漬梅子塞到嘴裡，又酸又甜又鹹，他忍不住啊了一聲，又捨不得吐出來，含糊著拍拍林姨娘的手說：「九姊傻了沒事，我聰明就行！」

九娘因嘴傷只能忍著笑戳一戳他的臉。戳人臉這事真的很容易上癮。四娘和七娘也同她一起認真聽慈姑仔細地講解場地十勢。

捶丸場地多半設置在園林裡，要求地形有凸、有凹、有峻、有仰、有阻、有妨、有迎、有裡、有外、有平。那十個球洞，擊球的技巧都不同，泥土的軟硬乾濕也會影響擊球結果。由於發球台不可試球，所以第一棒特別重要。慈姑恨不得把捶丸的所有技巧通通塞到九娘腦子裡。無奈在聽香閣，實在沒有場地可言。七娘一臉崇拜地看著慈姑：「慈姑，你以後也教教我吧。你怎麼什麼都會呢？你說得也清楚，我一聽就明白了。」

九娘去看十一郎的球袋，裡面裝著十來個紅褐色的木質童子球，球身上都是被擊打留下的痕跡。她取了一個出來放在地上。四娘在旁邊柔聲告訴她使用攛棒的巧勁。

十一郎趕緊從林氏身上滑下來，跑得遠遠的，趴在地上，雙手合攏大喊：「九姊，往我這裡打！輕輕一推，別太用力，平著推，來！」

屋裡的人看著他圓滾滾似一個大球，和那不足一寸的小球遙相呼應，實在可愛，都笑起來。九娘接過玉簪剛剛擦好的攛棒，放在手上顛了顛重量，略微比了比距離，左腿在前，右腿在後，微微側身，無需下蹲，輕輕一推。那表面滿是痕跡的童子球，快速輕巧地往前滾。

眾人屏息看著，一過中途都歎息了一聲。十一郎眼看著已經偏了，索性伸手一把將球抓在手裡，扔回給九娘。四娘示意她再來一次。

慈姑說：「不要緊，你剛才揮棒的時候，偏了一點點。這個是要靠多多練習的。」十一郎走近了兩步，又往地上一趴，翹起了小屁股，鼓勵九娘：「九姊你看準了再打！九姊再來一次！」

九娘又取出一球，仍放在剛才發球的地方，左腿在前，右腿在後，姿態舒展，揮出第二棒。這次略微好一些，依然有些偏離。林氏直道可惜，這麼近的地滾球，她閉著眼睛也能打進去。

咳咳，不能說。四娘和七娘退到一旁，有些頹然。話已經說出去了，看來明天還是要丟臉。

十一郎一手抓住球又扔了回來，想了想，沒挪位置：「再來再來！你看，我把手張開一些！」

九娘忍俊不禁，忍住笑將球放好，手上一動，那球骨碌碌地出去，筆直地，滾入十一郎的手中。

十一郎跳了起來：「好！九姊你看，你三棒進洞！能得一根籌牌！」九娘走過去戳戳他的小臉：「十一郎要不要試試？」

十一郎想了想，搖搖頭：「算了，我以前三棒進洞甚至進不了洞的時候，九哥、十哥總逼著我看他們一棒兩棒進洞。我會不開心。九姊你不是一直同我說己所不欲、勿施於人嗎？我不想你不開心。」

九娘歎道：「原來我家十一郎現在總能一棒進洞了？」

十一郎瞪大眼無奈地說：「三四歲的玩地滾球也可以一棒進洞呢，我都五歲了！九姊你——真的要好好練練。」

四娘和七娘十分不得勁地告辭而去。

不一會兒，外面木樨院的侍女喊了玉簪出去。不一會兒，玉簪神色古怪地回來，遞給九娘一個白玉盒子：「二郎說這個是御醫院極好的祛疤藥膏，給小娘子用，十來天嘴上就好了。」

九娘打開來一看，裡頭的油膏淡綠色，一股清香，再看看這白玉盒子通體無暇極精美，不愧是御醫院拿回來的，趕緊湊到銅鏡前，讓玉簪替自己上藥。

玉簪用玉勺挖了一小塊出來，輕柔地替九娘抹勻，有些納悶地說：「二郎特別交代，說這是一位極小氣脾氣又極大的表哥送的，讓你千萬記住這藥膏就算給你用了，都還是那位表哥的，千萬別給別人用。」

九娘一個激靈，臉一抖，差點把玉勺吃進嘴裡。

其實自從聽阿昉說了前世傀儡兒的事後，她就不氣趙栩了。她為了送阿昉禮物，投機取巧得了陳太初和孟彥弼的允諾，本來也有點心虛和愧疚。那日趙栩走了以後，陳太初怕她記恨趙栩，又原原本本講述了趙栩費了多少力氣才做出這樣的黃胖，還因此被程老夫子責罵得那般不堪。她心裡對趙栩頗多了歉疚，還想著要送個什麼好東西給他彌補一下。

照理說大人不記小人過，她是不會和一個十歲的小郎君計較的，但為何一聽這話，就真的不想送任何東西給那傢伙了？

宮裡的趙栩打了個噴嚏，心想，那盒膏藥應該送到胖冬瓜手裡了，恐怕她正在好生感謝自己呢。哼，除了自己，還能有誰想得著她。

聽香閣裡，又被叫出去一次的玉簪臉上更是古怪，手中拿著另一個白玉盒子遞給九娘：「二郎又派人送了一盒藥膏來，說是一位極大方脾氣好的表哥送的，讓你隨便給誰用都行。」

九娘接過來，和趙栩那盒一模一樣的藥，該是陳太初送來的？

玉簪無奈地說：「二郎說了，你的藥膏塗一年也塗不完，他就不送藥膏來了，讓小娘子記得明日在老夫人跟前替他說幾句好話。」

九娘忍著痛笑了起來。原來哥哥多，是很有意思的事，轉頭又悵然起來：可惜阿昉孤零零只有一個人，唉。

第三十四章

會寧閣裡琉璃燈照得敞亮，趙栩橫在榻上，兩條長腿舒展著，正往口中送一個澄黃晶亮的枇杷。一雙桃花眼微微眯起，斜睨著站在不遠處一臉愁容的親妹妹：年方六歲的四公主趙淺予。

地上用木板、地毯堆得高低不平。身穿鵝黃窄袖褙子，面容和趙栩很相似的四公主趙淺予，正猶豫該用攛棒還是杓棒鷹嘴，才能把腳邊那顆瑪瑙小球，擊入前面地毯拱坡後凹下去的一個球洞裡。兩個侍女捧著革囊和提籃站在她身後。

「突」的一聲，趙淺予嚇了一跳，卻是趙栩口中的枇杷核被他一口吐了過來，落在那根杓棒鷹嘴上。

她眼睛一亮：「六哥要我用這個？」侍女趕緊取了那根鷹嘴棒出來，將枇杷核也拿了出來。

趙栩白了她一眼，繼續動手剝枇杷皮。這蘇州進貢的太湖白沙枇杷，比福建的個頭小，卻更甜美多汁，皮一撕就下來，他絕不能忍受福建枇杷剝起皮來那副狗啃的模樣，也只有這白沙枇杷，他才喜歡自己動手。方才讓人給陳太初送了半簍子，又讓人給孟彥弼也送了半簍子。現在有點擔心孟彥弼那二愣子，少叮囑了一句，不知道他會不會把這麼好吃的枇杷分給胖冬瓜一些。

說起來，這次四妹要帶女學的學生參加捶丸賽，孟氏的女學估計依舊贏不了蔡氏女學。不知道胖冬瓜會不會捶丸。唉，四妹雖然比胖冬瓜高半個頭，可到底才六歲，拿棒子也拿不穩，地滾球的準頭都堪憂。果然，長得太好看的人，除了自己和舅舅一家，腦子都不太好使。那胖冬瓜醜是醜了點，人倒怪聰明的。

趙栩忽然朝天眨了眨眼，自己這是什麼病？怎麼突然什麼事都會想到那個胖冬瓜了？他抬起手碰了碰唇上的傷口，疼，一定是太疼了，才疼出了這病！趙栩用力甩甩頭，默念了三聲：我不疼，我不疼，我不疼。然後轉頭盯著自家從小就很好看的四妹。

哈，揮棒了，噗，果然打不中。就她這水準，還想和三公主帶的宗室勳貴娘子們比賽？真是丟他趙六的臉。虧得她還纏著要自己過兩天陪著她去觀戰兩家女學的捶丸賽。無聊！

趙淺予跑到榻邊，桃花眼盈盈一臉哀求：「六哥，你幫我打！」又伸手去搶他的枇杷。

趙栩將剝好的枇杷塞到她口中：「笨！」捏捏她的臉頰，沒有肉果然不好玩。呀，怎麼又想到那誰了！他趕緊順手接過她的杓棒鷹嘴，還是童子規格呢，太輕了。他幾步走到那發球的地方，侍女早把瑪瑙小球撿回來放置好了。趙栩看了看那邊的球洞，微微彎下腰，輕巧甩手一揮。

趙淺予看著那紅色瑪瑙小球倏地離地飛了出去，過了那地毯堆成的坡，忽然一沉，像被一隻看不見的手拽了下去似的，直直地跌入那個球洞裡。她不由得跳了起來：「六哥！六哥你教我這個嘛！」

趙栩嘴角一勾，讓她過來拿好球棒，悉心指導她揮棒的角度和力度。打了五次後，那球終於飛了出去，卻落在那坡上，滾了下去，偏巧正掉進了洞。那邊的侍女示意擊打進洞了。趙淺予高興得扔下棒子就抱住趙栩：「我會了我會了！」

趙栩嫌棄地掰開她，這四妹就是這點不好，看著自己和陳太初就喜歡跟她養的哈巴狗一樣往人身上蹭。

「每個人一次只能打三棒，你都五棒了，早輸了！笨！」趙栩點點她的額頭。

外面一個小黃門進來覆命：「陳衙內說謝謝您送的枇杷，還現吃了三四個，直說好吃。」

趙栩想了想：「他也有三年沒吃上了。」大名府那個破地方，哪裡吃得上這些。

小黃門笑著說：「衙內還說他明日要去孟氏族學參加入學試，要帶上幾個枇杷給孟家的小娘子，請您包涵一下，別生氣。」

趙栩一愣：「他說他要去孟氏族學附學？」這是什麼事？難道因為蘇昉去附學，他就也要去附學？還有什麼讓他包涵！他趙六是那麼小氣的人嘛！胖冬瓜怎麼也算和他們三兄弟並肩作戰過的，要不是他不方便自己送，那枇杷總也要分一點給小同袍的。

趙淺予也好奇地問：「是那個要和蔡氏女學打捶丸賽的孟氏族學嗎？」

小黃門想了想：「汴京城就只有一個孟氏族學，衙內是說去這個學堂，還說讓您沒事明天陪他去孟氏族學走一趟，哦，有事也讓您無論如何得去，他請你吃凌娘子家的餛飩。」

趙淺予拽著趙栩的袖子：「六哥！我也要去！你帶上我嘛！你還像以前那樣扮作小廝，我就扮作書僮！我還是元宵節才出過宮的！寒食節我都沒出去過，三姊還去了瀍臺玩兒呢！六哥你帶上我嘛！」

趙栩咀嚼了一下陳太初那句多出來的話，轉轉眼睛：「要不，我們一起去找爹爹說說？」

外面又回來一個小黃門，稟報說：「枇杷送到孟二郎手裡了。」

趙栩問：「他說什麼了沒有？」

小黃門想了想：「孟二郎說謝謝您，還說特地交待過了，您那藥，絕對不會給別人用，請您放心。」

趙栩又問：「他說枇杷什麼了沒？」

小黃門笑了笑：「哦，說了，孟二郎說就這麼半簍子幾十粒枇杷，他家裡人太多，實在不夠孝敬的，給別人知道了不太好，就一口氣在小的面前全吃完了。小的從來沒看見誰吃枇杷吃得那麼快的——」

趙栩揮了揮手，讓他出去。氣得不行，連自己和陳太初都想著胖冬瓜，你這親哥，是親哥嗎！這胖冬瓜在孟家，姊姊欺負她，哥哥也不想著她，過得太苦了！

趙淺予伸手急急拉了他往外走：「六哥快走，快去找爹爹說。太初哥哥要請我吃淩家餛飩呢！太初哥哥！」

趙栩閉了閉眼，你們這些哥哥妹妹的，都什麼跟什麼啊！好煩！

趙栩兩兄妹到了福寧殿求見官家。小黃門進去通傳，不一會兒出來笑著說：「承安郡王和四主主❶且在外間先吃個茶，官家吩咐待他和蘇相公、陳太尉說完話再進去。」

蘇相公？陳太尉？趙栩眼珠子一轉問道：「還有誰在裡面？」

小黃門笑道：「娘娘（太后）也在裡頭，還有翰林學士院的孟大學士也在，正說笑著呢。」

翰林學士院只有一位孟大學士，也給皇子們上過課，正是孟彥弼的親二叔孟存。

趙栩粲然一笑，掐了一把趙淺予低聲說：「快哭，大聲哭。」趙淺予素來被親哥哥指使慣的，也確實被掐得疼了，櫻桃小嘴一扁，撕心裂肺大喊起來：「爹爹——娘娘——爹爹！」

不等小黃門和周邊內侍女官們反應過來，趙栩嘴上大聲喊著：「四妹你等等！四妹你別哭！」手上卻推著趙淺予直奔入內。

福寧殿的女官和內侍們在大殿門口攔著趙栩兄妹倆，架不住趙淺予年紀雖小嗓門尖細有力，一聲聲喊著爹爹。

沒喊幾聲，殿門一開。福寧殿的供奉官苦笑著說：「主主莫哭了，官家讓承安郡王和主主進去。」

趙淺予一愣，低聲問：「六哥，我還要不要接著哭？」

趙栩牽了她手：「笨！」

兩人進了殿內先給高太后和官家行禮，又對蘇瞻行了師禮，對陳青行了半禮，受了孟存的半禮。

官家趙環今年不過才三十有六，正當壯年，因病臉色稍許有些蒼白，見趙栩兄妹來了，笑著喚趙淺予過去，見她臉頰還掛了淚，就歎：「阿予你也忒胡鬧了，是不是你六哥又欺負你了？」

---

❶ 主主：宋朝宮內對公主的暱稱。

趙淺予仰起小臉，委委屈屈地問：「爹爹，我不想捶丸，我不會！六哥就知道笑我笨！還是讓二姊回來吧，讓她和三姊比。」

高太后笑了：「你二姊已經嫁人了，還有了身孕，怎好替你去捶丸？六郎精通這個，好好教教阿予才是，怎地卻一味嘲笑她？」

趙栩笑道：「娘娘，七妹年方四歲，地滾球都能一兩棒進洞，四妹大她兩歲，五棒才能打中，這才笑了她幾句，不想她就生氣了。」

官家笑著摸摸趙淺予的臉：「這有什麼，你才六歲，上場應個景，輸贏不要緊，與民同樂就好。難道爹爹願意每年元宵節在宣德樓忍凍受累那麼長時間？我們皇家人受萬民供奉，自然也要讓臣工百姓高興高興才是。他們看到我們，就覺得這一年的辛苦都值得了。哪在乎你打得好不好？爹爹做皇子時還上場蹴鞠，次次輸給齊雲社呢。」

趙淺予好奇地問：「齊雲社的怎麼敢贏爹爹呢？」官家見她懵懂可愛，哈哈大笑起來。

趙栩說：「爹爹，四妹年紀雖小，志氣不小，還是想贏上三妹一局。她聽說兩家女學這幾日就要選出參加小會的人，四妹想請臣去幫忙選上一選，賽前也請臣幫她指點一番。」

官家指指他：「就知道你的鬼花頭最多，成日想著出宮玩耍。是不是你攛掇著阿予來鬧騰的？難怪陳二郎都不肯進宮來陪你讀書。」

陳青趕緊躬身請罪：「官家恕罪，全因太初這些年在外習武，人看著溫和，性子實在暴躁。他娘擔心他日後闖禍，這才想著送去孟家表弟那裡束縛他一番。」

趙栩故作吃驚狀：「啊？陳太初要去孟氏族學附學？」

官家歎氣問孟存：「孟卿啊，你說和重（蘇瞻表字）和漢臣（陳青表字）都趕著把兒子送到你家去，難道國子監和觀文殿還比不上你家的族學？」

孟存立刻跪了下來：「陛下！折殺微臣了！蘇相公和陳太尉和微臣家，不論近遠也都是親。臣早就收到兩家小郎君要來族學附學的消息，但臣妄自猜測，約莫宰相和太尉是為了省些束脩。這蘇陳兩府至今都還是租賃來的房屋，廚下怕也沒隔夜的米糧——」

官家哈哈大笑起來：「起來吧，漢臣他一直清貧我知道，但和重家沒有隔夜的米糧我可不信。」

蘇瞻面上帶著清淺的笑容，朝官家作了一揖：「不瞞官家，臣家中隔夜的米糧還是有的，但做束脩的臘肉一條都無。一則臣妻新過門不久，剛有了身孕，恐怕這臘肉一年半載都要缺著了。二則臣妻年歲還小，也怕她照顧不好大郎，這才託付去了表妹夫家。」

在場的人都一愣。以蘇瞻的性格，怎會忽然叨念起家眷私事？

那個十七娘有了身孕？趙栩平日對蘇瞻敬重有加，蘇昉一事後，心裡就有些不舒服，聽到這句，更是不痛快。

官家撫掌大笑：「和重十多年才又要添丁，這是好事。」陳青和孟存紛紛向蘇瞻道賀。

蘇瞻謝過眾人，朝官家行了一禮：「臣這三五年均未返川探親，如今臣母臣弟剛來，妻子年少不經事，家事紛亂。想請陛下恩准臣告假一個月，安頓家眷。」

高太后感歎道：「和重真是有情有義之人，官家當准了才是。當年他家王氏，可惜了，唉。」

官家也知道當年的憾事，也憐惜蘇瞻年過三十，膝下僅有一子，便准了蘇瞻的告假。

趙栩笑了笑，靠在高太后身邊替她剝核桃：「娘娘您才是最重情義的呢。聽說程老夫子的夫人當年有了身孕，多虧娘娘賜了兩位娘子去伺候他，他才能夠安心著書。還聽說幸好那兩位娘子有一位是醫女出身，幫著程夫人生產，不然我們見不著如今的小程官人了！您可得也替蘇相公想想啊！」

蘇瞻一抬眼，見趙栩笑眯眯一臉真誠，他剛要開口，高太后已經笑了起來：「你這潑皮，挨了十板子就把老程夫子記恨上了？一心要替你蘇先生著想？罷罷罷，秦順才！」

慈寧殿的秦供奉官笑眯眯地應道：「娘娘，小的在。」

高太后笑道：「明日你將我殿裡的春錦和雲錦送去蘇府。雲錦那丫頭在御藥待過兩年，也能幫著照看一些他家夫人。和重啊，當年老身未及照顧到王氏——唉，這次老身的一番心意，你就不要再推拒了。」

官家感歎道：「還是娘娘想得周到，這本該是五娘的事，倒叫娘娘費心了。」

高太后想到中宮向皇后至今無子，歎了口氣，十分悵然，又想起來一事，對官家說：「對了，和重繼室的誥命，禮部也該早日批了才是。」太后想起當年王九娘病逝，蘇瞻上了摺子，為亡妻請封，字字泣血，句句哀痛。官家親自擬了榮國夫人的封號，著禮部立即辦理，趕在出殯前就辦妥了。這蘇家已經出了一個國夫人，繼室一輩子就只能是郡夫人的誥命。她看看蘇瞻，一臉沉靜，也不知道是不在意，還是不能在意。

蘇瞻謝了恩，又看了看趙栩。趙栩一臉邀功的模樣朝著他揚揚下巴，十分得意。

趙栩牽了趙淺予篤悠悠步出福寧殿。

哈，蘇昉，你要好好謝謝我才是。趙栩心下的確十分得意，那胖冬瓜也該謝謝自己了，當然，自己順口辦成這事和胖冬瓜可沒一點關係，就是自己俠膽義肝嫉惡如仇聽到不平順手插刀而已。

第三十五章

午後，孟館長和李先生進了東廂房，喊上昨日報名的周小娘子、林小娘子、九娘，還有捶丸小會的張蕊珠、四娘、七娘、秦小娘子一起離開東廂房，她們的女使趕緊各自抱著器具跟上。餘下的小娘子們議論紛紛，大多都猜測周小娘子能勝出入會。

到了男女學分隔的垂花門，看門的僕從見了孟館長過來行禮，開了門，有一人便引領她們往東邊一進單獨的院落而去。

這個院落是男女學共用的捶丸場地，眾人入內後，孟館長和李先生稍作商議，選了五個地勢迥然不同的球洞，讓三個備選的小娘子各打一輪，不算籌牌，不計失誤，只按五個球洞全部進球的總棒數計算，最少棒的就入選女學捶丸小會。

正在講解中，外頭又進來一行人。

九娘一抬頭，怔住了。來的是一位穿了襴衫的中年文士，身後跟著的竟是陳太初。陳太初身後又跟了兩個人，其中一個皂衣黑靴小廝打扮的正是趙栩，另一個上衫下褲的矮瘦書僮面容極美，長得和趙栩有幾分相像。

孟館長十分詫異，迎上前一問，才知道陳太尉家的郎君來附學，今日入學試，進了男學的乙班。他受四公主所託，要看看孟氏女學捶丸小會的水準，聽說午間女學有人要來練習場比試，因此由乙班的先生陪同過來觀看。

孟館長暗呼倒楣，這可真是不巧，怕要給貴人看到女學最差的水準了。但也只能受了陳太初等人的禮，讓他們在西廊下觀看，自己和李先生去場中的球洞邊插上彩旗。

院子裡四娘的一顆心不受控制地急跳起來。她房裡那個翠微堂送來的賞花黃胖小娘子，正是陳太初具名給各房的禮物。那麼精緻昂貴之物，她收到的時候就驚喜莫名。打聽到九娘並未收到後，她一夜難眠，思來想去，總覺得陳太初也許對自己有些不同。

卻沒想到，堂堂衙內的他竟然來了孟氏族學附學，四娘只覺得心慌不已。七娘卻開口問道：「那不是陳家表哥嗎？他怎麼來族學進學了？哎，表哥在同我們招手呢。」

四娘的心都快停跳了，匆匆一抬頭。

陳太初看見帶著小帷帽的九娘竟然也在場，十分吃驚，再見她和身邊那人所持的撲棒差不多高，又十分好笑，想到身邊還帶著那十來顆白沙枇杷，就悄悄朝九娘抬了抬手比了一比，笑著示意她個子太小最好別打，那小人兒卻已經在低頭認真地檢查器具了。

四娘只看到陳太初朝自己這邊笑著揮了揮手，公子如玉，廊下生光。她嚇得滿臉通紅，趕緊轉過身去，裝作幫九娘檢查器具，一雙手卻不由自主地顫抖起來。

張蕊珠看在眼裡，笑著問七娘：「阿姍，原來那位是你表哥啊？」

七娘心直口快：「是啊，那位就是我二哥表叔陳太尉家的陳表哥，長得同我蘇家表哥差不多好看呢。前些時他常來我家玩，還送了內造的黃胖給我們。對了，張姊姊你什麼時候來我家裡玩，我保證你從來沒看到過那麼好看的黃胖，她手裡的琴那麼小，竟然也能彈出五音來！哦，我四姊那個賞花的黃胖小娘子也好看，那花兒還真的有香味。」

秦小娘子卻說：「我倒覺得你表哥身後的小廝才好看，可惜嘴上破了相。」

七娘打了個哈哈：「小廝再好看也只是小廝，秦姊姊的眼光真是——」

張蕊珠見她二人話不投機就要吵，趕緊笑著說：「還有這樣神奇的黃胖？我可一直想去你家見識一下百年世家，你記得可千萬要下帖子給我。」

七娘高興得連連點頭，秦小娘子冷哼了一聲，四娘卻微微皺起眉頭。

趙栩在陳太初身後冷冷地說：「胖冬瓜人還沒撲棒高，也好意思下場？」這胖冬瓜看見自己竟然一聲不吭，看也不看過來一眼，真是可惡。枉費自己一片苦心，又送藥又送枇杷的，簡直好人沒好報。

趙淺予好奇地問：「六哥你說誰是胖冬瓜？那個最矮的胖妹妹嗎？」她看了笑道：「果然又圓又胖，真是個胖冬瓜。」

趙栩一巴掌拍在她後腦勺上，冷哼一聲：「姊姊！她比你還大一歲。胖冬瓜只能我叫，你別沒大沒小。」

趙淺予啊呦一聲，就要叫嚷。

陳太初頭也不回：「你們再要嘰嘰喳喳，就要被趕出去，看不著可不要怪我。」

趙淺予吐了吐小舌頭上前一步，想伸手揪住陳太初的袖子，卻被趙栩一把拎了回來。

場內的彩旗都已插好，孟館長讓張蕊珠帶著其他人去東廊下觀看，自己和李先生帶著孟小娘子、九娘退到一邊。周小娘子自去場中設置第一棒的發球台。周小娘子年已十二，知道西廊下那位極英俊的小郎君是來看她們捶丸的，心裡既害羞又緊張，平時的準頭不免失了分寸。她想著要為難後面兩個人，發球台設置得離第一個球洞並不近，結果自己竟然打了三棒才進洞，她臊得滿臉通紅，更加緊張起來。

那最後一個球洞，就在西廊邊上。她緊張萬分，保持著最佳儀態，緩步走過去，兩棒打完那陶丸已經離球洞極近，是一個完全沒難度的地滾球。她忍不住偷偷瞥一眼陳太初，見他正專注地看著那個陶丸，面容如玉，雙眸燦若星辰，不由得心跳如擂鼓，趕緊換了攛棒瞄準。

「看什麼看！醜八怪！」不妨廊下傳來一聲極輕的冷哼。

周小娘子只覺得眼前一陣發黑，一抬頭卻分辨不出誰說了這話，不由得羞憤交加，手一抖，最後這個地滾球竟然打了三棒才進洞。最後五個球洞共打了十五棒。

張蕊珠等人看著周小娘子臉色蒼白，含著淚回到廊下，都關切地問她是不是不舒服。周小娘子只搖頭垂淚不語。她最後一洞的異常也被眾人看在眼裡。李先生默默地搖了搖頭，須知捶丸，技巧和準頭固然重要，可這捶丸更重視觀察自己的內心，規範自己的言行，所謂觀心而知己，對捶丸者要求心寧、志逸、氣平、體安、貌恭、言訥。要是遇到籌牌平手的情況，就要評選這些來論上、中、下。

林小娘子當然也看到了周小娘子的不妥，她使用的是學堂的器具，不是很趁手，但勝在心靜，看技巧，雖略遜周小娘子一籌，儀態也不如她優雅，卻只用了十三棒就打完了五個球洞。她對場外眾人行了一個福禮，泰然地回到東廊下。四娘和七娘喜出望外，紛紛向她道賀。周小娘子撲在張蕊珠懷裡嚶嚶哭了起來。

剛剛那突然開口罵周小娘子的，正是四公主趙淺予。她從小就把陳太初視為「我的太初哥哥」，誰多瞄他一眼她都不舒服。在宮裡，為了這個和十二歲的三公主不知道掐了多少次。看到周小娘子竟敢偷看陳太初，哪裡忍得住。話一出口，免不了被趙栩拍了一巴掌。陳太初看著周小娘子離開時快要哭出來的模樣，只能歎口氣警告她：「你再多話，就讓六郎即刻帶你回去。寶津樓你捶丸我也是不去看的。」

趙淺予立刻捂了嘴，狠狠地瞪了周小娘子的背影一眼。醜八怪！看什麼看！我的太初哥哥！

九娘帶著玉簪下了場，也和前面兩位一樣，從第一洞的發球台開始。眾人見她還不如插在球洞邊的彩旗高，圓滾滾的小人兒捧著球棒，一本正經的胖臉，跟隻肥貓似的在場中滾來滾去，紛紛壓抑著低笑起來。孟館長和李先生也忍俊不禁，連聲囑咐她小心一些，別被自己的棒子打到了。

陳太初握手成拳抵在唇邊，苦苦地忍著笑。後頭的趙淺予卻已經憋不住笑出聲來。趙栩狠狠地瞪了她一眼，捂住她的嘴，火冒三丈。這些傢伙太可氣了！竟然敢笑話只有自己才能笑話的胖冬瓜！心裡立刻想著：那傢伙輸了不知道會不會哭，待哪天他好好教她幾招才是。

等九娘打完第四洞時，場外都已經沒了笑聲。七娘更是拖著四娘直接跑到西廊下，也不和陳太初他們打招呼，緊張萬分地盯著九娘。

九娘前四洞只用了十棒，如果這個球洞能兩棒進洞，就能勝出。可最離譜的是她全程只用了攛棒一種球棒，根本沒有使用撲棒、單手、杓棒和鷹嘴，打的全部是地滾球。

可這最後一洞，若不會飛行球，十分難打。那陶丸前面就是一個坡地，在發球的地方，根本看不到坡地後頭凹下去的球洞，只能靠彩旗為準。趙淺予歎了口氣，這個胖妳妳這麼好玩，只可惜這個球昨晚六哥教了那麼多遍，她也打了好幾次，那球才湊巧滾入洞中的。

七娘和四娘緊張地挨著欄杆，想出聲讓九娘換撲棒，卻也知道捶丸時場外人絕對不能說話，只能眼瞧著乾著急。身後有人溫和地說：「麻煩兩位妹妹讓一讓。」卻是她們擋住了陳太初三個的視線。

四娘趕緊福了一福：「對不起，陳表哥。」她拉了拉七娘往後退了幾步，和陳太初並肩而立，只覺得口乾舌燥，這春日裡的太陽照不到身上，看著也頭暈。突然陳太初身後擠進來一個小書僮，將她一撞。

四娘險些摔在七娘身上，可礙著陳太初也發不出火來，勉強笑了笑，讓開了一些。

趙淺予鼻子裡冷哼一聲，真是討厭，一個個醜八怪都喜歡盯著我的太初哥哥！

仍舊戴著小帷帽的九娘慢慢踱到最後一個球洞處，蹲低了身子，朝發球的地方估計了一下距離和線路。身後傳來一聲不耐煩的聲音：「用鷹嘴。」卻是趙栩實在忍不住出聲提點她。

七娘白了這個長得太好看的小廝一眼：「別多話！我九妹只會用攛棒！」別以為自己長得好看

就可以亂說話，你只是個破了相的小厮，懂什麼！

趙栩頭都暈了，這個胖冬瓜，竟然七歲了還只會用攛棒！七公主可是三歲就會用撲棒了！就算四妹這麼差勁的，五歲也已經全都會用了。他眼睜睜看著胖冬瓜慢騰騰地滾回坡地的另一邊，舉起攛棒，比劃了一下。

九娘這時才看了看不遠處西廊上的眾人。陳太初正微笑著朝她點點頭，那笑容顧盼神飛，見之忘俗。一旁的趙栩黑著臉，雙手抱臂，唇上的傷青黑一團。想起他昨夜那藥膏，看著他這模樣，九娘忽地伸出小手朝趙栩揮了揮笑了起來，心裡得意你可沒有小帷帽能戴著遮醜。哈哈。

七娘趕緊也朝她揮揮手：「阿彌陀佛無量天尊神仙保佑啊。」四娘白了她一眼，這個時候她倒把九娘完全當成自己的妹妹了？一看張蕊珠她們都在看著自己呢，趕緊牽了七娘回東廊。

趙栩才冷哼了一聲：「哼，醜死了。」

趙淺予卻警惕地問：「那胖冬瓜是朝哥哥你揮手，還是朝太初哥哥揮手？」

陳太初和趙栩異口同聲地答：「朝我們揮手。」

趙栩抬手就拍了趙淺予後腦勺一巴掌：「沒大沒小！姊姊！那是姊姊！」

那邊九娘慢慢地站好了姿勢，伸手揮棒。

眾目睽睽之下，那球快速地滾上坡頂，驟然停住，晃了兩下。就連陳太初這樣已經上過陣殺過敵的，也不禁屏住了呼吸。那球忽地又停了一瞬，緩緩朝前面的坡下滾下去，倏地就落入球洞中。

一側看球的孟館長和李先生面面相覷。這孩子，運氣太好了吧？是運氣吧？李先生緩緩舉起手中的小旗。

七娘蹦了起來：「十一棒！只用了十一棒！」四娘也反應過來，笑著對周小娘子和林小娘子說：「我家九妹運氣真好，對不住二位了。」

九娘朝場外行了禮，退到東廊下。玉簪還沒反應過來，小娘子這最後一洞，是一棒就完了？

孟館長過來宣布：九娘勝出，將代替六娘出賽兩日後和蔡氏女學的捶丸賽。四娘、七娘也覺得甚有榮光。四娘偷眼去瞧西廊，那邊卻已經空無一人。

九娘等玉簪從廊下理好提籃，拎著革囊過來，其他人都已經出了園子。玉簪一臉懵懂地低聲告訴她：「陳衙內給了些蘇州進貢的什麼沙枇杷，說讓小娘子帶回家吃，還說什麼六郎知道的，不要緊。」她打開革囊給九娘看。九娘一探頭，十幾個木丸都不在裡面，變成了十幾二十個黃澄澄圓滾滾大小均一的枇杷。九娘抿嘴笑了，嘴好疼。

第三十六章

這夜請安時分，木樨院正屋裡鬧哄哄的。程氏頭都疼了，七娘猶自還在描述九娘運氣極佳的最後一棒。十一郎忍不住說：「七姊，你都說了三遍了！」

七娘得意地說：「是不是還想再聽一遍？是我舉薦了九娘！是我慧眼識小英雄！學裡的捶丸小會，就得有我們孟家的三個小娘子才是！」

九娘頭一次發現七娘竟然還蠻可愛的，看看四娘，卻發現她正魂遊天外。

四娘一直在走神，耳邊似乎總是聽到那溫和的一聲：「妹妹讓一讓。」然後那高挑的帶著少年郎氣息的身子和自已站到了一起。她已經算身量修長的，可那人卻比她高出近一個半頭，她將將才到那人的肩膀處。

程氏不理會她們，她才懶得關心捶丸賽，就算寶津樓御前又如何？人山人海的，最後眾人關心的是那勝出的小會，能去御前覲見官家、太后和皇后的，也是那籌牌最多的小會。聽說今年民間的小娘子們要跟著六歲的四公主一起捶丸，想想也知道了，肯定會輸給三公主帶的宗室勳貴小會。還不如跟著十七娘這個郡夫人，說不定有機會能覲見太后和皇后。她嫌七娘太吵，喝了一聲：「好了，阿姍你少說幾句，娘的頭都疼了。你爹爹明日就要去眉州呢。快想想，你可有什麼要孝敬你外婆外翁的，還有你大舅家的表兄弟表姊妹，你可有什麼好東西要送給他們？」

七娘這才想起來前幾日孟建就定了行程，她這幾天發愁捶丸一事，壓根沒想起來要送什麼給外婆家的親戚，聲音立刻低了下來：「啊？明天爹爹就走了？要去幾日啊？我沒什麼要送的，不如讓爹爹路上替我準備一些？」

孟建從裡間走了出來，刮了刮她的鼻子：「枉你外婆那麼疼你！竟然這麼不放在心上。爹爹買的，自然是女婿孝敬丈母的，和你有什麼干係？」

七娘抱了他手臂癡纏，又說了一遍九娘能和她一起同蔡氏女學捶丸的事。孟建大笑：「是，阿姍有眼光，阿妧有運氣。我看你們說不定能贏了蔡氏。」他看看四娘又補了一句：「阿嫻有本事。你們三個都是好的。」

女使們將孟建的行李搬了出來，歸置到一處，把行李單子和禮單一起呈給裡間榻上的程氏。三房的幾個孩子猶自討論著捶丸的技巧，外間裡間的亂竄。九娘不動聲色地挪到裡間，往孟建身邊角落裡站了站，拿出一個小木丸，蹲在地上比劃著。

程氏仔細看了看行李單子和禮單，一邊增添減補，指使梅姑和一眾人等團團轉，一邊對孟建小聲說：「我大哥來信說，要把他家大郎送來族學附學。不如就跟你一同回來，明日我先在修竹苑安排好一間屋子，留著日後安置他，省得下個月換作二嫂掌了中饋，再開口還麻煩。」

孟建看著正屋裡亂糟糟人進人出的，定了定神仔細想了想：「此事倒也不難，我和二哥說過了，你侄子的入學薦書也早已備好。待我處理好阿昉他娘的事，帶了你侄子一起回京。你這幾年和娘家少了來往，如今我們盡盡心意也是應該的。倒是阿昉過幾天來入學試，你記得在修竹苑也留一間屋子和兩個照看的人才是。」

程氏笑著說：「早就備好了，娘那裡也早稟告過，說要提前備兩桌席面，也好和兄弟姊妹們認識一下。」

孟建壓低了聲音告訴程氏：「我看阿昉以後恐怕會常來家裡住，對了，昨日你表哥給的那筆錢，你儘快填上才是。暖房酒你可得好好出力，替表哥分憂。」

九娘心裡一跳，阿昉為何會常來孟府住？蘇瞻又為何會給三房一筆錢？

程氏白了孟建一眼：「我比你著急多了，今日已經上了帳，夜裡終於能睡個安穩覺，且放心吧。倒是你為何說阿昉會常來我們家住？還有我昨日忘記問你，為何蘇家的暖房酒要請我去主辦，就算十七娘小門小戶出身，也不至於連個暖房酒宴也不會辦吧？」她忽然想起一事揚聲喊道：「對了，梅姑，明日我要去探望姑母，禮單子可備好了？」

梅姑從外間進來，恭身福了福笑道：「昨日就備好了，娘子還過了目，添了一對汝窯梅瓶的，怎麼今日就忘了？」

程氏想了想，也覺得好笑：「看我這幾日忙得腳不著地的，竟是忘了，早上才想著要給二表哥家的阿昕再添一個瓔珞項圈。梅姑你去我庫裡取出來添上就齊全了。」

看著梅姑帶了侍女出去，孟建才低聲笑道：「十七娘有了身孕，推說不能勞累，才央了你去主理。這繼母剛過門就有了，你說阿昉那孩子能高興嗎？」

程氏嚇了一跳：「這麼快！這才過門四個月吧？」

孟建搖搖頭，捧起茶盞喝了口茶：「不然怎麼說嫁得好不如嫁得巧呢，這才叫福氣啊，等上三年又有什麼？」

程氏卻怔怔地，半晌才歎了口氣：「唉，還是王九娘倒楣。可憐了阿昉那孩子。不知道是不是因為十七娘有了身孕，才被他爹爹打發到族學來讀書的。有了後娘就有了後爹啊！」

孟建嚇了一跳，抬頭看看，幸好外間鬧哄哄的一時沒人進來：「你這說的什麼渾話！你表哥堂堂宰相，對亡妻情深義重，哪個不知道？他對大郎悉心教養，汴京稱之為小蘇郎。怎會為了那肚子裡一團還不知男女的血肉就苛待嫡長子！可不許再胡說八道了，你這張嘴啊，千萬看住，暖房宴那日，你可不能拆十七娘的臺。不管以前王九娘待你怎麼，你得管眼前人眼前事。待阿昉來家裡了，你只管對他好就是。」

程氏啐了他一口：「呸，我有數著呢，哪用得著你教我？你放心，我可會好好巴結這位郡夫人的！能不好好巴結嗎？」轉念一想她又洋洋得意地說：「呸，我巴結她作甚！我嫡親的姑母，從小待我像親生女兒一樣。明日我去探望她，哪用得著巴結十七娘？菩薩不拜反而去求和尚？我又不傻！」

孟建被她氣了個倒仰，乾脆下了榻去看七娘和十一郎、十郎他們在地上玩地滾球，這才看到躲在角落裡獨自滾著小木丸的九娘，走過去輕輕拍拍她肩膀：「阿妧怎麼不和你七姊一起去玩，去吧。」

九娘一抬頭，孟建看她臉色不太對，想起上次林氏發瘋的事，趕緊問她：「你怎麼了？哪裡不舒服？可要讓你娘請個大夫來看？」

程氏下了榻，摸了摸九娘的額頭：「不要緊，沒發熱就好，別是今天捶丸累著了。好了好了，你們幾個皮猴子，都過來，請了安各自回房去。」

回到聽香閣，九娘才回過神來。原來十七娘竟然有了身孕，那阿昉呢，他心裡會難過吧。他會擔心以後沒人記得自己這個娘了，也許還會擔心自己慢慢成為蘇家多出來的那個人。這個念頭一起，九娘再難安心，阿昉他知道了那麼多的事，會不會也覺得爹爹有了弟弟或妹妹後，就會棄他不理了呢。他本來就起了疑心，這樣一來，他會不會自暴自棄一蹶不振？他會不會仇視他爹爹，甚至荒廢學業呢？五內俱焚的九娘恨不得趕緊飛到蘇昉身邊安慰他開導他，告訴他娘還活著，你別想那麼多，你來孟家讀書，不想回家就留在這裡，娘會陪著你。

守在榻邊的林氏和慈姑面面相覷，這，入選了小會，不應該興高采烈才是嗎？怎麼竟嗚嗚咽咽地哭著了？

玉簪急得說：「小娘子快別哭了，嘴上的傷口恐怕要裂開來呢，再出血恐怕要留疤了。」

留疤有什麼好怕的！她前世的死，已經在阿昉心上留下了那麼深的疤，眼下恐怕他舊傷未復原，又添新傷了。

林氏訥訥地問慈姑：「是不是小娘子們到了一個年紀，就開始多愁善感起來了呢？」

慈姑歎了口氣，輕輕將九娘抱在懷裡安慰她：「好了，好了，有什麼難過的，傷心的，哭出來就好了，別忍著，忍著反而不好。氣傷肝呢，你哭吧，哭一哭興許好受一些。」

九娘一聲嚎啕大哭。玉簪尖叫起來：「裂開了！嘴上的傷又出血了！」東暖閣裡一片混亂。

夜深人靜時，九娘忽然覺得自己這幾天太容易哭了，而且是在人前哭。可是哭完的確會好受許多，她好像很多年都沒有抱著一個人放聲大哭過了。

兩日後，孟氏女學的南角門緩緩駛出三輛牛車。

第一輛牛車裡，孟館長高興地看著車裡溫潤如玉的陳太初。心想公主很看好我們孟氏女學啊，竟然讓衙內陪我們去，雖然是觀戰，應該會讓學生們在士氣上為之一振。再說，能和這樣的少年郎共處一車，才不負春光啊。李先生也看陳太初看得目不轉睛，被身邊陳太初的小書僮擠了好幾下也不在意。

孟館長和李先生感歎陳太初小小年紀就被扔到軍營中摸打滾爬，又煞有興趣地問了許多大名府的風土人情。陳太初微笑著耐心講解。趙栩和趙淺予不耐煩地縮在他身後，憋屈得很，可看看窗簾外笑容滿面用腿走路的幾個女使和十來個侍女僕婦，只能慶幸自己還能託陳太初的福賴在車裡了。

第二輛牛車裡坐著孟氏女學的五人小會：張蕊珠、秦小娘子、孟家三姊妹。四娘和七娘還在小聲教著九娘怎麼使用其他球棒。九娘不停地點頭表示知道了。張蕊珠微笑著看著這三姊妹，想起昨夜她問爹爹這世上是不是有人運氣一直很好特別好。爹爹卻說，一直都能運氣好，那不是運氣，是本事，而能讓人認為自己只是運氣好才是最大的本事。

蔡氏族學在汴京大梁門外西邊的建隆觀旁邊，正對著汴京第一豪宅：蔡相宅。從城東的孟氏族學，牛車足足走了一個時辰，繞過不輸觀音廟繁忙的建隆觀，才停在蔡氏族學的北角門。

門子一看牛車上的銘記，一邊著人進去稟報，一邊安排車轅靠邊。

眾人下了車。不多時，身穿藕色窄袖長褙子、丁香色挑線裙子的蔡館長帶著一位女先生笑眯眯地迎了出來，和孟館長、李先生互相見了禮。

孟館長介紹陳太初：「這位是陳太尉家的二郎，受了宮中四公主之託，想先看看我們兩家的捶丸技藝，因他就在我們男學進學，順道一起來的。」

蔡館長笑得更是殷勤：「有勞二郎了。」心裡卻一個咯噔，往年可從來沒有什麼公主所託先來看看，這所託非人怎麼辦？他要是說些什麼，聽還是不聽？還有他自己堂堂衙內，跑去孟氏附學，這心還不偏得沒邊兒了？

趙栩和趙淺予卻慢騰騰挪到了九娘幾個人身後頭。趙栩看著九娘戴的小帷帽就沒好氣，不就是這麼點傷口嗎，才七歲的小東西，誰要看你的冬瓜臉？想著自己這張臉都不畏傷疤，四處拋頭露面，就更想掀開帷帽看看傷疤好得怎麼樣。他總覺得九娘是沒機會同自己親口說謝謝，這心裡跟有貓兒在撓癢似的難受。

九娘一側身，隔著帷帽瞄了趙栩一眼，看他的唇上傷口果然好了不少，雖然看起來烏黑一塊還是很可笑，奈何他實在長得太好，即便穿著小廝的衣服，往哪裡隨意一站，眾侍女僕婦們都有點神魂顛倒，拿器具時都磕磕碰碰的。趙淺予惡狠狠地一個一個瞪回去，可惜眼大人小，誰也不關心一個小書僮在做什麼。

侍女僕婦們將第三輛牛車上的器具一一取下，由各位小娘子的女使們捧了。眾人跟著兩位館長進了粉牆黛瓦很不張揚的蔡氏族學。

九娘人小腿短，很快和玉簪落在了後頭。趙淺予早已經擠到前頭跟在陳太初身邊。趙栩慢悠悠地跟著九娘，垂眼看著她的頭頂心。不妨九娘忽地轉過身來極快地福了一福，輕聲說：「謝謝那藥，我好多了。」

趙栩一愣，本想好要伸手摘了她帷帽好一頓冷嘲熱諷的，竟然只吐出一個字：「哦。」

哦，不用謝。

第三十七章

蔡氏的捶丸場地，和孟氏的差不多大小，早已經彩旗飄揚。

孟氏女學的眾人只覺得眼前一亮。蔡氏女學小會的五個小娘子身穿同色胡服，緋色對襟翻領窄袖上衣，錦繡緣緩渾襠褲，腰繫革帶，腳蹬赤皮靴。上衣的領子袖口和衣襟都緣以一道寬闊的錦邊。在這捶丸場地中，真是景不如人，鮮豔奪目之至。

那五個小娘子身量均相差無幾，見到孟氏眾人都笑靨如花，齊齊抱拳在胸前，學那男子唱了個喏。

幾位小娘子和女使們忍不住驚歎起來，滿是豔羨。孟館長由衷欽佩：「你們蔡氏女學真是年年別出心裁，非同凡響。」蔡館長笑著說：「本來也就是圖個高興，五娘怕當今不允許穿胡服，還特地去問了蔡相。也算得了恩准，才讓她們得逞這一回。」

張蕊珠和秦小娘子當先走下去，攜了那中間兩位的手嗔道：「五娘！輪到來你們這裡，你們偏穿得這麼好看，真是可惡！誰還想和你們一道比賽！」幾個人便親密地低聲說起話來，有幾個蔡氏的小娘子不時抬頭看向陳太初，又看看九娘。

七娘和四娘對視一眼，低頭看著自己身上的窄袖褙子，雙雙歎了口氣。

趙淺予扯扯趙栩的袖子：「六哥，我也想要那一身胡服，真好看。」

趙栩皺了皺眉：「醜。」他最看不上這紅綠搭配，若是胡人高鼻深目捲髮高挑妖嬈，還算另有一番風情。中原女子五官平平，身量不高，掛著這紅紅綠綠的，哪裡是人穿衣，倒是衣穿人。醜衣裳配醜人。要是胖冬瓜也喜歡，他倒可以重新畫一套讓裁造院做做看，肯定比這個強多了。他側眼瞄一瞄，胖冬瓜正抻著短脖頸往場上的彩旗那兒看呢，絲毫沒注意前頭紅紅綠綠的。

七娘聽到趙栩口中這個醜字，狠狠地瞪了他一眼，心道你才醜呢，嘴上那麼大個疤還好意思跟著主人家出門，失禮之極，還不分美醜，真是討人厭。

四娘卻猜測趙栩說的這個字，是不是因為陳太初不喜歡胡服。她側目望過去，陳太初站在李先生身旁，正在仔細看著場中的球洞，果然沒有在意那些蔡氏的小娘子們。

九娘自然也聽見了，努力忍住笑，看向場中，細細觀察場中，彩旗所插的地勢都很有難度。蔡氏想來練習過無數次，志在必得。對方五人都是十二三歲，身高同張蕊珠、秦小娘子差不多，優勢十分明顯。九娘暗暗在心底推算，萬一己方輸了，她需要拿到多少籌牌才能確保壓住張蕊珠。

兩邊的小會各自列隊，互相正式見禮，先去旁邊的關牌手中每人領取籌牌。負責監督和記籌牌的一位娘子大聲宣布：「蔡氏女學和孟氏女學，今日以球會友，一局定勝負！各位手中都持有十根籌牌，一棒進洞的，可贏三根籌牌。兩棒進洞的，可贏兩根籌牌。三棒進洞的，則贏一根籌牌。一人進洞，餘人無需再爭。若有人贏到二十根籌牌，這局比賽直接結束，此人所在的小會勝出該局。撲棒和攛棒使用次數必須滿十次，有犯規者，按規則罰減你們手裡的籌牌，各位小娘子都清楚了嗎？」

眾人都應聲答是。

到了發球台處，十人依次朝球洞將自己的球拋出去。九娘並不想第一個發球，使足了力氣，掄起小胳膊奮力一扔。最後一看，還是她的球離球洞最遠，按規則第一個擊球。其餘的人按照各自拋球的遠近依次從左到右站好順序。張蕊珠拋球離球洞最近，排在最後一位擊球。

陳太初、趙栩都繞到靠近發球點的廊下，想看看九娘這第一球怎麼打。趙淺予嘻嘻笑：「聽說她只會用攛棒，兩天能學會用撲棒嗎？」趙栩瞄她一眼：「你倒是會用各種球棒，有三棒內進洞過嗎？」趙淺予扁扁嘴，六哥這嘴太損了。

九娘將球放入發球台中，從玉簪拎著的提籃中取出一根專打遠距離球的單手杓棒來。七娘手裡捏了一把汗，才學了兩天，這傢伙就要用單手杓棒開球？萬一打不到球怎麼辦？

球放入發球台，不可再移動。球棒瞄準了球，也不可以再調整。

九娘吸了口氣，側身而立，雙手交握棒身對準了球的中心偏下一點，揮起了棒。砰的一聲輕響，眾人看著那木丸輕快飛起，直朝球洞而去，最終落在離球洞不遠的地方。球洞邊的球僮上前，在九娘球的右側劃了一條橫線，這就是九娘第二棒發球的位置。

七娘阿彌陀佛了一聲，要是九娘這棒落空，或者球沒打出發球台，可就得罰一根籌棒出去。

趙栩鬆了一口氣，他看出來九娘的擊球點和揮棒角度速度都非常好，可惜她用的那根單手杓棒，接觸球的那一面寬了一些，木面薄了一些，顯然不是名家所製的好球棒，否則以她這一棒的角度和力度，完全可以落地離球洞更近一些。

小娘子們依次上前將球開出，球僮替她們一一劃好線。十個小球散落在球洞四周，第一棒打完，蔡氏女學有兩位的球都故意落在九娘的球前頭，擋住了球洞。張蕊珠是最後一個上場的，她的球落在離球洞最近處。

這一輪，無人一棒入洞。場中小娘子們朝場外行了禮，帶著女使們朝第二棒發球點走去。陳太初三人也沿著廊下慢慢走近過去。

趙淺予撇了撇嘴：「六哥，她們好像都不行嘛，你經常第一棒就入洞的。」一想到要輸給那個從小就在人後欺負自己的三姊，趙淺予心裡十二萬分地不樂意。

陳太初禁不住笑了，轉身對趙淺予說：「你六哥的蹴鞠、馬球、捶丸，他要是說自己是皇城禁中排第二，恐怕沒人敢說自己是第一吧。六郎，聽說齊雲社去年就下了邀你入社的帖子，你怎麼沒去？」

趙淺予瞪大眼睛：「齊雲社？就是總贏爹爹的那個球社嗎？邀請我六哥入社了!?」

趙栩悶哼了一聲：「不去，他家蹴鞠的人太醜太老。」

趙淺予的下巴快掉在地上，扭頭看看陳太初正握拳抵唇悶笑，立刻忘記調侃哥哥，兩眼放光地說：「太初哥哥，你再笑一個吧。那天你請我們吃凌娘子的餛飩，總在對著餛飩笑，笑起來可好看了。你看看，我比餛飩好看，你對我笑笑吧。」立刻被趙栩一巴掌拍在頭上。

趙栩罵她：「你口水都要流下來了，醜！記得你是公主，不是真的書僮好不好！」真的書僮就更不對了。趙栩氣得不行，他最不願意趙淺予和陳太初在一起，好歹自己長得可比陳太初好看一點點吧，這親妹子怎麼這麼喜歡陳太初！貌似那個胖冬瓜也特別喜歡陳太初，肚子疼了還給他抱。他全忘記當時自己一口一聲怒斥九娘裝病的事了，連帶著看陳太初有點不順眼起來。

九娘走到第二棒的發球處，取出攛棒。蔡氏的幾個小娘子悠閒地看著這個矮矮胖胖的小人兒，剛才賽前聊天中，聽張蕊珠說這個妹妹入學試直接進了乙班，靠一根攛棒打過一棒入洞。所以剛才兩個小娘子就故意把球擊打到九娘的球前面，擋住她的球。

九娘剛開始還不知道隊友們和對手們的本事到底如何，但這棒如果她打不進去，後面九個人誰都有可能兩棒入洞，贏去兩根籌牌。前面有兩個陶球擋住了她地滾球的線路，但改成低飛球應該有七成把握可以入洞。

九娘站好姿勢，低低側揚起攛棒，一記漂亮的打燕尾，擊中球心偏下一分。木丸倏地飛起，貼著地面奔向球洞，落在離球洞還有三寸的地上，朝前滾了一下，可惜並沒有入洞。九娘暗呼一聲可惜，十一郎的這套棒子到底差了一些，棒頭的配重不在中間。她也練習得太少。

場外的陳太初和趙栩齊聲歎了一聲：「可惜了。」他們站得不遠，看到九娘這招打燕尾極其漂亮，奈何球棒不行，明顯棒頭的配重不對，力度半途減弱，才沒能入洞。

蔡五娘詫異地看了看九娘，這一手打燕尾就算是她自己來，恐怕也不能再完美了，不由得將這個矮胖小人兒列為僅次於張蕊珠的勁敵。

九娘後面連續兩位蔡氏小娘子擊球，由於不能把靠近球洞的球碰入球洞，對方的球被碰入，算對方入洞。己方的球被碰入洞，要減籌一根。她們也只能用地滾球把球打到九娘的球旁邊，一左一右，夾住了九娘的木丸，也正好擋住了張蕊珠的進洞路線。

餘下的人自然越來越難打，連著九人都沒能第二棒進洞。

最後擊打第二棒的張蕊珠微微皺眉。現在離球洞最近的有五個球：九娘和蔡氏的三個球比肩而立，幾乎貼成一道屏障擋在了她的陶丸前面。七娘的在球洞東側，蔡五娘的在球洞前面，離球洞最近。如果她這第二棒能直接入洞，就可以贏得兩籌。如果這一棒進不了洞，九娘第三棒進洞的可能性極大。

這一洞，她非進不可，她絕對不可能輸給七歲的孟九。再好的運氣，遇到有真本事的，也沒有用。場上眾人都看著張蕊珠，這個球，用地滾球肯定不行，但距球洞這麼近，低飛球很容易越過球洞。

張蕊珠微笑著從女使提籃中抽出一長一短兩根攛棒。雖然場上嚴禁喧鬧，但立刻傳出一陣嗡嗡的交頭接耳聲。蔡五娘眼中厲色一現而過，去年雖然孟氏女學輸了，但張蕊珠的籌牌卻排在孟氏第三位。沒想到一年沒和她切磋過，她竟然能用兩根攛棒搭配的擊打技巧了。她立刻神色凝重地和隊友們重新商議起來。

場外的陳太初也和趙栩對視一眼，看到彼此眼中的驚奇，看來他們都低估了場中小娘子們的水準，沒料到有人能用雙棒技巧。趙淺予揪著趙栩問：「六哥！她竟然和三姊一樣也會用雙棒！」趙栩冷哼了一聲。有什麼稀奇，如果胖冬瓜願意學，他一個時辰就能教會她！

九娘也一愣，看來張蕊珠志在必得這一棒，只是不知道她這是要棒上安偏棒，還是要倒棒翻捲簾？

張蕊珠卻朝九娘眨了眨眼，無聲地對她說了兩個字：「放心。」

放心，再好的運氣，也比不上絕對的實力。

張蕊珠將一根長的擉棒架在球左側，另一根短擉棒斜斜揮起貼著這根擉棒快速滑落，擊打在球側心。眾人只看到那球直跳起來，撞在長擉棒的棒頭上，斜斜地貼著前面九娘她們三顆球劃了一道漂亮的圓弧線，直落到球洞口，滴溜溜地旋轉個不停。

球僮也屏住了呼吸，手中的小旗被她捏出了汗。那球越轉越慢，最終啪嗒，入洞。

球僮舉起小球示意場外的關牌，高聲喊：「入洞！兩棒入洞！」她從荷包中取出兩根籌棒給場中眾人看了看，交給張蕊珠。

蔡氏女學的幾個小娘子還在低聲商議，時不時偷偷看向張蕊珠。雖然張蕊珠打出了棒上安偏棒，可也因為另兩個小娘子盯著九娘使絆子，才令得她有了施展空間，還是五娘說得對，從第二洞開始，必須死盯住張蕊珠才是。恐怕她賽前故意說九娘的那些話，就是想分散她們的注意，讓九娘替她分擔阻礙。

眾人朝場外行了禮，依次轉去第二洞的發球台。四娘暗暗看了廊下的陳太初一眼，見他依然微笑著看著自己這邊，忍不住又心跳臉紅了起來。

趙淺予興高采烈地問趙栩：「六哥！這個姊姊到我隊裡來，我是不是有機會能贏三姊？」

趙栩哼哼了一聲，棒上安偏棒，在他看來，也就是雙棒擊球的入門技而已，沒什麼了不起。

第三十八章

第二洞在四十多步開外的一個小土坡上，屬於峻勢，七尺高的草坡上，綠草修剪成平平整整一寸有餘的高度，彩旗插在那最高點。擊球的力度過大，越坡而過，力度不足，肯定上不去坡。依舊由九娘第一個擊打。

趙淺予在廊下問趙栩：「六哥，這個真難打，該用撲棒，還是單手？什麼棒才好？」撲棒專打高飛球，接觸球的面積大，木面窄。

陳太初和趙栩異口同聲道：「得用撲棒打高飛球。」每一種草，給不同材質的球帶來的阻力都不同，如果地滾球，肯定半路就滑下來。如果低飛球，極有可能越過坡頂或撞在坡上。只有控制得很好的高飛球，讓球落到坡頂，必須在坡頂不滑下來，二棒或三棒才能進洞。

九娘果然拿出了撲棒，她要打高飛球。從剛才所有人的準頭和力度看，她心中已經明瞭，已方除了她自己，的確是張蕊珠最厲害，其次是七娘、秦小娘子和四娘。對方則明顯是蔡五娘最佳，但蔡氏的配合戰術明顯要比孟氏好。自己單打獨鬥不說，四娘和七娘算是有小配合，秦小娘子在出力幫張蕊珠。但蔡氏唯蔡五娘馬首是瞻，從第二洞開始肯定至少有三個人會盯住張蕊珠了。而蔡氏既然是在自己的場地上比賽，肯定練習得多。第二洞就設置這個難度，也有下馬威的意思，意志不堅的，這一洞三棒不入，恐怕後面也會心慌。

九娘大力揮出撲棒，擊打在木丸靠近底部的中間位置。眾人抬頭，看那木丸高高飛了出去，到了那坡頂的位置，力竭而落。雖然看不到球究竟落在何處，但看著已經過去劃線的球僮所站的位置，卻同彩旗在一條線上，想來離球洞已經不遠。

七娘實在忍不住得意地告訴張蕊珠：「張姊姊，這個是我教給九妹的呢，她一開始總打不到球，我們夜裡也在家中練習，險些打碎了娘最喜歡的八寶琉璃燈。不過這個球，她也是運氣真好，小一點點力，那球肯定得滑下來。」

張蕊珠笑著說：「果然名師出高徒，短短兩日，九娘捶丸之技精進得這麼厲害。」還是爹爹說得對，一直運氣好的不是運氣，是本事。沒事，知道是本事，就好辦了。大家比本事，最公平不過。她倒不信孟七教出來的孟九，本事能高到哪裡去。

趙淺予羡慕地讚歎：「這胖姊姊的運氣還真好！我也打過這樣的球洞，不是掉下這邊坡就是滾去那邊坡，最討厭不過了，三棒根本打不進去。」

趙栩冷冷地道：「只有沒本事的人才說有本事的人是運氣好。還有，去掉那個胖字，記住沒有？不許無禮！」

陳太初也點點頭：「六郎說得對，我看九娘恐怕從小就學捶丸了，這個球，場下能打到她那個點的，不超過五人。」

趙栩這才扯了扯嘴角：「四個。」他伸手點了點張蕊珠、七娘和蔡氏的五娘及另一個略矮一些的小娘子：「就這四個打得上去。其他的，都不行。」

趙淺予瞪大了眼：「六哥你這麼厲害？我才不信。太初哥哥說五個就是五個。」

陳太初笑道：「我捶丸不如六郎，我們且看一看。」

不一會兒，趙淺予呵呵地笑：「六哥果然厲害，真的是那四個呢！」

趙栩哼了一聲，不搭理她。不信自己卻信陳太初？任憑趙淺予扯了他的袖子撒嬌。

球落在坡頂的五個小娘子上了坡，九娘一看，這次五個球全沒入草叢，和球洞都在坡頂的一條橫線上。張蕊珠和蔡五娘的球都擋在她前面，張蕊珠的球還離她的特別近，稍有不慎就會碰撞到。七娘和另一個蔡小娘子的球則在球洞的另一側。如果這棒她不入洞，她後面的蔡小娘子極有可能兩棒入洞。

九娘取下小帷帽，不慌不忙地從玉簪的提籃中也抽出兩根長短不一的攛棒。坡下眾人立刻紛紛低聲驚呼起來。趙淺予更是跳了起來，扯著趙栩的腰帶問：「她怎麼可能也會用雙棒？」陳太初和趙栩面面相覷，也想問，不知道問誰才對。

蔡五娘臉色一變。對方竟然有兩個人能使用雙棒技巧，她的隊裡只有自己能夠熟練運用大概七種雙棒擊打法。蔡氏幾個小娘子也糊塗了，接下來到底該著重對付誰？這個孟九，還是張蕊珠？

張蕊珠心中驟然一緊，這可不是短短兩日能練出來的。孟七娘絕對不可能會用雙棒，孟氏女學裡只有她一個人會用。孟九這個，到底是誰教的！

九娘仔細看了一下路線，忽地朝退到一旁的張蕊珠咧嘴笑了一笑，雖然有點疼，但沒關係。

張蕊珠看著她還帶著傷的小嘴巴無聲地對自己也說了兩個字：「放心。」她沉著臉，手心出了汗。

九娘左手握著稍長一些的擷棒，朝木丸最底部一擊。眾人看著那木丸直直地跳了起來，卻不往前，而是筆直地朝上方空中飛去，到了最高點，停了一瞬，立刻就朝地面落了下來。九娘立刻大力快速揮動右手的短擷棒，直擊在木丸上。那木丸陡然加速，閃電一般居高臨下，直直射入十步開外的球洞中，彈了兩彈，落丸為安。

坡下不少小娘子都不禁喊出聲來：「雁點頭！雁點頭！」

球僮怔了片刻，仔細蹲下伸手一摸，的確是九娘擊打的木丸。她不可思議地搖搖頭，站起身朝關牌示意，高聲喊道：「兩棒入洞！」將兩根籌牌交給九娘，忍不住讚歎一聲：「你這雁點頭打得漂亮！」

九娘將籌牌放入小荷包中，捏了捏，來得有點不容易啊，她其實是冒了險的，雁點頭她這兩日在聽香閣的院子裡練了不下百次了，十一郎的擷棒需要更大的力度擊打，木丸才能達到那個速度，一慢，準頭就沒了。果然運氣還不錯，小胳膊也有點抽筋了。

等著打第二棒的人不由得面面相覷，這位，也太快了吧，旁人竟然連打第二棒的機會都沒了？孟九這兩根籌牌贏得簡直讓人胸悶之極又不得不服氣。

九娘又戴上小帷帽，團團行了個禮，圓滾滾地從坡頂挪了下來。眾人看不出她什麼神情，只覺得她穩穩當當的，不像七歲的女童，倒頗具大將之風。

蔡五娘笑著問張蕊珠：「你們這位小妹妹，著實厲害得緊，萬一你們輸給我們，會不會她才是那個能去寶津樓的人？」張蕊珠笑著說：「如果輸給你們了，隨便誰去還不一樣？又有什麼關係。」

趙淺予張大嘴半天才合上：「這位胖——不胖姊姊運氣真好。」

陳太初和趙栩對視了一眼，都露出了疑惑之色，他們心裡有數：雙棒配合的雁點頭，可不是靠運氣能入洞的，不說左手右手兩根攛棒的配合難度，球跳起來的高度，擊打的力度和角度，那一瞬間時機的把握，在空中比在地面不知道難了多少。這小九娘看來上回在孟氏的捶丸場裡是扮豬吃老虎呢。

趙栩心中不是滋味又有點得意，說自己是老虎吧，不太樂意被豬吃。可是自己怎麼也不可能是豬啊……

場中眾人聚集到一處，禮畢後又一起走向第三個球洞的發球台。蔡五娘的神色格外凝重，兩個球洞，孟氏已經贏了四籌。今日之賽，看來比預想的要難很多。她和幾位蔡氏的小娘子重新低聲商議起來。

七娘快步走到九娘身邊驚歎不已：「天哪！你那雁點頭也是慈姑教的嗎？」

九娘點頭道：「是的，其實在家裡練習時打得不好，剛才我運氣好。」她真有點不好意思。捶丸一技從前朝時起源自四川，眉州青神是捶丸盛地。前世爹爹的書院裡，捶丸場地要比蔡氏這個大三倍，小山、小湖甚至泥濘地，不同的地勢中有九十九個球洞。最遠的洞能有百步開外，最近的洞也要五十步開外。她從小就愛跟著爹爹和師兄們捶丸。中岩書院的捶丸社就叫雁雲社，可是摘得過四川魁首的。五十四種擊球技法，她不敢說種種精通，但要贏這群小孩子，還是綽綽有餘的。

四娘一哂，心裡特別不是滋味，她也太謙虛了。雙棒雁點頭，全汴京城會的小娘子大概不超過十個，七歲就會的，就她一個。慈姑可藏得真多，什麼也沒露出來。歸根到底還婆婆偏心唄，一樣是三房庶女，偏偏輪到九娘就派了貼身的女使去教導。

第三洞是凹勢，一個深約九尺方圓三十步左右的圓形谷底，谷底泥土鬆軟，看得出還有些砂石。發球台在這凹型谷底的上方東側邊緣處，離球洞約七十步開外。

九娘站到發球台前，所有的目光都落在了她身上。

蔡五娘看了九娘一眼，信心十足地看向谷底的球洞，她在這裡練習過上千次，請的是宮中教三公主捶丸的教頭，一棒進洞過數十次，用的就是雙棒雁點頭。這個距離的雁點頭，以九娘的身板，是不可能達成的，而昨日自己在這裡練習，十次能一棒入洞五次。

蔡氏的其他幾個小娘子也不禁面露笑容。昨日的練習賽，她們都看到了，五娘的雁點頭，那才叫雁點頭。孟九娘剛才那個，麻雀點頭還差不多，運氣好而已。

孟館長手裡捏了把汗，蔡館長笑著拍拍她的手臂：「你們這位小娘子已經很厲害了，總也得讓我們碰到球吧。」場外眾人忍不住竊竊私語起來，不知道是不是能看到第二次雁點頭，不少看過大型捶丸賽的小娘子已經搖起頭來。

陳太初面色凝重，他自然清楚憑九娘現在的體力，不足以打到七十步的距離。趙栩不知道為何，他竟比場上的九娘還緊張，連著趙淺予緊緊抓著自己的胳膊都感覺不到。誰讓這傢伙長這麼矮，力氣那麼小！這要打雁點頭，肯定進不了！

九娘在發球台邊上暗歎了口氣。以她前世的技巧，用雁點頭是有機會直接一棒進洞的，可是十一郎的球棒，還有這副七歲的小身板，還抽筋的小胳膊，實在不可能再來一次高空擊球了。

她想了想，取出了單手杓棒。退讓在一側的小娘子們忍不住低聲嘀咕起來，這個高處發球台往低處的球洞，一般都會用攛棒或鷹嘴才是。這打高飛球的單手，是要把球打向哪裡？

這一棒，迅猛無比，木丸在空中劃過一道長長的弧線，竟然直接落在對面西側的坡上，跳著滾下山坡，朝著谷底的球洞而去。

第三十九章

張蕊珠和蔡五娘情不自禁朝前跨了一大步，目不轉睛地盯著九娘那個木丸。球僮眼看著那球順坡而下，越來越快，也握緊了手中的小旗。

木丸已經滾到谷底，由於泥土鬆軟，減緩了速度，忽地撞到了一個突起小石塊，歪了方向，最後慢慢滾到了球洞邊的彩旗一側。

眾人不由得都鬆了一口氣，這要都給她一棒入洞了，簡直不想再玩下去了。場外的趙淺予聽不見球僮呼喊，歎了口氣：「看來這個姊姊這次運氣不大好啊。」

陳太初笑道：「這一擊不用雁點頭，很難入洞。」他們看不到那谷底的情形，但大概能猜到，他耐心地解釋：「凹勢場地，一般都會配置鬆軟的泥土，甚至砂石之類的，否則只用地滾球就能輕鬆入洞了。」

趙栩卻在走神，想著料不到胖冬瓜竟然捶丸這麼厲害，倒是個可培養的人才。只是胖冬瓜這套棒子實在太差。跟著就想到自己的庫房，還積存了不少去年秋冬從契丹買回的好木材，富含樹液津氣，堅硬牢固，可以製作上好的棒身。過不了幾天，剛勁厚實的浙江大竹也該順著汴河進京，正好拿來做棒柄。再去文思院找楚院司要一些做弓用的上好牛筋和牛膠，趁著現在天氣暖和，倒可以根據胖冬瓜的身量好好做一套球棒。再用那有結有眼的贅木，好好打造上幾十個木丸，放在回紇錦囊裡。她倒不需要和四妹那套棒子一樣用金飾緣邊，玉飾綴頂了，給她打個小豬模樣的絡子倒是合適。

趙栩越想越得意，忽然聽見那邊球僮高聲喊道：「一棒入洞！一棒入洞！一棒入洞！」

卻是蔡五娘雙棒雁點頭，一棒入洞，贏了三根籌牌。

趙淺予跟著陳太初和趙栩，不知不覺就把自己放在了孟氏女學一夥裡，竟然連連頓足，直呼可惜。陳太初面色怪異地看著她：「能一棒入洞的人和公主你一起捶丸，不是好事嗎？」

趙淺予一愣，對哦，四公主我是怎麼就想歪了呢？她抻長脖子往那邊瞧。那邊的驚歎聲已經消停，一眾小娘子行了禮，轉去第四個球洞了。

很快，隨著球僮清亮的聲音不斷響起，場下膠著得厲害。蔡氏女學的小娘子們，使盡渾身解數，給九娘和張蕊珠的球製造各種阻礙。第四洞是蔡氏一位小娘子兩棒入洞，第五洞九娘三棒入洞，第六洞被七娘趁了空，兩棒入洞。第七洞又是蔡五娘兩棒入洞。第八洞九娘再次三棒入洞，第九洞是蔡氏另一位小娘子趁亂兩棒入洞。

到第九洞打完，九娘默默計算了一下：蔡五娘兩次入洞，得了五根籌牌，排在全場首位。她自己一次兩棒入洞，兩次三棒入洞，手中四根籌牌排在第二。張蕊珠被其他蔡氏小娘子合圍得厲害，每次都要從球海中殺出重圍，可惜第一洞後，再沒有機會，只贏了兩根籌牌。餘下兩洞，蔡氏的一個小娘子和七娘都贏了兩根籌牌。

全場無人犯規，所以孟氏女學的總籌牌數比蔡氏還少一根，五十七根對五十八根。最後一洞決定了誰勝誰負。

陳太初三人跟著她們已經把廡廊下來回轉了十幾遍，數完籌牌，不由得也緊張起來。

趙淺予已經喜歡上了那個比自己矮又比自己胖的姊姊，覺得她擊球厲害，姿勢也可愛，一點也不像那些既醜又傻的六七歲小娘子們，只知道哈哈哈或者嗚嗚嗚。便十分關切地問：「六哥，要是孟氏輸了，那個矮姊姊籌牌最多，也會來陪我捶丸是不是？」

趙栩怎麼聽怎麼不舒服：「誰說她們會輸？姊姊就姊姊，你不是加胖字就是加矮字，煩不煩啊？她要是不能陪你捶丸，你也甭捶丸了，吃個藥丸子裝病算了。省得丟你哥的臉。」

趙淺予眨了眨眼睛，覺得這主意還挺好的，不用對著三姊洋洋得意的笑臉，很得本公主的心。

場中小娘子們已經看完最後一個球洞的地勢，回到發球台處。這是一個阻勢球洞，發球台前方是一小水塘，再過去是一片鬆軟的新土窪地，前方一個微微隆起的光禿禿小坡，坡頂不過方圓一丈，坡下還有一片小水塘。水塘盡頭才是插著彩旗的球洞，放眼一望足足在九十步開外。無疑，這是全場十洞中最難的一個。萬一球落入水中需要撈球，會直接扣除籌牌。第一棒要打到那個小坡上，還得把球停住，那麼第二棒才有機會入洞。相對於在自家場地上練習過無數次的蔡氏女學，孟氏女學想要贏這個球洞，簡直是不可能的事。

九娘再次摘下小帷帽。趙栩遠遠的看見就哼了一聲，這傢伙！又要出什麼絕招了嗎？陳太初和趙淺予也跟著朝前跨了一步。

眾人矚目之下，九娘抽出一根長撲棒，走到發球台邊。這個球洞無論是誰，都不可能一棒入洞。

九娘雙手持棒，卻沒有像普通發球方式那樣，面朝球洞側身站立於發球台的左後側，而是背對球洞站在發球台的左前方。

張蕊珠和蔡五娘已經面色大變。背身撲棒！她們都還不會的開球方式！

背身撲棒，顧名思義，是背轉身體用撲棒開球，由於揮棒時，全身盡力轉動，腰間的力量迸發，球速之快，可比閃電。但極其容易打空，打偏打飛更是家常便飯，甚至不少人背身撲棒變成了背身撲倒，一個重心不穩，撲倒在發球台上甚至摔個狗吃屎。

場中一片譁然。其餘的人裡，甚至有人從未見過這樣的開球方式。場外的蔡館長苦笑了一聲問孟館長：「你們孟氏什麼時候藏了一個這麼厲害的小娘子？我們學裡還沒有人打背身撲棒呢。」

孟館長一頭霧水，只能呵呵呵呵。

陳太初三人急忙從廊下跑向離第十洞發球台最近的地方。

九娘深深呼吸了三下，她之前幾洞都儘量節省體力，這爬上爬下走出走進的，也很消耗。看著發球台就在自己的眼下，她再次估摸了一下角度和力度。左手在下，右手在上，緊握住撲棒的竹柄，高高朝身體的右上方舉起，雙眼也隨著棒頭移動。

全場鴉雀無聲，所有人的眼睛都看著九娘。看棒不看球的背身撲棒！張蕊珠背上出了一陣冷汗。

九娘右腿著力，揮棒擊到球的同時，已全力轉身！

噗的一聲脆響，木丸已經高飛出去。九娘面向球洞，一個趔趄，趕緊兩腿用力站穩。只覺得還不存在的小腰身抽痛起來，雙腿也微微發著抖。

這球的球速極快，不過兩瞬，已飛出五十步，正落在那一丈坡頂的中心處，沒有彈也沒有滾更沒有跳，竟然入土三分，紋絲不動。

滿場的驚呼聲響起，神乎其技！

陳太初和趙栩互相對視一眼，看到對方臉上都笑了開來。陳太初想的是小九娘竟然厲害到這個地步，不知道平時練習了多少次！趙栩卻想著，還是棒子不趁手，如果換了他給她做的那套棒子，怎麼會一個趔趄差點把她帶倒呢，渾然忘了這套所謂他做的好棒子，木頭還在庫房裡，竹子還在浙江的深山裡呢。

球僮劃好線退開來。蔡氏小娘子擊出一球，落到那坡頂，卻沒有像昨天的練習那樣滾上幾滾就停下來，卻直接滾回了靠近發球台的鬆軟小窪地。這下能三棒入洞就已經很好了。

蔡五娘走到發球台前時，額上微微冒出了汗，她在這個洞上練習也很多，完全沒法兩棒入洞，都需要將球從坡上打到水塘那邊，越過球洞，再第三棒入洞。但萬一九娘能兩棒入洞，那麼孟氏就會以九根籌棒勝出。忽然她有些後悔昨日應該留一些餘力放在今天的。她側身大力揮出撲棒，球倏地飛出發球台，陶丸落地後，滾了幾滾，在那坡頂邊緣將將停住。這個位置，比起她昨日練習的落地點，差了不少。

張蕊珠最後一個擊球，球落的地方比蔡五娘好一點，在九娘東側一些。其餘的球，都在這邊的窪地中，幸好也沒有人的球落入水塘之中。最後一棒明顯只是九娘、蔡五娘、張蕊珠的競爭了。

趙淺予又扯住了趙栩的袖子。咿呀，六哥沒甩開自己呢。

九娘她們三個移到坡下，由於坡頂實在太小，只有九娘一人上去。餘人為了看她的第二棒，都乾脆繞了出來，站到一旁，屏息等待。

陳太初三個也移到了這邊的廊下。趙淺予死死揪住趙栩的袖子：「她行嗎？」

趙栩抽了幾下也抽不出，不耐煩地說：「我說她行就行！」

九娘從玉簪的提籃裡抽出一長一短的攛棒。觀看的人群又是一陣驚呼。玉簪輕輕地說：「小娘子，你已經很厲害很厲害很厲害了，小心手臂別再抽筋了。」

九娘抿唇點點頭，她已經忘記自己為什麼突然要來捶丸，以及為什麼想要贏過張蕊珠了。每一次擊球，她似乎都回到了前世的兒時，爹爹握著她的手細心糾正她的握姿，指點她的技巧，一旁有笑嘻嘻等著給她劃線的好些個師兄，還有青神中岩書院，那風光優美有山有水的捶丸場地，到處都有她和爹爹的足跡，還有夜裡娘親給她洗刷小鹿皮靴子時的瑣碎抱怨。每一次揮棒，她都要忍著發澀的雙眼，只想著要擊球入洞。

這一球，是她九娘的，是王玞的。絕不容失。

九娘用左手的長攛棒朝木丸底部一擊，木丸像雁點頭時那樣高高彈起，在彈到比九娘略高一個頭的右前方時，不等木丸繼續上升，九娘右手的短攛棒卻平著快速朝自己身體內側揮動，直接擊打在球身上，順勢橫拉了一下。木丸立刻極快速度旋轉著，以一條極其怪異的下壓弧線直奔水塘而去。

場外一片譁然，趙淺予更是跺起腳來。

「噗」的一聲輕響，九娘的球已經近乎平平地觸到水面。

球僮已準備舉起小旗示意木丸落水。

但見那木丸一碰水面，卻極快地旋轉著在水面上彈跳起來，再觸水，再跳起。連跳了五次，已到了岸邊，最後一下彈跳，直接低低地跳入球洞，猶自旋轉不停。球僮呆住了。這，這是什麼？怎麼回事？

關牌喃喃地歎道：「臥棒斜插花！」她只看到過蔡五娘請的捶丸師傅打出過這樣的向下彎曲弧線的球，卻不知道，那球竟然還能在水上彈跳這麼多下，更不知道，這球竟然能自己跳著跳著跳進洞裡去。這小娘子的運氣，也太好了一點！

第四十章

「啊——我們贏了我們贏了！」第一個出聲的是七娘！她第一個反應過來，自己可以去御前和公主捶丸了！立刻抱住身邊的四娘欣喜若狂。

蔡氏女學的眾人卻無人出聲。去年在孟氏的捶丸場，她們以一籌勝出。今年換到自己的捶丸地，不知道練習了多少次，卻以一籌之差輸了。不可思議，憋屈，無奈，難受，蔡五娘胸口急劇起伏，強忍著淚意，對張蕊珠道了聲恭喜，連結束比賽的謝禮都沒有行，轉身疾奔而去。蔡氏女學的幾個小娘子行了禮也匆匆而去。

陳太初讚歎道：「臥棒斜插花能打出這樣，我第一次見到。」

趙栩緊閉雙唇，頭一次覺得這個胖冬瓜似乎完全不需要他去培養，這樣的天賦，對地勢的掌握，對球棒的運用，還有對木丸在不同地勢上的瞭解，實在驚人。恐怕他也不能保證這一棒能直接入洞，可能雁點頭或遠雙彈棒可以試試，但那洞就在水邊，第二棒進洞真要靠運氣。

趙栩看了看自己的妹妹：「你這次應該能贏三妹了。」

趙淺予一愣，笑得見眉不見眼：「太初哥哥，帶我去認識一下那個——姊姊嘛，我不要六哥教我打球了，我要跟她學。娘說胖的人脾氣好，六哥那麼凶，這個姊姊肯定脾氣好。」

陳太初和趙栩對視了一眼，九娘脾氣好？是蠻好的，看對誰了。兩人默默看向坡頂。卻發現站在坡頂的九娘，忽然軟軟地倒在了地上，玉簪尖叫了起來。場下的人不明所以，都怔住了。

陳太初和趙栩立刻手撐邊欄，長腿騰空跳出廡廊，極快地朝那坡上奔去。趙淺予左右看看：「六哥——我——？」

不等水塘邊的人爬上坡，陳太初、趙栩二人轉瞬就已到了坡頂。

陳太初趕緊蹲下查看九娘的狀況，一邊問玉簪：「九娘怎麼了？」玉簪嚇得不行，搖著頭說：「不知道奴不知道啊，小娘子剛才突然就倒了下來——啊？」

趙栩沉著臉一言不發，直接彎腰一把將九娘打橫抱起，掉頭奔下坡去了。陳太初一愣，趕緊囑咐玉簪：「你把九娘的器具收好，慢慢下坡來。」自己也飛快地跟上趙栩，側頭一看，九娘小臉有些蒼白，額頭全是冷汗，兩道秀眉緊蹙，雙眼緊閉，癱軟在趙栩懷中，帶著傷的小嘴喃喃地喊著疼。

一片混亂嘈雜中，趙栩不耐煩地推開眾人，將九娘放平在廡廊下的美人靠上，喝了一聲：「都走開些！別擋著。」

另一邊廡廊下的蔡氏女學眾人也走了過來。

孟館長和李先生被趙栩的氣勢嚇到了，趕緊和蔡館長先將眾人疏散開來，只留下四娘和七娘。陳太初溫和地安慰兩位館長：「我這位兄弟略通醫術，先讓他檢查一番，如果有事，再請大夫不遲。」又轉頭安慰四娘七娘：「妹妹們不用太擔心了。」

趙栩卻已經找到原因，又好氣又好笑，將九娘的右手臂扯直了用力一拉。陳太初聽到咯嘣一聲，放下心來，原來最後那棒九娘用力過猛，右手臂竟脫臼了，她過於專注木丸，直到球入洞才發現疼得厲害，想忍著下了坡再和館長說，架不住實在太疼，這才倒了下去。

陳太初轉頭向館長和四娘她們解釋了緣由，眾人也才放心了。蔡館長嘖嘖稱奇：「陳衙內身邊的人果然厲害。」孟館長看著九娘沒事了，立刻開始津津有味講述陳太初八歲就去大名府禁軍的故事。

四娘看著陳太初一臉關切的模樣，心裡敲起了不安的小鼓。七娘和趙淺予大眼瞪小眼，趙淺予揚了揚下巴：「別怕！我六哥最厲害的，他小時候斷了手臂，還自己給自己夾了塊板子呢！」七娘轉開眼，心裡暗道誰害怕了啊真是，這個書僮長得怪好看的，可也太無聊了。

陳太初看著九娘小臉上的汗，隨手掏出自己的帕子，細心替九娘擦了擦，笑著安慰她：「脫臼是小事，六郎已經幫你上好了，這幾日小心些別用力就是。」

趙栩認真仔細地繼續替九娘檢查左手臂和肩胛骨，看著周邊人都走開了，實在忍不住低聲埋怨道：「簡直笨死了，打不進又怎麼樣？輸了又怎麼樣？量力而為學過沒有？」九娘驚訝於趙栩竟然連脫臼都能治，聽他這話說得在理，便低聲悄悄說：「表哥，謝謝你，我好多了。你說得對，是我自己不好。」

趙栩手上一停，捏了捏她右邊的肩胛骨，確認沒事，才低聲說：「你那幾個水漂打得不錯。」胖冬瓜這聲表哥叫得實在好聽，聽著怪不好意思的。他的臉一熱，這才想起自己還是陳太初的小廝呢，鬆開她退到一邊，對陳太初說：「好了，沒事了。」

陳太初笑著稱讚她：「九娘你贏得漂亮，還英勇負傷，真是厲害極了！」

九娘兩眼亮晶晶，竭力忍著笑點點頭：「是的，我打進去了。」前世爹爹最喜歡帶她坐在書院後面的明月潭邊讀書，讀一會兒，眼睛累了，爹爹會用一個扁扁的小瓷片教她打水漂，還告訴她，在兩廣那邊，有人將這個打出過三十次彈跳。她好奇木丸能不能也在水上漂幾次，爹爹帶著她試了又試，試了又試，才發現除非那球轉得極快，不然圓球很難像扁瓷片那樣彈跳。明月潭裡沉了多少木丸，數也數不清。她當時看到那片水塘，想的就是要將球打進去，也許爹爹在天之靈也保佑著自己。至於輸贏、張蕊珠，她壓根都沒想到過。

四娘在邊上看著陳太初和九娘的笑容，那麼扎眼。她別開頭，卻看見張蕊珠若有所思看著自己，想笑一笑，卻笑不出來，不知為何，倒有些心慌慌的。

眾人齊聚院中，關牌苦澀難當地宣布：「本局捶丸，勝者：孟氏女學。孟九娘子、張娘子、孟七娘，以及蔡氏女學的蔡五娘。將隨四公主參加下個月金明池寶津樓捶丸賽。」

眾人團團行了禮，蔡館長笑得艱難，她還嘲笑過孟館長去年的臉色不好看，現在輪到自己，還真笑不出來。她看了又看那最矮小的孟九娘，歎了口氣，爭得過人掙不過命啊。

夕陽已漸漸西落，孟家的牛車駛離了梁門，往南門大街的方向緩緩而去。

經過觀音廟前時，陳太初心中一動，笑著問孟館長：「今日眾人都辛苦得很，太初有意請館長先生和各位小娘子吃一碗餛飩，不知道可方便？」

趙淺予一個下午沒用任何點心，早就餓得前胸貼後背，一聽就兩眼放光，我的太初哥哥就是體貼我！

孟館長和李先生商議了一下，決定由館長帶著小娘子們接受陳太初的好意，侍女僕婦們先跟著李先生帶著牛車先回學裡收拾器具。

凌娘子正將餛飩放入大碗中，眼角一亮，一抬頭，這麼好看的小郎君怎麼可能忘記？她笑著找到九娘的小身影：「啊呀，是你們啊！」她還記得呢。

陳太初微笑著點頭：「是我們，凌娘子，還請來上十碗餛飩。」

趙淺予數了又數：「太初哥哥，九個人！我們只有九個人！」陳太尉家沒有錢全汴京城都知道，雖然一碗餛飩只要十文錢，可也要省著花才是！

陳太初笑著點頭輕聲說：「孟家的九妹妹得吃兩碗餛飩才能飽呢。」

趙栩冷哼了一聲，逕自去一旁的小方桌上坐了。陳太初真是事多，像個女人似的，煩！

剛剛入座的四娘聽到這句話，不由得看了一眼對面的九娘，見她清澈的大眼一眨一眨看著那邊的王道人蜜煎，忍不住問：「九妹，你難道真的吃得下兩大碗嗎？」

九娘卻砰地站了起來，左手摘下帷帽，連小杌子都翻倒在地。孟館長嚇了一跳：「九娘九娘——」玉簪和幾位女使正守在旁邊，趕緊快步追了過去。

只見九娘極快地奔去前面王道人蜜煎的攤前，扯了扯一個人的衣衫下襬，喊著：「阿昉——哥哥！」

那背對眾人身穿杜若色直裰的少年側過身來，也是一喜：「九娘！」蘇昉彎腰將那蜜煎袋子直接遞到九娘懷裡：「我剛從你家族學出來，想著明天你們要來暖房宴，這個正好買給你。呀，你的傷好像好了許多呢。」

蘇昉看著九娘眼中的淚花，雖然不知道為什麼這小人兒次次見了自己就淚汪汪的，可心裡竟然也一下抽痛，伸出手，卻想著摸頭拍肩膀還是擦眼淚，似乎都不足以安慰這個小九娘。他看向餛飩攤，朝著陳太初他們揮了揮手，笑著無聲地問：「她怎麼了？」

九娘看到阿昉並沒有陰鬱或煩躁，還是清風明月一般，那種替他委屈的難過就更洶湧起來。一雙小手臂揪著他的袖子，什麼也不管地頭一埋，小肩膀就劇烈抽動起來。蘇昉措手不及，十分窘迫，只能一手輕輕拍著她的肩膀，一邊關心地問：「九娘怎麼了？這麼傷心？」

那邊七娘已經跑到近前，她上次在開寶寺根本沒有機會和表哥說話，看到九娘竟然仗著自己小，和蘇表哥這麼親熱，氣得要命，趕緊福了一福：「表哥安好，九娘其實就是剛才捶丸，沒使對力氣，自己把手臂弄脫臼了，你別理會她了，哪有那麼嬌氣！」她正了正臉色，擺出了姊姊的威風：「九妹，快過來！手臂不是好了嗎？你看看你鼻涕眼淚都蹭在表哥袖子上！」

蘇昉嚇了一跳，不但沒放下九娘，反而仔細問起九娘的手臂來。七娘氣鼓鼓地站在一邊瞪著九娘，再回頭看看一臉好奇的孟館長，神情怪異的張蕊珠和秦小娘子，她想喊四娘來拉九娘，她可不想被沾到鼻涕眼淚的。可是四娘卻一直盯著舊舊的桌面發呆。

趙淺予已經呆住，這世上竟然還有比太初哥哥更好看更溫柔更可親的人，還會給自己的表妹買蜜煎！還會允許表妹用自己的袖子擦鼻涕！還會這麼溫柔地安慰人！她的小腦袋裡面立刻想到：既然六哥說那個矮姊姊算是太初哥哥的遠房表妹，那麼自己也就是這個矮姊姊的遠房表妹，那麼這個矮姊姊的表哥當然也就是自己的遠遠房表哥了。那麼這個表哥肯對一個表妹好，是不是也對自己這個表妹好呢。

趙栩的臉黑得不行，這表哥表妹的也不知道避避嫌！七歲了七歲了七歲了啊胖冬瓜！就算看起來像五歲，可是也已經七歲了！壓根不想想自己剛剛抱過她。正好凌娘子送上了餛飩，趙栩忍不住大喝了一聲：「吃餛飩了！」

九娘對自己的失控有些難為情，埋頭在蘇昉袖子上蹭了蹭眼淚，趕緊退開兩步，抬頭說：「是我不好，弄髒了表哥的衣服，你不要生氣。還有——你不要難過，不要難過哦。」她實在忍不住鄭重其事地又說一遍：「你不要難過，我會陪你的！」

蘇昉摸了摸她的頭，笑著說：「不生氣，不難過。傻孩子，一件衣裳洗乾淨就好，哪用得著你賠？」九娘一呆。蘇昉已經走過去朝孟館長行禮。孟館長和幾位小娘子都站了起來。孟館長聽七娘說這位就是人稱小蘇郎的蘇相公家的東閣，也來了族學附學，一問蘇昉今天入學試直接進了甲班，她頓時高興壞了。一個東閣一個侕內，都來了孟氏族學，而且一個個出落得如此俊俏有才，自己的女學又險勝了蔡氏女學，她簡直是全汴京最幸福的館長！就是今年的孟氏族學簡直太招人羨慕嫉恨了。

張蕊珠和秦小娘子都側身和蘇昉行了同門禮，眾人方回到桌前落座。凌娘子回到攤前心裡暗暗納悶，這精靈古怪小娘子的表哥，真多，還一個賽一個地好看，這老天爺到底是長眼還是不長眼呢。

陳太初邀請蘇昉和他們同桌。蘇昉道了謝，朝趙栩拱了拱手。一看趙栩身邊還有個和他面容相似的小書僮，略一沉思，就知道是趙栩的親妹妹，宮裡的四公主，也朝趙淺予拱了拱手。

趙淺予大喜，她就知道自己不會看錯，這個哥哥比太初哥哥更好看更溫柔！她趕緊也拱了拱小手輕聲問：「我叫阿予，你叫什麼名字？」

趙栩翻了個白眼，太丟臉了！他為什麼有個這樣的妹妹！

蘇昉含笑答道：「在下姓蘇名昉，是九娘她們幾個的舅家表哥。家父蘇瞻。」

趙淺予笑得更開心了：「我知道你是小蘇郎，原來你叫蘇昉啊，我也能叫你阿昉哥哥嗎？」

腦後立刻挨了趙栩一巴掌：「吃你的吧！一個書僮這麼多話，什麼哥哥，也是你能叫的嗎？不想想自己是誰！」我才是你哥哥！

七娘橫了趙淺予一眼，倒不再生趙栩的氣了，打得好，就該教訓教訓，這是我表哥，哪是什麼人都能亂叫的！小書僮太沒規矩了！陳表哥也不管，真是！

等眾人安靜地吃完餛飩，稍作歇息，就起身要走回女學。

陳太初取出百文，卻被淩娘子告知蘇昉已經付了錢。陳太初苦笑一聲，收起錢來。趙淺予卻笑眯眯地問蘇昉：「你是擔心我舅舅家太窮，太初哥哥付不起錢嗎？」蘇昉被嗆得咳了一聲，趕緊擺手：「不是不是，我本來就要請太初和六郎的。」他還要問問趙栩宮裡發生了什麼事，為何太后突然賜了兩位娘子給爹爹。在知道姨母為此哭了好幾次後，他心底竟有些不應該冒出來的高興和痛快，使他驚覺自己不知何時已存了小人之心，實在有負娘親的教導。

孟館長帶了五個小娘子和蘇昉、陳太初幾個道別。九娘依依不捨地看著蘇昉。蘇昉笑著蹲下身子，柔聲說：「明天學裡放假，你娘會帶著你們來我家玩，到時候咱們再好好說說話？」不知道為什麼，他就是覺得這個小九娘每次都有好多話要同自己說似的。可是無論開寶寺還是大相國寺，都好像沒說上什麼話。

九娘用力點點頭，再朝陳太初他們揮揮手，才跟著四娘和七娘幾步一回頭地走了。

蘇昉見他們遠去了，正色朝陳太初和趙栩作了一個深揖：「炭張家一事，是我連累了太初和六郎。不知兩位可有空，和蘇昉一敘？」

陳太初趕緊回禮：「大家都是親戚，無需客氣。前頭有家茶坊，不如我們去坐上一坐。」

趙栩看了眼兩眼放光的妹妹，搖搖頭：「你和太初去吧，我得先帶妹妹回宮了。」這個蘇昉，不管怎麼樣，都比陳太初更讓人看不順眼。

趙淺予被哥哥硬拽著走的時候，覺得自己的小心肝快碎了。出宮一次多難啊，她可不像六哥，難得和兩個好看的哥哥能再多待會兒，可六哥實在太客氣了！不行，她一定要回去告訴爹爹自己找到了一個特別厲害的捶丸女教頭，需要一直來孟氏族學練習捶丸！

第四十一章

翌日族學放假，一大早程氏就帶著三姊妹到翠微堂會合老夫人、杜氏和呂氏。六娘尚未康復，雖然眼巴巴想出門，還是被老夫人按在床上，只能聽七娘眉飛色舞地說了一遍捶丸賽的精彩之處，真心實意地恭喜七娘和九娘入選了四公主的小會。

老夫人帶了三個小娘子一輛車，車上七娘又忍不住比劃著那個最後的水上漂。老夫人拍拍九娘，雖然心中疑惑這可不是慈姑能會的，也只是歎了口氣說她：「輸贏一時，沒什麼了不起，為了一球傷了自己的手臂，不划算。以後可不許這麼逞強了。」

九娘連連點頭，心潮起伏，她竟然要回到百家巷的蘇府裡去了，要在自己熟悉無比的地方見到阿昉。她一夜都沒睡好，又是擔心又是難過，又怕找不到機會和蘇昉好好說話。眼看著牛車行過張燈結綵喧鬧無比的楊樓大酒店，前頭即將是靠著東華門的百家巷，九娘的眼睛直發澀。

另一輛牛車裡三個妯娌，和事佬杜氏叫苦不已。這幾日程氏趕著把帳冊、庫房、鑰匙、清單、對牌交接給了呂氏，可她帶著梅姑和女使們每日去蘇府主理暖房宴，呂氏有什麼疑問根本找不到人對帳，總要等到酉時以後，程氏才興沖沖地回來，三請兩請只說太累不想動，冷嘲熱諷她這麼簡單的事還弄不清楚。兩個人不碰頭則已，早晚請安都要在翠微堂爭個沒完。程氏的嘴一向刻薄，現在更加走路帶風意氣風發，聽侍女們說在蘇府，她深得親姑母蘇老夫人喜愛，連王璎這個郡夫人都要讓她三分。

此時兩人為了程氏侄子程之才在修竹苑的屋子和僕從、開銷，該從公中走還是要從三房走，兩人又爭了起來。程氏冷笑著說：「二嫂當家讓人看不懂，咱們家書香門第也要趨炎附勢不成？一樣是表親，陳太初和阿昉，留著的屋子和僕從，就從公中走，敢情我娘家侄子，商戶人家，就得我三房自己擔待？」

呂氏被氣得不行：「太初和阿昉又不會天天來，來了也都自帶小廝隨從。你侄子那是寄住在府裡，連著服侍的四五個人，這起碼也得兩三年，吃住用度，和他們怎麼比？」

程氏哈哈道：「那我就更不懂了，二伯每年收留的國子監那些窮書生文士，寄住在外院等著大比，短的兩三個月，長的也有一兩年的，供他們吃供他們喝，逢年過節還要送節禮，做衣裳，考不上還要送上五貫錢做盤纏。這幾年算下來沒有五十也有三十人。難道是為了沽名釣譽，圖他們能考中進士日後好報答二伯？又或要替二伯傳播賢名？那這些開銷，等我家三郎回來，也要好好從外院帳上算上一算，當從你二房出才是！」

呂氏一口血差點沒吐出來，這眉州阿程胡攪蠻纏真是沒邊了。孟存收留這些趕考的貢生，乃是祖規，為的是祖上的仁德之義，被她這張臭嘴一說，要傳出去，還真沾了一身腥，洗也洗不乾淨。

杜氏連連勸阻，毫無用處，索性也不勸了。

牛車驟然一頓，簾子被掀開來，侍女回稟說：「娘子們，蘇府到了。」

杜氏看了終於閉上嘴的兩個弟媳婦，心裡默念了句阿彌陀佛，趕緊先行下了車。看著前面車上被四娘、七娘扶下車的老夫人，心裡暗歎：薑，還是老的辣啊。

那蘇府已經敞開四扇黑漆大門，門頭上披紅掛彩。暖房是汴京習俗，一早就有街坊裡的提茶瓶人笑呵呵地在蘇府門口送茶，問候請安，百家巷裡鄰人來送酒的，送錢物的，送果子食物的，紛遝而至。自蘇瞻一家落腳在此，前世裡王玞和街坊鄰里甚是熟識，朔望的茶水往來、吉凶大事，她總出力扶持。自她去世，蘇府再沒有和鄰里打交道的人。難得今年竟然大辦暖房宴，鄰人都紛紛出動，主動上門，倒省了程氏好多功夫。

喝了入門的茶，眾人才魚貫進了蘇府。

百家巷蘇府後宅正院裡，孟府的女眷是頭一批來的。蘇老夫人帶著王瓔和蘇矚的妻子史氏一同迎出了正廳。

兩位老夫人還是程氏嫁給孟家時認識的，七娘出生後也見過幾次，多年不見，一見就唏噓不已。九娘跟著姊姊們行了跪拜大禮，她沒料到七年前一別後，蘇母竟然已經蒼老至此，和梁老夫人並肩坐在榻上，竟然不像同輩人。

程氏禮畢後趕緊上前勸撫：「姑母，今天是二表嫂家的好日子，可不能落淚。」又趕緊拉過蘇母身邊的一個身穿妃色海棠連枝紋半臂，梳著流雲髻的小娘子，推倒老夫人懷裡：「阿昕，快勸勸婆婆。」

這個小娘子巧笑嫣然地側了頭對蘇母說：「婆婆，眼淚是金豆子呢，你可別掉啊，我要心疼呢。」

九娘心一緊，果然是蘇昕，蘇昉的堂妹，為了蘇昉那個傀儡兒被蘇昉推倒，傷了額頭的。她仔細看，蘇昕的額角畫了一朵淺粉色海棠花，很是美麗，想來是為了遮掩那個疤痕的。蘇昕從小和王玞親密，每次哭鼻子，王玞總是笑著抱起她說眼淚是金豆子，卻不想這孩子竟然還記在心裡。

九娘看向她前世的妯娌史氏，這個前世的救命恩人也老了許多，服飾打扮都顯得死板，人依然木訥沉默，她坐在蘇母下首，只有看著蘇昕的時候才會露出溫和的笑容。王璎在一旁幾次和她說話，史氏也只是淡淡地點頭或者搖頭。

梁老夫人招手讓孟家的小娘子們給蘇母見禮。到了九娘這裡，蘇老夫人突然想了起來，招手讓她上前，問梁老夫人：「這個九娘，就是和我媳婦九娘同一個生辰的那個？」

程氏笑著點頭：「可不是，我家和阿玞表嫂真是有緣，這孩子，同阿昉和她舅舅也投緣。阿昉說看著她就覺得眼熟呢。」她唇角含笑掃了王璎一眼，王璎臉上雖然還掛著笑，卻還是有些僵硬了。

蘇母一下子又落了淚：「連排行都一樣呢，可憐我那麼好的兒媳婦——」竟說不出話來了。

九娘眼圈也紅了，兩行清淚落了下來。她見到這些前世舊人，本就難壓心潮，此刻見蘇母為自己落淚，也難忍心酸。她生前和蘇母相處甚睦。當時蘇程二族絕交，蘇母內心極苦，無處可訴，一邊是娘家，一邊是夫家，因此生了場大病，毫無生志。王玞一力勸慰，衣不解帶地服侍了三個月，才將她的死志消了。蘇母也待她更是親熱。

蘇母這句話一說出口，在座的娘子們都有些尷尬，眾人瞟一眼王瓔，紛紛轉開視線。王瓔臉上還勉強掛著笑。

蘇母將九娘扶起來，褪下手上的一隻玉鐲，硬套在九娘手腕上：「婆婆看著你就喜歡，這個鐲子一對兒的，一隻給了阿昕，一隻給你戴著玩。來，阿昕，你以後去孟氏女學進學，好好和妹妹相處。」她身邊的女使趕緊給四娘和七娘各自送上一份表禮，連著六娘的表禮也送給了呂氏。

蘇昕笑盈盈地答：「是，婆婆！」她落落大方地牽起九娘的手，走到四娘、七娘身邊，互相論了序齒，她比四娘還大幾個月，成了蘇姊姊。

這時，回事的來報，外頭到了哪幾家的女眷，王瓔和史氏自出去相迎。蘇昕帶了孟家三姊妹行了禮，轉到外間暖閣裡去玩耍。

不一會兒，暖閣裡不斷有女使送進來不少小娘子，一經互相介紹，都紛紛圍著九娘轉：「你就是贏了蔡五娘她們的那個妹妹？」「你戴著這個奇怪的小帷帽做什麼？」「你會雙棒捶丸？」「你也會蔡五娘的雁點頭？」「你的球怎麼會在水上跳的？」「你的捶丸教頭是哪一個？」

九娘只裝作害羞，躲在七娘身後不說話。

蘇昕是個熱心腸，站出來笑道：「你們汴京的小娘子嬌貴，我們四川的小娘子從小都是在山裡玩捶丸的，九妹妹會的這些也不算很稀奇。」

幾位小娘子又轉向蘇昕好奇地問：「阿蘇難道你也會這些？」

蘇昕點點頭驕傲地說：「雙棒我很小就會了，是我伯母榮國夫人教我的，我伯母的捶丸才叫厲害，整個四川也沒人比她更厲害的了。她還會三撅三球彈棒，什麼倒棒、球上球，就沒有她不會的！」眾人想起那傳說中的榮國夫人無所不能無所不精，不由得紛紛露出嚮往的表情。

蘇昕笑著說：「我家阿昉哥哥捶丸也很厲害呢，他就會球上球。這個我還不會。可是我伯母也說了，捶丸之道，重在修身定性。若是只為了輸贏財物和置氣，那還不如不玩。日後我們要是一起玩，可別太計較輸贏哦。我伯母也從不允許我們設置財物做彩頭的。」

幾位有心的小娘子咀嚼著兩句話。孟九娘一夜名震汴京城，聽說她的捶丸技勝過蔡五娘，不少人存了爭強好勝和追名奪利之心。這汴京城的小娘子們也結了好些個捶丸社，年年也有賽事，自然有想要拉九娘入社想靠她贏別人的。被蘇昕這麼一說，倒都不好意思找九娘了，心中更是嘆服榮國夫人的賢名。

忽地有一位小娘子的女使匆匆進來笑道：「蘇東閣進院子了，要去給老夫人、夫人們去請安呢。」原來竟然有幾位小娘子慕名小蘇郎的盛名，安排了女使在廊下候著，只等蘇昉經過，就來喊眾人來一觀小蘇郎。

九娘趕緊抻了脖子往外看。一些小娘子已經嬉笑著紛紛出門擠到廊下。蘇昕攔也攔不住，一個爽快的小娘子笑著拖住她：「阿蘇你真是！你自己的哥哥天天能看到，就連一眼都不捨得給我們看不成？你留在屋裡！」

蘇昕哭笑不得，她隨父親在江州住了三年，當地民風淳樸，哪裡有像汴京的小娘子們這般活潑外向的，只能跟著她們出去。廊下已經一片倒吸涼氣的聲音和壓低著的笑聲和驚呼聲。

九娘個頭小，只能往外頭多跑了幾步。

院子裡春光爛漫，她親手種下的合歡樹，粉色小扇子一樣的花兒被風吹了下來，落在她的阿昉的肩頭。蘇昉頓住腳，抬手拂去肩頭的合歡花，略略皺了皺眉，竟然露出一絲厭惡之情。

九娘一愣，旋即明白過來，阿昉是想到在這棵樹下晚詩聽到十七娘的那些話了。

在一片低聲說高聲笑的天真軟語中，九娘覺得心痛到無以復加。

蘇昉走了幾步，忽然側過頭來，看到孤零零站在廊下的小九娘，他展顏一笑，朝她揮了揮手。

廊下一片尖叫，丟出來不少羅帕、荷包，落在院子裡的石板路上，甚至有兩個落到了蘇昉腳下。

蘇昉這才注意到九娘後頭還有一大群小娘子，自己的堂妹正朝著他無奈地搖頭。他退了一步，微微拱手行了一禮，並不理會地上之物，邁開長腿帶著兩個小廝登上正廳的臺階。

第四十二章

眾小娘子俱心神皆醉，誰也不肯離開廊下，一定要等著蘇昉告退。等了許久，正廳裡出來一位女使，走到廊下行了禮，笑著說：「諸位小娘子還請入內用茶吧，我家大郎早已從後頭走了，現在恐怕陪著郎君在前院招待幾位客人呢。」

一陣哄笑中，眾小娘子們嘻嘻哈哈地回到暖閣，猶自在議論蘇昉的神采，那些丟出羅帕、荷包的小娘子吩咐自己的侍女去撿回來，放在桌上各自認領，又引來一陣哄笑。

蘇昕看著時辰還早，一邊吩咐女使們添茶，重置水果和乾果盤子，一邊讓人取出早已準備好的葉子牌、雙陸、圍棋。小娘子們做客做慣了，紛紛落座，四個一群、兩個一堆地消遣起來。四娘和七娘其實平時出來應酬也不多，畢竟爹爹孟三沒有實職在身，娘又是商戶女，她們跟著六娘出門，也多是旁觀。此時因為蘇家的關係，不少在家裡得到娘親提點的小娘子們自然熱絡地主動結交她們。四娘和七娘也坐下打起葉子牌來。

蘇昕看著九娘一個人悶坐在角落裡蔫蔫的，嘴上的傷疤掉了，現出一塊粉嫩的新肉，更加顯得可憐，看著她也不會玩那些玩意兒。蘇昕蹲下身：「怎麼了？你是不喜歡玩，還是不想玩？」

九娘看著蘇昕熱情的面孔，扯了扯嘴角搖搖頭。

蘇昕烏溜溜的眼珠子一轉，她其實很喜歡九娘，聽到人說九娘的捶丸技巧，更是惺惺相惜：「走，我帶你去看個好玩的。」她站起身仔細叮囑四位女使好好招待屋裡的小娘子們，保證一會兒就回來，悄悄帶著九娘出了暖閣。

九娘甚是好奇，在這個她遠比蘇昕熟悉的蘇家，蘇昕要帶她去哪裡做什麼？

蘇昕一路牽了她，轉過西邊的廡廊，進了正廳後頭的後罩房，那裡明顯當作了臨時的雜物間，臨時堆著幾十個大楠木箱子，比她們足足高出許多，有些箱子上頭還貼著封條。九娘一眼認出封條上的字是蘇瞻的字，不由得一驚：「蘇姊姊？」

蘇昕朝她比了個噤聲的手勢，仔細查看著楠木箱子，到了最裡面忽然出聲喚九娘過去。

九娘好奇地從楠木箱子的縫隙裡擠進去，卻看到蘇昕蹲在最裡頭，正打開一個小小的花梨木箱子。

蘇昕舉起一樣東西給她看：「看！這是我阿昉哥哥親自做的傀儡兒！你不是和阿昉哥哥很要好嗎？快來看！還能玩兒呢！」

九娘的手足一陣發麻，兩步路卻似乎遙不可及。那個已經少了一隻手臂的傀儡兒，各個關節吊著的絲線早已經暗淡褪色，在蘇昕手中晃蕩著。那個阿昉親手做的第一個傀儡兒，被她送給了蘇昕，還害得阿昉被她狠狠揍了一頓的傀儡兒，原來被收在這裡。

蘇昕一看九娘開始流淚，納悶不已，剛要開口安慰她，忽然槅扇吱呀一聲，外面又進來了人，正說著話。

「娘子，我們先在這裡避上一避，等那幾個婆子過去了再說。要給她們看到了，背後不知道怎麼嚼舌頭呢！」

王瓔的聲音委屈地說：「看到就看到，嚼舌頭就嚼舌頭。她們還說得少嗎？背後什麼事都拿我和九姊比。你看看程氏那副嘴臉！」話音裡已掩不住哭腔。

蘇昕一聽竟是新伯母的聲音，那話裡怨的又是九娘的嫡母，立刻矮了身子，朝九娘招手。兩個小娘子屏息收聲，藏在了楠木箱子後面。

「唉，娘子你和那程氏置氣做什麼？你才是堂堂宰相夫人，該大度一些。又何必當場給她臉色看？就是老夫人臉上也不好看了。」一個低低的聲音無奈勸解著。

王瓔低泣起來：「媽媽！我已經忍了她好些天了！白天要忍她，夜裡要忍宮裡來的兩個狐狸精。你看看阿姑她來了這麼多天，都沒和我親近過，連我肚子裡的孫子都不聞不問。還有那個史氏，不是點頭就是搖頭！程氏今天對著那麼多的夫人淑人哭她的表嫂。我還沒死呢，她哭什麼哭，明明就是存心要我難看！我怎麼忍得下去！」

一陣抽泣聲後，王瓔忽然問：「媽媽，你說郎君讓大郎常去孟家住，是不是他知道了些什麼，還是大郎知道了什麼？那天——那天郎君突然問起晚詩和晚詞，還去開封府銷了舊案，我心裡慌得很——」她的聲音有些發抖起來。

那乳母悶著聲音說：「娘子不要多想，你現在是雙身子的人，不管如何，過去的事都過去了，多想只會對你的身子不好。」

「媽媽，不知道為什麼，我看著大郎，總覺得他好像知道了什麼似的，他那眼神，滲人得很，他會不會疑心我——？」王瓔的聲音更弱了。

乳母一聲低喝打斷了她：「死人能說什麼！」那乳母的聲音更低了：「娘子，你瞎擔心什麼！就算你想做什麼，也要等太太從四川回來再說。快別哭了，回去房裡，媽媽替你收拾一下，趕緊還到前面去。不要管那程氏，你只管和夫人們說話就是。我看孟家的呂夫人對你很是敬重……」

槅扇門又吱呀一聲，關上了。那聲音漸漸遠去，沒了。

良久，九娘只聽見自己和蘇昕漸漸粗重的呼吸聲音，她很費勁地轉過頭來，聽見自己脖頸咯噔一聲。蘇昕蒼白著小臉和她靜靜地對視了片刻，舉起手裡的傀儡兒語無倫次地道：「你——你別和你娘說！別和旁人說！你——要玩這個嗎？」

九娘的胸口似一團火在燒，十七娘為何這麼心虛害怕？那個乳母說的是什麼意思？自己當年的死因難道當真和她們有關？還是她們想要阿昉也變成她和晚詩那樣不會開口說話的人？

九娘看了一眼那垂著頭的傀儡兒，驟然站起，朝外拚命擠去。

蘇昉帶著陳太初去拜見蘇老夫人，兩人免不了又在院中被一眾飛奔而出的小娘子們圍觀哄笑。那路上再度撒滿了羅帕、荷包、香袋、扇包。兩人在正廳裡又被眾夫人參觀評議了一番，匆匆拜見完畢，從正屋後門繞出來，剛走到這裡，卻猝不及防被九娘一頭撞上。

蘇昕匆匆追過來，一看到竟是蘇昉和一個陌生郎君，立刻加快了步子，心裡緊張又害怕，想要告訴他剛才的事，又怕九娘亂說話。

九娘一看見是蘇昉和陳太初，就緊緊拽住蘇昉的手：「阿昉——哥哥，你來，我有很重要的話跟你說。」拖著他就要進去置物間裡頭。

蘇昕趕緊拉住九娘：「不行，我哥哥要陪客人去前面了，九娘你跟我回暖閣去。」

蘇昉和陳太初看著兩個糾纏在一起的小娘子，有點納悶。

九娘推不開蘇昕，只能哀求她：「蘇姊姊，你讓我同阿昉哥哥說幾句話。」

邊上傳來一把柔和的帶著詫異的女聲：「你要同阿昉說什麼？」

蘇昕立刻鬆開了九娘，福了一福：「伯母安好。」覺得自己的心快停跳了。

九娘一抬頭，見剛剛重整好妝容的王瓔，身後跟著她那位謙卑的乳母。

蘇昉和陳太初也退後幾步行了禮。

王瓔疑惑地看看置物間打開的門，臉色瞬間蒼白了起來，同乳娘交換了一個眼神，問：「阿昕，你和九娘剛才去哪兒了？」

蘇昕下意識搖搖頭。九娘衝到王瓔身前，嚇得王瓔退了一步，雙手趕緊護住腹部：「怎——怎麼了你？」

九娘內心翻騰，她難以壓制內心的惡念：你敢動我的阿昉，我現在就讓你血濺五步！王瓔見她小臉上神情莫測竟有些猙獰，又退了一步。

蘇昕卻大喊了一聲：「娘！娘——！」

眾人一看，卻是史氏帶著女使從正廳來了。史氏看著她們一愣，才溫和地問王瓔：「大嫂，娘看著你出來了這麼久還沒回去，讓我來看看你。你剛才臉色不大好，要不要請大夫來看一看？」

王瓔好不容易才笑著搖頭：「謝謝弟妹，我方才有些胸悶，大概是屋子裡人多的緣故，出來走了走好多了。這就過去。」她看了看九娘和蘇昕：「正好也把她們兩個帶過去。」

九娘看著史氏，忽然想起自己小產那日的椎心刺骨之痛。當時史氏跑進來一看到她倒在血裡，平時話少木訥的人，竟立刻拿了條棉被將她一裹，背起她就朝百家巷巷口的周氏醫館跑。大夫說幸虧她當機立斷，才救治及時。

九娘再看看王瓔護著的小腹，垂頭後退了一步。蘇昕趕緊牽住她的手，緊緊捏著，小手裡汗噠噠的。

王瓔和史氏說著話朝正廳而去，身後突然傳來尖細的聲音——

「舅母！你害怕阿昉哥哥疑心你什麼！」

蘇昕的頭瞬間炸開了，她艱難地看向身邊這個矮妹妹……這裡還有外人和僕從呢……一種大禍臨頭的感覺湧了上來。

王瓔霍地轉過身，臉上血色全褪。她聽見了？她聽見了！史氏的臉色大變，她看了一眼九娘和女兒的神色，轉眼看向王瓔的眼神一改平時的溫和瑟縮，竟像刀子似的。

蘇昉卻一臉平靜地看著王瓔。王瓔只看了他一眼，就覺得渾身發抖起來，大郎知道了嗎？他肯定知道了。

陳太初默默地下了廡廊，退到西側的小花園垂花門處，心中暗暗歎了口氣。

置物間的槅扇門忽地吱呀地響了一聲，廡廊下的空氣似乎被凍住了。

九娘上前一步抬頭問：「舅母，什麼叫死人能說什麼？誰是死人？能說什麼？我不懂——」

「啊——」的一聲尖叫，卻是王瓔身子一軟，就往地上癱了下去。她的乳母顧不得其他，趕緊抱住她對史氏哭著：「二夫人！二夫人！我家娘子懷著身子呢！」

史氏艱澀地開了口：「先送她回房吧。」

廡廊下再度安靜時，史氏折返回來，蹲在九娘前面，摸了摸她的小臉：「九娘啊——我是你二表舅母。」

九娘點點頭：「二表舅母。」

史氏臉上有些悲傷有些憂慮：「以後你要記住，要是偷偷聽見別人說什麼，藏在心裡，別說出來。」她頓了頓：「這是為了你好，等你長大了就明白了。記住了嗎？」

九娘點點頭：「記住了，二表舅母，謝謝你。」謝謝你，真心實意地謝謝你。

蘇昉蹲下來，看看九娘又看看蘇昕：「你們倆都聽見什麼了？和哥哥說說。」他看看史氏。史氏拍了拍他的手臂：「你們三個進去說，二嬸等在外面。」蘇昕本來要哭出來，聽母親這話才吸了吸鼻子點點頭。史氏朝蘇昕點點頭：「去吧。」

三個人進了置物間。蘇昕極快地把她和九娘剛才偷聽到的話複述了一遍，擔憂地問蘇昉：「哥哥，你說我們要不要和大伯還有婆婆說？大伯母以前生病去世會不會和你姨母有關呢？對了，她會不會是想要對你做什麼不好的事？大伯母以前身邊的晚詞、晚詩姊姊會不會知道什麼？要不要去找她們？」

九娘屏息等著。蘇昉仔細地想了想，卻搖了搖頭：「阿昕，九娘，你們不要再和任何人說這件事。聽話。」看著兩個小娘子疑惑不解的眼神，蘇昉說：「晚詩、晚詞姊姊的事，我爹爹說是有很特殊的隱情，現在不便讓我知道。我娘的事，我會繼續追查下去的。可惜並沒有確實的證人證物，姨母她——又有了孩子。至於我，姨母她不敢拿我怎樣。你們放心。」

九娘愣了愣，蘇瞻早就知道晚詩晚、詞的事？她思忖了片刻，搖頭說：「阿昉哥哥，我婆婆常說，害人之心不可有，防人之心不可無。你這個姨母肯定不是什麼好人，既然她不是好人，也許就會做壞事。你不如住到我家來，我娘早就給你準備好了屋子和僕從了，說了讓你儘管去住，住到什麼時候都行。等你長大了，你姨母再有什麼壞心也使不上力氣。」她側過頭問蘇昕：「蘇姊姊，你說呢？」

蘇昕猶豫了片刻，沒做聲。她自小隨爹娘和伯伯、伯母一家住在一起，特別親密。爹爹外放了幾年，她好幾年沒見到哥哥，心裡也十分想念，可她一點也不喜歡溫柔的王瓔，她喜歡以前那個大聲笑，會在自己臉上不停親香香的大伯母。為了逝世的大伯母，為了哥哥的安全，蘇昕用力點點頭說：「哥哥你就常去孟家住吧。我會替你看著你姨母的！你一回來我就告訴你她都做了什麼。還有我娘，我娘會看住她不讓她做壞事！」十歲的小人兒把自己當成熱血捕快，想要盡力幫助哥哥。

蘇昉笑著摸摸她倆的頭：「好！那你們也要替哥哥保守好這個秘密，記住了。」蘇家的事，他的事，娘的事，他蘇昉一力承擔。

第四十三章

這一場暖房宴，熱鬧隆重。程氏心滿意足，呂氏不是滋味。王璎卻因為身子不適，再沒有露過臉。

臨別，蘇昕抱著九娘在她耳朵邊悄悄地說：「你可要守住我哥哥的秘密哦！」朝她手裡塞了一樣東西：「我哥哥送給你的。拿好了！」

心神恍惚的九娘隨著牛車離開蘇府的時候，七娘拍拍她的手：「你拿個又破又舊的傀儡兒做什麼!?」

九娘握緊了手中的傀儡兒，垂首不語。

是夜，蘇府的書房中。

蘇瞻眉頭微皺，桌上油紙裡的鱔魚包子還冒著熱氣。他打開油紙，慢慢地小口小口吃完了包子，起身去後面洗了手，出來在書房裡來回踱步。

高似垂首靜立在下首。

「孟三幾時回京？」蘇瞻突然問。

「約莫這個月底就能回來，王氏長房的絕戶具結書已經在眉州州衙登記在冊了。」高似輕聲說：

「這些日子裡，王氏各房都給孟三郎送了許多東西，他都退了回去。五房甚至有意將一個庶出的小娘子許給他做妾侍，也被他回絕了。」

蘇瞻吸了口氣：「有阿程在，他是不敢收的。長房名下的那些人怎麼樣了？」

「這兩年，陸續記到長房名下的有三房、四房和七房的三位小郎君。月中都修了族譜，這三人改記回各房名下去了。原先長房的部曲和家奴，都被遣散了，聽說孟三郎要帶人回京見大郎，倒回來了二十多個。只是，中岩書院的事還沒能辦成。」高似抬了抬眼。

蘇瞻走回書案前，提筆寫信：「眉州之難治，不在於民風彪悍，而在於士紳之家皆有律法之書，這州官糊塗，倒叫有心之人鑽了空子。你跟孟三說，我已經寫了信給岳丈，七房不日就會將書院的地契信物一概交給他。」

高似一愣：「是，相公。因已登記了絕戶，長房的財物田地，分為三份，兩份充公繳上州衙，先夫人所得的那一份，名下田產不足四千畝，財物只餘八千貫了。」

蘇瞻頭也不抬：「甚好，九娘生前給了王氏一族三千畝良田做祭田，這些祭田可還在宗族家廟名下？」

高似搖頭：「並無，都分在各房名下了。」

蘇瞻扔下手中的筆：「鳥為食亡，人為財死。祭田永免賦稅，是一族興旺之根本。他們卻只看得見眼前小利，難怪當年岳父堅決辭去族長一職，青神王氏從此休矣。我蘇氏一族和王氏百年相交，也可止於此了。」

高似沉默片刻才問：「今日後院裡的事？」

蘇瞻搖搖頭：「大郎是個聰明的，對著糊塗人，不會做糊塗事。他稍後恐怕要搬去孟家住了。我讓孟三去處理長房的事，他們也就知道了我的意思。就算十七娘嫁給了我，我也還是長房的女婿。也好讓他們知道，他們做的那些事，我的確很不高興。」他頓了頓才略帶苦澀地問：「阿似，昔日九娘笑我無識人之明，易輕信他人。張子厚也好，王氏一族也罷，我這些年難得有失誤之處，一有失誤，卻牽連甚廣，甚憾。」

高似沉默了半晌，才笑著說：「先夫人目光如炬，小的深為敬佩。相公當年也是為了大郎著想，畢竟青神王氏是大郎的外家。這絕戶，幾近出族，哪有沒有外家的郎君能在朝為官的呢？只一個孝道，就說不過去了。」

蘇瞻苦笑著，片刻後才又想起問：「錢五回來了沒有？泉州的事查得如何了？」

晚春的夜裡，殘紅處處。蘇昉到了父親的書房外，知道高似在裡面回話，便走下廡廊，在院子中的樹下站定了。

高似正在回稟泉州的事。

「錢五已經在回來的路上，那位香藥案的萬事通，在泉州和市舶司❶的幾位官員打得火熱，領了

❶市舶司：宋朝在沿海城市設立市舶司，管理海運，相當於現在的海關。

公憑❷，造了十多艘多桅木蘭舟，做起了海商，往返於大食、占城、三佛齊等地，獲利頗豐。那位阮氏的哥哥，跟著木蘭舟，聽說這幾年都在海上，並未回到泉州。只是他家船塢著實厲害，竟然能從泉州的抵當所❸，借了三十萬貫造船，卻無需利錢。錢五查了一個月，才發現他家的總帳房每個月都要去仙遊的解庫❹查帳，那家解庫——」

蘇瞻意味深長地問：「福建仙遊？」

高似點了點頭：「是，這家解庫的東家，錢五查出來，正是仙遊蔡家的。按輩分，是蔡相的堂叔父。小的們推斷，這位萬事通，怕也成了蔡相在泉州的錢袋子。」

蘇瞻的手指點了點書案：「他從抵當所不花分毫，挪了國庫三十萬貫，又是造船又是海貿，又在解庫生息。可謂一舉三得。對了，張子厚，也是福建人，他和這事可有關聯？」

高似搖了搖頭：「未有發現。」

蘇瞻想了想：「這張子厚今年行事，頗出我意料。他竟然放棄了門下省，跑去樞密院做一個五品中侍大夫。」

高似道：「張御史並不得陳太尉重用。上回他帶了部曲去陳府負荊請罪，在樞密院倒成了笑話。」

蘇瞻搖頭：「還是要看著他，張子厚行事，不會如此浮躁。」

高似點頭應了，行禮退了出去。

蘇昉在院子裡回過身來，朝高似點了點頭。高似猶豫了片刻，下了廡廊，行了一禮：「大郎安好。」

蘇昉側身受了半禮：「高郎君有何見教？」

高似苦笑道：「大郎小時候都叫我阿似叔的。」

蘇昉清冷的面容看上去越發和蘇瞻相像：「物事人非，昉不敢輕慢了高郎君。」腳下不停，已經越過高似，向書房走去。

高似看著他的背影，若有所思。

蘇瞻將青神的事先同蘇昉說了，又問他昔日長房的部曲和家奴他打算如何處置。蘇昉沒想到王氏長房竟然成了絕戶，倒是一愣，略一思索，問道：「這戶絕一事，是我娘的意思嗎？」

蘇瞻深深地看著兒子，點了點頭：「是你娘的意思，爹爹當年沒有應允，拖了幾年，還是按你娘想的去做，也算了她一個心願。」

蘇昉跪下朝蘇瞻磕了三個頭：「多謝爹爹一心為兒子著想。娘在京西給兒子留了一個農莊，可以先安置這些人。」

蘇瞻默然不語，良久才開口：「也好，你先起來吧。就算王氏長房戶絕，但青神王氏，如今依

---

❷ 公憑：即為貿易許可證。

❸ 抵當所：宋朝的官方銀行，提供貸款，年利率二〇％，但可以特批免息貸款。

❹ 解庫：私人銀行，向百姓提供貸款。

舊還是你的外家。阿昉，你無需智子疑鄰。你姨母，和你娘的死並無關係，否則我是決計不會答應蘇王兩族續娶她的。何況你阿似叔受過你娘的恩惠，他心思重，當年都暗中看著。你要怪，怪爹爹就是，是爹爹沒有照顧好你娘，才令你年幼失母。」

蘇昉一怔，估計後院的事爹爹已經知道了，怪不得晚間那位乳母被連夜遣返回四川去。

他略一沉吟，並未起身，卻又磕了三個頭說：「爹爹，兒子不知道姨母何以取信於爹爹，也不知高似何以取信於爹爹。但，他們皆無以可取信於我。是兒子智子疑鄰抑或他人做賊心虛，阿昉相信總有一日能水落石出。雖說如今既無證人也無證物，但阿昉身受娘親養育之恩，今日之後，怕難以面對姨母，姨母恐怕也不願面對阿昉。還請爹爹容兒子暫且離府，借住到表姑父家去。兒子每日下學，自會回來和婆婆、爹爹、二叔、二嬸請安的。」

蘇瞻默默看著一臉平靜的兒子，心中說不出什麼滋味，想要再說幾句，似乎已全無用途。他頹然地應了。也許等過兩年蘇昉再長大一些，他會明白男子在世，無奈的事太多，不是自己想要怎麼樣都能如願，太多牽絆，太多利益交織成一張大網。

蘇昉微笑著說：「幾年前，為了姑母，翁翁和爹爹一力主張蘇程二族絕交，也未曾擔心過爹爹和二叔的仕途缺了外家的扶持。阿昉敢效仿爹爹，就算沒有青神王氏這個外家，必定不負娘親所望，取功名以慰娘在天之靈。兒子只有一個外翁，也只有一個外婆，也永遠只有一個娘親。何況，兒子並無出仕的打算，日後若有幸金榜題名，還望能在翰林院修文史度日，就最好不過。」

蘇瞻臉色一變，皺眉道：「你年紀尚幼，說這些太早了些。」

蘇昉站起身，挺直了背：「兒子幼時在杭州時，不過兩三歲，可依然記得娘帶著我外出，總有百姓往我懷中送雞蛋果菜，說要感謝爹爹是個好官，才使得杭州道無啼饑之童，路無病苦之軀。兒子自小就想做一個爹爹這樣的好官。娘也總是說爹爹是位頂天立地的君子。阿昉一心想要做爹爹這樣的人。」

蘇瞻一怔，原來九娘是這樣對兒子說自己的。原來阿昉他竟然以自己為志！他心中難免一動，眼眶也微濕起來。

蘇昉卻接著說：「直到娘臨走時握著兒子的手，笑著說她只是太累了——」蘇昉眼圈微紅，言詞哽咽起來：「兒子不孝，無意效仿爹爹治國平天下，唯求正我心，誠我意，格物致知，修身齊家。僅此足矣！日後蘇家的門楣，還要靠堂弟和弟弟他們了！」

蘇昉話音落地，又拜伏於地，磕頭道：「還請爹爹原諒兒子胸無大志！」書房裡一片靜默。

蘇瞻胸口起伏不定，今日之事完全脫了他掌控。十七娘哭了一整日，苦苦求他相信她，導致胎氣不穩，大夫現在還沒離府。阿昉卻依然固執如斯，竟然要自毀前程……

蘇昉站起身看著父親，微笑道：「最後還望爹爹知道，我娘親絕不會想看見您續娶她一手照顧大的十七姨，更不可能將我託付給她。爹爹縱橫朝堂，恐怕忽略了呂雉之妒，武后之毒。阿昉他日，只求像外翁、外婆那樣擇一人生死相許，永不相負。還請爹爹明瞭阿昉的心事。兒子敬重您仰慕您，兒子也明白兒女私情輕如鴻毛，可兒子更想做一個像娘那樣風光霽月不負天下人的人。兒子今日大逆不道，現在就去家廟跪著請罪。」

不等蘇瞻說話，蘇昉已退出書房，卻看見高似還在那花樹之下，似一杆長槍一樣立得筆直。他微微揚起頭，穩穩地離開。

高似默默看著少年離去的清瘦背影，想起自己從帶御器械一夜之間成為階下囚，在獄中和蘇瞻相識。那個修長高挑的婦人，每日牽著這個小郎君的手，提著食盒，到獄中來探視。

她總是笑語晏晏，似一輪烈陽般照得牢獄中全無苦楚。那些獄卒牢頭個個都對她十分尊重，禮待有加。有一次她布好酒菜，對蘇瞻說起楊相公在書房裡看到一個美貌小娘子，不知道是夫人給他安排的小妾，大發雷霆，讓人杖了那小娘子十下趕了出門。蘇瞻笑不可抑，反問她今日楊相公可曾洗了臉再上朝。

他在隔壁牢裡聽得也不禁哈哈大笑。聽說他就是昔日的軍中小李廣之後，那婦人十分欽佩他，拜謝他守衛疆土，使百姓免遭荼毒。從那以後，她提來的食籃中，總也有他的一份酒菜。

每每看著他們一家三口在那晦暗破敗的牢裡，依舊像在廣廈高堂之上自在快活。他心底不是不羨慕的。他在牢裡替蘇昉修整小弓，教他射箭之術。蘇昉總是親熱地叫他阿似叔。

蘇瞻出獄後不久，他也被蘇瞻救出了牢獄，才知道那婦人竟遭到那樣的不幸。從此，他繼續隱姓埋名，做了蘇瞻的部曲。

是啊，他高似，何以取信蘇昉？他自有他沉重不可言說的過往，也許還有無法啟口的將來。這些，和蘇昉，和那個婦人，都無一絲關係。

地上殘紅如血，風中花香襲人。

第四十四章

三月初一，城西順天門外西北的金明池奉旨開放，當年周世宗為討伐南唐，在這裡練習水戰。池水深不可測，池面廣闊，沿著金明池走一圈，足足九里多的路。

金明池一開，全城的人都蜂擁而至。那墨家子弟一代木工巧匠楊琪，為今上專門打造的巨大龍舟，也已經停靠在池中，靠著水中央五殿相連的寶津樓，遙望臨水殿。金明池東岸一溜兒的彩棚，租賃給酒食店舍，勾欄瓦子，博易場戶。西岸楊柳成片，煙草鋪堤。愛好釣魚的人去池苑所買了牌子，就能垂釣。那最好的斫膾也在這裡，現釣上來的魚立刻有用刀高手片成一片一片如同輕紗般的透明魚肉，直接沾了芥辣吃，實在鮮美，只是價錢比街市上的斫膾也要貴上兩倍。

到了三月三踏歌之夜，汴京城更是少年郎君和花信小娘子們紛紛夜遊，金明池、汴河兩岸，處處都是寬袖擺動，前俯後仰，高歌不斷，笑聲不絕。

小娘子們進了三月，晚間同手帕交們去茶坊裡喝茶，瓦子勾欄裡看戲聽書，再去夜市吃各種小吃，夜遊到天亮才回到家中，殘妝猶存，白日裡的邀約車馬已經等在了家門口，不少小娘子轉眼間又精神抖擻地出門遊玩去。

這城中，唯獨孟府，似乎與世隔絕一般。小郎君們日日讀書不倦，小娘子們夜裡在各自屋裡做些學裡的課業，或是學著縫製些香包、荷包。那滿城的狂歡，都被隔絕在粉牆之外。

自從蘇昉進了族學，下了學回蘇府請過安，又回孟府泡在過雲閣中。蘇瞻索性將他的乳母小廝們通通送了過來，對孟存笑著說束脩省了，白吃白喝可使不得，又往孟府送了不少銀錢禮物。那甲班的先生和孟存都對蘇昉的學業極為推崇。程氏臉上有光，十分高興，寫信催著孟建快點回京，想讓侄子程之才也同蘇昉親近親近。好不容易得了回音，孟建說要到月底才能帶了程之才返京。程氏只覺得萬事順遂，待阮氏、林氏都軟和了三分。

因蘇昉住進了孟府，九娘雖然見不到人，心裡卻踏實了許多，經常讓慈姑往修竹苑給孟彥弼送些點心，暗地裡囑咐二哥記得給阿昉分一半。孟彥弼自從張家一事後，覺得自己和蘇昉已經關係十分不同，加上蘇昉住在他隔壁，兩人越加親近。可看到這些點心，心裡還是難免酸溜溜的。

蘇昕也進了族學乙班，和六娘、九娘相處極好。眾人知道她是蘇相公的嫡親侄女兒，也喜歡她直爽大方的性格，紛紛同她交好。

蘇昕自然和九娘格外親密一些。九娘聽她十句話要和自己說到前世的自己五六次，也是哭笑不得。敢情這孩子，將自己前世那些隨口戲言都當作金科玉律記在心間了，可她自然也更加喜愛蘇昕。自從覺得阿昉、阿昕都回到了自己身邊，九娘每日也極為快活。

和蔡氏比賽結束後，張蕊珠就邀請七娘、九娘每天留下來，一起練習捶丸和商議配合的方法。蘇昕、六娘和四娘就也索性帶了自己的器具留下陪著妹妹們，六個人分班切磋。打了幾場，蘇昕和九娘技藝精湛，九娘吃虧在身高不夠力氣小，六娘和張蕊珠不相上下，四娘、七娘相差無幾。她們乾脆就固定為兩班練習，張蕊珠、九娘、七娘一班，蘇昕、四娘、六娘一班。

蘇昕的技藝最為嫺熟全面，她毫不藏私，熱心傳授，連四娘七娘的捶丸技都精進了許多。梁老夫人喜愛蘇昕，特地吩咐只要捶丸，就送信去蘇府，留蘇昕在翠微堂用好夕食再派車送她回去。幾天下來，蘇昕和孟家四姊妹幾乎同進同出了。

宮中的四公主趙淺予也不知道用了什麼法子，終於知會了孟館長，也來女學一同練習捶丸。陳太初和趙栩不免又得跟著，次次守在捶丸院的外頭，望天興歎。

九娘早猜到趙淺予的身份，雖然不明白為何趙淺予對自己另眼相看，但聽她興致勃勃地不停打聽蘇昉的事，心裡暗暗好笑。

旁人只知道這個長得極其好看，曾經冒充陳太初書僮的小娘子是一位貴人。這位貴人的器具拿出來挺唬人的，鑲金佩玉，木質極佳，一袋子幾十個瑪瑙丸更是讓人歎為觀止。可惜她偏偏技術奇差，地滾球可以一棒入洞的，她三棒也進不了。這位貴人脾氣也不好，除了對九娘親近，看旁人都是下巴朝天。所以除了九娘願意耐心指點趙淺予，其他人包括蘇昕都避之不及。

趙淺予絲毫不在意，她本來就只想和這個又矮又胖的冬瓜姊姊一起玩，和她在一起，人人都以為自己是姊姊，這感覺真不錯。這個姊姊還那麼厲害，自己才來了兩天，已經能地滾球三棒入洞了！她比六哥教得好多了。一想到自己在寶津樓贏了三姊的樣子，趙淺予已經快活得要嗷嗷叫。

眼看三月過了一半，沒幾天就是寶津樓諸軍呈百戲的日子。這天夜裡，九娘在聽香閣監督十一郎寫大字，林氏在燈下給她縫製一雙鹿皮小靴子。這鹿皮是孟彥弼前些時悄悄差人送來的，說給她做一雙小靴子寶津樓捶丸用。因這木樨院三位小娘子裡，也就九娘沒有鹿皮小靴子，林氏高興得很，誇讚了孟彥弼大半天。

玉簪和慈姑在給九娘縫夏衫，慈姑給九娘量了尺寸，覺得春日裡她還是長高了少許的，十分高興，特地將夏衫的尺寸又放了一些。

外頭侍女們又悄悄地扛了一大袋東西進來：「二郎君又差人送東西來了，讓九娘子看看合適不合適。」九娘這些日子已經習慣了孟彥弼天天送些零零碎碎的玩意，吃的用的文具什麼都有，而且樣樣精緻得出奇。當然也不免心中疑惑，因為孟彥弼可不是這麼細心的人。

有一天七娘突發奇想練習背身撲棒，結果自己摔在發球台裡不算，陶丸亂飛，打落了九娘的碧璽小蝴蝶簪，碎了。這還是林氏用私房錢買的，九娘連呼可惜。七娘卻滿不在乎地說趕明日送朵堆紗的花兒給她。

結果第二日夜裡，孟彥弼就差人送了一隻極為精緻的碧璽小蝴蝶簪子來，裝在一個翠玉小盒子裡。又特地讓女使說明：自從今上登基，仁德治國，特地下旨嚴禁鋪翠，禁止獵殺翠鳥，並且焚毀了大內所有的點翠飾品作萬民表率，所以只能將就一下這根碧璽蝴蝶簪了。

九娘疑心這像是趙栩說的話，東西也像是趙栩的東西。可白天她仔細觀察，站在陳太初身後的趙栩就像變了個人似的。以前這人橫眉豎眼地找她碴逗弄她，現在卻看也不看她一眼。她試著好幾次悄悄叫他一聲表哥想問一問。可趙栩總是從鼻子裡嗯一聲，轉身就走。實在讓人看不懂。

侍女們解開那外頭的袋子，裡面卻是一套捶丸球棒，各種長短，十多根，竹柄打磨得光亮，柄頭打著七彩的絡子。九娘提起一根攛棒手裡一掂量，眼睛就亮了，棒頭的配重完美，棒身是上好的北方木材。

侍女們又打開一個色彩鮮亮的回紇風格錦囊，九娘伸手一抓，一個有眼有結重量適合的贅木丸。侍女將錦囊裡的木丸倒出來，二十多個，色彩鮮豔，每個都是贅木結疤又有眼的那段打磨出來的，只有這樣的木丸才足夠堅硬牢固。

九娘心裡更覺得這些禮物都是趙栩送的了，仔細想了想，有了這套球棒，也算能多一份勝算吧。九娘心安理得地讓玉簪把十一郎的球棒還回去，心底鬆了口氣，總算保住自己所剩無幾的蜜餞罐子和乾果罐子了，十一郎人才五歲，卻有個十歲的肚子。看來當上四公主小會裡最厲害的主將，果然好處多多。上位者還是很懂得「工欲善其事，必先利其器」的，何況趙六郎以前那樣得罪過自己。如果能幫四公主贏得比賽，也不枉費趙栩一片愛護妹妹的心意。

想到四公主那和她的臉完全不相符的球技，九娘歎了一聲氣，搖搖頭。走到裡間的房門口，站站穩，用力上跳，伸長手去摸那木門上刻著一隻仙鶴頭的位置。她這些日子每日都在木樨院裡走上幾十圈，所有的臺階都蹲著跳上去的，晚間還要跳上一百下，都是前世爹爹教給她的，現在她只希望這副小身板結實些，別再來個脫臼抽筋什麼的。

會寧閣裡的趙栩眼睛看著還在苦練地滾球的趙淺予，其實不知道在想什麼。好一會兒，才想起來：「阿予！」

趙淺予正好終於又一次三棒入洞，興高采烈地跑過來：「阿妧教我的方法真好，我現在已經可以三棒入洞了。」

趙栩皺了皺眉：「姊姊！什麼阿妧，也是你能叫的？」

趙淺予拈起一顆桑葚塞進嘴裡，啊嗚一口，豔紅的汁水噴到了趙栩的道袍上。她發現六哥完全沒注意，哈哈一笑，滿嘴的桑葚汁，像血一樣。趙栩卻不理她，問：「九娘今天為什麼突然把頭上的蝴蝶簪子取下來？」

趙淺予一愣，想了想：「哦——阿妧說那是她二哥新送給她的，怕被七娘不小心再打壞了，就收起來了唄，六哥你好笨啊。」她又啊嗚咬了一個桑葚，笑眯眯地繼續去打她的地滾球了。

趙栩一手撐著下巴，發起呆來。忽然趙淺予回頭說：「對了，今天阿妧還說讓我給六哥你帶句話，我差點忘了。」

趙栩回過神來：「啊？」

趙淺予說：「阿妧說要謝謝你所有的禮物，她會好好打球的。」她頓了頓，小聲嘀咕說：「有什麼好謝你的！我的小會裡就屬阿妧本事最大，當然要給她那套新球棒！六哥你那麼小氣，連金子都不給她緣個邊！」

趙栩只聽見第一句話，心底一股熱氣騰地竄上了臉。他腦袋亂晃，眼神一飄，騰地站了起來，大喝一聲：「阿予！你竟然敢把桑葚汁濺在我衣裳上！」

趙淺予嚇得連球都不要了，一溜煙地朝外跑。女史、侍女、內侍們趕緊匆忙收拾了器具，行完禮，潮水般退了出去，去追那個扛著一根攛棒跑得像風一樣快的四主主了。

會寧閣裡卻沒有傳來往日郡王的怒吼聲，靜悄悄的，都不像會寧閣了。

三月二十二，日光未出，金明池碧波蕩漾，瓊林苑四野飄香。池苑內，酒家早已擺出種種吃食，供那些徹夜玩樂後直接來的遊人。各家攤販什麼水飯、涼水綠豆、螺螄肉，梅花酒，各色乾果、鹹鴨蛋、各色魚膾、雜和辣菜應有盡有。也有那餓著肚子趕早來觀看水嬉和百戲的汴京百姓，在酒家內高聲議論著去年的精彩之處。那經營關撲遊戲❶的，早就鋪設了珍玉奇玩，布帛茶酒器物等等，作為關撲的彩頭，也有厲害的甚至能贏了土地、房宅、歌姬、舞女。

不同於往日，今日因為呈百戲，平時停泊在東岸的貴家雙纜黑漆平船今日通通不見，那些供給士庶遊池的船也一艘不見。

女學的幾輛牛車卯時就停在了金明池北門車馬處，等待領牌入內，車外人聲鼎沸。

小娘子們好奇地掀開車簾，卻見人頭簇擁，人人臉上喜氣洋洋。今日呈百戲的超過五千人，從三更天宮內的禁軍班直❷、侍女、內侍們就已經入內開始準備。

此時那抬著鼓、舉著旗子的一群進去了，押送獅子、豹子的大車緩緩駛來。那馴獸的早就通知

❶ 關撲遊戲：一種賭博遊戲，商家所有東西既可以賣，也可以賭，兼有買賣和娛樂功能。

❷ 班直：宋代御前當值的禁衛軍，共設有二十多班、直，總稱諸班直。

這一路的車夫將牛馬眼睛罩上。

七娘在大相國寺大三門見過不少珍禽異獸，看到兩隻雪豹，嘖嘖稱奇。九娘前世的最後幾年，都是坐在寶津樓的二層大殿最前頭陪著太后、皇后看百戲，頭一次知道這些生龍活虎的獅子、豹子在籠子裡原來竟然這麼有氣無力的，不由得十分好笑。

然後是樂部的人扛著抬著捧著各色器樂和五彩旗杆進去了。後頭走來一百多個畫了大彩臉的軍士，舉著雉尾蠻牌、木刀。九娘還記得就是他們表演口吐狼牙煙火，還能吞下刀劍。

接著就是表演雜劇的。張蕊珠去瓦子裡的次數多，十分熟悉，高興地指給七娘看：「快看，那個就是蕭住兒，他旁邊的是薛子大、薛子小兩個孿生兄弟，還有那個，是楊總惜，她今天穿著村婦的衣裳呢。」張蕊珠如數家珍，七娘高興得不行，兩人猜測著他們今天要表演哪一出雜劇。

在後面，等押運各種弓弩木靶的士兵過去，就是百匹駿馬和表演騎射馬術的禁軍班直裡的出色子弟。孟彥弼赫然在其中。孟氏四姊妹趕緊將車窗推開，擠做一堆哈哈地笑。

經過女學牛車時，孟彥弼在馬上朝這邊看了看，突然大喝一聲：「妹妹們看我！」倏地從馬上一躍而起，雙腿出鐙，凌空做了個花式，存身蜷曲藏到馬的另一邊。他前幾天剛剛開始變聲，在家裡請安時遇到妹妹們都不肯開口說話。這聲大喊，聽起來極其古怪，九娘起初都沒意識到這是他對她們喊的。

車裡的小娘子們第一次見到這鐙裡藏身，也被他古怪的聲音震住了，個個目瞪口呆。七娘第一個反應過來，探出半個身子揮著帕子笑著大喊：「二哥——二哥！再來一個！」禁軍的郎君們都哈哈大笑起來，鼓掌的、吆喝的、吹著口哨喝彩的不斷。

那監馬的導宮監拿手裡的小旗甩了一下孟彥弼的馬屁股，笑罵他：「就你孟二有姊妹來嗎？兒郎們！且讓汴京城的小娘子們看看我們上八班的本事！」結果一眾馬上的兒郎大笑著紛紛表演起跳馬、倒立、獻鞍，各展其能。路邊候著的牛車上的小娘們高聲尖叫，不斷有人探頭呼喊自己的哥哥們，熱鬧非凡。

九娘也忍不住大笑起來，得了宮裡四公主指名邀約的蘇昕、四娘和六娘也看得目不轉睛。牛車轂轆一響，卻是女學的車朝前移動起來。七娘探頭往車後一看，叫得更厲害了：「妙法院！妙法院的！快看！」連九娘也忍不住擠到窗口朝後看。

每年的呈百戲，最好看的當屬妙法院女童的騎射演出。她們都只有十三四歲模樣，此刻端坐馬上，身穿雜色錦繡攢金絲的胡服窄袍，束著紅綠吊敦的束帶，短頂頭巾束髮，打扮如同兒郎。連她們的馬兒都玉羈金勒，寶鐙花韉。

七娘無比羨慕地看著她們，嘖嘖讚歎，誰想得到她們那麼精通騎射呢。九娘也很愛看她們。這群女童乘騎精熟，馳驟如神，雅態輕盈，妍姿綽約。路兩邊的小娘子們也紛紛揮動羅帕朝她們示意，喊得比給哥哥們鼓勁還要大聲。這近百位妙法院的女童們在馬上微微笑著側身示意感謝，真是豔色耀日，香風襲人。

七娘喊得喉嚨都要啞了。孟館長搖頭歎氣，毫無辦法。

第四十五章

到了裡面，自有引路的宮人將女學的眾人引到一個宴息廳，蔡館長和蔡五娘以及幾個蔡氏的小娘子都已經在裡面喝茶吃點心。團團行了禮，各自坐定下來。

沒一會兒，外頭進來一位女史和四個小黃門，笑著問：「敢問孟家的九娘子可在？」

九娘一愣，七娘已經指了指她：「我九妹在這裡。」

那位女史笑著說：「奴奉了四主主的令，來邀請九娘子去龍舟上和她一同觀看水嬉。」她頓了頓又說：「四主主說了，其他幾位小娘子若是喜愛水嬉，一起來就是。」

七娘大喜，立刻站起身來問孟館長：「館長，我們一起去好不好？」往年百姓們都只能在東岸南岸觀看水嬉，若能登上皇家的龍舟看，那得多麼值得人羨慕啊！

九娘正在猶豫，張蕊珠已經笑著問蔡五娘：「蔡家的幾位姊姊一起去吧？」

蔡館長和孟館長相視一眼，點點頭。今日一整天的諸軍呈百戲，水嬉是第一項，她們的捶丸賽，得到未時了。蔡五娘不置可否，她往年參加完捶丸賽，是直接從御前被送到祖父蔡相身邊在寶津樓大殿看百戲的，但先去龍舟看看水嬉，也未嘗不可。

卯正一過，晨光熹微，雲興霞蔚。金明池水面被日出的朝霞暈染得紅勝火。寶津樓一側的三層龍舟，高十餘丈，宏偉壯觀，正朝著東岸，船上人頭濟濟。

最頂層的船頭，趙淺予斜眼看著龍舟船弦邊的三公主、四皇子、五皇子和宗室勳貴的小娘子們、郎君們，低聲問一聲便服的趙栩：「六哥你說阿妧她會來嗎？」

趙栩抬腿一步跨上船頭，再一步上前，竟跨出船去，站到船頭上長長伸出去的一根圓木杆上。那是今日水嬉的決勝旗杆，杆上懸掛著一面極長的彩旗，旗下墜有重物，臨近水面結有彩球，旗上繪有趙家宗室圖騰。水嬉的各路兒郎，誰能從東岸先游過來拿到彩球，誰就贏了。

趙栩凌空站著，又朝前走了兩步，那長木柱輕輕上下晃點起來。龍舟二層和底層的人抬頭看了紛紛喝起彩來，禁軍同他相熟的，都知道這幾年承安郡王都是站在那上頭，揮舞官家賜的另一面助威錦旗的，頓時大喊起來：「六郎——六郎——」趙栩低頭笑了笑，退了兩步，跳回船頭說：「她不來也自然有人會拖著她來的。」

她那個七姊，最是個不安分的，能上龍舟，肯定死拖硬拽也要扯著那胖冬瓜來。他心中暗暗得意，就要讓你看看，我趙六什麼都能安排妥當。什麼最好的，都得我出手。可比蘇昉那個小書生厲害多了吧？

「六郎！」身後陳太初的聲音傳來。

趙栩回頭問：「你怎麼才來？」咦，他身邊那個傢伙，不是蘇昉嗎？

趙淺予已經笑嘻嘻跑過去：「太初哥哥，阿昉哥哥，阿妧姊姊她們一會兒就來了。來來來，我可是和爹爹磨了三天，這最前頭的位置才給了我的。阿昉哥哥你等會坐我左邊，太初哥哥你坐我右邊！」

趙栩氣得話都說不出來。陳太初看看他，這？自己受趙淺予之託特地請了蘇昉來，似乎不太對？

寶津樓上，大臣們早已經都到了，在一樓的大殿中等候官家駕幸。外命婦們在二樓的大廳中也按品級各自就座，等候太后、皇后的到來。梁老夫人、杜氏、呂氏皆按品級大妝肅立殿內。慈寧殿的秦供奉官恭身來輕聲問了安，笑問為何這次沒看見六娘。梁老夫人歎了口氣說，六娘非要陪妹妹們參加公主們的捶丸賽，要從北門去百戲的等候所呢。一旁的幾位國夫人都笑眯眯地稱讚，都言聽說了孟家出了一個了不得的七歲小娘子，捶丸神技汴京無敵，今日終於能一開眼界了。梁老夫人搖搖頭，憂心忡忡。

外面方圓百丈的廣臺上滿是禁軍。金明池東岸、南岸就有兩座巨大的畫舫緩緩朝著寶津樓而來，到了龍舟附近停泊住，比起龍舟還是矮了一截。這兩座畫舫的船頭都架設了高臺，遠遠伸出船體，離水面約七八丈高。稍後水嬉比賽結束，就有兒郎要在那上面表演水鞦韆。那是歷年最驚險刺激的，那空中翻騰得不夠，橫著撲打在水面上的，甚至有不慎撞在船身的，看得人驚心動魄。這水嬉、水鞦韆、水球三大項，汴京各大關撲和賭場都開出了博戲和賭注，賭誰最終奪魁。

四公主的女史帶著眾人，行過那仙橋，取出腰牌，出示給宗正寺的官員檢查，才帶著九娘她們上了龍舟。小娘子們看著滿船都是宗親勳貴，不由得一陣緊張。

上了三層，遠遠的，九娘就看見一個人高高立在船頭突出的那根長杆上，彷彿站在空中，衣袂揚起，恍若神仙。

走得近了，又看到陳太初和蘇昉，九娘大喜。這位四公主真是妙人！她不過隨口一提，四公主就興高采烈地找陳太初說了。算來她已經二十幾天沒見到過阿昉呢，可看著他神清氣爽，溫和平靜，似乎沒什麼不妥當。

這時，那似乎要破碎虛空而去的神仙人物足尖一點，轉過身來，姿色出塵，比那漫天霞光更耀眼百倍。船上眾人只覺得心搖神曳，底層、二層更是尖叫聲不斷。

趙栩卻面無表情地躍入船內，看也不看她們一眼，走開了去。

九娘納悶這位表哥似乎最近都不太高興，可身不由己地直朝蘇昉、陳太初、趙淺予而去，展開了笑顏。她上前先給身穿公主常服的四公主行了大禮，這才站起來給陳太初、蘇昉行禮。

蘇昉見到九娘這次終於看到自己沒掉眼淚，笑著問她：「聽說你捶丸很厲害啊，連臥棒斜插花都會，今日肯定能贏是不是？」

九娘笑嘻嘻地說：「有四公主在，應該能贏吧。」她小臉被日光照得紅撲撲，神采奕奕。

後頭的張蕊珠眾人，才驚覺被她們深深嫌棄的那位脾氣臭球技更臭的貴人，竟然就是宮裡深受官家寵愛的四公主，趕緊過來行大禮。七娘更是冷汗涔涔，她平時為了兩個表哥沒少跟趙淺予鬥氣，嚇得連公主萬福康安都說得抖抖索索的。

趙淺予不以為意地道了聲諸位免禮，興致勃勃地牽了九娘的手說起悄悄話來。四娘悄悄地看一眼陳太初，霞光下他更顯得皎如玉樹臨風前，只是他卻看著船頭正和四公主說話的九娘，唇角掛著有意無意的一抹淺笑。

張蕊珠靠近四娘，意味深長地道：「我看九娘一早知道了公主的身份，我們外人不知道就算了，怎麼你們一房的親姊妹，卻還瞞著呢？」

四娘心裡雖然很不是滋味，可她一直對張蕊珠很防備，聽了她這挑撥的話，也不理她，自行走開去，同六娘和蘇昕看那池中島寶津樓的勝景了。張蕊珠笑著去和蔡五娘說話。

趙栩斜靠在船舷邊，雙手抱臂，看著她們，心裡又是氣，又是煩。

一邊的三公主趙瓔珞走過來，笑著問他：「六弟，聽說四妹今年得了個厲害的幫手，要贏我們？」

四皇子魯王趙檀是趙瓔珞的同胞哥哥，聽見了這話，走過來笑著問：「聽說還是個七歲幼童？」錢妃所出的五皇子吳王趙棣向來以魯王唯首是瞻，也朝趙淺予那裡望望，好奇地問：「看著還沒有四妹高，也能捶丸？」

趙瓔珞看了九娘兩眼，笑得直打跌：「聽說四妹終於能將地滾球三棒入洞了，就是這個還沒有撲棒高的女童教的？」

趙栩冷哼了一聲：「她一個人贏你十個，都稀鬆平常得很。」

趙瓔珞笑得更厲害，身後站過來的不少宗室貴女紛紛看著九娘也笑不可抑。

魯王趙檀素來嘴欠，從小就欺負趙栩欺負慣了，這三四年雖然被趙栩打得厲害，可總也不知道自己的斤兩，因為三公主趙瓔珞是自己嫡親的妹妹，他哈哈大笑道：「我還以為六郎你要男扮女裝，上場替四妹捶丸呢。哦。對了，小時候哥哥把你打扮成小娘子的模樣，你最不願意的，寧可賴在泥裡也不肯起來。」他笑得開心，趙瓔珞卻趕緊拉著他退了三步，以防趙栩衝上來，當眾讓哥哥臉上再來個滿堂紅。

吳王趙棣抿唇笑了，嘴裡卻怪著趙檀：「四哥！舊事莫提，小心六郎請你吃幾下老拳。」

趙檀縮了縮頭，嘴上卻還充樣：「這有什麼！誰不知道老六最愛俏？」他回頭再看了看九娘，搖搖頭，對著趙瓔珞一笑：「就那個矮胖醜丫頭？想勝了三妹你？待我去瞧上一瞧，我一隻手就能將她丟進金明池裡泡上一泡，還怎麼贏你。」

話音未落，他嗷地一聲慘叫，左眼劇痛。卻是趙栩猱身而上，一拳正中他左眼，飛起一腿將趙檀踢到船舷邊，一手掐住他的脖子，生生將他大半個身子都推出了船舷外，另一隻手拽著他腰間的玉帶低聲笑著說：「四哥，你這張臭嘴才該下金明池好好洗洗才是！」

趙瓔珞尖叫著，和趙棣上前來要扒開趙栩，哪裡能動他分毫？趙棣慣會做樣子的，索性趴到甲板上死死抱住趙檀的雙腿。宗室貴女們雖然一直聽說火爆六郎的名頭，哪裡想到一言不合就要丟人下船，紛紛大喊尖叫起來。

船頭的陳太初一看動靜不對，飛奔過來，眼見趙栩的臉上帶笑，可眼中滿滿的殺氣，絕對是氣到了極點的模樣，只能趕緊揪住趙檀的手臂防止他真的被趙栩丟下水去，低喝道：「六郎，快放手，他畢竟是你四哥。」

後面的內侍、女史們趕緊上來匍匐在地，有人也趕緊去二層通報在這裡壓陣的宗正寺卿和少卿們去了。趙淺予不知緣故，她知道六哥小時候被這個四哥欺負得厲害，一直很討厭趙檀，牽著九娘擠進去就一個勁地喝彩：「丟他下水！丟下去！」九娘凝神聽著周遭貴女們的議論聲。

待宗正寺卿和兩位少卿慌慌張張地上來三層，卻看見趙栩正彬彬有禮地扶起甲板上的吳王趙棣：「五哥膽子也忒小了些，我同四哥開個玩笑而已。」

趙檀捂著青腫的左眼，朝宗正寺卿大喊著：「三叔！六郎又打我打成這樣！你們看！」

趙栩笑眯眯地對著宗正寺卿笑著說：「四哥太多心了，我是看著有隻大馬蜂要飛到他臉上，怕他被叮了中毒，這才替他趕走那隻找死的蠢東西。三叔知道的，要是我存心打人，哪有不見紅的道理？」

宗正寺的三位趙家長輩面面相覷，趙栩這話倒也沒錯，這三年裡，皇城大內裡被他打過的皇子、內侍甚至禁軍，沒有不見紅的。

趙檀顫抖著聲音喊：「三叔！讓御史臺彈劾他！彈劾他！他目無尊長，行兇傷人！」

趙栩走到他身邊，拉下他捂著眼的手，朝他溫柔地吹了口氣，搖搖頭：「四哥你莫非忘了，金明池一開，御史臺有榜不得彈劾？而且我一片好心幫你，你怎麼反而恩將仇報？」

宗正寺卿上前分開兩人：「好了好了，骨肉至親，莫再計較。叫官家知道了，反倒不好。一會兒就看水嬉了。來來來，你們各去各的地方。」

趙瓔珞看著趙栩微笑著帶了趙淺予和那個矮胖小娘子一眾朝船頭而去，氣得渾身發抖。和她素來交好的幾個貴女疑惑地問：「六郎打了四郎，竟一點事都沒有？果真如此囂張！」

宗正寺的兩位少卿上來讓她們回到船頭右側的觀賽席，將她們都安頓好，留了一位少卿在這裡守著，這才又下去安頓不斷上船的宗室貴親。

船頭的女學眾人這才知道一直跟在陳太初身後那個很無禮的小廝，竟然就是大名鼎鼎的六皇子。比起剛才見到趙淺予，眼下七娘已經快要暈過去了。好在這位六皇子面無表情，只站在船頭凝望東岸。七娘暗暗看了他好幾眼，承認秦小娘子說得對，這位真是長得好看。一想到他竟然是皇子的身份，不由得臉上發起燒來。

九娘方才在人堆裡，聽那些貴女們議論紛紛，知道了個大概。原來竟是因為魯王要來找她的麻煩，趙栩才發怒的，心裡很是感動。

在九娘眼裡，無論陳太初還是趙栩，甚至孟彥弼，都和阿昉一樣，還是孩子。只是趙栩太過特別，身為皇子的他和其他三個不同，極其多變，連九娘也摸不著頭緒該如何對待他。

最初家廟被綁事件後，九娘覺得趙栩是一個被寵壞的皇子，很不待見他。收到黃胖禮物，也嘆服於他小小年紀有那樣絕頂的才情。炭張家那次，她完全沒料到十歲的趙栩翻手為雲覆手為雨，手下功夫更是不弱於陳太初，狠絕還更勝過軍中的陳太初、孟彥弼，對趙栩刮目相看的同時也十分欽佩。再到手臂脫臼那次，九娘又看到不一樣的趙栩。這個驕傲任性、手段厲害、還很有才氣的小皇子，複雜程度遠遠超過九娘兩世所接觸過的人。相比較而言，阿昉的純淨單一，像一張白紙一樣。

和趙淺予熟識後，從她不經意的話語中，九娘知道昔日陳青還在秦州充軍時，趙栩母子倆在宮中受到種種欺辱冷落，心中不由得對他又多了一些憐惜，也大致理解這個孩子為何這麼複雜這麼喜怒無常了。陳青的軍功，雖然換來了妹妹母子三人的平安富貴，但也斷絕了趙栩做太子的可能。大趙歷來戒備外戚，決不允許皇子有如此強大的母系親戚。身為將來的親王，趙栩現在的任性，也是最好的保護自己的方法了。

九娘這幾十天裡看著趙栩和趙淺予兄妹親密無間，很喜歡他們相親相愛的赤子之心。她前世唯一遺憾的是沒給阿昉添一個弟弟或妹妹。看著這些孩子，她心裡軟軟的暖呼呼的。加上又收到趙栩為了捶丸賽送來的各色禮物，吃人的嘴短，拿人的手軟，心當然就更軟了，卻忘記自己也是個「孩子」。

雖然趙栩剛才衝動粗暴地出手，是為了保證她能替四公主贏得比賽，但畢竟也是維護了她。這說翻臉就翻臉，護短到了極點的孩子，日後必然是一個了不得的狠角色。

九娘悄悄挪了幾步，到了陳太初和趙栩之間，仰起臉輕聲問趙栩：「郡王——？」

趙栩哼了一聲：「表哥。」

九娘調皮地笑著問：「表哥，你的手疼嗎？我手疼的時候慈姑幫我吹個呼呼就不疼了呢。」

陳太初和蘇昉在一旁都噗嗤笑出聲來，趙淺予更是哈哈大笑起來。

湖面的金光漸散，微微東風吹來，趙栩的臉上卻如抹了胭脂似的，桃紅杏粉，無雙顏色更是動人心魄，可惜只有那一池碧水能見到。

煩死了，誰要你幫我吹，還什麼吹呼呼！怪噁心人的。

趙栩斜睨了一臉促狹的九娘，覺得剛才打四哥的那隻手，癢癢的。

第四十六章

寶津樓下旌旗招展，傳來宣樂聲。從金明池西岸直通池中島的仙橋，已經圍了布障，淨水灑地，龍鳳繡旗招展，禁軍班直簪著花，身披錦繡攢金線衫袍，百餘騎從西岸直馳上橋，朝著寶津樓而去。等御馬上池，張了黃蓋，擊鞭如儀，表示官家終於駕幸至寶津樓。

龍舟和寶津樓五殿的眾人皆跪伏在地，行大禮。待樂聲再起，東岸、南岸爆發出雷鳴般歡呼，高呼官家萬歲、聖人千歲、娘娘千歲的都有。從龍舟上遙望岸邊，密密麻麻全是百姓，那沿岸的樹上也騎滿了人。

過了大半個時辰，陽光照得池中心的寶津樓朱漆欄杆金碧輝煌。待寶津樓的廣臺上出來一位簪花禁軍，手持朱色大旗，朝東岸招展。東岸隨即駛出一葉扁舟，上頭一位簪花的禁軍教頭，手持長鞭，高聲呼喝：「諸軍呈水嬉！得球者勝！」

近百位赤裸上身只穿了長褲的驍勇兒郎們，紛紛站到東岸早已搭建好的木臺之上，高聲呼喊：「得球者勝！」每年的水嬉，官家設置了一百金為奪魁的賞賜，所以人人爭先。

龍舟上的眾人哪裡還坐得住，同往年一樣，紛紛離席擠到船頭，激動尖叫起來。趙淺予皺著眉埋怨：「爹爹就是會哄我，年年船頭的位置總是人多得要命！」九娘笑著安慰她：「至少我們在最前面，看！要甩鞭了！」

等那扁舟上的教頭凌空甩鞭一聲脆響，撲通撲通落水聲不絕，兩岸的尖叫聲震耳欲聾。那些兒郎們如離了弦的箭，朝著寶津樓這裡破浪而來。

龍舟上的人也紛紛高聲呼喝，不少人爬上了船舷，站在上頭揮舞雙手，後頭為了看得更清楚的宗室親貴們紛紛朝前擠來。

趙淺予和九娘人小力小，被擠得東倒西歪。陳太初和蘇昉笑著將她們兩個抱了起來，站到船頭上，在她倆身側站定了。十幾個侍從上前將她們這群人圍了個半圓，護衛了起來。

趙栩早就同往年一樣，獨自站到那旗杆的端頭，笑著揮動手中一面龍鳳錦旗，放聲長嘯，引得樓下船頭的眾人又紛紛高呼六郎。趙淺予站在高處，扭頭看看擠在後面的三公主和一眾貴女們，雖然內侍、女史和侍女們紛紛維護，也不免擠得有些髮亂釵歪。她得意地一笑，牽著九娘的手大喊：

「六哥！六哥！六哥！」

趙瓔珞和一眼烏青的趙檀對視一眼，逕自帶著眾人上前，劈手推開那些侍從們。趙檀高喊著：「誰游在頭一個！讓本王也看看！」已經和趙瓔珞帶著眾人擠入了孟氏、蔡氏這群小娘子中，完全不管宗正寺一早分好的區域和那些侍從們。

張蕊珠正踮起腳，從九娘和趙淺予兩人之間的縫隙中看那遠處白浪翻滾。忽然身後一把大力湧來，她直往前撲到陳太初背上，狼狽不堪地正要道歉，又是一股更大的力推了上來，她眼看著身邊的四娘、六娘、七娘、蘇昕和蔡五娘，還有蔡氏的幾位小娘子都被擠到了船頭，正在九娘和趙淺予的腿邊。

陳太初發覺不對的時候，他和蘇昉已經被趙檀帶著的人擠了開來，看著後面黑壓壓湧上來的人群，他手一撐船頭的欄杆，飛身躍上船弦，朝九娘伸出手去，要抱她下來。

九娘只覺得一陣嘈雜，她剛要回頭看，卻發現趙淺予忽然一個前衝，直往船下翻去。她不及多想，伸手就拽住了趙淺予的手往回拉。卻覺得自己腿上也被人一推，跟著也衝出了船頭，下方竟是十幾丈的高空，她只來得及喊了一聲：「阿昉！」

船頭的十幾個小娘子發出尖叫，那再後頭的人毫不知情，聽見尖叫又紛紛朝前擁上。蘇昉探身伸手一撈，只撈到趙淺予的一個衣角，兩個小娘子的重量哪裡吃得住，瞬間撕裂開，只能眼睜睜看著她們朝水面墜去。

電光火石間，一道錦旗捲出，捲住了九娘的小身子，一絞一拉，九娘停在了半空中晃蕩起來，只死死地拽住下頭的趙淺予的手不放，咯嘣一聲，右臂劇痛，又脫臼了。

趙栩一聽到九娘的聲音，就立刻揮了錦旗要將她們倆捲回來，卻不想只捲到了九娘一人，他站在那本來就不斷晃蕩的旗杆上，被這重量一拉，自己也站不穩，腳下一滑，連著他也朝下墜去。他臨危不亂，乾脆一個倒掛金鉤，懸掛在那旗杆上大喝一聲：「阿予！抱住長彩旗！」

趙淺予嚇得魂飛魄散，緊緊拽住九娘的小手也一點點滑開脫落，聽到哥哥在上面的喊聲，才想起來她們身側就有一面水嬉爭球的長彩旗，她趕緊伸出另一隻手想去抓住彩旗。

她一用力，九娘只覺得胳膊不是自己的了，滿頭的大汗。再看離二層船首還有大約一丈多遠，船首的宗正寺官員們有爬上船頭伸手的，有大喊的，慌作一團，後面的禁軍們卻被他們堵在後面。

趙栩手上的錦旗再也吃不消，嗞嗞的一聲響，從中斷裂開來。

九娘和趙淺予來不及反應，又朝下墜去，瞬間越過二層船首。

陳太初和蘇昉手持禁軍金槍，剛到二層船頭，眼睜睜看著九娘和趙淺予又跌落下去。

此時離水面還有七八丈高，九娘胳膊已完全使不上力氣，她咬著牙拚命將趙淺予朝那錦旗上一甩，大喊：「阿予！抱住旗！」

趙淺予這些日子習慣了什麼都聽九娘的，當下鬆開手，去摟身側那垂落的龍鳳彩旗，好不容易扯住了旗子，卻又向下滑了一丈有餘，一低頭，眼巴巴看著九娘的小身子直直墜落水面，砰的一聲，水花四濺。她哇哇大哭喊著：「阿妧！阿妧落水了！」

蘇昉紅了眼要往下跳，被陳太初攔住：「我水性好，我去！你快讓人把四公主救起來。」

船上的人又尖叫起來。原來那旗杆上倒掛金鉤的趙栩，見到九娘落了水，將手中的半幅錦旗隨手一丟，雙手抱了龍鳳長旗，竟順著旗子飛快滑了下來，一手摟住趙淺予，雙腿用力在空中擺動，想要靠近船身。陳太初見狀，立刻撕下身上一片衣角，包住右手，雙手倒持金槍頭，縱身一跳，雙腿倒鉤住船頭，也一個倒掛金鉤向下朝他們伸出槍柄，喝道：「抓住！」

趙栩柔聲吩咐妹妹：「乖，阿予別怕，伸手去抓槍柄，太初哥哥能救你。」趙淺予哭著抓住槍柄。

趙栩大喝一聲：「起！」他單手抓旗，一個旋身，一手將趙淺予和槍桿朝上托，人卻頭下腳上，雙腿抬起，用力蹬在槍桿上。槍桿被他一蹬，頓時朝上而去。陳太初氣沉丹田，大喝一聲，雙臂使出全力，趁勢持槍向船上揮動，槍柄上掛著趙淺予，那槍桿立刻彎成了半圓，趙淺予剛靠近船身，槍桿眼看著又要斷裂。

眾人尖叫聲中，又有一人站上船頭，探出半個身子，一把拉住了趙淺予的雙腿，卻是蘇昉。兩人在船首前後晃蕩了幾下，幸好船頭的宗正寺諸人不再犯蠢，牢牢抱住了蘇昉的腿。蘇昉畢竟力氣不足，只能死死抱著趙淺予，半個身子已朝前墜去。

喀一聲脆響，金槍從中斷裂。陳太初一個鷂子翻身，一把拉住趙淺予手中的半根槍桿，將趙淺予拉回船裡。

趙淺予尖叫聲中，人已經被帶回船頭。三人聯手硬生生從半空中救回了趙淺予。這邊蘇昉剛將大哭的趙淺予抱了下來，就聽見砰的一聲入水聲，好多人大喊起來：「郡王落水了！承安郡王落水！來人來人！放小船！」

趙栩一看妹妹得救，立刻手一鬆，直直入了水。他早已發現不對勁，九娘自掉下金明池，除了開始撲騰了幾下，就再沒有翻騰掙扎的痕跡。

陳太初手中握緊槍頭之處，已經一片殷紅，鮮血滴答滴答落在甲板上。禁軍和侍從們湧了上來跪倒請罪，寶津樓廣臺奔出數十人，去岸邊解那繫著的小舟。

蘇昉和陳太初朝下望去，池水依舊碧波蕩漾，雪白水花漸散，哪裡有趙栩和九娘的身影？兩人更不多話，直奔下去，找那專門搜救的小舟去了。

從趙淺予和九娘摔下船頭，到趙栩入水，統共不過幾十息的功夫，驚心動魄之處，那親眼得見的人幾乎都停了呼吸。船頭朝下看著的趙檀和趙瓔珞對視了一眼，退了開來。六娘、七娘和蘇昕已經哭得一塌糊塗，扯著幾個侍從的衣裳，要他們趕緊下水救九娘。孟館長臉色蒼白，和蔡館長面面相覷。

池面上的小舟分散開來，搜救的鼓聲此起彼伏。陳太初和蘇昉心急如焚，帶著人往四處尋找。半盞茶後百餘名參加水嬉的禁軍當頭已經有七八人游到龍舟下頭，卻沒有一個去摘那致勝的彩球。問清了趙栩入水的位置，下潛者，魚游者，也有順著水流方向劈浪游下去搜救的。

寶津樓二樓，女史匆匆上來，到太后的耳邊輕聲稟告。高太后面色一變，身後的吳賢妃已經一聲尖叫：「啊——四主主摔下龍舟了？」大殿內立刻鴉雀無聲。

陳婕妤一怔，就要起身。前面的向皇后轉身示意她的女史按住她，低低說了聲：「稍安勿躁。」吳賢妃趕緊垂首請罪：「妾惶恐，請娘娘恕罪。」

高太后皺了皺眉，示意女史明說。女史便放聲回覆道：「幸虧陳衙內和承安郡王救了四公主。四公主已經安然無恙了。」這才又低聲回稟太后：「四公主身邊一個孟家的小娘子為了救主主，確確實實落水了，此刻還沒有音信。」

一直陪著太后說話的梁老夫人登時渾身冰冷。等小聲問清楚是九娘後，老夫人閉上眼，覺得自己擔心了好些天的事終於成真了，不由得懊惱沒有趁早阻止九娘參加捶丸賽。

再聽女史又低聲說承安郡王下水救人，現在兩人都沒了蹤影。陳婕妤兩眼一翻，已經暈了過去。梁老夫人趕緊跪下來向太后請罪。外命婦們不知所以然，也紛紛跪了下來。高太后鳳眼一掃，看著吳賢妃厲聲喝道：「今日之事，有驚無險，休得再提！」

滿殿的外命婦齊聲應是，吳賢妃垂首不語。向皇后厭惡地看了她一眼，吩咐女史們將陳婕妤抬去偏殿，召御醫官來診脈。

高太后扶著向皇后和梁老夫人的手，行至殿外的高臺上，看那龍舟附近人也多船也多，波浪翻滾，寶津樓廣臺上還不斷有禁軍入水。她遠遠看見陳青策馬奔向西岸，扶著欄杆，默默無語。

第四十七章

趙栩一落水，已經猜到九娘的胳膊恐怕為了救阿予又脫臼了，否則不可能不撲騰求救。他一入水中見不到人影，浮出水面，略分辨了一下風向和水流的方向，深吸一口氣，又扎了下去，直往西北邊游去。

九娘前世的水性並不差，可惜一隻胳膊脫臼後使不上力，疼得幾乎要暈過去，腳上的鹿皮靴子又裝滿了水，重得要命。她死命撲騰了幾下，越發下沉，乾脆閉了氣，用力擺動雙腿，好不容易上了水面換氣，卻發現竟然已經隨波到了西北面畫舫的半個船身處，可惜所有的人都蜂擁去了船頭，竟沒有一個人能注意到這水中一個小人兒在苦苦求生。

九娘一張口就要喝水，只能閉氣換氣，隨著水浪而去。不一會兒，就看見了楊柳青青的西岸一條線，有一片青綠的蘆葦叢格外顯眼。她只覺得兩條腿直抽筋，實在打不動水，這春日裡雖然暖和，但池水太深，十分陰涼，她泡在水裡已經一刻鐘有餘，又冷又疼，肚子裡也灌了不少水，實在難以為繼。

想不到重生來才短短幾個月，竟然又要喪命在此。九娘想起阿昉，臉上不知水多還是淚多，腿兒發麻，連著人也漸漸麻木了，漸漸沉入水裡。

恍惚間，腳上一緊，雙腳被人抓了個正著。

水鬼?!九娘從生死關頭驚醒過來，一張嘴又喝了好幾口水。一蹬腳，才覺得水中的不是鬼，哪個鬼要偷你的靴子！九娘水中扭頭一看，竟然是趙栩正在扒拉她的鹿皮小靴子。

見她回頭，趙栩水裡只朝她點點頭，手上再用力。九娘看著那雙心愛的鹿皮小靴子被趙栩費力地扒拉下來，毫不留情地丟入水中消失不見，竟然沒有一絲捨不得。看到趙栩，她才鬆了一口氣，可時間彷彿瞬間慢了下來，她茫然地看著離自己越來越近，像是慢慢飛來一樣的趙栩。

池水清澈無比，他那身道袍早不見了，一身雪白中衣在水中飄蕩著，平時服貼垂肩的長髮在水中如海藻般散開，臉孔雪白，容色越發絕麗，那雙桃花眼卻血紅的，伸過來的手也那麼慢，那麼慢。

原來是你啊，原來竟然是這個孩子來救我。九娘疲憊地合上眼：趙栩，你真是個好孩子。可是這麼深這麼廣的池子，你為了一場捶丸賽，為了你妹妹，以身犯險，實在不值得啊，何況我也打不成球了，真是對不起啊。前世對不起阿昉，這世恐怕有點對不起你了。

九娘意識模糊地揮揮手想推開趙栩。她心裡還是知道的，自己會水和救人，完全兩回事。趙栩你自己游上岸去，不要管我了。可完全說不出，眼睛也睜不開。

生亦何歡，死亦何哀。起碼阿昉現在安全了，起碼阿昉知道保護自己了。娘，沒什麼可擔心的了。

身體越來越輕，好像浮在了水中。和前世死之前的無邊漆黑不同，眼前忽然有一片光亮的甬道，似乎爹爹娘親在甬道的那一頭朝著她在招手。阿玞——阿玞——阿玞歸來——娘親的呢喃那麼溫柔。

好的，娘，爹爹，阿玞來了。

可是，阿昉，對不起，娘還沒來得及告訴你。娘，是喜歡過你爹爹，很喜歡很喜歡過，可後來就沒有你以為的那麼喜歡了。娘很慚愧，娘一直在騙你呵。娘一直在假裝和爹爹很相愛。阿昉，你不要難過，不要生你爹爹的氣。娘一點也不失望不生氣。你以後會知道很多夫妻，都不會靠喜歡和相愛過一生。也不是你喜歡別人，別人就會喜歡你的。

恍恍惚惚中沿著光亮的甬道朝前走，輕飄飄的。九娘卻記起從杭州回京後的那個深秋，蘇家收到一封常州的喪信，蘇瞻的堂妹早逝了。她太過聰明，從蘇瞻風露立中宵就覺察到不對，看著他短短一個月憔悴不已衣頻寬，只稍稍花點心思在蘇家的老僕人口中打聽，才知道原來蘇瞻當年真正心儀的人是他的這位堂妹，她和他青梅竹馬相互愛慕，卻因為同姓不婚以及蘇王兩族早定好的聯姻，而被蘇家遠嫁到常州。那一日，她在爹爹書房裡等著蘇瞻來相看，正是這位堂妹遠嫁之日，蘇瞻徒步走了八十里路相送，一夜未歸。

可他還是遵從父母之命宗族之命娶了她——青神王氏長房嫡女王玞。是啊，青神王氏和眉州蘇氏，百年交好，相互扶持。

可她還是有她的驕傲，有她的心。既不能傾心相愛，她也是堂堂正正能把日子過好的青神王九娘。不管如何，蘇瞻也是給了她足夠的尊重的。再何況，她還有了阿昉。

阿昉，阿昉……娘捨不得你。甬道那邊的光亮漸暗，娘親的呼喊越來越輕。九娘站在甬道的中間，來回顧盼，茫然無措。

娘——娘——！

阿昉在叫我。

九娘——九娘——！

是林姨娘也在叫我。

阿妧！阿妧！你給我醒過來！誰允許你睡的！醒醒！我好不容易救了你！你的命是我的！

這又是誰這麼凶巴巴的說話好沒道理？

阿妧？我不是阿妧，我是阿玞啊。我是阿玞啊。我就是有點累了……

甬道的光亮漸漸消失，九娘開始覺得渾身在疼。

「阿妧！阿妧！」趙栩氣喘吁吁地繼續拍著她的小臉。

九娘模模糊糊地覺得自己的身子又沉重起來，臉上火辣辣地疼。

趙栩連著按壓十幾下九娘的小肚子，看她還沒有醒轉，伸手捏住她的臉頰，湊上去渡了幾口氣，再按壓十多下，看著她吐出幾口水來，不由得大喜，趕緊拍拍她的臉：「阿妧！阿妧！醒醒！」

九娘這才開始覺得火辣辣地痛，喉嚨痛，手臂痛，腿痛，哪裡都在痛。她眨了眨眼，眼皮很重。臉上又被拍了幾下，疼。胸口肚子又被人大力擠壓，也疼。

九娘咕嚕嚕又吐了幾口水，才睜開眼。

趙栩的頭髮好些黏在額頭上，臉頰上，顯得十分滑稽，眼睛血紅，毫無平時的風采。

哈哈，趙栩，你現在可比阿昉醜多了。九娘咕嚕嚕又吐了兩口水。

趙栩鬆了口氣，將她扶著坐起來，讓她身子前傾。九娘哇哇吐出幾大口水，才有氣無力地說了句：「趙——栩，謝謝你，你真是好——」肚子裡的水又往外冒，生生把剩下的「孩子」兩個字給吐走了。

「廢話！我當然好了！」趙栩沒好氣地說：「上次就說過你了，自知之明你有沒有啊？就你還想著救別人！差點把我也給害死了！」

九娘慘兮兮地努力笑了笑：「對——不起，你，你沒事吧？」

趙栩搖搖頭，抿了唇，將她胳膊抻直，狠狠心不理會九娘疼得齜牙咧嘴哇哇叫，用力一拉將骨頭一正：「別動！」又撕下一幅中衣的邊料，替她把手臂吊在脖子上：「你這一個月不到就脫臼了兩次，得好好掛個七八天，不然以後稍稍用力就會脫臼。」

九娘一呆，上下看看極其狼狽的趙栩，又問：「你呢？你沒事吧？」她已經發現了，趙栩拖著她上岸的地方正是那片蘆葦叢，他臉上被蘆葦葉割出許多細碎的傷口，靴襪大概是被他一入水就蹬掉了，一雙腳上全是泥濘，透出血漬來，草地上還有些血跡，肯定是被有些殘餘的蘆葦根戳破腳了。

這還是那個極要好看極挑剔的孩子嗎？

這個平時那麼愛乾淨愛美要好看的趙栩，為了救自己，變成了這樣。九娘看看自己的小胖腳丫，卻一點傷口都沒有，甚至連泥巴都沒有，肯定是被他抱上來的。不知為何，九娘忽然鼻子一酸，眼淚直掉，啞著嗓子道：「對不起，我不能替你妹妹贏捶丸賽了——」

趙栩一愣，轉瞬氣得要命，向後噗通倒在草地上，精疲力竭得一句話也不想說。

九娘咳了幾聲，陪著小心問：「你生氣了？」救命之恩，無以為報。九娘狠狠心說：「我還能用左手揮棒，不過恐怕贏不了。還有你的腳要不要包一下？」

趙栩砰地坐了起來，本來就紅通通的眼睛快要噴火了：「誰要你去捶丸了？誰稀罕什麼輸贏！就你會捶丸？就你最厲害？你煩不煩啊!?」

九娘被他猛地一吼，嚇得一個哆嗦，往後縮了縮：「我——不捶了……你——要包嗎？」

趙栩喘著氣瞪著這個頭上還沾著蘆葦綠葉子濕答答的矮胖小人，簡直想狠狠地揍她一頓。

「包！你給我包！」趙栩吼了一聲，把雙腳伸到九娘面前的地上。

九娘眨眨眼，這孩子，還是小時候活得太苦太不容易了，喜怒無常得厲害，沒事，我是大人，我是大人，我是大人。你是恩人，你是恩人，你是恩人。

九娘費力地用一隻手去撕自己身上的湘裙，扯了幾下，沒轍。趙栩嫌棄地嘩啦從自己中衣裳撕下另半幅衣角，自己兩三下把兩隻腳給包上了。

「啊——？你不看一看有沒有刺？」九娘小心翼翼地問。

趙栩氣呼呼地瞪著她，一把又把剛包好的拉開了：「看！你給我看！」說著就抬起一隻腳，差點踢到九娘臉上。

九娘側過臉，仔細地替他拔出一些小刺和蘆葦碎葉，用自己濕漉漉的帕子替他擦了擦，示意他自己包紮。

趙栩不聲不響地把腳包好了，抬起另一隻腳伸到九娘面前。

九娘挑乾淨刺，替他擦了擦。趙栩忽然說：「你知不知道你重死了？我拖著你跟拖了一隻小肥豬似的！」

九娘知道他明明是把自己抱上來的，不然她的湘裙肯定也早像他的中衣一樣破破的了，腳丫子也必然傷痕累累。雖然不知道自己說錯什麼話得罪了他，但是他是自己的救命恩人，他最大，她眨眨眼陪著笑說：「我以後少吃一點？慈姑說等我長高的時候就不會再往橫裡長了。」

趙栩瞪著她一臉諂媚的笑容，實在，拿她沒辦法。左右看看，西岸原本很多人釣魚，偏偏這一片有蘆葦叢，前後一里半連個人影都沒有。他實在走不動了，只能盼望著禁軍趕緊搜尋到此地來：「算了，撐死你總比餓死你好。一會兒太初或是我舅舅肯定能找到我們。」

九娘忽然想起來：「在船頭的時候，有人推了我。」

趙栩一愣，想了想，但卻不想和這小東西說得太清楚，免得她太過害怕。只說：「活該！誰讓你這次風頭出得太厲害，要我在你身後，恐怕也想順手擠你下水。」

九娘雖然覺得他這話太難聽，可也不是沒有道理的。她仔細想了想，吃不准身後是蔡五娘還是張蕊珠會乘亂下黑手。但是四公主為何會先落水呢？而且把她們推下水，那麼高，非死即傷，後面都是一群十多歲的小娘子，誰敢動手？萬一四公主有個好歹，不知道有多少人會賠上性命。

趙栩卻淡然說：「阿予應該是被趙瓔珞推下水的。」

九娘嚇了一跳。

看著金明池裡緩緩有船隻朝著西岸過來，趙栩站起身來。

他看著那幾條船：「阿予一歲時在魚池邊看魚，曾被趙瓔珞推下水。幸好她的乳母忠心，救了她。」

九娘打了個寒噤。趙栩笑了笑說：「救了她的乳母反而因為照看不周吃了二十杖，還好人年輕挺過來了。害她的親生姊姊卻一點事也沒有。」九娘心中一陣寒意，如果乳母敢指正趙瓔珞，恐怕只有死路一條。

趙栩轉過身說：「就像今天趙瓔珞還是會一點事也沒有。」

阿予一歲，就是五年前，那趙瓔珞也不過才七八歲，那樣的年紀，恐怕不知道殺人是什麼，就是單純的不喜歡或厭惡，就能讓一個小小幼兒遭受滅頂之災。九娘抱住膝蓋，風一吹，更加瑟瑟發抖。

趙栩站到九娘跟前，蹲了下來。九娘一下子覺得風沒了。看著他拔了根野草放在嘴裡嚼著：「那年我個子還小，和你大概差不多高。趙檀他們常常下了學就來找我麻煩，有一次硬把我打扮成小娘子，逼著我去福寧殿。我不肯，寧可賴在下過雨的泥地裡。」

九娘看著一臉平靜的趙栩，心裡說不出什麼滋味。趙栩展顏一笑，似乎那件事並不是壞事。他側過頭來朝九娘眨眨眼：「結果，那天我遇到了一個很好很好的人。她只是個四品外命婦，看見我被欺負，幾步就跨過來，按住趙檀在他屁股上狠狠揍了好多下，嚇得趙棣屁滾尿流。趙檀那傢伙的隨從都嚇傻了。哈哈哈。」誰會想到一個外命婦膽敢痛打皇子！

九娘呆呆地看著趙栩。他說的是前世的自己？可是她只是看到一群小郎君欺負一個小娘子，實在忍無可忍，想好了後策，才出手的。

那個被自己從泥地裡撈出來擦乾臉，還親了好幾口臉蛋，怎麼哄也不笑的極好看的小娘子，竟然是趙栩？

趙栩臉上浮現出緬懷溫柔的神色：「她第二天就上了摺子，勸諫娘娘應當申斥趙檀他們。你知道嗎？娘娘把摺子給了我爹爹看。她在摺子裡說像趙檀這樣不仁不義欺凌婦孺的行為，是江山社稷之禍，會毀了大趙以仁德治天下的名聲。」

趙栩哈哈大笑起來：「趙檀那次被爹爹打了十五杖，在床上躺了四十多天。連著那年他本應該封王的，足足延後了三年多。你知道嗎？那個極了不起的外命婦，就是你阿昉表哥的親娘，後來的榮國夫人。後來我也學會了打人，還挺爽的，趙檀他們根本不經打。」正因為她，他才對蘇瞻敬重有加的。

九娘看著這個狼狽不堪卻神采飛揚的少年，心裡頭一點點湧出笑意，也慢慢笑了起來，越笑越開心，越笑越大聲，竟笑出了眼淚。

遠遠的，從池中心過來好幾艘搜尋的船隻，船上還有人敲著鼓，喊著六郎喊著承安郡王。

趙栩大聲喊：「我在這裡——！」

那小船上正是陳太初和蘇昉，看見岸邊有人，聽見趙栩的聲音，立刻讓禁軍用力划，不等船靠岸，兩人已經躍入水中，撥開密密麻麻的蘆葦叢，跑上了岸。

趙栩累得半死，一見眼睛都急紅了的陳太初和蘇昉，就倒在地上直抱怨：「你們就不能快一點！我差點被這個胖冬瓜累死了！」

九娘閉了閉眼，默念：他是個孩子，我是大人！我是抱過他的大人！抬頭看見蘇昉也是滿頭大汗雙眼含淚，九娘一句話也說不出，只看著他傻笑。

阿昉啊，你來找我了！

陳太初看著狼狽不堪臉色蒼白的他們的確完好無缺，才終於鬆了口氣。蘇昉趕緊脫下外衣把九娘蓋住，連頭臉也遮了，後面的幾位禁軍爭相脫了外袍給趙栩披上。

船上的禁軍趕緊去船尾拿了兩面錦旗，朝龍舟和寶津樓的方向揮舞。船上的禁軍齊聲大喊：「郡王無恙——郡王無恙——郡王安康！」轉而敲起了兩面金鑼。

這時岸邊也傳來馬蹄聲，眾人一看，卻是陳青帶著幾十個禁軍騎兵沿著岸邊細細搜尋過來。兩邊會合了，都放下心來。

陳青一彎腰，將九娘小心地打橫抱起，一腳上蹬，右手手肘在馬鞍上一撐已上了馬：「騎馬回寶津樓，快！太初你同六郎共騎，大郎可騎得馬？」蘇昉點頭稱是。立刻有兩個禁軍跳下馬，將韁繩恭恭敬敬地交到他們手中。

陳青執了韁繩，依舊懸空托抱著九娘，回頭朝趙栩他們看了一眼，淡淡地說：「你們三個，很好。」

趙栩、陳太初和蘇昉高興地互相看看，振奮不已。誰都知道，樞密副使陳青十幾年只對三個人說過很好這兩個字。這三位眼下可都是鎮守邊疆的大將，了不起的英雄人物。

第四十八章

龍舟和寶津樓的旗兵看到這邊的旗語，仔細分辨了是兩面旗子確認兩人都得救了，又聽見了金鑼聲，各自在船頭和廣臺上向池中眾人打出旗號，敲響金鑼。

龍舟和寶津樓的眾人們紛紛歡呼起來。尤其是龍舟上的禁軍們，他們眼看著那個小娘子、趙栩、陳太初和蘇昉聯手勇救四公主，驚心動魄。個個都希望他們平安無事，現在知道兩人得救，都齊聲高呼起來：「郡王安康！郡王安康！郡王安康！」

只一瞬的靜止後，那水中的眾兒郎們歡呼著又直奔龍舟下頭的彩球游去，尖叫聲不絕，浪花翻湧，一掃方才的沉重鬱鬱之氣。東岸、南岸的百姓也都知道了落水一事，聽到鑼聲和歡呼，也紛紛高喊起來，再看到水嬉又要決勝負，更是興致盎然大呼小叫起來。

三層船首的孟家姊妹們、蘇昕這才止住了淚。兩位女學館長也鬆了口氣，不然真不知道有沒有命回去了。女史讓她們稍安勿躁，稍後自會有人來接她們。

蘇昕一聲不吭地看著靠在右側船舷的三公主趙瓔珞，她當時看得清楚，就是這位，在趙淺予背上用力一推。

趙檀有些不安：「三妹，你也是的，我們這許多人擠一擠，她們肯定下水了。你伸什麼手？被誰看見了如何是好？」他現在想起這三年被趙栩揍的疼痛了，不寒而慄起來。

趙瓔珞笑嘻嘻地說：「誰看得見？」她看著船頭那十幾個人，視線在蘇昕臉上打了個轉：「誰又敢說自己看見了？」

蘇昕移開眼睛，卻看到有一個人同自己一樣，臉上有些僵硬，卻是七娘。

「阿姍，你怎麼了？」蘇昕問她。

七娘看看她，搖了搖頭，轉過身看著水面。

蘇昕走到七娘身邊，輕輕地問：「你也看到了是不是？」

七娘嚇得一個激靈，渾身汗毛倒豎，拚命搖頭。

蘇昕悄悄地說：「我也看到了。」

七娘立刻回頭看看，覺得無人注意，這才湊近了蘇昕說：「你說是誰推的九娘？」

蘇昕一愣：「啊？誰？」

七娘搖搖頭：「我吃不准。」

蘇昕訝然。

七娘又打了個寒顫：「可能是張姊姊，也可能是我四姊——」

蘇昕啊地一聲輕呼，不可思議地看著七娘。

七娘靠緊了她，抖抖索索地低聲說：「你看清楚了？到底是誰？」

蘇昕想了想，搖搖頭：「我看到有人推四公主了——」

七娘面無人色地發起抖來，剛想回頭。蘇昕一把拽住她：「別動！」

這時一雙手忽然搭在七娘肩上，七娘啊地一聲慘叫，跳了開來。卻是張蕊珠一臉關切地問：「阿姍，你怎麼了？看著很不好的樣子？」四娘、六娘也走了過來，問她怎麼樣。

蘇昕捏住七娘的手：「沒事，阿姍就是擔心九娘，越想越後怕！」

六娘由衷地欽佩道：「九妹那麼小的年紀，卻能捨身勇救四公主，真是——」她竟然一時想不出用什麼詞來描述了。

四娘微笑著說：「大難不死，必有後福，九妹這次立了大功，待午後捶丸賽大展身手，這汴京城，還有誰不知道我家九娘的呢？」

蘇昕和七娘對視了一眼，各自垂首不語。

寶津樓的偏殿裡，四公主趙淺予正躺在榻上，對著高太后細聲細氣地說著自己得救的過程。她年齡雖小，卻伶牙俐齒，這一摔，空中停留，再摔，九娘救她，抱旗，太初甩槍，六哥入水。她淚盈盈的，卻說得清清楚楚明明白白。榻邊的高太后、向皇后、陳婕妤，還有梁老夫人都被她說得心一上一下，又驚又怕。

趙淺予想了又想，還是沒說有人背後推了自己。上一回，她的乳母忍不住同陳婕妤哭訴趙瓔珞把她從慈寧殿的臺階上推下去，當夜就被婆婆命人杖殺在她面前。六哥後來抱著她讓她哭，可是她哭不出來。

高太后長長地吁出一口氣，搖著頭，朝梁老夫人讚許道：「孟子一脈，果然仁厚。你家這小小稚女，竟能捨身救阿予。真該讓天下人知曉，當為天下人楷模啊。老身看，應讓禮部好生表彰一番。」

趙淺予一聽，大喜：「婆婆，就是就是！」

梁老夫人趕緊跪了下來：「娘娘，折殺孟氏一族了。九娘所為，出自本心。全賴大趙以仁德治天下，升斗小民才能得以教化，銘刻在心。豈可歸功於她一人？落水一事，阿梁斗膽，還請娘娘勿表彰於她，也別賞賜她什麼，受之有愧，受之有愧啊。」

趙淺予瞪圓了桃花眼，這位婆婆太不講理了！怎麼救人的好人卻不能賞賜和表彰呢？

高太后卻長歎一聲：「阿梁你小心謹慎了幾十年，還是這個脾氣，老身知道你的苦心了。木秀於林，風必摧之。你一貫愛護這些小的。你放心，我心中有數的。只是委屈了你家九娘。這有功的不賞，不能賞，老身這心中實在過意不去。」

趙淺予眼珠子轉了轉：「婆婆，要不，明年讓阿妧來做我的侍讀女史吧？我喜歡她。最好天天住在一起，吃在一起。她還能教我捶丸呢。」

梁老夫人卻又道：「多謝公主美意，只是九娘生性頑劣，在家中已經多次闖禍，實在不宜在宮中侍候公主。」她又向高太后叩謝。

高太后拍拍趙淺予的手：「好了，這個以後再說。」她沉吟了片刻：「來人。」秦供奉官垂首應了。

高太后說：「今日阿予受驚過度，那孟家的小九娘落水剛剛才獲救，你去同官家說，老身的意思，今日公主們的捶丸賽就此罷了，明年再賽就是。這呈百戲的時辰也已經晚了許多，還是趕緊讓他們開始吧。」

秦供奉官笑著說：「娘娘英明，這會兒才剛開始打水鞦韆呢。恐怕今日的百戲得晚一個半時辰了。小的這就下去稟告官家。」

這時外面女史進來稟告說郡王被官家喚去了，孟家小娘子手臂脫臼，剛治好，上了藥，等著在殿外覲見。

高太后點點頭：「快把這好孩子帶過來給老身看看。」

九娘右手手臂還吊在脖子上，身上衣裳都換好了，頭髮也梳整齊了。進到殿裡，她先對太后、皇后行了覲見跪拜大禮。

高太后示意女史將她扶起來，招招手讓九娘走到近前，拉著她的左手上上下下看了又看，對梁老夫人讚歎：「到底是你教出來的孩子，同你家六娘一樣，這禮儀沒得說，人也純正仁厚，唉，真想留在老身的身邊。自從淑壽嫁了人，慈寧殿就冷冷清清的。阿予又調皮，坐不住。」

梁老夫人又欲跪下，高太后擺擺手：「好了好了，老身不同你搶，這孩子是老大家的，還是老二家的？」

梁老夫人回稟：「稟娘娘，九娘是三子孟建庶出的幼女，今年七歲了，剛入了族學。」

高太后和向皇后都一愣。梁老夫人趕緊道：「這孩子是臣身邊的慈姑從小帶大的。」

高太后想了想，才笑著說：「怪不得，是個好孩子。你今天救了公主，想娘娘賞你什麼？」她低頭看向九娘。

九娘心底暗暗好笑，她裝作聽不出高太后口氣中的冷淡和考驗之意，仰起小臉說：「謝娘娘，臣女並沒有救公主，用不著賞。」

向皇后人忍不住奇怪：「小九娘，明明你也救了四主主啊，怎麼說自己沒救不用賞呢？」

九娘抿唇笑了：「九娘沒有救公主，九娘只是拉了阿予一把，阿予是九娘捶丸賽小會的同伴，也是太初表哥嫡親的姑母所生。九娘拉的是自己的同伴，家族的血親。先祖有云：人性之善也，猶水之就下也。人無有不善，水無有不下。所以九娘只是做了該做的事，不需要額外的賞賜。」她轉身跪了下來：「還請娘娘寬恕九娘失言之罪！」

向皇后一愣，高太后卻明白九娘說的是把四公主說成孟氏的血親。趙淺予雖然是陳婕妤所生，卻只能算是官家和皇后之女兒，同陳家不算親族，同孟家更不算親族。她這話的確是說錯了。

看著梁老夫人也跪拜於地請罪，高太后笑著擺手：「好了，起來吧，這話也沒說錯。阿予難道不是阿陳肚子裡出來的？阿陳難道不是陳青的妹妹？這禮法森嚴，也不能杜絕人情。這民間還有個庶母的名分呢，難道咱們皇家絕情絕義成這樣了？」她笑了笑：「這天下的百姓不一樣都當陳青陳漢臣是六郎和阿予的舅舅嘛。」

九娘心中一動，垂眸不語。

女史們上前扶起梁老夫人和九娘。高太后笑著拍拍梁老夫人的手：「看不出慈姑倒是個明白人，教出來的孩子，不比六娘差，可見，還是要教養得好才行。」她想起趙檀、趙瓔珞，真是只能歎口氣。

外間內侍前來稟告說百戲即將呈上，官家請太后去正殿觀禮。

高太后笑著說：「好了，老身記住這個好孩子了，這麼好的孩子，不會埋沒了她。五娘，咱們先去正殿。」

向皇后拍拍陳婕妤的手：「你就留在此地，好好陪陪阿予，她可真是嚇壞了。我聽著都嚇壞了。」又讓女史將梁老夫人和九娘帶去後邊好好說說話壓壓驚。

趙淺予一頭撲進陳婕妤的懷裡，嚶嚶哭了起來。

陳婕妤閉上眼，恨不得將懷裡的小人兒摟進骨頭裡，心裡更惦念著兒子不知道怎麼樣了，眼淚直流，潤濕了趙淺予的鬢髮。她一向害羞靦腆，入宮後更是寡言少語，逆來順受。雖然如今做了三品婕妤，卻依然極少開口說話。

趙淺予探頭看看沒有人在旁邊，才貼著陳婕妤的耳邊說：「娘，有人在背後推我。」

陳婕妤一抖，只將她摟得更緊，喃喃地吐出一句話：「阿予乖，別告訴人，千萬別和你哥哥說，知道嗎？」她摸摸趙淺予的小臉，哽咽著說：「再熬一熬，等她出嫁了就好了。」

母女兩個壓抑著的哭泣，幾不可聞。殿外垂首靜立的趙栩，卻握緊了雙拳，轉身朝殿外拔足飛奔而去。

外間鼓聲忽然震天響了起來，趙栩衝出去沒幾步路，一個人斜刺刺一把將他拉住。趙栩一愣，抬頭一看，哽咽了起來：「舅舅！」

陳青臉色陰沉，卻只對他搖搖頭道：「不許去。」

趙栩眼眶一紅，張口欲爭，長吸了口氣，劇烈起伏的胸口漸漸平息了下來。

陳青輕聲道：「打蛇要打七寸，要麼不動，一動就要雷霆萬鈞一擊必中，切不可意氣用事，逞一時之快。記住了。」

趙栩握著陳青的手點點頭，把眼中的淚忍了回去。

陳青拍拍他：「你很好，去吧，陪陪你娘和阿予去。」

趙栩再回到偏殿內。陳婕妤一看他臉上細碎的劃傷，捂了嘴悶聲大哭起來。趙淺予也抱著哥哥嗚嗚哭了起來：「哥哥！你的臉！」似乎這樣可以傾瀉出所有的害怕和不甘。

趙栩拍了拍她的頭：「好了，不怕了，哥哥在。我臉上要是留了疤，你該高興才是，這大趙皇城第一美人就是你了。」

趙淺予被他說得想笑又笑不出來，哭笑不得地抬起小臉關心地問：「阿妧——姊姊呢？她沒事吧？臉上也像六哥你這樣可怎麼辦？」

趙栩不耐煩地說：「她沒事，胖子不容易出事。」她臉上留了疤怕什麼，她的命都是他救的了。

趙淺予看著陳婕妤還想說什麼，趙栩笑眯眯地問：「怎麼樣？六哥今天帥不帥？你告訴娘了沒有我有多厲害！」

趙淺予大眼迷蒙地想了想：「還是太初哥哥和阿昉哥哥更帥一些，今天太初哥哥真帥！啊呀。」

趙栩一把將她甩在榻上，陰森森地問：「現在呢？」

你們一個個，都是養不熟的白眼狼！

寶津樓後面的偏殿，女史帶著宮女們上了茶水、點心、乾果，退了下去，讓祖孫倆好好壓壓驚。

梁老夫人半摟著九娘，看著她喝了熱茶，吃了些點心，才慢慢問她：「和婆婆好好說，你究竟是怎麼掉下去的？」

九娘一愣，仰起臉看著梁老夫人，好一會兒才決定說實話：「婆婆，有人推我了。」

梁老夫人點點頭：「你拉住阿予不放，做得很對，做得很好。可你有沒有想過為什麼會有人推你？」

九娘想了想：「是因為捶丸？」

梁老夫人歎了口氣：「這捶丸賽已經舉行了很多年，可我孟家的小娘子們，從來沒有請過教習回來專門教這個，無他，非正道也。時人靠捶丸贏取財物，有利可圖。一旦有利可圖，必然有害相生。你爭強好勝，寧可胳膊脫臼也要贏過蔡氏，贏過別人，這已經是大錯特錯了。婆婆再三交代，咱們家的女兒，不需要這些虛名，不需要這些奇技淫巧。你可有將婆婆的話放在心上？一夜之間名震汴京，卻遭來殺身之禍。雖說人性本善，可這後來變惡的也不少。你無害人之心，人卻有害你之意。只有千年做賊的，哪有千年防賊的？謹慎能捕千秋蟬，小心駛得萬年船。謹小慎微、安守本分，這也是我孟家三百年來歷經改朝換代，依然能存於世間不倒的處世之理。」

九娘默默低了頭，這件事，她是考慮得不夠長遠，總是忘記自己還是七歲的幼童，尚未長大。

梁老夫人摸摸她的頭：「我們孟家，素來男子是樹，女子是花。婆婆讓你去進學，你就是我孟家的小娘子，整個汴京城整個大趙誰敢小瞧於你？你大伯娘家的三娘，也是庶出的，嫁了她自己選的如意郎君。夫家可敢看低一點點？咱們家的女子，需記住，有一族之力撐著你，你只要規規矩矩過好自己的日子就好。若要累死累活去拚，和那普通百姓家有何差別？你要懂得這個道理，日後做事就不會有偏差。」

九娘第一次聽到這樣的言論，和她前生所領會的截然不同。王玞的一輩子，是身為青神王氏的嫡女，背負著榮耀家族的使命。聯姻也好，幕後聽言也好，她身上扛著的是家族的驕傲，兩姓的紐帶。最後她和父親對抗整個家族的驕奢墮落時，是悲憤的無奈的痛苦的。以至於父親寧可放棄族長之位，也不願過繼庶弟們的兒子，最終長房戶絕。而她，也是寧可青神王氏唯一的嫡出長房戶絕，也不願長房被那些堂叔們汙了清名。

可是，婆婆，卻說身為世家的女子，只要背靠大樹好乘涼？

梁老夫人又道：「阿妧，你聽好了，不只今日的捶丸賽沒有了，日後也沒有了。你們四個，好好的在女學進學，那些爭強鬥勝的事，日後一概不許參加。」

九娘點頭應了。她雖然並不完全認同梁老夫人這種說法，但她已經試過另一條路，的確很辛苦很累很多遺憾。試一試這條沒走過的路，未嘗不可。

梁老夫人見她答應了，又囑咐她：「今日有人推你之事，不要再提。就算姊妹之間，也不要再提了。知道嗎？」

九娘又點點頭，她估摸趙淺予也不會提起被推的事。

外間鼓聲越發喧囂，熙寧五年的金明池，官家駕登寶津樓，諸軍呈百戲正式開始了。

第四十九章

年年歲歲花相似，歲歲年年人不同。

熙寧五年金明池還沒關閉，汴京城酒家瓦舍裡已經口口相傳，承安郡王、陳衙內、蘇東閣如何智勇雙全救了公主。

待翻了年，大街小巷又熱議起大趙在位十幾年的蔡相，竟然因小小的福建泉州抵當所一案遭到罷相。

熙寧六年的年底，汴京人最愛的蘇郎，終於成了大趙首相。只可惜首相才做了一年有餘，到了熙寧七年末，百姓們又開始感歎蒼天無眼。蘇相的父親不幸過世，蘇氏兄弟二人丁憂返鄉，守孝三年。轉眼間蔡相又獲起復。

兜兜轉轉，你方唱罷我登場，誰又能來去無牽掛。只有翰林巷的孟府，似乎淡出了汴京城。花開花謝，花謝又花開。孟家的幾位小娘子們也似乎被汴京貴女們遺忘了。

到了熙寧十年，汴京城裡風頭最盛的小娘子，當屬蔡相的孫女蔡五娘，還有在這兩年升官極快的樞密院都承旨張子厚的女兒張娘子。一入夏，蔡相再次上書請立魯王趙檀為太子，傳聞宮中屬意從蔡五娘和張娘子裡選一位嫁給魯王為正妃。

七月的夜裡暑熱未消，蟬鳴蛙聲，此消彼長。孟府木樨院聽香閣的東暖閣裡，傳出一聲慘厲的尖叫。

暖閣後的淨房裡，林氏瞪圓眼睛：「姨娘才輕輕按一下，你就鬼叫！你敢試試有一次不叫嗎？」

九娘收了聲，嘶嘶呼痛，雙手交叉著護在自己胸口，縮進浴桶水下，恨不得臉也埋進水裡去。水氣氤氳中，看不出她的臉紅是羞的，還是被熱騰騰的水氣熏的。

慈姑拍開林氏的魔爪：「哪有你這麼用力的！小娘子這時候最怕痛了，你自己這個年歲的時候天天不碰都疼得齜牙咧嘴的！」

玉簪笑著安慰九娘：「小娘子莫羞，女兒身，誰都要經歷這個的，姨娘也是好心好意，趁著有熱氣，按按能長大些，日後來癸水時也不會脹痛。這些可都是老夫人從宮裡帶出來的法子，你看看四娘、六娘、七娘，一個個都是這麼按過來的。」

九娘將頭搖得跟撥浪鼓似的：「我不要！你們都出去，我自己洗！」慈姑和玉簪卻已經笑著將她的雙手拽了出來，拿著熱乎乎的帕子捂了上去。

每逢此刻就想死，九娘閉上眼睛。

她這前面突起的兩塊肉自去年始就忽然開始長大，像發麵一樣，一個月大過一月。最近更是誰也碰不得，一碰就疼得掉眼淚，不小心撞到哪裡更慘。抹胸兩個月就要重做，還不能勒住，勒了更疼。這一整個夏天，姊妹們、女學的小娘子們都穿著抹胸薄紗褙子，涼快又嬌俏，可她卻羞得只肯穿窄袖交領衫細薄紗長裙，汗流浹背，不知道出了多少痱子。

林氏恨鐵不成鋼，挺著雄偉壯觀的胸部和那深不見底的深溝在她面前走來走去：「奴自個兒的肉做什麼要遮起來？你怎麼這麼傻呢？要是沒有這兩坨肉，日後有得你懊惱的！」

九娘除了翻白眼以外，無言以對。重活一世，天壤之別。

前世她從來沒遇到這般苦惱事，家裡只有娘親和乳母能貼身照顧她，她十三四歲還只長個子不長胸，愁得她娘不行，總覺得她換個直裰就是男兒身。直到來了癸水後，才開始隱隱作痛，略長大些後就從來沒疼過。但她嫁了人生了阿昉後還在長個子，直長到六尺半才停。

橫著長和豎著長，她寧可豎著長個子。

其實這五年多她個子也沒少長，奈何之前太矮，至今還比四娘、七娘矮少許。孟家四姊妹中，最長的四娘已及笄，出落得嬌花弱柳，羞怯動人，七娘俏麗活潑，六娘端莊可親。唯獨九娘五官漸漸長開，越長越像林氏，臉上雖還帶著肥嘟嘟的肉，和林氏木頭草包美人截然不同，她一雙美眸瀲灩流轉，已經初露日後美豔絕倫的模樣。每次梁老夫人看見她來請安都心驚肉跳，更不允許她們幾個外出遊玩，便是汴京城一年兩次的各家賞花會，也都只讓六娘、七娘去。

慈姑放下帕子：「好了，小娘子再洗一會兒趕緊出來，莫把手皮又泡皺了！你這喜歡泡到水涼的習慣可要不得，日後來了癸水，肚子痛起來要你的命。」

九娘搗蒜一樣點頭，趕緊從浴桶裡爬出來。

林氏邊幫她穿衣裳，邊好奇地問：「聽說你表舅一家已經返京了？」

九娘笑著點頭：「他們三月走水路入京來，統共大概走了七百里水路，四百里旱路，前幾天才到的京城。明晚正好能見上面！」

林氏咋舌：「眉州竟然離汴京這麼遠？」心裡又得意自己的小娘子就是什麼都知道。

玉簪彷彿聽見了她的心裡話，笑眯眯地說：「啊呀，我們小娘子不但長得好，還上通天文下曉地理呢，足不出戶，什麼都知道。」

一想到明天就能見到闊別多年的阿昉和阿昕，九娘就雀躍起來，雀躍之下也有更多的牽掛和心疼。不知道阿昉長到多高了，不知道他過得好不好，會不會更瘦了。雖然蘇昕月月來信，可是關於阿昉的事情實在說得太少，只知道他守完翁翁的齊衰不杖期❶一年孝後，就稟明了蘇瞻，去了蜀地遊歷。偶爾他也會寫信給孟彥弼，無非說一些當地的風土人情，倒是每封信必定問候一聲小九娘，弄得她心裡暖暖的。

蘇昉、蘇昕返川後不久，備受矚目的陳太初也離開了族學，正式出任禁軍飛騎尉。九娘這幾年便也沒再見到過趙栩兄妹和陳太初。自從她留頭以後，老夫人就管得極嚴。陳太初每逢年節裡來請安，翠微堂的屏風早就架好了。孟彥弼幾次三番提出要帶六娘、九娘去大相國寺或者浴佛節，都被老夫人以上次去大相國寺摔掉牙為由給拒了。

只有去年的七夕和今年的元宵節，老夫人才允許家中兄弟們陪著她們去看燈。偏偏剛晉為燕王的趙栩同陳太初，去年入夏就奉旨去了河北東路、河北西路慰軍。

經過金明池落水一事後，九娘有時也感覺前世的王玞離自己越來越遠，更多時候，今世所占的分量越來越重。九娘也越來越習慣將除了阿昉以外的「那些孩子」當成真正的「兄弟姊妹」。沒想到這麼快就再難相見，九娘心裡除了掛念，也有幾分唏噓感傷，不知日後還有無機會再相見了。

慈姑歎了口氣：「對了，當年蘇家大郎和二郎好得跟親兄弟似的，不知道回來還會不會住到府裡來。」

九娘自然也希望阿昉能還住到孟府來。熙寧五年的冬天，王璎早產生下一女。洗三和滿月禮程氏都去了，回家來感歎那小女娃小得跟隻貓似的，哭起來也細聲細氣的，和七娘洗三時的哇哇大哭不好比。當時九娘心裡忍不住替阿昉鬆了口氣。

玉簪一邊替九娘烘頭髮，一邊笑著說：「可巧得很，明日二郎和范家娘子相看，也訂在四公主說的那個樂安橋旁的林氏分茶裡面。明日咱們說不定還能見到范娘子呢。」

九娘笑不可抑，她特地寫信知會趙淺予一定要訂這家茶坊。正因為杜氏明日夜裡也會在場，老夫人這才鬆口答應她們四姊妹赴約呢。

說起孟彥弼的婚事，真是一波三折。原本杜氏早早看好的兒媳婦，也是一位武官家的小娘子，兩邊相看了，三年前就下了草帖子。不妨這位小娘子唯一的兄弟忽然墜馬身亡，這武官家裡隔了一年，才提出來要招女婿入贅，還說願給三十萬貫錢招婿。可孟彥弼怎能入贅？只能算了。等杜氏又挑了好些人家，孟彥弼卻又不肯去相看了。又拖了一年，被他爹孟在抽了五鞭子，才扭扭捏捏地說早在元宵節他就看上了范家的小娘子。因范家也是大族，杜氏趕緊請官媒去說親。來回幾次，這

❶齊衰不杖期：齊衰為五服中僅次於斬衰的喪服。齊衰又分四個等級，齊衰不杖期為不用杖，改疏屨為麻屨。

十九歲的孟彥弼才又有了相看的機會。

林氏歎了口氣：「聽說娘子已經替四娘子選了好些個人家，都被青玉堂給回了。至今四娘子都還沒相看過呢。」四娘及笄了，按理早該相看訂親，卻不知道青玉堂那位阮姨奶奶又在老太爺跟前吹了什麼風，氣得程氏已經要甩手不管了。

林氏心裡七上八下的，恨不得程氏選出來那些同進士、禁軍班直、豪富家的子弟，都換給九娘相看。

外間木樨院又遣人送了一個盒子來，說是宮裡四公主送來給九娘的，讓九娘明夜去茶坊時記得用上。

玉簪趕緊接了，眾人朝西北皇城方向行了謝禮。九娘回了屋裡打開盒子，卻是一隻七夕才有的磨喝樂❷，這盒子裡的小土偶矮矮胖胖，一身白裙，衣飾精美，站在雕木彩裝的欄座上，罩著碧紗籠。另外還有一支喜鵲登梅的翡翠釵，翡翠打磨得極薄，近乎透明，巧奪天工。九娘細細賞了一會，仍舊放回盒子裡讓玉簪登上單子，放到後罩房去。

東暖閣的後罩房裡，這五年堆滿了趙淺予逢年過節從宮中賜下的各色禮品。孟府上下都道這位四公主是個有心人，一直記著九娘當年金明池落水時拉了她一把。九娘看來看去，卻疑心這些物件都是趙栩挑的，現在年紀漸長，她只讓玉簪都登記造冊，原封不動地放好。明明是趙栩救了她的命，她該謝他才對。他卻又反過來感謝她拉了阿予的那一把，送來這許多禮物，她受之有愧。這看著像冰心裡是火的趙六郎，一份人情也不肯欠。在九娘心裡，因那前世的一面之緣，不知不覺也多了份悄悄的親密。

七夕，是汴京徹夜不眠之夜。寶馬雕車香滿路，笑語盈盈暗香去。

自從十餘年前的七夕，那汴京蘇郎夫妻攜了他家小郎君夜出遊玩，蘇夫人一身白裙，在州橋上翩翩而行，同蘇郎真如同牛郎織女再現，飄逸似仙。這汴京城的小娘子們便喜愛每年七夕都穿白衣白裙，薄紗輕飛，在比起金明池瓊林苑時的「紅裙爭看綠衣郎」，七夕就是「全城爭看雪衣娘」了。

是夜，孟家四姊妹都換上雪白新衣，在翠微堂院子裡豎起長竹竿，上頭放著還沒開的荷花，七娘的長竹竿上乾脆讓乳母做了假的雙頭蓮，引來眾人嘖嘖稱奇，被拆穿了也不羞惱，笑說自己是獨具匠心。

老夫人讓人早早設了香桌，擺上了蘇州製的各色磨喝樂，還有黃蠟雕的大雁、鴛鴦、烏龜、金魚之類的，放在一個大銀盆裡浮著。九娘早就在聽香閣的小香桌上，把以前阿昉送給她的烏龜圓圓供在小銀盆裡。餵了好些烏龜丸子，還說了會悄悄話，這時看到那黃蠟雕的烏龜，還沒有圓圓大，就笑了。

四娘、六娘早雕好了花瓜，七娘帶了針線，九娘帶了筆硯，四姊妹將這些都放上香桌，這才整裝肅容，焚香列拜乞巧。四娘帶頭在月下穿針，九娘最不擅長針線，穿了半天也穿不進去，急得七

❷ 磨喝樂：七夕日供乞巧用的娃娃，用木、泥或蠟製成。

娘不行，好不容易穿進去了，老夫人照著往年給她們一人一個小盒子，讓她們將蜘蛛放入盒內，放到香桌上盼著明日看看誰的網絲圓正能得巧。七娘歎了口氣，這幾年她和九娘的從未得過巧，也就沒這念頭了。

二門外的婆子來了幾次，說二郎在外頭已經樹上樹下竄了好幾回，急得不行。翠微堂眾人哈哈大笑起來。杜氏這才吩咐女使們給小娘子們將帷帽戴上，拜別了老夫人，帶著她們四姊妹上了肩輿，往二門去了。

一出安靜的孟府，處處是火樹銀花，雕欄玉砌，車馬盈市，羅綺滿街。四姊妹在車裡隔著車窗不停打趣孟彥弼。孟彥弼氣得直說：「你們日後相看，爾那郎君非要過了二哥的拳頭才能進！」九娘笑得打跌。

等到了樂安橋，牛車自去停了，眾人步行至林氏分茶，那茶博士將眾人引到三樓。整個三樓早已經站滿了穿了便服的禁軍和侍女，四公主的一位女史笑著將她們迎了進去。因杜氏安排孟彥弼相看的時間早，離趙淺予約定的時辰還有一個時辰，便再三交代四姊妹不可下樓亂跑，自帶著孟彥弼和金釵盒子下了樓。七娘咋舌：「大伯娘竟然連匹帛布都不帶，看來二哥對這位范娘子可真是一往情深了。」她轉轉眼珠子：「誰同我下去偷偷瞧瞧？」

六娘自是不肯的，還勸她不要亂跑。四娘這幾年對陳太初從未忘懷，自憐身世，越發暗自感傷，又因自己的親事成了青玉堂、木樨院來回扯的事情，更加鬱鬱寡歡，也懶得理她。九娘笑眯眯站了起來：「我陪七姊去看看范娘子。」

這林氏分茶的二樓朝外搭出一個高臺，七夕夜也供奉了香桌，眾多磨喝樂，更用那雕刻奇巧的瓜花，裝飾整個高臺三邊的欄杆，最是引人注目。若站在那裡朝下望，必然能早早就看到阿昉和阿昕。

六娘看有九娘跟著，倒也放心了，再三叮囑玉簪要跟好她們，莫要闖禍，才讓她們去了。

七娘牽了九娘，擠眉弄眼地下了樓。

七娘和九娘到了二樓，找到那門外懸掛著孟府木牌的包間，隔著門縫，悄悄朝裡看，正看到孟彥弼手足無措地舉起金釵，要往范娘子頭上插去。那位范娘子是位嬌小玲瓏、杏眼櫻唇的小娘子，滿面緋紅地不知道自己是坐著不動好、還是站起身好，她這一站又一坐，孟彥弼手上的金釵忽上忽下飛舞，倒呆住了。

范娘子一抬眼，看見孟彥弼的傻樣，抿唇笑了起來。孟彥弼如夢初醒，趕緊說：「你且別動，待我插上。」

杜氏紅了臉不忍卒看，范娘子的娘親更是越看女婿越歡喜，外頭的七娘和九娘也偷笑得不行。不等九娘開口，七娘已經扯了她：「走，去那花臺看看。」兩人心照不宣，帶著各自的女使悄然穿過長廊，推開槅扇，那花臺上早已站了許多穿白裙的小娘子，有在乞巧的，有在說笑的，也有在朝街上張望的。

九娘引頸下望，不一會兒，遠遠地看見一個出塵若仙的郎君，穿著一身阿昉最常穿的天青色直裰，和一個穿白色紗裙戴著帷帽的小娘子，正並肩朝這邊緩步而來，引得一邊的小娘子們紛紛投擲花果羅帕，他卻只當沒看見。

阿昉！阿昕！幾年不見，他竟長高了這許多。

九娘扯了扯七娘的衣角：「我看見阿昕了，下去接一下她，你在這裡看著，若是公主車駕到了，記得趕緊上樓去。」

七娘連聲應了，這幾年她的性子收得差不多，也不忘叮囑玉簪跟好九娘。

九娘帶著玉簪匆匆下樓，難抑心中歡喜。

阿昉——！

九娘奔了十來步，已經發現自己竟然認錯了人，來的竟然是許久不見的趙栩和趙淺予。這兄妹二人竟沒有按皇子公主出降設儀仗、行幕，就這麼便服而來。一路還有小娘子笑著朝傾城傾國的趙栩投擲花果香包。趙栩長高了許多，眉眼間的傲氣卻絲毫未減。

九娘雖有點失望，可也真心地高興萬分。她迎了上去攔住兄妹倆，將帷帽從中微分，笑嘻嘻側了頭問：「你們二位，這是從哪裡來？又要到哪裡去？」

趙淺予一愣，扭頭看向哥哥。

趙栩一皺眉，瞥了眼那帷帽下笑吟吟兩汪春水，冷笑道：「小小年紀，仗著自己有三分姿色，當街攔住男人搭訕。你也不回家照照鏡子，至少長得比我好看再出來，才不算丟臉！」他一揮手，身後就上來四個彪形大漢，要當街扯開九娘。

九娘哭笑不得，將帷帽取了下來：「阿予！你不認得我了？」

趙淺予桃花眼眨了兩眨，尖叫起來：「阿妧——姊姊!?」

（未完待續）

story 054

汴京春深 卷一：曾青春

作者　小麥｜**策劃暨編輯**　有方文化｜**總編輯**　余宜芳｜**主編**　李宜芬｜**特約編輯**　沈維君｜**編輯協力**　謝翠鈺｜**企劃**　鄭家謙｜**封面設計**　劉慧芬｜**內頁排版**　薛美惠｜**董事長**　趙政岷｜**出 版 者**　時報文化出版企業股份有限公司　**地址** 108019 台北市和平西路三段二四〇號七樓　發行專線—（02）23066842　讀者服務專線— 0800231705（02）23047103　讀者服務傳真—（02）23046858　郵撥—一九三四四七二四時報文化出版公司　信箱—一〇八九九台北華江橋郵局第九九信箱　時報悅讀網 http://www.readingtimes.com.tw｜法律顧問—理律法律事務所　陳長文律師、李念祖律師｜**印刷**　勁達印刷有限公司——初版一刷 2023 年 3 月 17 日｜**定價**　新台幣 300 元｜缺頁或破損的書，請寄回更換

時報文化出版公司成立於一九七五年，一九九九年股票上櫃公開發行，
二〇〇八年脫離中時集團非屬旺中，
以「尊重智慧與創意的文化事業」為信念。

有方文化

汴京春深．卷一，曾青春 / 小麥作．-- 初版．-- 臺北市：時報文化出版企業股份有限公司，2023.03

面；　公分．-- (story ; 54))

ISBN 978-626-353-549-7（平裝）

857.7　　112002085

ISBN：978-626-353-549-7
Printed in Taiwan